Be with Me
by Maya Banks

禁断の愛にいだかれて

マヤ・バンクス
石原未奈子・訳

JN266871

ラズベリーブックス

ジェニファー・Mへ。いろんな面で、あなたはこの本の原動力になってくれました。なにもかも、ありがとう！

ライトマインデッド・リーダーズグループへ。あなたたちは最高よ。本当に世界一の読者だわ。

わたしの本を読んで、わざわざ時間を割いてメールをくれた読者全員へ。言葉にできないほど感謝しています。

エイミー、ステフ、ラリッサ、ジェイシーへ。あなたたちがいなかったら、こんなに楽しくならなかったわ。

禁断の愛にいだかれて

主な登場人物

レジーナ（レジー）・ファロン……………………警察官。

キャム・ダグラス……………………建築事務所の共同経営者。レジーナの幼なじみ。

ソウヤー・プリチャード……………………建築事務所の共同経営者。レジーナの幼なじみ。

ハッチ・ビショップ……………………建築事務所の共同経営者。レジーナの幼なじみ。

バーディ・マイケルズ……………………キャムたちの里親。

ピーター・ファロン……………………町会議長。レジーナの父。

リディア・ファロン……………………レジーナの母。

ジェレミー……………………レジーナの同僚。

ウィザースプーン……………………署長。

1

レジーナは荒れ果てた農家の外にパトカーを停《と》め、無線で現在地を知らせた。だれも住んでいないはずのこの家に明かりが見えたと匿名で通報があったものの、問題の建物は闇に包まれている。周囲に視線を走らせたが、なにも動きは見あたらなかった。

車のドアを開けて夜に踏みだした途端、不快な感覚に胃をつかまれたレジーナは、本能を疑うことなく無線で支援を要請した。車体と開いたドアのあいだにたたずんで、片手を車の屋根に、もう片方の手を銃床に載せる。ジェレミーはたった五分の距離にいて、すでにこちらへ向かっているとのことだった。

そのとき甲高い悲鳴が静けさを破り、レジーナは銃をつかんで駆けだした。玄関の前で足を止め、銃を掲げて木製のドアに耳を押し当てる。そうして耳を澄ましたものの、聞こえるのはセミの鳴き声とアオガエルのたてる不協和音だけだった。

レジーナは歯を食いしばって一歩さがり、片手で銃床を握ると、もう片方の手でさっとドアを開いた。

室内に銃口をめぐらしたが、悲鳴をあげた女性の姿はどこにもない。レジーナは駆ける鼓動を抑えつつ、動きか音をとらえようと視覚と聴覚を研ぎすまして、壁に沿って進んだ。

人の体で転びそうになった。

レジーナは視線をおろすことなくゆっくりと膝《ひざ》をつき、倒れている人物の脈を左手で探った。体はまだ温かいが脈はない。引っこめた手には、べっとりと血がついていた。けだものめ。連絡しようと無線に手を伸ばしたとき、別の存在に気づいた。反応する前に、頭に激痛が走った。

銃が飛んでいき、レジーナは逆方向へ吹き飛ばされる。一メートルほど先にどさりと着地したレジーナは、陸《おか》に揚げられた魚のごとく、痛む肺に息を吸いこんだ。いったいなにで殴られたの？

すばやく膝立ちになって、銃が飛んでいったほうにジャンプした。大きなブーツが顎《あご》に命中し、レジーナは宙できれいに一回転すると、今度は横ざまに倒れた。

意識を失うまいと懸命に抗いながら、蜘蛛《くも》の巣を払って足を蹴りだす。するとくぐもったうなり声が聞こえ、相手の膝頭に命中したのがわかった。

分厚い手に髪をつかんで引き起こされると、頭皮全体に焼けるような痛みが走った。大きな手がレジーナの左手首をつかみ、残酷によじる。レジーナは悲鳴をあげ、気がつけばまた宙を飛んでいた。壁に激突して、つぶれた風船のようにずるずると壁面を滑り落ちた。

どこにいるのよ、ジェレミー！

さらに一発、頭にお見舞いされると、世界がかすんできた。必死で両目を開くと、間近に迫る男の顔がぼんやりと見えた。男の手がレジーナの首をつかみ、ゆっくりと絞めつけて、死の瞬間を引き伸ばす。

「ずっとおまえを待っていた、愛《いと》しいレジー。そろそろやつに償いをさせるときだ」

そのささやきは深い怒りに満ちていた。不吉な暗い約束に。

「だれに償いをさせるの?」レジーナはしゃがれた声で尋ねた。

男が静かに笑い、レジーナの視界には斑点が浮かびはじめた。遠くで車の音がする。首を絞める指にますます力がこもる。手遅れだ。ジェレミーは間に合わない。いやだ、死にたくない。

瞬間的にアドレナリンを噴出させて、レジーナは男の目を指で突き、睾丸《こうがん》に膝蹴りを食らわせた。男がうなって手をゆるめたとき、ジェレミーの声が響いた。

突然、レジーナは自由になったが、いまにも気を失いそうだった。ぐったりと床に倒れこむ。ほどなくジェレミーが上からのぞきこんで、無線機にどなりながらレジーナの体を揺すった。

「レジーナ、くそっ、おれの前で死ぬなよ」

「あいつをつかまえて」レジーナはかすれた声で言った。「裏よ。裏から出ていったわ」

「おまえを置いては行けない」ジェレミーが暗い声で言う。

「いいからあいつを追って。わたしなら大丈夫。あいつは人殺しよ。行って。早く」

ジェレミーが悪態をついて立ちあがった。レジーナは足音が裏口から駆けだしていくのを聞きながら、その場に横たわっていた。恐怖と安堵《あんど》と痛みが血管をめぐる。

じきに痛みがそれ以外を圧倒し、視界の隅が徐々に薄れてきた。レジーナは一瞬パニックに襲われて抵抗を試みたが、闇のベールがおりてくるのは止められなかった。

こんなちっぽけな町で、こんなことが起きるなんて。


キャム・ダグラスは目の前に広げた建築用の図面をにらみ、いったいなにがいけないのだろうと頭を悩ませていた。テレビの音が大きくなったので苛立《いらだ》ちに顔をしかめると、ヒューストンが得点してソウヤーとハッチが歓声をあげたところだった。

キャムは鉛筆を置いて二人のパートナーをにらんだ。「自分のオフィスにテレビはないのか？　ぼくが仕事をしてるときにここで試合を見なきゃいけない理由でもあるのか？」

二人とも聞いていなかった。試合に熱中しているのだ。キャムが咳払《せきばら》いをすると、ハッチが落ちつけと手を掲げて言った。「ここのテレビは薄型だろ。おまけに高画質」

キャムはやれやれと首を振った。「締切という言葉に意味はあるのか？　明日までにこの図面を完成させなくちゃ、この契約を失うんだぞ」

ソウヤーがしかめ面で振り向いた。「まずいことでもあるのか、キャム？」デスクに歩み寄り、キャムの後ろからのぞきこむ。「おれには問題ないように見えるが」

キャムは首を振った。「なにかがおかしい。どうも違和感を覚える」

ハッチがコーラを手にのんびりとやって来たので、キャムはとげのある目でにらんだ。前回ハッチが飲み物を手にデスクに近づいてきたときになにが起きたか、よく覚えている。けれどハッチはそれを無視して、建築用の図面に集中した。

「正面側の窓だね」ハッチが一言だけ指摘して長々と缶から飲み、玄関の左手に並ぶ窓を指差した。その指を目で追ったキャムは、ハッチが口を開く前に言いたいことがわかった。

「シンメトリーになってない。左側には要素が詰めこまれてるのに、右側は空っぽだ。バランスが悪い。偏って見える」

「ちぐはぐだな」ソウヤーがつぶやいた。

「たしかにちぐはぐだ」キャムはため息とともに認めた。「まったく、ハッチ。いつもどうやってるんだ？　ぼくはじっとここに座って延々こいつをにらんでたというのに、おまえはふらりとやって来て、二秒で問題点を指摘する」

ハッチが肩をすくめた。「おれはおまえみたいにくよくよしない、とか？」

「だれかがしなきゃならないだろう」キャムは指摘した。

ソウヤーが天を仰《あお》いだ。「ミスター・パーフェクトを刺激するな、ハッチ。長い説教が始まるぞ」

言い返そうとキャムが口を開いたとき、電話が鳴った。ソウヤーに人差し指を突きつけてから受話器を取る。

「ダグラスだ」簡潔に言った。

「キャム、あなたなの？」

電話の向こうで尋ねたバーディの声は震えているように聞こえた。きびきびしたいつもの彼女らしくない。

「ああ、バーディ、ぼくだよ。どうした?」懸命に二人に手を振って、テレビの音量をさげろと伝えた。

バーディの名前を聞いて、ソウヤーとハッチが急にまじめな態度に変わった。ハッチがテレビにリモコンを向けて電源を切ったので、キャムはスピーカーボタンを押して全員に会話が聞こえるようにした。

「レジーナよ」バーディが言う。「怪我《けが》をしたの」

「レジー? レジーがどうした?」ソウヤーが割りこむ。

一瞬の間のあとに、「ソウヤー? ハッチもいるの?」

「ああ、バーディ。全員いるよ。キャムがスピーカーホンに切りかえたんだ」ハッチが応じた。「レジーのことを教えてくれ。なにがあった?」

「病院に搬送されたの」バーディが疲れた声で言う。「わたしもいまそこにいるわ」

キャムの心は恐怖でいっぱいになった。ちらりとソウヤーとハッチを見ると、二人とも同様の反応を示しているのがわかった。「一時間以内にそっちへ行く」手短に伝えた。「それまでしっかりしててくれ。すぐに向かうから」

「気をつけるのよ」息子たちに注意をうながすバーディの声は先ほどまでよりしっかりしていた。「ヒューストンからここまでは一時間以上かかるし、わたしがやきもきしながら待ってるなんて思わないで。あなたたちまで入院されたら、かないませんからね」

「気をつけるよ」ハッチが言う。「バーディ? レジーは無事なの?」その声ににじむ不安はキャムにも聞き取れた。まるで尋ねるのを恐れているかのようだ。

「無事よ」バーディの声がやわらいだ。「いますぐじゃなくても、じきにね。搬送されてきたときはかなり痛めつけられていたけれど、数日のうちにきっと癒えるわ」

「痛めつけられた？」ソウヤーの声は冷たい響きを帯びていた。「どこのどいつがレジーを痛めつけた？」

「そろそろ切らなくちゃ」バーディが早口に言った。「レジーナが目を覚ますわ」それから長い間のあとに続けた。「あなたたちに電話したこと、レジーナは知らないの」

そして電話は切れた。

キャムは両手を固く握りしめ、椅子の背にもたれた。

「行こう」ハッチが言う。

ソウヤーの表情は石のように固かった。「バーディがおれたちに電話することを、レジーは望まなかったんだな」

ハッチが胸の前で腕組みをし、知ったことかと言いたげな顔でソウヤーを見た。

椅子を立つキャムに、ソウヤーが言った。「いつまで待てばいいんだ？　いったいいつまで、レジーがおれたちから逃げ回るのを許しておく？」

キャムはハッチとソウヤーを順ぐりに見た。「許さない。もう」

ハッチがにやりとし、ソウヤーは満足そうにうなずいた。

「さあ、おれたちの娘《こ》をつかまえに行こう」ハッチが言った。

2

目を開けたレジーナは、すぐさまうめき声を漏らしてふたたび閉じた。体のいたるところが少女のように悲鳴をあげている。低いささやき声が聞こえたので、だれがいるのか確かめようと、うっすらまぶたを開けた。

バーディ。レジーナはほほえんで、途端に顔をしかめた。まったく、ほほえんでも痛む。視線をめぐらせると、ジェレミーが妻のミシェルと並んで立っていた。

「ちびちゃんは？」レジーナはかすれた声で尋ねた。

ジェレミーの顔は安堵でいっぱいだった。「ジェイクとエリーが面倒を見てくれてる。気分はどうだ、レジーナ？」

ジェレミーとミシェルがベッドに歩み寄ってきて、ミシェルが同情の笑みを浮かべた。

「わたし、そんなにひどいありさま？」レジーナは尋ねた。

ミシェルが答える前に、ひんやりとした手がレジーナのおでこを撫《な》でた。

「バーディ」レジーナはささやいた。「心配かけてごめんね。だけどここにいてくれて、すごくうれしい」

年配の女性がほほえみ、腰を屈めてレジーナの頬にキスをした。「ここ以外のどこにいろっていうの」

「ひと晩中、ついててくれたんでしょ？」そう言ってレジーナは眉をひそめた。「というより、わたしはどれくらいここにいるの？」なにが起きたかを徐々に思い出して、ジェレミーを見あげた。「あいつをつかまえた？　ああ、もう、どうしてわたしの声はのどにカエルの群がいるみたいに聞こえるの？」

ジェレミーが顔をしかめた。「一度にひとつずつだ、いいな？　いや、あいつはつかまえられなかった。だが必ずつかまえる。それから、おまえの声がそんななのは、やつがおまえをぶちのめしたあとに絞め殺そうとしたからだ」ジェレミーの目が怒りで光った。

ジェレミーの妻が励ますように夫の腕に触れ、ぎゅっとつかんだ。

レジーナの頭に新たな考えが浮かび、混乱で息苦しくなった。「ジェレミー、わたしの銃。あいつに振り飛ばされたの」

「心配ない。現場で見つけた。分析中だから、数日は銃なしで過ごしてくれ。まあ、明日にも仕事に戻れるってわけじゃないだろうが」

レジーナは顔をしかめた。そう、明日には復帰できないけれど、それほど長く横になっているつもりもない。ジェレミーとその妻を見あげると、ジェレミーは憔悴《しょうすい》した顔をしていた。二人とも、ここに座ってレジーナのお守りをするよりほかにすべきことがあるのは間違いない。

「わたしならもう大丈夫だから、二人とも家に帰って。来てくれて本当にありがとう」レジーナは言った。

「そばについていてほしくない？」ミシェルが尋ねる。

「あなたたちはお帰りなさい」バーディが割って入った。「このお嬢さんがどれだけ文句を言おうと、わたしがそばを離れないから」

ジェレミーがうなずき、じっとレジーナを見つめた。「必ずやつをつかまえる」

うなずき返したレジーナは、目に映る室内の光景が泳ぎだしたので、頭を動かしたことを悔やんだ。ほどなくドアが閉じる音がして、レジーナはバーディのいるほうにゆっくりと首を回した。

「どれくらいひどいの？」レジーナは尋ねた。

バーディが低い息を漏らした。「よくはないけれど、死にはしないわ。警察署の半分の方がお見舞いに来られて、残りの半分は電話をくださったのよ。しまいにはあなたを起こさないよう、呼び出し音をオフにしなくちゃならなかったわ」

「なにがあったの？　よく覚えてない」

バーディがため息をついた。「署の方たちは、なにが起きたかあなたが教えてくれることを祈ってるんじゃないかしら。ジェレミーの話では、あなたの要請に応じて援護に向かったら、古い農家の中で男に首を絞められているあなたを見つけたそうよ」

レジーナは手をあげて首に触れ、絞め殺そうとする指を思い出しながら、そっとさすった。

「痛む？」バーディが尋ねた。その顔が同情でやさしくなる。「看護士さんを呼んで、痛み止めを処方してもらいましょうね。お医者さまの話では、あちこち傷だらけだそうだから」

自分を見おろしたレジーナは、そのとき初めて左手首に副木《そえぎ》が添えられていることに気がついた。状態を見ようと左手を掲げて顔をしかめる。「折れてるの?」折れていないようにと心の底から祈った。

バーディが首を振った。「靭帯《じんたい》が伸びているから、落ちつくまで動かさないようにとお医者さまが。肋骨《ろっこつ》が折れているかもしれないということで、レントゲンを撮ったわ」

「それで、いつ退院できるの?」

「いい子にしてなさい、お嬢さん。まだ動こうなんて考えるんじゃありませんよ」

レジーナはぐったりと枕に沈みこんだ。あと一日かそこらベッドに横になっているのはいい考えに思えたが、それをバーディに認めはしなかった。ふとあることが頭に浮かんで、バーディのほうに首を回した。「わたしの両親に電話してないわよね?」

バーディがため息をついた。「するわけないでしょう。あなたが喜ばないのは知ってるもの」

けれどバーディが目を合わせようとしないので、レジーナは不安を覚えた。疑いのまなざしでバーディを探り、やがてはっとしたように表情がこわばった。「バーディ、まさか」

バーディが眉をひそめる。「まさか、なあに?」

「あの人たちに電話してないでしょうね。だめよ、絶対」

バーディがうんざりしたようにため息をつく。「いったいなんの話?」

レジーナはうめいた。「したんでしょう。したんだわ。あの人たちに電話したのね」

バーディが唇をすぼめ、椅子の上で身を乗りだした。「いつになったらあの子たちから逃げるのをやめるの、レジーナ？　あなた自身から逃げるのを」

「じつにいい質問だ、バーディ」

もの憂げな低い声に、興奮のざわめきがレジーナのお腹をくすぐった。勇気を出して戸口のほうを見ると、キャムとハッチとソウヤーがそれぞれの姿勢でたたずんでいた。キャムは腕組みをして。ハッチはジーンズのポケットに両手を突っこんで。ソウヤーはのんびりとドアに寄りかかって。三人ともレジーナを見ていた。

最初に動いたのはハッチだった。ゆったりとベッドに歩み寄り、片方の眉をつりあげてレジーナの全身を眺めてから、ベッドサイドに椅子を引き寄せてどっかりと腰かけた。

「ひどいざまだね」

レジーナは笑い、すぐさま後悔した。全身に激痛が走ったのだ。ああ、この人に会いたかった。絶対に認めはしないが、この人たち全員に会えてうれしかった。うれしすぎた。

キャムがベッドのそばに来て、茶色の目を怒りと心配で光らせた。バーディの肩に手を載せ、屈みこんでキスをする。

「もう家に帰ったほうがいい、バーディ。少し休んで。ここからはぼくたちが彼女の面倒を見る」

バーディがやましい顔でちらりとレジーナのほうを見てから、ほほえんでキャムの頬をやさしくたたいた。「だれかがこのお嬢さんの面倒を見なくちゃね。本人にはできないようだから」

レジーナは小声でうなった。

ソウヤーがくっくと笑い、肘《ひじ》でキャムを押しのけて前に出た。ソウヤーがキスしようと腰を屈めたので、レジーナは頬を差しだしたものの、指で顎をそっと押されて、長々と唇にキスをされた。ソウヤーの顎髭《あごひげ》が肌をくすぐり、レジーナの体に震えが走る。ソウヤーが手のひらでレジーナの顎を撫でおろし、首の周りに残るあざに触れた。

「犯人を殺してやる」ソウヤーがつぶやいた。

レジーナはいらいらと彼の手を押しのけて、三人全員をにらみつけた。「だからあなたたちには知らせたくなかったのよ。どかどか押しかけてきて、男性ホルモンをみなぎらせて、ゴリラみたいに胸をたたいて人間性への脅威をつぶやくことは、わかりきってたもの」

ソウヤーが笑った。「誇張じゃないな、レジー」

レジーナは黙りなさいとにらみつけたが、ソウヤーはにやにやするばかりだった。

キャムがベッドの端に腰かけて、レジーナの脚に手を載せた。「きみが望もうと望むまいと、ぼくたちはもうここに来てしまった。ゆうべからここにいるが、正直に言うと、きみは寝ているときのほうがずっと扱いやすいな」

悔しい。笑うものですか。

「それから、退院したらぼくたちと一緒に来るんだ」

レジーナは反論しようと口を開いたが、ソウヤーが腕に触れ、ハッチが肩をつかみ、脚に載せられていたキャムの手に力がこもると、なにを言おうとしていたのか忘れてしまった。いったいどうやっているのだろう?

「医師とはもう話した」キャムが続ける。「経過を見るためにもう一晩ここにいなくちゃならないが、安静にできる場所さえあるなら、朝には退院していいそうだ。きみの家は問題外だ」鋭い目でレジーナを見た。

レジーナはため息をついた。「わたしには仕事があるわ。つかまえるべき殺人犯がいる。あなたたちに世話を焼いてもらってる暇はないし、あなたたちにだってそんな暇はないでしょ?」

「時間なら作るよ」ハッチが言う。

レジーナはハッチのほうを向いて眉をひそめた。レジーナを弱者のように扱うことがないと断言できる人がいるとしたら、それはハッチだ。病室に入ってきたときにひどいざまだと言ってくれて、本当にうれしかった。なぜならそれは、ハッチがほかの二人のような態度をとったり、起きたことを大げさに騒ぎ立てたりしないという証拠だから。

「レジー、おれは簡単に騙《だま》せる男かもしれないけど、きみにとってなにがベストかってことになれば、話は別だよ」その口調は、まるでレジーナの頭の中に手を突っこんで、彼の認めない思考を引っこ抜いて捨てるかのようだった。いまいましい。

「みんなに賛成よ、レジーナ」バーディが言った。「いまは一人でいるべきじゃないわ。完全に癒えるまでは仕事に復帰するなんて許しませんからね」

「裏切り者」レジーナはぼやいた。

「バーディ、疲れた声だな」ソウヤーが言う。「家まで車で送ろう。おれたちが来たからには、レジーの面倒はおれたちが見る」

顔をしかめるレジーナをよそに、バーディがほほえんだ。「心配しないで、自分で運転できるわ。あなたたちは遠路はるばるレジーナに会いに来たんだもの。あとは任せるわ」腰を屈めてレジーナの頰にキスをした。「また来るわね。持ってきてほしいものはある?」

レジーナは首を振った。「ありがとう、バーディ」

バーディがぎゅっとレジーナの手を握った。「わたしにお礼を言う必要はないのよ。わたしにとって、あなたはわが子同然なんだから。この子たちと同じように」

レジーナはほほえみ、男たちがつかの間レジーナのことを忘れてバーディの周りに集まり、ハグやキスをするのを眺めた。バーディは本当に彼らを愛している。だれも三人をほしがらなかったときに、彼女が家と愛を与えた。三人のほうも負けないくらいバーディを愛している。

レジーナが、キャムとハッチとソウヤーをうらやんだところもあった。ばかげているように聞こえるだろう。レジーナは食べるものにも着るものにも不自由したことがない、特権的な幼少期を過ごした。けれど彼女にはあるものが欠けていた。愛。それは三人がバーディと暮らすようになって以来、一瞬たりとも不足しなかったものだ。

その点で、レジーナは三人をうらやんだ。三人が聞いたらきっと笑っただろう。彼女が

——州で一、二を争うほど裕福な男の娘が——里親のもとを転々とし、少年拘置所を出たり入ったりしていた赤貧の少年たちをうらやんだとは。けれどいろいろな面で、三人にはレジーナが夢にも思わなかったほどの自由があった。そしてバーディがいた。

レジーナと、ハッチ、キャム、ソウヤーのあいだにつながりができたのはティーンエイジャーになってからだ。三人がバーディと暮らすようになって数年が経《た》っていた。最後にバーディのもとへ来たのはハッチで、そのハッチが四人を結びつけた。

ある日ハッチは、レジーナの〝空想の家〟——小川の岸にある小さな洞穴にすぎないが——を偶然見つけたのだ。バーディの家から一・五キロほど、レジーナの本当の家から牧草地を越えた場所でのことだった。

レジーナは邪魔を快く思わなかったし、ハッチのほうも女の子に出くわしたのを喜ばなかった。だがほかに行くところもなければすることもなかったので、お互いしぶしぶ協定を結び、その空間を共有することに決めた。

ハッチの新しい友達のことを知ったキャムとソウヤーは、容赦《ようしゃ》なくからかった。が、それもレジーナが二人を殴って鼻血を出させるまでのことだった。ハッチは女の子にかばってもらったのを少し恥ずかしく思ったが、それでも少年たちは小柄で短気な女の子に大きな敬意をいだくようになった。

高校に入るころには、四人の友情は固いものになっていた。町の人々からならず者というレッテルを貼《は》られ、ろくな大人にならないと決めつけられていた少年たちは、周囲に合わせようとしなかった。しかしレジーナの周りで三人を悪く言う者はいなかった。レジーナの父でさえ、その無益さを学習していた。

レジーナはため息をついた。あのころに戻れたらどんなにいいか。当時はすべてがシンプルだった。四人でさんざん楽しんだ。親友だった。

温かな手にそっと手を覆われて、レジーナははっとわれに返った。バーディはすでに去り、いまレジーナは不機嫌そうな三人の男を前にしていた。なんてこと。

常に恐れず難局に立ち向かう性格のキャムは、回りくどい話をしなかった。ふだんは彼のそういうところが好きなレジーナも、話題の中心が自分となると、別問題だ。

「今日こそ話をしよう、レジー」キャムがきっぱりと言った。

レジーナはちらりとハッチとソウヤーを見て、無言で慈悲を求めた。断固とした二人の表情は、求めには応じられないと告げていた。

「きみは安静中だから」ハッチがつぶやく。「今回は叱られた猫みたいに逃げだせないぞ」

レジーナは目を閉じて、血の気《け》のない指でシーツを握り締めた。まさか本気であのことを話題にするつもりじゃないわよね？

「ぼくたちとセックスしなかったふりをしても、なにも変わらない」キャムが言った。

ああ、本気で話題にするのね。

恥じらいで頬が熱くなったが、レジーナはどうにか思いを顔に出さないようにした。

ソウヤーが屈みこみ、レジーナの顎の下に人差し指を当てて、視線が合うまで上を向かせた。「おまえが楽しまなかったなら話は別だが、そうじゃなかったことはおれたち全員が知ってる。おまえがおれたちに愛情を持ってなかったり、おれたちがおまえに愛情を持ってなかったりしたなら、また話は違ってくるが、そうじゃないこともみんな知ってる」

レジーナは反抗的に唇を引き結び、ソウヤーをにらんだ。

「時間はたっぷりある」ハッチがさりげない口調で言った。「今度ばかりはきみを逃がさないよ。きみが必死で逃げるのを、おれたちは許した。それはおれたちの責任だ。だけど二度と同じことは許さない。それもおれたちの責任だ」

どうしようもない怒りでレジーナの胸は締めつけられた。この三人に引き起こされる感情が嫌いだった。この三人に引き起こされる感情が大好きだった。この三人を前にすると自分が自分でなくなるのが大嫌いだった。

ごくりと唾《つば》を飲んで、のどの痛みに顔をしかめた。ソウヤーがそっとレジーナのおでこを撫でて、やさしい目で見おろした。「痛み止めを処方してもらおう、レジー。少し休んだほうがいい。おまえが目覚めたときも、おれたちはここにいる。どこへも行かない。信じてくれ。それから、あの話をすることも覚えておいたほうがいい。おれたちの話を」

屈んでもう一度キスをした。レジーナは、こみあげてきた熱い涙を激しくまばたきしてこらえた。この男性にこれほど深い影響を及ぼされる自分に腹が立った。

「あれはただのセックスよ」レジーナはかすれた声で言った。

ソウヤーの青い目が輝き、狭まった。「自分にそう言い聞かせ続けていたら、いつか本当に信じちまうぞ、レジー」

「あなたたちがここにいる必要はないわ」言葉がのどにつかえ、レジーナは即座に後悔した。弱虫。わたしの弱虫。けれど三人は拒絶されても怒らなかった。

キャムがほほえみ、ハッチは副木の上からレジーナの腕を撫でた。

「ここにいてほしくないかもしれないが、きみには間違いなくぼくたちが必要だ」キャムの声は自信に満ちていて、それがレジーナの神経を逆撫でした。

「おれたちもきみを必要としてる」ハッチが簡潔に言った。

ハッチのほうを向いたレジーナは、頑《かたく》なさが揺らぐのを感じた。三人が望んでいるものを、いや、三人が要求しているものを、レジーナは与えられない。与えられる人がいるだろうか？　だってそれは正常ではない。社会常識にかなっていない。可能でもない。レジーナの世界では。だれの世界でも。

ソウヤーの指にまた髪を梳《す》かれると、レジーナは本能的にそちらへ頭を倒した。ソウヤーの指が短い巻き毛をレジーナの耳にかけ、耳の後ろの感じやすい肌を撫でおろす。

まただ。彼らはまたその指先と存在感でレジーナをなだめすかし、思考を麻痺《まひ》させようとしている。ハッチの指はやさしく腕をさすり、ソウヤーの指は巻き毛をいじり、キャムの大きな手は膝に触れて、シーツ越しにその熱を伝えている。

レジーナは安全だと感じた。それ以上に、癒された。このときだけは、すべてが問題ないように思えた。

そのとき突然、ドアが開いて看護士が入ってきたので、レジーナはぎょっとした。一時的にでも救われたことに感謝するべきだとわかっていたが、邪魔をされたと顔をしかめずにはいられなかった。

いつの間にかソウヤーはベッドのレジーナの隣りに陣取って、彼女の首筋を撫でていた。なんて巧妙な人。ベッドの端から片脚を垂らし、曲げた肘にレジーナの頭を抱いている。

自分たちがどれほどくつろいで親密に見えるかに、レジーナは気づいた。ハッチは反対側を占め、所有欲もあらわに彼女の腕に手を載せている。キャムはベッドの足元に腰かけて、ぼんやりと膝をさすっている。そしてレジーナはぬくぬくとソウヤーに包みこまれている。

看護士は片方の眉をつりあげたが、余計なことは言わずに男たちの周囲を回り、レジーナの点滴装置に向かった。管はすでに外されていたが、生理食塩水の留置針《ロック》は装着されたままだった。ソウヤーはやさしくレジーナの腕を掲げて彼の膝に載せたが、看護士のために動こうとはしなかった。看護士は肩をすくめ、レジーナの手に手を伸ばした。

「わたし特製の〝忘却カクテル〟は速効よ」看護士が言い、注射器の栓を外した。それから注入口を脱脂綿で拭《ふ》き、針を挿した。

数秒のうちに薬が血管に届き、レジーナはかすかな熱を感じた。熱はすばやく腕をのぼり、肩に届くころにはレジーナはますますくつろいで、ソウヤーの腕にもたれかかっていた。

そうして眠気に襲われながら、ソウヤーが唇で髪を愛撫《あいぶ》しながら低い声でささやくのを感じた。看護士が離れると、ソウヤーはさらにレジーナを引き寄せた。レジーナはもう片方の手を掲げ、やみくもにハッチを探して宙を掻《か》いた。その行動はレジーナの言葉すべてに矛盾《むじゅん》していたが、口ではどれだけ三人のことを必要ない、ここにいてほしくないと言ってみても、この一年間、レジーナは自分の大きな一部が欠けているような気がしていた。

ハッチがレジーナの手をつかまえて、指と指とをからめながら、やさしくベッドに戻させた。

レジーナがどうにかもう一度目を開けると、キャムと視線がぶつかった。

「会いたかったわ」レジーナはささやいた。朦朧《もうろう》とするあまり、止める前に言葉が出ていた。キャムの茶色の目がやさしくなった。「ぼくたちも会いたかった、愛しいレジー。さあ、ゆっくり休んで元気になれ」

「行かないで」体と脳を支配していく倦怠感《けんたいかん》に抗いながら、レジーナはつぶやいた。

「どこにも行くもんか、レジー」ソウヤーが耳元で言った。「約束だ」

その約束がもたらす安らぎに身をゆだね、レジーナは眠りに落ちていった。

3

太陽はまだ地平線から顔をのぞかせておらず、夜明け前の淡い光がようやく空を彩りはじめたばかりだ。トラックからおりたソウヤーはボンネットを回り、キャムのそばで足を止めた。

二人並んで大きな二階建ての家を見あげる。家が位置する百エーカーほどのなだらかな丘は、二年前に彼らが購入したものだ。

ソウヤーの胸は誇らしさで締めつけられた。ここはおれたちのものだ。土地。家。子どものころは、家や家族など夢のまた夢だった。ほかの子どものための夢。ソウヤーには許されない。永遠に。

バーディが迎え入れてくれたとき、キャムはすでに一週間ほどそこで暮らしていて、バーディの愛情を競い合うことを快く思っていなかった。バーディを遠ざけながらも、ソウヤーの存在に腹を立てていた。バーディを求めても信じてもいないくせに、ソウヤーがバーディを手に入れることも望んでいなかった。

そんなキャムの気持ちをソウヤーが本当に理解できたのは、数カ月後にハッチがやって来たときだった。恐怖と不安。当時のソウヤーが深く慣れ親しんでいた二つの感情が、強烈に襲ってきた。もしもバーディがハッチのほうを好きになったら？　ハッチのほうがおとなしい。それほど手を焼かせない。もしもバーディが、男の子三人は多すぎるという結論をくだしたら？　当然、いちばん厄介ではない子を残すだろう。

「行こう」キャムが言い、ソウヤーを現実に引き戻した。「レジーを迎えられる準備ができているか、確認したい」

二人で正面のポーチに歩み寄り、キャムが鍵を錠に挿した。この家には建築中に何度も足を運んでいたものの――キャムは強迫観念に取《と》り憑《つ》かれたかのごとく、なにもかもが完ぺきで自分が引いた図面どおりになっていることを、逐一チェックしていた――玄関ホールに一歩踏み入れたソウヤーは、感嘆の念を覚えずにはいられなかった。

費用はいっさい惜しまなかった。見た目と印象は男性的だが、彼らの好みだけを念頭に設計、装飾したのではない。そう、これはレジーのために建てた家だ。レジーの夢の家。

ソウヤーはぶらぶらと石造りの暖炉に近づいて、マホガニー材の炉棚をそっと撫でた。それからフレンチドアに歩み寄り、外のデッキを眺めた。レジーはきっと気に入るだろう。広いテラスに影を落とす数本の木の中には、彼らが植えた大きな樫《かし》の古木も含まれている。幼いころにレジーとハッチが木の根に寄り添って多くの時間を過ごした、あの小川の岸を模したつもりだ。

デッキに出ると、家の裏手から緩やかにくだった先に三エーカーほどの池が見える。池にはバスとナマズを放してあるので、ソウヤーはだれがいちばん大きな獲物を釣りあげるか、レジーに挑むのをいまから楽しみにしていた。

「うまく行くと思うか？」

驚いて向きを変えると、いつの間にかキャムが隣りにいて、フレンチドアの外を見つめていた。なお驚かされたのは、キャムの声ににじむ不安だ。まさかキャムが——三人の中でもっとも芯の強いこの男が——不安を抱いている？　ソウヤーとハッチがこの計画に疑念を持つたびに、必ずうまく行くと励ましてきたのはキャムだ。うまく行かなくてはならないんだ、みんなレジーを愛しているんだから、と。

そのキャムがいま、同じ励ましを必要としていることにソウヤーは気づいた。

「ああ、もちろん。きっとうまく行く。レジーが逃げてるのはおれたちからじゃない。彼女自身からだ。怖いのさ。なにが怖いのかは、よくわからないが」

キャムがうなずいた。「なんというか、ときどき、ぼくたちは間違いを犯したんじゃないかという気になるんだ。行きすぎたんじゃないかと」

ソウヤーはしばしキャムを見つめてから、視線を外に移した。「おれたちは行きすぎたりしてない、キャム。あれはただ……起きたんだ。おまえやハッチが彼女になにかを強いようとしたらおれが許さないし、おれがそんなことをしようとしたらおまえたちが許さないだろ？　おれたちはレジーを欲してた。気が遠くなるほど昔から」

「エアコンを入れて、レジーの部屋が万事整ってるか確かめてくる。おまえがそうしたければ、すぐに病院に戻ろう」

ソウヤーは向きを変え、急な話題の転換を受け入れた。病院に戻りたくてたまらなかった。

たとえレジーが、彼らと一緒に家に帰ることに猛烈に抵抗するとわかっていても。とりわけ、その家がヒューストンではなくここだと知ったら。

ハッチはレジーの静かな呼吸を聞きながら、やさしく彼女の肩を上下に撫でた。レジーは眠っている。彼の胸に頭を載せて、ぴったりと寄り添って。ハッチの腕はもう一時間も前からしびれているが、動かして彼女を起こしたくなかった。

もう片方の手ですらりとした首を撫であげ、鮮明なあざが肌を汚している箇所に触れた。レジーがそれほどまで死に近づいたと思うと、心の底からぞっとした。警官という職業上、日々危険にさらされるのはわかっているが、今回の件にはその事実を痛感させられた。

そんなふうに危険に身をさらしてほしくない。家にいて、彼のベッドに横たわり、世話を焼かせてほしい。もしレジーにそんな願望を少しでも悟られたら、股間を蹴りあげられるだろう。レジーは三人の中でもハッチは味方だと思っている。

ハッチがキャムやソウヤーほど辛抱強くないことに、レジーが気づいてくれたなら。レジーはほかの二人のものになる前からハッチのものだったのだ。キャムとソウヤーと結んだ協定に従いたくないと思ったことも一度ではない。二人がレジーを愛しているのは知っている。ハッチと同じように。だけど待つのにはもう飽きた。三人のうちの一人だけが相手ならレジーも怯《おび》えないが、三人一緒となると……。

ため息が出た。レジーは三人のうちの一人を選んだりしないだろう。彼らもそれはわかっている。だから選ばせたいと思わないのだ。だれもレジーを失いたくないからこそ、人生最大の賭けに出ようとしているのだ。レジーに、彼女は三人全員のものだと納得させる。そして三人が嫉妬《しっと》で身を焦がさないことを祈る。

レジーが身じろぎをして小さく息を漏らした。ハッチが頭のてっぺんにキスをすると、おとなしくなった。

「ハッチ?」

思わずハッチはほほえんだ。薬によるもやから抜けだすときでも彼がわかるとは。

「ああ、ベイビー。おれだよ」

レジーの唇がほほえむのを胸で感じたが、その唇から出た言葉は矛盾していた。

「来なくてよかったのに。わたしなら大丈夫だもの。仕事があるんだから、三人揃って押しかけてくる必要なんかなかったのよ。バーディが言ってたわ、いまはあなたたちにとってすごく忙しい時期だって」

怪我をした箇所にぶつけないよう気をつけながら、ハッチは体勢を変えた。腕はいまや慈悲を求めて悲鳴をあげていたので、レジーの下からそっと引き抜いて、横向きになった。

「たしかに忙しいよ、レジー。だけどきみのためならいつだって時間は作るし、きみだってそれはもうわかってるはずだろ」

「そういう意味じゃなくて」レジーがそっと言った。「あなたたちが来る必要はなかったと言いたかっただけ。わたしは大丈夫。必要ない……」

ハッチは彼女の唇に人差し指を当て、それ以上言わせなかった。レジーの青い目は痛みと薬の余韻《よいん》でどんよりしていたが、不安も芽生えかけているのがハッチにはわかった。手でやわらかな頬を撫でおろし、耳の下をくぐってうなじに到達した。親指で鎖骨《さこつ》を撫でながら、ただじっと見つめた。

レジーは美しい。本人はそれをわかっているのだろうか。だれの目から見ても美しいけれど、ハッチにとってはそれ以上だということを。キャムとソウヤーにとっても。

「そんなこと言わないで」ハッチは指先で彼女の唇の閉じ目をなぞった。「きみにはおれたちが必要だ、レジー。きみはその考えに抵抗してるし、いまのところはそれもいいだろう。だけどいつかは認めなくちゃいけないときが来る。おれたちだけでなく、きみ自身にも。おれたちがきみを必要としてるのと同じように、きみもおれたちを必要としてることを」

レジーがもどかしそうな声を出したので、ハッチは屈んでキスをした。こわばっていたレジーの体から力が抜けて、ハッチがやさしく唇を嚙《か》むと、女らしい小さな吐息を漏らした。三人が愛したときも、レジーはこの満足そうな声を漏らした。ハッチはそれをもう一度聞きたかった。

ドアのほうで物音がしてレジーの体がまたこわばり、さっとハッチから身を引いた。途端に痛みが走ったのだろう、うめき声をあげた。

「ばかだな、レジー」ハッチは咎《とが》めるように言い、ふたたび彼女を引き寄せた。

顔をあげると医師が入ってきたのがわかったが、ハッチはベッドの上からどこうとしなかった。医師はそんなハッチを無視し、レジーの手首を取って簡単に診察した。ほどなくレジーに言った。

「もう家に帰れそうかな、ファロンさん?」

「ええ、帰れます」レジーが答えた。「どれくらい安静にしてなくちゃいけませんか? いつから仕事に戻れます?」

ハッチの身はこわばった。レジーに仕事に戻ってほしくない。いまの状態では。というより、どんな状態でも。

「少なくとも今後数日は、仕事は論外だろうね。その先も、最低でも二週間は軽い労働に留めたほうがいいだろう。レントゲンの結果、幸い肋骨は一本も折れていなかった。だけど打撲の箇所がかなり多いから、しばらくは痛むよ。

「のどの腫れは引いてきたし、声帯に後遺症が残ることもないだろう。手首はできるだけ安静にして、負担をかけないよう注意すること。

「痛み止めは何種類か処方箋《しょほうせん》を出しておこう。炎症を抑える薬も出しておくから、忘れず服用してください」

レジーはうなずいたが、ハッチは騙されなかった。レジーは病院を出られるならどんなことにでも同意して、ひとたび出てしまえば薬など飲まないに決まっている。まあ、それも問題ない。必要なら力ずくでもおれが飲ませてみせるから。

「それでは、いいでしょう。看護士に退院手続きの指示を与えておくので、正午ぐらいには帰れると思うよ。それまではおとなしくしているように」

「ありがとうございます」レジーがつぶやいた。

医師が出ていくと、キャムとソウヤーが並んで入ってきた。寄り添っていたレジーの体に緊張が走ったので、ハッチは安心させようと、彼女の髪に唇を押し当てた。

緊張からごくりと唾を飲みこんだレジーナは、今日はのどがガラスの破片を飲みこんだように感じないと気づいて、ほっとした。キャムとソウヤーに視線を向けると、ソウヤーが大股でベッドのほうに歩いてきた。

ソウヤーが腕の副木に軽く指を走らせてから、キスしようと腰を屈めた。今回はレジーナも顔を背けようとしなかったので――どうせソウヤーが許さない――温かな唇をしっかりと唇に押し当てられた。

レジーナの唇が開くと、ソウヤーがこれ幸いとばかりにキスを深め、舌で舌を愛撫しはじめる。レジーナは自分が流されていくのを感じた。屈服していくのを。途端に動揺が押し寄せてきて、レジーナは思わず身を引いてハッチに救いを求めた。

ソウヤーの目を痛みがよぎり、レジーナはもう少しで声に出してうめきそうになった。ああ、だからこんなことはできないのだ。この三人のだれかを傷つけるようなことは絶対にしたくない。一人に背を向けて別の一人を選ぶようなことは。涙がこみあげてきて、レジーナは目を閉じた。三人の前でもろい姿をさらしたくなかった。

「そんなつもりじゃなかったの」ささやくように言った。

気詰まりな沈黙が室内に広がり、レジーナはここから出ていけたらいいのにと願った。自分の脚で自分の家に帰り、じっとこちらを見つめているものを無視できたらいいのに。目を開けて、キャムのほうをちらりと見た。キャムは窓辺にたたずみ、ジーンズのポケットに両手を突っこんでいる。キャムの中で反抗的と呼べる部分は髪だけだと、ずっと前から思っていた。ソウヤーは頭の毛を剃《そ》っているし、ハッチは短く切ってつんつんに尖らせているけれど、キャムはそのままだ。これほど秩序を重んじる男に、長く乱れた髪は似合わない。けれど、眼鏡《めがね》をかけたまじめそうな顔にくしゃくしゃの乱れた髪という組み合わせは、とてつもなくセクシーだと認めずにはいられなかった。

「バーディの話では、今日は予定があるそうだけど。ここにいながら、どうやって片づけるつもり?」

レジーナは自分の声がしっかりしているのを誇らしく思った。さっきは一瞬もろくなったけど、もう自制心を取り戻した。おかしいのは、彼女が取り乱さないとわかって、三人もレジーナと同じくらいほっとして見えたことだった。

キャムの唇の片端があがって半分だけの笑みを作った。「ぼくの仕事の心配はぼくに任せておけばいい、レジー。きみはもうじゅうぶん心配ごとを抱えてる」

レジーナは眉をひそめた。「それじゃあ答えになってないわ」顔をあげてハッチを見てから、いまやベッドのそばの椅子に腰かけているソウヤーに視線を移した。「二人とも、キャムに仕事を台なしにされてもいいの?」

ハッチがくっくと笑った。「悪くない作戦だね。だけどこれに関してはキャムの味方をさせてもらうよ。きみが最優先だ」

レジーナはため息をつき、もう一度ソウヤーのほうをちらりと見た。罪悪感で胸が苦しかった。

ソウヤーの表情がやわらいだ。「そんな目で見るなよ、ベイビー。おれの繊細なハートを傷つけたんじゃないかと心配する必要はない。あんなふうに強引なまねをしたおれが悪いんだ。だが無理もないだろ。おまえの唇は、おれがこれまでに味わった中で最高にうまいんだから」

レジーナの頬はこわばった。憎らしい人。謝りながら咎めるなんて。

そのときまたドアが開いて、レジーナは邪魔に感謝した。現れたジェレミーと署長の姿に背筋を正そうとし、ベッドからどこうとしないハッチをにらんだ。

「調子はどうだ、レジーナ？」署長が尋ね、ジェレミーとともにベッドに歩み寄った。

「良好です。あと二時間ほどで退院できます」

署長がうなずいた。「そうか。よかったな。だがしばらくは安静にして、あまり復帰を急がないことだ」

レジーナはジェレミーと署長を交互に見た。「殺人犯はどうなりました？」

「捜索中だ。おまえが回復ししだい、話を聞きたい。じつはここに来たのは、いま二、三質問できないかと思ったからなんだが」

レジーナはそわそわとハッチを、それからソウヤーとキャムを見やった。襲撃されたときの詳細を三人の前で語りたくなかった。ますます動揺させるに決まっている。

「家に帰る途中で署に寄ります」と申しでた。

ハッチが隣りで身をこわばらせ、ソウヤーの唇はまっすぐに引き結ばれた。レジーナはどちらにも気づかないふりをした。

署長が眉をひそめ、ジェレミーは疑いの目でレジーナを見た。

「本当にそんな余力があるのか？」ジェレミーが尋ねる。

「いや」キャムが割って入った。

「ええ」レジーナもほぼ同時に言った。「ここでは頭が働かないの。病院は嫌いなのよ。実際より弱くなったような気にさせられるから。署へ行ったほうが、きちんと質問に答えられるわ。ここで横になってるのと署で椅子に座ってるのと、わたしにとって違いはないもの」

そう言うと、もう一度反対してごらんなさいと言わんばかりにキャムを見た。

「退院したら車で送ってくれるよう、バーディに頼んでおきます」レジーナはジェレミーと署長に言った。

「その必要はない」ソウヤーがなめらかな口調で言った。「行かなくちゃいけない場所があるなら、おれたちが喜んで送り届ける。用が済んだら、おれたちと一緒に家に帰る」

署長が納得してうなずいた。「いい考えだ。いまはレジーナを一人にしたくない。問題の男を刑務所にぶちこむまではな。そいつがなにを考えているか、わかったものじゃない。部下の安全性について、危険を冒したくない」

レジーナはあんぐりと口を開けたが、舌先から飛び立ちたがっている抗議をどうにか抑えた。署長の前で恥をかくのだけは避けたい。

「それでは、行くか」署長が言った。「あとでな、レジーナ」向きを変えながら、一瞬笑みをのぞかせた。「おまえたちとも再会できてよかった。久しぶりだな。最近は年寄りを休ませてくれて、大いに感謝しているぞ」

ソウヤーがにやりとし、キャムが署長にうなずいた。「こちらこそ、お会いできて光栄でした」キャムが言う。「あとでレジーを連れていきます」

ジェレミーがふと足を止め、レジーナの脚に手を載せた。「本当に大丈夫なんだろうな？」

レジーナはほほえんだ。「ええ、今日はぐんと調子がよくなったわ。あちこちこわばってるし痛むけど、ベッドを出て動きまわるようになればすぐによくなると思う」

ジェレミーがうなずき、署長に続いて病室を出ていった。「またあとで」

レジーナは覚悟を決めて閉まるドアを見つめた。首を回しはしなかったが、視線を横に走らせて、キャムとソウヤーのしかめ面は確認した。ハッチの顔は見あげるまでもない。喜んでいないのはわかりきっている。

力を誇示する機会を三人に与えたくなくて、レジーナはさっとシーツをめくると、両脚をベッドの端のほうへ滑らせた。

「おいおい、どこへ行くつもり？」ハッチが尋ね、ソウヤーは彼女を押し戻そうと椅子からベッドのそばに来た。

「ベッドから出るのよ」レジーナは冷静に答えた。「シャワーを浴びたいの。清潔な服を着たいの。病院なんかにいたくないの」

ソウヤーがうしろめたそうな顔でキャムを見た。「レジーが着られそうな服を持ってきたか？」

キャムが首を振った。「ハッチが手に入れてくるものと思っていた」

「で、おまえたちのどっちが手に入れてくる？」ハッチが尋ねた。

ソウヤーが向きを変えてハッチをにらんだ。「おまえが行って来いよ。キャムとおれは、今朝はもうじゅうぶん走り回ってきた」

言い終えた途端、ソウヤーが顔をしかめてレジーナを見た。「いまのは言葉のあやだ」

レジーナは肩をすくめた。「仕事をしてなくちゃいけないときに、いつまでここでじっとしてるつもり？　署まではタクシーで行けるし、帰りはバーディに車で迎えに来てもらう。あなたたちがいつまでもここにいる理由はないのよ。わたしなら心配ないから」

ハッチがベッドから身を起こし、立ちあがって伸びをした。「きみの服を買ってくるよ。ここにいて、間抜け二人と口論してて」

レジーナがふたたび床に足を近づけようとすると、今度はソウヤーも助けようと腕を支えてくれた。レジーナは助けなどいらないとむっとしたものの、床に足をおろしてみると、支えてもらったことをありがたく思った。生まれたばかりの子牛のように頼りなくふらついて、胸の奥からうめき声が漏れた。

「最悪」レジーナはぼやいた。

「言ったろ、ひどいざまだって」ハッチがドアに向かいながら言った。

「いったいわたしはどうしてあの人を大目に見てるのかしらね？」レジーナはうんざりした口調で尋ねた。

「いい質問だ。おれも知りたい」ソウヤーが言い、レジーナをかたわらに引き寄せた。

「どけ」キャムがレジーナの前に現れ、簡潔に言った。

ソウヤーが驚いてさがり、レジーナは気がつけばキャムの腕にすっぽりと包まれていた。キャムは彼女を締めつけないよう気をつけているものの、レジーナは彼の体からにじみだす緊張を感じ取った。

「キャム、大丈夫よ」レジーナはささやくように言った。

キャムの両手がレジーナの背中を上下にさすり、唇が頭のてっぺんに押し当てられた。

「死ぬほど心配したぞ、レジー」キャムが言う。「二度とあんな思いをさせないでくれ」

キャムが体を離すと、レジーナの口角があがった。「誓ってもいいけど、わたしの努力で防げるなら、こんなことを習慣にするつもりはないわ。さあ、シャワーを浴びてもいいかしら？」

4

レジーナは狭いバスルームに立ち、鏡に映った自分の姿におののいた。濃いあざが首全体に広がっている。実際、変色していない部分がほとんどないくらいだ。

左手首の副木と、もう片方の手に残されたままの留置針《ロック》を見おろし、それからシャワーを見た。どうやって浴びればいいのかわからないが、清潔な状態に戻りたいという抑えられない欲求に苛《さいな》まれていた。殺人犯の痕跡《こんせき》を肌から拭《ぬぐ》い去《さ》りたいという欲求に。

使えるほうの手を伸ばして蛇口をひねり、病院のガウンをもぞもぞと脱ぎはじめた。ロックが濡れてしまうのはしょうがない。ガウンを床に脱ぎ捨ててカーテンをくぐり、左腕は濡れないようにシャワーの外に突きだした。

湯が胸に当たると、痛む肋骨に響いてレジーナは顔をしかめた。しばし顔にしぶきを浴びてから、目の周りを拭って周囲を見まわし、石けんを探した。石けんは病院が用意してくれるものではないと悟るには手遅れだった。

いらいらとため息をついて、床中に水滴を落としながらシャワーを出た。いずれにせよ、片手で頭を洗いながらもう片方の手を濡れないように保つ方法などわからない。

便器にぶつかってバランスを失い、どすんと便座の蓋《ふた》に着地した。とっさになにかにつかまろうと両手を伸ばし、痛みに悲鳴をあげた。

即座にバスルームのドアがばたんと開いて、心配顔のキャムとソウヤーが戸口に現れた。レジーナが抗議したり赤面したり恥ずかしさに圧倒されたりする前に、キャムが駆け寄ってきてレジーナの肩を両手でつかんだ。

「大丈夫か？　なにがあった？」

「だから一人でやらせるべきじゃないと言ったんだ」ソウヤーが苦々しい声で言う。

レジーナは片手を掲げた。「大丈夫よ。二人とも出ていって」体を隠そうとタオルに手を伸ばす。

「きみの裸ならもう見てる、レジー」キャムが辛抱強く言った。

レジーナは彼をにらみあげた。

キャムが肩をすくめた。「念のために言ったまでだ」

レジーナは目を閉じてため息をついた。「石けんがほしいの。シャンプーなら、なおいいわ。ただし、どうやって髪を洗えばいいのかまったく見当もつかないけど」とつぶやいた。

ソウヤーがバスルームを出ていき、ほどなく小さなシャンプーの瓶を手に戻ってきた。それからキャムを見た。

「おまえがやるか、それともおれか？」

キャムの視線が一瞬レジーナに向けられ、すぐにソウヤーに戻った。「ぼくがやる。ハッチが服を買って戻ってきたら、バスルームのドアの外のカウンターに置いておいてくれ」

ソウヤーがうなずき、ふたたびレジーナを見た。レジーナはタオルを胸に押しつけたが、それでもソウヤーのひたむきな視線を向けられると、自分は怖いくらいむきだしで頼りなくなった気がした。

「外にいるから、必要なものがあれば声をかけろ」ソウヤーがやさしい口調で言った。

それからバスルームを出てドアを閉じた。

「キャム、あなたの手伝いは必要ないわ」レジーナは、こちらを向いたキャムに言った。

「レジー、そこまでだ」キャムが穏やかに言う。「転んで怪我をするのは目に見えている。さあ、シャワーを浴びろ。ぼくが髪を洗ってやる。タオルを体に巻いていたほうが落ちつくなら好きにすればいいが、きみの裸ならもう見てるし、病院のバスルームで襲いかかる趣味はない。きみが自制できるなら、ぼくもできると請け合おう」

レジーナは笑い、キャムの手につかまってうめきながら体を起こした。シャワーに足を踏み入れると、少しためらってからゆっくりとタオルを外し、キャムに手渡した。

キャムがタオルを脇に放り、それからレジーナの後ろに入ってきて、彼女の頭上のフックからシャワーヘッドをつかみ取った。

「わたしのせいで、あなたがずぶ濡れになっちゃうわね」レジーナはつぶやいた。

「かまわない」

やさしい手がレジーナの髪をまとめ、もう片方の手がそこに湯を浴びせた。その間ずっと、キャムはシャワーヘッドが負傷した手のほうを向かないよう気をつけていた。

「きみがこっちを向いてくれたほうが楽だな」キャムが言った。

レジーナは目を閉じたが、言われたとおりにした。ふたたび目を開くと、キャムの瞳に見つめられていた。

「ぼくの肩に腕を載せて」

レジーナは副木が添えられた腕を慎重に掲げ、彼の右肩に載せた。

キャムが彼女の頭にシャンプーを垂らしてから、慎重な手つきでシャワーヘッドをフックに戻し、二人に湯がかからないよう角度を整えた。そしてレジーナの髪に指をもぐらせて泡を立てはじめた。

レジーナは目を閉じて、彼の指がもたらす魔法に酔いしれた。

「体のほうも洗おうか？」キャムが尋ねた。

レジーナは恥ずかしくて死にそうだった。どうしてそんなことを頼めるだろう？　初めてのボーイフレンドに熱をあげている少女のごとく、この男性に触れられたら反応してしまうことを、二人ともわかっているというのに。

乳首はすでに尖って疼《うず》き、乳房は切望で重くなっている。幸いキャムはその事実を指摘したりしていないが、気づいてはいる。しっかりと。

「レジー、きみは怪我をしてるし疲れてる」キャムが穏やかに言った。「いまだけは先の展開を心配せずに、ぼくに面倒を見させてくれないか？」

レジーナの返事を待たずにスポンジを取り、泡立ててから彼女の体をゆっくりと洗いはじめた。擦《こす》られるたびにレジーナの乳首は刺すような疼きを覚えた。キャムの手はゆっくりと慎重に肋骨の周りを洗っていき、あざになった箇所にはほとんど触れもしなかった。

キャムが泡だらけの手を背中に回し、やさしく上下に擦ってからお尻の丸みを撫でる。続いて床に膝をつき、すばやく両脚を洗い終えるとふたたび立ちあがった。

それからレジーナの顎を上に向けさせて首筋をあらわにし、顔をしかめた。怒りで目がダイヤモンドのように光る。キャムが人差し指でのどに広がるあざをそっとなぞり、そのあとをスポンジで追って泡を残していった。

「よし。洗い流すからあっちを向け」キャムが命じた。

レジーナの肘に手を添えて支え、向きを変えさせる。すばやく髪と体の泡を洗い流してから、手を伸ばして蛇口をひねり、湯を止めた。

「そこにじっとしてろ。タオルを取ってくる。いまのきみには濡れた床に立ってほしくない。滑ったらたいへんだ」

ほどなくレジーナはタオルにくるまれ、腰にキャムの腕を回されてシャワーを出た。ドアが開き、ソウヤーが顔をのぞかせた。突きだした手にはたたんだスウェットパンツとTシャツが載せられていた。

キャムが服を受け取り、洗面台のそばに置いた。

「ここから先は一人でできると思うわ」レジーナは低い声で言った。

キャムがそっと彼女の腕に触れた。「すぐ外にいる。意地を張るな、レジー。助けが必要ならいつでも言え。ここに入ってきて、顔面から床に突っこんだきみを助け起こすのはごめんだよ」

レジーナはほほえみ、体を包むタオルの胸元をぎゅっと握った。まるでこのささやかな締めつけのせいで息ができないみたいに、胸がどきどきして苦しかった。

キャムがドアを開けて出ていき、背後で閉じた。レジーナは便座の蓋に座りこんで目を閉じた。震える両手でタオルを外す。もう少しで泣いてしまいそうだった。理由はまったくわからない。

ひょっとしたら、あと一歩で殺されていたからか。あるいは、自分にとってとても大事な男性三人が全面攻撃をしかけようと決心したからか。

ぐずぐずしていたら三人が入ってくるのはわかっていたので、服に手を伸ばした。スウェットパンツを穿《は》きながら顔をしかめる。スウェットパンツにTシャツという格好で署長との面会に出向くと思うとたまらなかったが、ハッチがこれを選んだのは、ひとえにレジーナの着心地を考えてのことだとわかっていた。ゆるくて締めつけが少ないから、痛めた肋骨にも響かない。それとは別に、警察署にノーブラで出向くという問題もある。ああ、なんてこと。

そうだ、ハッチの革ジャン。どんなに暑い日でもハッチは必ず持って出かける。あれを借りよう。

その思いつきにほんの少しだけ気分がよくなって、レジーナはタオルで髪を乾かしてから指で梳いた。巻き毛は顔の周りでてんでんばらばらなほうを向き、レジーナはため息をつくと、外見を整えようとするのをあきらめた。どうせだれも気にしない。

一瞬ためらってからバスルームのドアを開けた。待っていたかのようにソウヤーがそこにいた。きっと待っていたのだろう。ソウヤーはレジーナの肩に腕を回してぐっと引き寄せ、一緒にベッドまで歩きだした。

言っても無駄だとわかっていたので、レジーナは抗議もしなかった。うんざりしたため息をついて、ソウヤーが彼女を連れていきたい場所に連れていくのを許した。

ふたたびベッドに連れ戻されたレジーナは、ハッチのほうを見た。

「服をどうもありがとう」

ハッチがにっこりした。「おやすいご用さ」

ベッドの枕に寄りかかってしばし休もうとしたとき、ドアがさっと開いてレジーナは驚いた。

身がこわばり、全身に痛みが走る。戸口に立つ男性を見つめていると、これまでなかった頭痛までしてきた。

父だった。

「レジーナ」父がしかめ面で言いながら入ってきた。「なぜおまえが巻きこまれた事件のことをマスコミから聞かされなくてはならなかったのか、説明してくれるか？　世間に対してイメージを守ることの重要性を、いったい何度教えなくてはならんのだ？」

レジーナは片手をひたいに当てた。ああ、いまは勘弁して。父をここから追いだせるなら、なんだって惜しくない。

ソウヤーがベッドに歩み寄ってきた。マットレスがたわんで、気がつけばレジーナは彼のたくましい体にしっかり抱かれていた。今度ばかりはソウヤーに離れてほしくなかった。

そのとき初めてレジーナが一人ではないことに気づいたかのごとく、父、ピーター・ファロンが室内を見まわした。しかめ面がいっそう険しくなる。

「これはいったいどういうことだ？」言いながら手振りでハッチとキャムを示し、それからレジーナとソウヤーを指差した。

キャムが前に出た。「ファロンさん、いまはその話をするべきときじゃないと思います。レジーは疲れているし、あちこち怪我もしてる」

父の目が光り、くるりとキャムのほうを向いた。「娘の名前はレジーナだ。きさまはいったいここでなにをしている？　きさまら三人とも」そう言うと、怒りの矛先《ほこさき》をふたたびレジーナに向けた。「これが世間にどう映るか、わかっているのか？　おまえは公人なんだぞ、レジーナ。まったく、そろそろそれらしくふるまうことを覚えてもいいころだろう」

レジーナは激しく容赦ない頭痛に苛まれながら、ぼんやりと父を見つめた。「公人なのは父さんでしょ」

力。父にとっては力がすべてだ。父はそれを欲してやまず、たった一人のわが子を力で押さえつけられないことに激怒していた。

父はレジーナを無視して室内を行ったり来たりし、キャムとハッチはその姿を険しい目でじっとにらんでいた。

「おまえが退院したら記者会見を開く。わたしはなにかしら声明を出さねばならん」

記者会見？　レジーナは笑いたくなった。この小さな町で起きたことをだれが気にするっていうの？　よほどニュースのない日なら、ボーモントから記者兼カメラマンを一人くらいは呼びだせるかもしれないけれど。

レジーナは目を閉じてソウヤーに寄りかかった。なぜ父は来たの？　なぜここにいるの？　答えはわかっている。娘に起きたことが自分の公的イメージにどんな影響をもたらすかが心配で病室に来てみたのだ。そうしたら、嫌悪している三人の男が娘のそばにいた。断じて認められない三人の男が。ありとあらゆる手を使って若かりし日のレジーナから遠ざけようとした三人の男が。

「帰ったほうがいいんじゃないですか、ファロンさん」ハッチが感情を排した声で言った。「あなたのせいでレジーが動揺してる」

目を開けたレジーナは、父が怒りにかっとなり、すぐに気を静めるのがわかった。父がスーツを払い、ネクタイを整えた。

「病院の外で声明を出すよう、手配する」父が言った。「それくらいはできるだろう、レジーナ。われわれの警察署が無能だと世間に知らせるわけにはいかん。住民を守ってくれるという信頼を損なってしまうからな。おまえはただその場に立ってほほえんでいればいい。話はわたしがする」

レジーナは歯を食いしばり、怒りに震えた。そんなレジーナの腕をソウヤーが上下にさすり、もう片方の手を太腿《ふともも》に載せて、励ますようにやさしく握った。それから身を乗りだして、レジーナの頭の側面にキスをした。

父が怒りで首筋をまだらに染め、わざとらしく腕時計を見おろして言った。「正面玄関の前にいる。一時間以内には退院できると医師から聞いた」

それだけ言うと、向きを変えて病室を出ていった。背後でドアがばたんと閉じた。

「尊大でうぬぼれた空っぽ男め」ハッチが食いしばった歯のあいだから言った。「いつか必ず思い知らせてやる」

「レジー、大丈夫か？」ソウヤーの心配そうな声が耳元で尋ねた。

「大丈夫よ」レジーナは静かに答えた。

三人を順ぐりに見ると、全員の顔に同情と怒りが浮かんでいた。罪悪感も。三人がレジーナと父とのいさかいの核であることを、みんな知っているのだ。

「わたしが知りたいのは、だれが裏口に車を回して、正面玄関前での猿芝居《さるしばい》から救ってくれるか、それだけよ」

キャムがにやりとした。「ぼくに任せろ、レジー。ハッチとソウヤーがきみを緊急救命用の出入口に連れていけば、ぼくがそこで待っている」

5

看護士は三十分でレジーナを退院させてくれた——有能な女性に幸あれ。退院後のケアについて聞かされるあいだ、ハッチがしゃがんでレジーナの足に靴を履かせてくれた。数秒後、二人目の看護士が車椅子を押して戸口に現れた。

「冗談でしょ」レジーナはぼやいた。「車椅子なんていらないわ」

看護士が書類をたたみ、にっこりしてソウヤーに差しだす。「病院の規則なので」

「ほら」ハッチが言い、レジーナを助け起こした。「それほど悪くないと思うよ。それに乗ったほうが速いし」

言えてる。父に見つかることを思えば、ハッチかソウヤーに車椅子を押して全力疾走《しっそう》してもらうことにも、まったく罪悪感を覚えない。

なにが記者会見だ。

選挙が間近に迫っていて、ピーター・ファロンは必要ならどんな手を使っても世間の注目を集めるつもりだ。もちろんいい意味で。

任務遂行中に負傷したかわいそうな娘がいるほうが、犯罪を許すなというメッセージを大衆に伝えやすくなるのだろう。娘を案じる一人の女性を演じさせるために、父が母を引きずってこなかったのが驚きですらあった。

けれどそのためには、母リディアにマッサージとか人と会う約束とか、とにかく母が毎日していることをあきらめさせなくてはならない。

「リラックスして」ハッチが車椅子にレジーナを乗せながら言った。

レジーナが見おろすと、自分の両手が膝の上で拳《こぶし》を握っていた。ハッチが手を伸ばしてやさしくその拳を緩めさせ、指と指とをからめた。かたわらではソウヤーが看護士の最後の指示に耳を傾けていた。

看護士が病室を出ていくと、ソウヤーが二人のほうを向いた。「準備はいいか？」

レジーナはうなずいた。この日を終わらせる準備はできていた。記者会見など放りだして、家に帰って自分のベッドにもぐり、十二時間は眠りたい。

ソウヤーが車椅子の向きを変えて押しはじめたが、ハッチは並んで歩くあいだもレジーナの手を放そうとしなかった。

「車椅子ってウィリー走行できるのか？」ソウヤーがつぶやく。

レジーナはにんまりした。これほど体のあちこちが痛くなければ、やってみてと頼んでいただろう。

三人は廊下を進み、端まで来たところでソウヤーがぴたりと止まった。

「左右を確認しろ、ハッチ。危険がないか確かめてこい」

ハッチが前に出てそっと左をのぞき、それから右手の緊急救命室のほうを見た。

「危険なし」

「よし、行くぞ」ソウヤーが言い、ふたたび車椅子を押しはじめた。

緊急救命室のロビーを小走りで抜けて、救急車で運ばれてきた患者を受け入れる自動ドアにたどり着いた。

キャムがSUVのシボレー・タホで待っていた。

レジーナが立ちあがるより先に、ハッチがさも当然のように彼女を抱きあげ、ソウヤーが開けてくれたドアから後部座席に乗りこませた。ソウヤーは助手席に飛びこみ、ハッチは急ぎ足で反対側に回る。ハッチも乗りこむと、キャムが車を発進させた。

ハッチが手を伸ばし、肋骨の痛む箇所を慎重に避けて、レジーナのシートベルトを締めてくれた。

レジーナは、またにんまりした。この逃走劇に昔を思い出したのだ。高校生のころ、こっそり家を抜けだして、キャムのおんぼろカマロに飛び乗り、未舗装の田舎道を突っ走ったときのことを。

数分後、キャムが車を警察署の前に停めると、駐車場でジェレミーが待っていた——三台分のスペースしかない空間を駐車場と呼べるなら。

キャムが運転席をおりると同時にソウヤーも外に飛びだして、レジーナのためにドアを開けてくれた。

レジーナは、反対側からおりてこちらに回ってきたハッチに言った。「あなたの革ジャンを貸してもらえない？」

ちらりとレジーナの体を見たハッチは無言で車の後部に手を突っこみ、着古した革ジャンを引っ張りだした。それを彼女の肩にかけてくれたので、レジーナはそろそろと袖に腕を通した。格段に気分がよくなった。これなら署に入っていくことを思っても、それほどむきだしで頼りない気にさせられない。

「お父さんから電話があったぞ。烈火の勢いで」ジェレミーが辛辣《しんらつ》に言った。

キャムがぴたりと足を止めてジェレミーをにらんだ。「なにがあってもあの男をここに近づかせるな」

レジーナは驚いて目をしばたたいた。ソウヤーでさえ一瞬動きを止め、片方の眉をつりあげてキャムを見た。

ジェレミーが両手を掲げた。「捜査の邪魔をしないよう、署長が釘を刺してくれたよ。向こうが従うかどうかはわからないが」

「なあ、中に入ったほうがレジーは楽じゃないかな」ハッチが尖った声で言い、ソウヤーの隣りに立っているレジーナに歩み寄ってきた。

レジーナはハッチの手首をつかんだ。「一人で平気。よければここで待っていて。中はそれほど広くないの」

ハッチはいまにも反論しそうだったが、レジーナは向きを変えてゆっくりと入口に向かいはじめた。ジェレミーが一瞬、キャムとほかの二人を見やってから、レジーナの隣りを歩きだした。

「そんな状態で、本当に供述できるのか?」ジェレミーがドアを開けて尋ねた。

「わたしの状態は関係ないわ」レジーナは簡潔に言った。「わたしたちには果たすべき任務がある」

通信指令係のグレタが機器から顔をあげ、イヤホンを外してにっこりとレジーナにほほえんだ。「調子はどう?」

レジーナは笑みを返した。「順調よ。あちこち痛むけど、半日眠れば治るわ」

グレタがうなずいた。「レモンティーを試してみて。のどの調子がよくなるから。しかし、ひどいありさまね」

レジーナが笑うと、カエルのような声が出た。「ありがとう、グレタ。本当のことを言ってほしいときは、あなたに頼むに限るわ」

グレタが近くのオフィスのドアを親指で示した。「署長がお待ちかねよ。入って」

レジーナはいま可能なかぎりの堂々とした足取りで進み、署長のオフィスの戸口から首を突っこんだ。

署長が顔をあげ、レジーナとジェレミーに入れと手で合図した。中に入ったレジーナは、カール・パーキンスが寄りかかっていた壁から身を起こすのに気づいた。レジーナは顔をしかめた。ここでなにをしてるの? 今日は非番のはず。

「座れ、レジーナ。楽にしろ。立っている必要はない」ウィザースプーン署長が言い、デスクの前の革張りの椅子を示した。

その命令をくだされたことにどれほど感謝しているか、なるべく顔に出さないようにしながら、レジーナはそっと椅子に腰かけ、緊張を解いてふかふかの背もたれに寄りかかった。署長がちらりとカールを見た。「この殺人事件はカールが指揮を執る。ジェレミーはそのサポートをしつつ、州警察と保安官事務所との連携を図る」

レジーナは身を乗りだした。「署長、わたしにやらせてください」

署長が首を振った。「しばらくはおとなしくしてろ、レジーナ。少なくとも一週間は顔を見せるな。そのあともまずは書類仕事だ」

レジーナはもどかしさに息を吐きだした。「犯人はあの女性を殺しました。わたしも殺そうとしました。この手でつかまえたいんです」

「われわれが必ずつかまえる」署長が辛抱強く言った。「いまはあの夜起きたことについて、覚えているすべてを話してほしい」

「被害者の身元は？」レジーナは抑えた声で尋ねた。

「ミスティ・トンプソンだ」

レジーナの眉間《みけん》にしわが寄った。

「知り合いか？」カールが尋ねる。

「ええ。親しかったわけじゃないけど。高校が同じだったの。彼女、短いあいだハッチ・ビショップとつき合ってたわ」

「そうか。まずは彼女がなぜあの農家にいたのかを突き止めなくちゃならない。ミスティは夫と三人の子どもと町で暮らしていた」

レジーナは顔をしかめてため息をついた。二度と母親に会えない三人の子どもを想像すると、頭痛がひどくなってきた。

カールがデスクに両手をついて身を乗りだし、レジーナを見つめた。「思い出せることはあるか、レジー?」

レジーナはびくんとして激しく顔をしかめた。「レジーナよ。レジーじゃないわ」言い終えた途端、おぼろげな記憶がよみがえってきて、口が半開きになった。

〝ずっとおまえを待っていた、愛しいレジー〟

「どうした?」ジェレミーが問う。

「レジー。彼はわたしをそう呼んだわ」

「悪かった」カールが困惑した声で言う。「そんなに気にさわるとは思わなかった」

レジーナは首を振った。「違うの。あなたじゃなくて、例の男。ミスティを殺してわたしを襲った男のことよ」

「よし、最初からだ」署長が言う。「なにもかも話してくれ」

レジーナは深く息を吸いこんだ。「無線の呼出に応じて現場に行ってみると、通報されたような明かりは見えませんでした。空き家のはずの家でした。ですがなにかおかしいと感じたので、応援を要請しました。ジェレミーが無線でいま向かうと応じてくれたので、わたしは待機しました」

署長がうなずく。

「そのとき悲鳴が聞こえたんです。わたしは銃を抜いて家に駆け寄り、玄関のところで内部の物音に耳を澄ましました。なにも聞こえなかったので中に入り、リビングをチェックしていたときに倒れている人物を見つけました。しゃがんで脈を確認しましたが、すでに事切れていたので、無線でそのことを知らせようとしたとき、犯人に殴られたんです」

「なにか道具で？　犯人は武器を持っていたか？」カールが尋ねた。

「わからないわ。率直に言うと、野球のバットで殴られたような感じだったけど、たぶん素手だったんだと思う。わたしは銃とは反対の方向に吹っ飛ばされて、銃を取り戻そうとしたら、蹴られたの。大きな足だった。すごく大きな足だった。

「犯人はわたしののどをつかんで引っ張り起こし、壁に押しつけたわ。向こうがしゃべったのはそのときよ」

「なんと言った？」署長が尋ねた。

レジーナは眉をひそめた。「〝ずっとおまえを待っていた、愛しいレジー。そろそろやつに償いをさせるときだ〟と」顔をあげて署長を見た。「わたしをレジーと呼ぶ人は多くありません、署長。その名前で呼ぶのは、キャム・ダグラスと、ハッチ・ビショップと、ソウヤー・プリチャードだけです」

「償いをさせるって、だれに？」ジェレミーがつぶやいた。

「レジーと呼んだのは当てずっぽうかもしれないな」カールが言う。「レジーナという名前には、よくあるニックネームだ」

「だけどそれじゃあ、どうして向こうはわたしの名前を知ってたの？」レジーナは指摘した。「彼はわたしを待っていたと言ったわ。わたしがあそこへ行くのを知ってたのよ。いったいどうやって？」

署長が顔をしかめ、椅子の背にもたれた。「思い出せるのは以上か？　顔は見ていないんだな？」

レジーナは残念そうに首を振った。「あっという間のできごとだったし、暗かったので。大男だったことは間違いありません。本物の大男。わたしをつかみあげたときも、重さなんてまったく感じていないみたいでした。頭を何度か殴られて、視界がかすんでしまって。そのときジェレミーが駆けつけて、男は逃走しました」

「気に入らんな」署長がつぶやいた。「個人的な件に思える。仕組まれた罠《わな》だったように」

「彼女の父親に恨みを持つ人物という可能性は？」ジェレミーが言った。「政治家ってのは、いかれたことを企てる変人を数多く引きつけるものだ。彼女の父親は小さな町の町会議長だし、とてつもなく裕福で、何年も前から絶大な影響力を振るってる」

「ありえるな」カールが言った。「可能性としては高そうだ。ほかにどんな理由でレジーナを標的にしたのか、見当もつかない。それに、償いをさせるという言葉。父親に償いをさせたいなら、その娘を殺す以上にどんないい手がある？」

レジーナは黙っていた。なんのためであれ、父のトラブルに進んで巻きこまれる気はない。

面倒すぎる。

「お父さんに報告しなくてはならん、レジーナ」署長が申し訳なさそうに言った。「もしこの犯人がおまえを、そして間接的にお父さんを狙っているとしたら、お父さんとその警備チームにも知らせる必要がある」

レジーナは鼻で笑いたいのをこらえた。警備チーム。父はどこまで尊大になれるの？　小さな町の町会議長に警備チームなど必要ない。けれど父は莫大《ばくだい》な富のせいで頭がいかれてしまったのだ。ほかのだれより父自身が、ピーター・ファロンを重要人物だと思っている。実際、だれかに恨みを持たれているかもしれないと聞かされたら、ひそかに悦にいるのではないだろうか。

「わかります」レジーナは静かに言った。

「おまえも一人になるなよ」

レジーナは顔をしかめた。

「おまえを連れて家に帰るとソウヤー・プリチャードが言っていたが」署長が厳しい目でレジーナを見つめながら言った。「いまはそれが無難だろう。しっかり目を開けて、用心を怠るな。うまくすれば、おまえが職場に復帰する前にこの悪党をつかまえられるだろう」

一時的に任務を解かれて、レジーナは歯を食いしばった。横目でカールを見てから力なく立ちあがったが、支えようとしたジェレミーの腕はいらないと身振りで断った。

「せめて進捗《しんちょく》状況は教えてもらえますよね？」ドアに向かいながら署長に言った。

「もちろんだ。それから、レジーナ？」

レジーナは足を止め、署長のほうに振り返った。

「少し休め。ひどいざまだ」

レジーナの口角があがった。「ありがとうございます」

廊下に出ると、キャムとハッチとソウヤーが向かいの壁に寄りかかっていた。レジーナに気づいて三人が姿勢を正し、ハッチが小さな白い紙袋に手を突っこんだ。

「外で待っててと言わなかった？」レジーナはうんざりして言った。

ソウヤーが肩をすくめた。「言ったな。だから？」

ハッチが拳をレジーナに突きだした。「ほら。これ」

レジーナが手を出すと、ハッチが手のひらに小さな錠剤を載せた。レジーナは突き返そうとしたが、ハッチはその手をつかんで錠剤を取り、彼女の口元に掲げた。キャムが水の入ったボトルをレジーナに差しだした。

「飲んで」ハッチが怖い声で言う。

「優雅に降参したほうが身のためだぞ」キャムが穏やかな声で言った。「床に押さえつけられてぼくたちにむりやり錠剤を飲まされようとしているきみを見たら、署長がどう思うかな？」

レジーナはキャムをにらんだ。そんなこと、しないくせに。

ソウヤーがレジーナのうなじを撫でた。「するとも、レジー」とささやく。「罪悪感のかけらもなく」レジーナは大きく肩で息をつき、ハッチの手から錠剤を、キャムから水を受け取って、ひと息に飲みくだした。

「ご満足?」

ハッチがにっと笑った。「そんなに悪くなかっただろ?」

レジーナは彼をじろりとにらんで正面玄関に歩きだした。グレタがヘッドフォンを外してにんまりしているのに気づき、レジーナの頬は熱くなった。話を丸ごと聞かれたに違いない。そう思うと、いちばん近くの家具の下に這《は》いこみたくなった。

レジーナに続いて三人の男たちも署をあとにし、一行はキャムのSUVに向かった。どっと押し寄せてきた疲労感のせいで、レジーナは車のそばに立ちつくした。ドアを開けて乗りこむ力さえ奮い起こせなかった。

ソウヤーがやって来てレジーナの横から手を伸ばし、ハンドルをつかんでドアを開けた。もう片方の手でレジーナのうなじに触れ、親指で頭の付け根のくぼみをマッサージする。

彼が巻き毛にそっとキスをすると、レジーナはつかの間目を閉じた。

「おまえを家に連れて帰るぞ」ソウヤーがささやき、彼女を車に乗りこませた。

レジーナが居心地よく座ったのを確認してからソウヤーがドアを閉じた。ほかの二人は前の座席に乗りこみ、ソウヤーは反対側に回ってレジーナの隣りに座った。

キャムが駐車場から車を発進させると、レジーナは眉をひそめた。「あなたたちに処方箋は渡してないわ。どうやって薬を手に入れたの？」

　キャムがちらりとバックミラーをのぞき、ほほえんで首を振った。「金《かね》を払ってだ、レジー。ほかにどうやって手に入れる？」

「でも、そんな必要なかったのに」レジーナは反論した。「わたしは保険に入ってるもの。せめて払いすぎた分をあなたたちに返せるよう、領収証は取っておいてくれたでしょうね？薬って高いのよ」

　ソウヤーが隣りから手を伸ばしてレジーナの手を取り、唇に掲げて指にキスをした。レジーナはもっと言おうと口を開いたが、なにを言おうとしたのか忘れてしまった。

「金額は重要じゃない」ソウヤーが言い、レジーナの手をおろした。「重要なのは、おまえに必要なものをおれたちが手に入れたことだ。あちこち痛むんだろ？　おれたちにはわかる」

　レジーナは彼を見つめた。反論しようにも言葉がまとまらなかった。疲れすぎていた。

「来いよ」ソウヤーが言い、やさしく彼女を引き寄せた。そのまま座席に横にならせて、たくましい腿に頭を載せさせた。

　レジーナが目を閉じると、彼の指がやさしく髪を撫ではじめた。気持ちよかった。撫でられる感覚が。三人の存在感が。すべてが。

「わたしの家まで送ってとキャムに伝えて」レジーナは小さな声で言った。

　ソウヤーの手の動きが一瞬止まった。「もちろん家に向かってるとも、ハニー」

レジーナは満足してうなずき、ソウヤーの腿に顔をすり寄せた。自分の家。自分のベッド。三人の男性による総攻撃からの一時的な解放。

ハッチに飲まされた薬はすでに魔法を働かせはじめていた。痛みの角をやわらげて、代わりに温かくぼんやりした感覚をもたらしていた。いまはただ目を閉じて、家に着くまでこの感覚を楽しもう。ソウヤーの隣りで過ごすこの短い時間を味わおう。

6

「レジーが怒るぞ」ソウヤーがつぶやいたのは、キャムが家までの曲がりくねったドライブウェイに車を走らせているときだった。

ソウヤーは彼女の髪を撫でつづけていたが、ふと手を止めて、巻き毛の房を指に巻きつけた。レジーはぴくりともしなかった。トラックが音をたてて停まったときでさえ。

ハッチが助手席から振り返り、ちらりとレジーを見てほほえんだ。だがソウヤーは彼の目をよぎったものを見逃さなかった。希望と悲しみの入り混じったようなもの。切望も。

ハッチの視線がレジーの首におりると、表情が怒りで険しくなった。

キャムが運転席のドアを開けた。「行くぞ。レジーを家の中に運んで休ませてやろう」

ソウヤーは手を伸ばして慎重にドアを開けた。腿に載せていたレジーの頭を片手で支え、そっと下から抜けだす。彼女を見おろして顔をしかめた。姫の眠りを乱さず車からおろす方法はなさそうだ。

「ぼくがやろうか？」キャムが隣りから声をかけた。

ソウヤーがちらりと見ると、キャムは両手をポケットに突っこんでたたずんでいた。「いや、おれがやる。悪いが玄関を開けてくれ」

キャムが鍵をじゃらじゃらと鳴らしながら歩いていった。ソウヤーは車の中に腕を伸ばし、やさしくレジーの肩を持ちあげた。それからドアのほうに引っ張ると、レジーが身じろぎをした。完全に目覚める前に引き寄せて、両腕で抱きかかえた。

家に向かう最初の一歩を踏みだしたとき、レジーの目が開いた。

「ソウヤー？」

「シーッ。まだ寝てろ」

レジーの眉間にしわが寄り、周囲を見まわした。「いったいここはどこ？」

「家だ」ハッチが言った。

「おろして、ソウヤー」レジーが静かな声で言う。

ソウヤーはため息をついて体を滑りおろさせ、レジーを地面に立たせたが、体に回した腕は離さなかった。キャムとハッチをちらりと見ると、二人の目には不安が浮かんでいた。

レジーナは驚嘆とともに目の前の家を見つめた。周囲ではヒマラヤスギがのんびりと葉を揺らし、さも心地よさそうに誘っている。窓にはフラワーボックスが設《しつら》えられ、軒先からはシダが垂れさがっている。

レジーナは困惑してキャムを、それからハッチを見た。最後にソウヤーを見あげた。

「わけがわからないわ」

キャムが近づいてきてレジーナの手を取った。「入ろう。話はきみがくつろいでからだ」

レジーナは震える一歩を踏みだした。ハッチに飲まされた薬がまだ効いていて、足元がおぼつかない。キャムが肘を支えて肩に腕を回してくれたので、彼に頼りつつ三段のポーチをのぼると、玄関の前にたどり着いた。

ハッチが前に回って玄関を開けた。中に入ったレジーナは、息が詰まるのを感じた。玄関ホールで立ち止まり、その先のリビングルームをただじっと見つめた。

この家を知っている。無理もない。ここは彼女の家だ。あの暖炉。あの炉棚。その上に置かれ、ゆっくりと振り子を揺らしている古時計。

息ができなかった。木の床からフレンチドアへ、そこから裏手に伸びるデッキへと視線を滑らせる。レジーナはごくりと唾を飲み、手の甲で目をごしごしと擦ると、一粒の涙もこぼすまいと激しくまばたきをした。

キャムは無言で隣りに立っている。後ろのハッチとソウヤーもやはり無言だ。

「なにをしたの？」レジーナはささやくように尋ねた。「これはなに？　わたしには――」

キャムがそっと人差し指で唇をふさいだ。「いまはやめよう、レジー。話はあとだ。いまはきみをベッドに寝かせたい。そこでゆっくり休んでほしい」

レジーナは反論しようと口を開いたが、ソウヤーとハッチがそばに来て、彼女の肩に手を載せた。

「それをやめて」レジーナはもどかしくなって言った。

ハッチが片方の眉をつりあげる。

「わたしに触れるのを、よ。わかってやってるんでしょう、わたしを操ろうとして」どうにか距離を置こうと、レジーナは一歩さがった。

ソウヤーがじっと見つめた。青い目で彼女に穴を空けようと言わんばかりに。「もうおれたちから逃げられないぞ」穏やかで揺るぎない声は、まるで誓いのようだった。「だからおまえも、おまえ自身から逃げるのをやめることだ」

レジーナは自分を抱き締めた。ソウヤーの声とほかの二人の表情にみなぎる決意のせいで押し寄せてきた動揺がいやでたまらなかった。

ハッチが彼女とソウヤーのあいだに割って入った。「きみを二階へ連れていくよ。きみの部屋へ。きみはそこで服を脱いでベッドに入るんだ。ここのソファに横になったほうがいいなら話は別だけど」

「ここがいいわ」レジーナは即答した。わ、た、し、の部屋？　この家の中に自分の部屋があるという事実だけで死ぬほど怖くなった。三人はいつからこれを計画していたの？　間違っても二階へは行けない。三人がわたしのために用意し、わたしのために作りあげた空間へは。

「おれが上に行って枕と毛布を取ってくる」ソウヤーがぶっきらぼうに言った。

レジーナがなにか言う前に、ソウヤーは向きを変えてリビングルームを出ていった。その肩は丸まっていた。ああ、わたしはなにもかもぶち壊してしまうよう運命づけられてるの？　三人のそばにいると、必ず少なくとも一人を怒らせてしまう。

「せめて死ぬほど怯えていないふりくらい、してくれてもいいんじゃないか」キャムが乾いた声で言った。「ぼくらの自尊心は大いに傷ついてる、レジー」

レジーナはくるりとキャムのほうを向き、即座にそうしたことを後悔した。部屋が傾ぎ、揺らぐ。危ないところでハッチが腕をつかまえて支えてくれた。

「倒れる前にソファに座ったら？」ハッチが言う。

レジーナは彼の手を振りほどき、ふたたびキャムのほうを見た。「わたしは死ぬほど怯えてなんかないわ」絞りだすように言う。「それから、もしいまあなたたちの自尊心が傷ついてるとしたら、遅すぎたくらいよ」

ハッチが彼女の顎を手で包んでそっと彼のほうを向かせた。「いや、レジー、きみは死ぬほど怯えてる。好きなだけ強がればいい。だけどおれはきみを知ってる。おれたちはきみを知ってる」とつけ足した。「もう一年もきみは逃げ回ってきたけど、そろそろ逃げるのをやめてもいいころだ。いいかげん、おれたちとのあいだに起きたことと向き合わなくちゃ」

レジーナが首を振ると、ハッチの手が首を滑りおりた。

キャムがため息をついた。「靴を脱がせるから座れ」

「キャム、わたしはなにもできないわけじゃないのよ。靴くらい自分で脱げるわ」

キャムが彼女の肩をつかんで押し、ふくらはぎがソファにぶつかるまで後退させた。それから強引に座らせると、レジーナの前に膝をついて靴を脱がせはじめた。

「きみが自分で靴を脱げることはよくわかってる」キャムが言う。「一人でシャワーを浴びられることも、病院から自力で自宅に帰って、自分の面倒を見られることも。だけどぼくらはきみの世話を焼くのが好きなんだ。きみが一人でいなくちゃならない理由はない」

レジーナはキャムの温かな茶色の目を見つめた。濃い髪の房がひたいにはらりと落ちてきたので、手を伸ばして耳の後ろにかけてあげた。

「きみはずっとぼくらの世話を焼いてきたようなものだ」キャムが低い声で言う。それから彼女の手に頭をあずけてきたので、レジーナは彼の頰を撫で、かすかな無精ひげに触れた。

「あなた、ひげを剃らなくちゃ」

キャムがにっこりした。「剃るとも。シャワーも浴びよう。きみがくつろいで、居心地よくなったらすぐに。きみが手伝いたいと言うなら話は別だけど？」

レジーナはこみあげてくる笑みをどうにか抑えた。「夢でも見てなさい」

ソウヤーが枕二つと羽毛布団を持ってリビングルームに戻ってきた。キャムが立ちあがり、ソウヤーが枕を整えられるよう場所を空ける。枕を整え終えたソウヤーは、ひとつをぽんとたたいてふくらませてから、鋭い目でレジーナを見た。

「横になれよ」ソウヤーが言う。

レジーナは慎重に体を倒し、ふかふかのクッションに横たわった。羽毛の枕に頭を沈めると、その心地よさに自然と声が漏れた。この三人はわたしをわかってる。熟知してる。好き嫌いも、大好きなものも。これほどレジーナを理解している人物はほかにいない。両親でさえ無理だ。そう思った途端、笑いそうになった。そう、両親にとってレジーナは謎だ。二人が一度も解こうとしたことのない謎。

けれどキャムとソウヤーとハッチは？　レジーナと心を通わせた。大切にしてくれる人がいるのだから気持ちが安らぐはずなのに、いま考えられるのは、自らの愚行のせいで一人か全員を失ってしまうということばかりだった。

三人と寝て、愛し合って……。ああ、なんという愚行。

あの夜の記憶がよみがえってくるのが怖くて、レジーナは目を閉じた。いまは無理。

ソウヤーが羽毛布団を整えると、レジーナはやわらかな雲に包まれた。彼の唇がひたいに触れ、耳元でささやく声が聞こえた。

ハッチの手が、言うことを聞かない巻き毛を撫でて指に巻きつける。キャムの手が、やさしく癒すように副木の上から腕に触れる。目を閉じていても三人が区別できた。

唇に唇が触れた。愛おしげに、穏やかに。キャム。

「あとで話そう、レジー。必ず。だけどいまはゆっくり休むんだ」

「そばにいて」レジーナはささやいた。いまのはわたしの声？　わたしはいつまで自己矛盾を続けるの？　頭は混乱し、深く淀んでいる。考えることと言うことが一致しない。

「そばにいるとも、レジー。さあ、おやすみ」

キャムの手がレジーナの手を包み、指と指とをからめた。レジーナはその手をしっかり握って、おりてくる闇に降伏した。

7

三人の男性は、レジーが眠っているソファから一メートルと離れていないテーブルを囲んでいた。キャムはときどきレジーの様子を見ていたが、彼女は一時間ほど前に眠りに落ちてからというもの、身動きひとつしていない。

どこかもろいものを感じて、キャムはそれが気になっていた。だって、あのレジーが？　いつもは恐ろしくタフで、生意気な口を利き、その態度は闘犬にも匹敵する。危うく死にかけたことで、レジーはぞっとしたのだろう。それを言えば、キャムは心底ぞっとした。だがレジーの目にもろさをもたらしたのが死をかすめたという事実だけではないことは、キャムにもわかっている。

あきらめのため息とともに、ソウヤーとハッチのほうを向いた。

「全体的に見ると、レジーはまずまずの受け止め方をしたんじゃないか？」ソウヤーが言って肩をすくめた。

ハッチが笑った。「まずまずの受け止め方をしたのは、おれたちが薬を飲ませたのと、ショックを受けてたからだろ。レジーが目を覚まして薬の効果が切れたら、そう簡単には乗り切れないと思うよ」

「だれも簡単に乗り切れるとは言ってない」キャムは言った。

ハッチが頭の後ろで両手を組み、椅子の背にもたれた。その表情にはもどかしさとかすかな不安がにじんでいた。キャムにも気持ちはわかる。相反するその二つの感情なら、彼も抱えている。ずっと前から。

「おれたちは自分をごまかしてるのかな？」ハッチが言った。「だって、まじめな話、おれたちが提案してるような関係を持ってるやつがどこにいる？　ときどき朝起きると、おれは正気を失ったんじゃないかって思うことがあるよ」

ソウヤーが身を乗りだし、たくましい腕をテーブルに載せた。両手は固く握りしめられていた。「その話はもう終わったろ、ハッチ。何度くり返せば気が済むんだ。なにが聞きたい？　おれの理想の世界では、おまえとキャムは存在しなくて、レジーはおれだけと一緒にいるって話か？」

ハッチが口元をこわばらせて顔を背けた。

「けんかはやめろ」キャムが言う。

「うるさいな」ハッチがつぶやくように言った。「同じようなことを考えなかったとは言わせないぞ」

キャムが片方の眉をつりあげた。「ああ、ハッチ、そうは言えない。だが言ってなんの得になる？　この話は終わったはずだろう。三人ともレジーを愛していて、彼女にだれか一人を選ばせることはしないという結論を出したはずだ」

「違うな。あいつは選ばないだろうという結論を出したんだ」ソウヤーが穏やかに言う。

「だからおれたちの解決法に頼らないかぎり、あいつの一部すら手に入れることはできない。気が変わったのか、ハッチ？」

ハッチは唇を引き結び、やがて首を振った。「そうじゃない。だけどおまえたちに嘘をつくこともできない。おまえとキャムが彼女に触れたり癒したりしてるときに一歩さがって見てるのは、つらいんだ。子どものころからレジーを愛してきた。ずっと思ってきたんだ、レジーはおれのものだって。その考えを手放すのは難しいよ」

「だれも彼女をさらおうとなんかしていない」キャムが言った。

ハッチは両手で顔を擦った。「わかってるよ、キャム。わかってる。だけど別の男が彼女に触れるのを目にすると、抑えようのない感情がこみあげてくるんだ。嫉妬こそ、この計画を最速で失敗に導くものだってことは、ちゃんとわかってる。この計画がどんなにいかれてようと、おれたち三人でレジーを共有するっていう方法が、おれにとって彼女と人生を過ごす唯一のチャンスだってことも」

「同感だ」ソウヤーが低い声で言った。

キャムはうなずいた。「気持ちはよくわかる。ぼくたち三人全員が大きな犠牲を強いられるだろうし、忍耐力も試されるだろう。だってレジーは……抵抗するだろうから。ぼくらを愛してないからじゃない。むしろ愛してると思う。そこが問題なんだ」

「レジーは頑固で意地っ張りだからな」ソウヤーが苦笑混じりに言った。「おれたちのだれか一人を傷つけるくらいなら、あいつは自分の右腕を切り落とすだろう。そしてレジーの目には、この計画は必ずだれかを傷つけると映るはずだ。だからおれたちを避けて、自分が傷つく道を選ぶ」

「たしかにレジーは頑固だ」ハッチがうなるように言った。

「レジーとしては、ぼくらを守ってるつもりなんだろう」キャムは言った。「子どものころからそうだった。そろそろやめさせるときだ。ぼくらのほうが彼女を世話したり守ったりするなんて、レジーはきっといやがるだろうが、あれだけのことが起きた以上、ぼくはもうじっと黙って正しいときを待つなんてできない」

ハッチとソウヤーがうなずいた。

「それから、これは言う必要はないかもしれないが」キャムはつけ足した。

ソウヤーが天を仰ぐ。「長男の訓戒ってやつか?」

キャムは無視して続けた。「ぼくらがそれぞれ感情を抑えてることはわかってる。悩みや不安もあるし、もしかしたら恨みもあるだろう。だがレジーには共同戦線として映るよう注意しなくちゃならない。さもないとこの計画は絶対に成功しない。問題が生じたときは、レジーの知らないところで話し合う。これ以上、逃げだす理由を彼女に与えないように」

「キャム、おまえは正しい。いまのは言う必要はなかったよ」ハッチが言った。

「いや、そんなことはない」ソウヤーが言う。「くだらないことで計画をしくじるわけにはいかない。自分勝手なガキの集まりじゃないんだ。おれたちにとってレジーは大きな意味を持つ。あいつと一緒に生きていくおれのチャンスをおまえたちが台なしにしないと信じなくちゃならない。厄介な話だぜ。だからたぶん、いまのお説教はくり返し聞かされたほうがいいんだろう」

キャムは二人を観察し、レジーのことでバーディから電話を受けたとき以来目にしていなかった落ちつきが戻ってきたのに気づいた。やはりこの話はする必要があったのだ。あるいは、なんのための計画かを再確認するためにも、頻繁にしたほうがいいのかもしれない。

「よし。その件が片づいたなら、ほかのことに取りかかろう」キャムは言った。

「ほかのこと？　たとえば？」ハッチが問う。

「ヒューストンに戻って、おまえたちの車を取ってこなくちゃならないだろう？　それから、ぼくらのオフィスをここへ移動させないと。つまり、なにもかも運んでくるということだ」

「ロバートソンズとの仕事はそれで大丈夫なのか？」ソウヤーが尋ねた。

キャムはうなずいた。「ああ。こっちの状況を説明したら、少し遅れてもかまわないと言ってくれた。それでも図面は完成させなくちゃならない。建築計画を進められるように」

「レジーは？」ハッチが尋ねた。「だれか一人がここに残って、そばについていたほうがいいんじゃないかな」

「バーディに連絡して、レジーについていてもらおう。おまえたちはぼくの車でヒューストンに戻って、どちらか一人が自分の車でここに帰ってくる。もう一人は、ぼくがオフィスの荷物を引きあげてここに運ぶのを手伝ってくれ」

「ハッチ、おまえが先に戻ってこい」ソウヤーが言った。「おれが残ってキャムを手伝う。

その代わり、電話がここの番号に転送されるよう、手配しておいてくれ」

ソファからやわらかなうめき声が聞こえて、三人とも口をつぐんだ。キャムが椅子の上でくるりと向きを変えると、レジーが目を覚ますところだった。

ハッチが椅子を引いて立ちあがった。「夕飯をこしらえてくるよ」小声で言う。「レジーはきっと腹ぺこだろうから」

「臆病者め」ソウヤーがつぶやいた。

ハッチはにやりとしてキッチンに向かい、テーブルにはキャムとソウヤーが残された。

レジーナは目を開き、視界を曇らせるもやを払おうとまばたきをした。だれか専用のサンドバッグにされた気分だった。そのとき記憶がよみがえり、事実上、だれか専用のサンドバッグにされたことを思い出した。

起きあがろうとしたが、全身の筋肉が抗議して、レジーナはうめきながらふたたび枕に沈みこんだ。キャムとソウヤーが目の前に現れ、心配そうな目でこちらを見おろした。

「気分はどうだ?」ソウヤーが尋ねる。

「だれかにぶちのめされた気分よ」

キャムの唇がまっすぐに引き結ばれた。

「言葉の選択がまずかったわね」レジーナは小声で言った。

また起きあがろうとすると、今度はソウヤーが手を貸してくれた。胃が暴れ、こみあげてきた吐き気に一瞬屈しそうになったものの、どうにか踏みとどまった。

「お腹がぺこぺこだわ」レジーナは言った。「空腹であの痛み止めを飲んだのは、あまり賢いことじゃなかったわね」

「ハッチがいま夕飯をこしらえてる」キャムが言う。

レジーナは、見おろしている二人の男性をじっと見つめた。「わたしはここでなにをしてるの？　あなたたちはここでなにをしてるの？　それに、ここはいったいどこ？」

キャムとソウヤーが視線を交わした。結託してレジーナに立ち向かおうとするときの目配せだ。レジーナは二人をにらみつけ、またさっきみたいに触れてわたしを操ろうとしてごらんなさいと無言で挑んだ。二人とも近寄ろうとしなかったので、無言の脅しは利いたのかもしれない。

いや、利かなかったのか。

キャムが片側に、ソウヤーが反対側に腰かけた。二人の体温が伝わってきて、温かな毛布のようにレジーナを包みこむ。膝の上でくしゃくしゃになった羽毛布団の存在など忘れてしまうほどに。

「ここはぼくらの家だ」キャムが簡潔に言う。「二週間ほど前に完成したばかりだ」

レジーナは当惑して首を振った。「わからないわ。あなたたちが住んでるのはヒューストンでしょ。ヒューストンで仕事をしてるんだもの。だけど病院からそれほど遠くまでは来てないはずよね？　わたしはそれほど長い時間、眠ってないわ」

「サイプレスから二十分ほどの場所に百エーカーの土地を買った」ソウヤーが言った。

「でも、どうして？　仕事はどうするの？」

「理由はわかってるだろう」キャムが冷静な声で言う。「きみがここにいるから。ぼくらはここで育ったから。仕事が軌道に乗ったら必ずここに帰ってこようと、ぼくらは決めていたんだ」

レジーナは震える手を掲げ、髪をかきあげた。「あなたたちが家を建ててることも知らなかったわ」

ソウヤーがまっすぐに彼女を見た。「あんなふうに必死でおれたちから逃げ回ってなければ知ってただろうな」

レジーナはやましさに赤くなった。

「夕飯ができたよ」ハッチが部屋の向こうから呼びかけた。

「お姫さまを救いに来たな？」キャムが愉快そうに言う。「だけどレジー、これで終わりじゃないぞ。ずっと先延ばしにしてきた話をしなくちゃ。永遠には逃げていられない」

レジーナは鼻から息を吸いこんで、キャムの目を見た。「わかってるわ」静かな声で言った。

その返事に、キャムの目を驚きがよぎった。ソウヤーは片方の眉をつりあげたが、なにも言わなかった。ただ立ちあがり、レジーナがソファから起きるのに手を貸そうと腰を屈めた。

ソウヤーが肩をつかんで起こしてくれたので、レジーナはいいほうの手でキャムの手につかまった。

「ゆっくり」キャムが言う。「急ぐ必要はない」

いまも体中が痛むものの、眠る前ほどふらつくことはなくなっていた。脚は言うことを聞くようになったし、膝もそれほどがくがくしない。

ソウヤーに連れられてフレンチドアの前のテーブルにたどり着き、椅子に腰かけた。ソウヤーが向かいの席に着き、キャムが隣りの椅子を引きだす。ほどなくハッチが二つのボウルを手に現れて、ひとつをレジーナの前に、もう一つをキャムの前に置いた。

「これなら飲みこんでも、のどが痛くないかと思ってね」ハッチが言いながらスプーンを差しだした。

レジーナはほっとして彼を見あげた。感謝の笑みを浮かべてスプーンを受け取ったとき、一瞬指が触れ合った。「ありがとう」震える声で言った。

ハッチがウインクを寄こし、ふたたびキッチンに消えた。レジーナは湯気の昇る液体をスプーンで掬《すく》い、そっと吹いて冷ましてから口に運んだ。

慎重にすすり、温かなスープがのどを流れ落ちると、満足の声が漏れた。

「おいしい？」ハッチが自分とソウヤーのボウルを手に戻ってきた。

「とっても」レジーナは答えた。「お腹ぺこぺこだったの」

ハッチが隣りに腰かけた拍子に膝がレジーナの脚にぶつかった。彼はごめんと言いながら座りなおした。

レジーナはさらにスープを口に運び、豊かな味わいを楽しんだ。ときどき三人を盗み見たものの、みんな食事に集中しているようだった。そのときソウヤーが顔をあげ、レジーナと目が合った。ソウヤーの目に愉快そうな光が躍った。

「食えよ、レジー。奇襲はしかけないから」

レジーナはスープに視線を落とした。頬が熱い。まさに奇襲を予期していた。顔をしかめ、ゆっくりとボウルの中身をかき混ぜた。三人との親密さを失ったのがいやでたまらなかった。恋しかった。苦しいほどに。

以前はそばにいるだけでじゅうぶんだった。一緒にいて、四人の友情を楽しんでいた。それがいまは、三人のあらゆる動きを怯えと疑いの目で見てしまう。もちろん彼らに傷つけられるとは思っていないし、気まずいのも向こうのせいではない。彼女のせいだ。彼女の弱さのせい。なにもかも、レジーナが壊した。

「かき混ぜていてもなくならないぞ」キャムが辛辣に言った。

レジーナが顔をあげると、全員がこちらを見ていた。レジーナはスプーンを置いた。問題を片づけないかぎり、これ以上食事などできない。

「一年前に起きたことは……起きてはいけないことだったわ」レジーナは低い声で言った。

8

キャムとソウヤーとハッチの全員が食べるのをやめて、レジーナをじっと見つめた。一身に注がれる視線にレジーナはうろたえた。許されない罪を犯したような気にさせられた。

「なぜだ？」ソウヤーがずばり尋ねた。「なぜ起きちゃいけなかったんだ、レジー？」

レジーナは驚きに目をしばたたき、椅子の上でそわそわと身じろぎした。理由を訊《き》かれるとは思わなかった。けれどキャムとハッチの表情を見れば、二人も答えを知りたがっているのがわかった。

ああ。どうして説明しなくちゃならないの？　わかりきったことでしょ？　いったいどんな人間が男性三人とセックスをするの？　それも同時に。それも親友である三人と。信頼している人たちと。おもちゃにしていい人たちではない。感情をもてあそんだり、守れない約束を体で交わしたりしていい人たちでは。

「とにかく起きちゃいけなかったのよ」レジーナはかたくなに言った。

「理由が知りたいな」ハッチが穏やかに言う。

レジーナはもどかしさに声を漏らした。椅子を押しさげてこの場から去ろうとすると、即座にキャムの手が伸びてきて手首をつかみ、逃走を阻んだ。

「もう逃げるのはなしだ。ちゃんと話し合おう、レジー」

レジーナは目を閉じた。「わたしにどうしてほしいの？　自分は三人の男性とセックスをするような頭のおかしい人間だと認めればいいの？　あれは乱交パーティ同然だったわ。あなたたちとは友達同士なのに――」

ソウヤーが椅子を倒すほどの勢いで立ちあがり、レジーナの言葉は途切れた。

「やめろ」ハッチが警告するような声で言う。

ソウヤーはそれを無視してテーブルの上に身を乗りだし、両手のひらを木の表面に押しつけた。

「乱交パーティだと？　おれたちが分かち合ったものを、安っぽいポルノかなにかに貶《おとし》めたいのか？」

彼の声の激しさにレジーナは身がすくんだ。ソウヤーは怒っている。

「おれたちがおまえのことをそんなふうに軽く見てると、本気で思ってるのか？　だとしたら、セックスをしたことよりもっと大きな問題を抱えてることになるな。あんなことになって、うろたえる気持ちはわかる。おれたちだって同じだよ。だがあの夜の出来事を、おまえ主演の安っぽいポルノみたいなものに貶められると死ぬほどむかつくし、それをおまえに言うこともおれは厭《いと》わないね」

「ソウヤー、座れ」キャムが穏やかに言った。

「断る」ソウヤーがレジーナをにらみつけた。その視線は一瞬もレジーナから離れない。

「レジー、おまえにとってあの夜がどんな意味を持つかはわからない。おまえが話してくれないからだ。だがおれにとってどんな意味を持つか、知りたいか？　こいつらにとって？」とキャムとハッチを手で示す。

「意味？」レジーナはささやくように問い返した。

「人生で最高の夜だった。ずっと前からおまえと愛し合いたかった。あの夜が計画的なものだったかって？　違う。前もって計画していたら、おれたち全員と愛し合ってもおまえがあれほど動揺しないような状況にうまく導いていた。だがあれは、ただ起きたんだ、レジー。おれたちのだれも計画したことじゃない。それでもおれは後悔していない。なあ、おれの目を見て言えるか？　おまえは本気で後悔してると？」

レジーナの口はからからになった。追いつめられた気がした。三人にではなく、自分の感情に。この三人に嘘をついたことはない。隠しごともしたことはない。それなのにこの一年間、レジーナは彼らと距離を置き、なにも言わないことで本質的には嘘をついてきた。彼らとのあいだに起きたものを認めないことで。

レジーナは立ちあがり、みんなから顔を背けて心を落ちつけようとした。三人の前で弱々しく崩れてしまうのはいやだったし、このままではまさにそうなってしまいそうだった。

自分の腕をつかんで上下にさすり、それから三人に向きなおった。

「わからない」と切りだした。「わからないの。懸命に忘れようと、記憶から消し去ろうとしてきたわ。あなたたちとの関係が変わってしまうのがいやだった。そんなの耐えられないと思った。わたしにとって友達と呼べるのはあなたたちだけだもの。大切な人と呼べるのは。

あんな夜、迎えちゃいけなかったのよ」

ハッチがなにか言おうとして口を開いたが、レジーナは片手をあげて制止した。胸を苛んでいるもののことを言いたくなかった。苦しい思いをしてまで打ち明けたくなかった。けれどそれは心臓にかぎ爪を立て、飛びだそうともがいている。飛びださせてしまったら、すでにこじれてしまっている四人の関係を完全に打ち砕くかもしれない。

「あの夜のあと……あれから二カ月くらい経ったころ、わたしは別の男性とデートしたの。そして……セックスしたわ」涙がこぼれそうになって、目を閉じた。三人の顔に非難の表情が浮かぶのを見ていられなかった。息を呑《の》む音が聞こえた。ひとつならず。

勇気を出してふたたび目を開けると、涙越しに部屋がぼやけて見えた。レジーナは先を続けた。罪悪感と自責の念を取りのぞく覚悟だった。

「その男性と寝て……翌朝にはただ死にたいと思ったわ。まるで……あなたたちを裏切ったような気がした。あなたたち全員を。あなたたちの目をまともに見られないと感じたの。鏡に映る自分さえ直視できなかった。おかしいでしょ?」

キャムが立ちあがってそばに来ようとしたが、レジーナは後じさりして片手を突きだした。動きを止めたキャムは、つらそうな顔に取り憑かれたような目をしていた。ハッチとソウヤーの顔をちらりと見ると、二人も同じような表情を浮かべている。レジーナの胸は締めつけられた。

「前にもセックスしたことはあったわ。知ってるわよね。でも、あなたたちを裏切ったような気になったことはなかった。あなたたちには相手がいて、わたしにも相手がいて。それがわたしたちの友情を壊すことはなかった。だけどあの夜を境に、ほかの男性と肉体関係を持つことは想像もできなくなった。あなたたちに知られたらどんな反応をされるだろうと、そればかりが頭に浮かんで。だけどあなたたちと顔を合わせることもできなかった。あの夜のせいで。だからどのみち、わたしは失うの」ささやくように言った。「想像するだけで耐えられない」

ハッチが立ちあがり、まっすぐに伸ばしたレジーナの腕を無視して歩み寄ってきた。彼女の手首をつかみ、すばやく腰に腕を回した。頭を抱いて上を向かせ、キスをした。

レジーナはこれに飢《う》えていた。いくつもの寝つけない夜、三人の男性に愛された一瞬一瞬を思い出して過ごした。

ハッチが彼女の抗議の声を呑みこみ、キスを深めた。レジーナに負けないくらいこれに飢えていたかのごとく、唇で唇をむさぼった。

やがてハッチはわずかに身を引いたものの、軽いキスの雨を降らせつづけた。

「レジー、きみはおれたちを失ったりしないよ。きみがまだ逃げるのをやめないなら話は別だけど。状況が変わるのには耐えられないときみは言いつづけてるけど、おれたちが愛し合っても状況は変わらなかった。変わったのは、きみが怯えたうさぎみたいに逃げだしたからだ。この一年間、おれたちはきみの姿の断片しか目にしてない。おれたちが近づくたびに、きみが理由をつけてよそへ行ってしまうからだ。おれたちを傷つけたくないと言うけど、レジー、あれには傷ついたよ」

「こいつの言うとおりだ」ソウヤーが口を挟んだ。

ハッチが脇に寄ったので、レジーナはまだテーブルのそばに立っているソウヤーを見つめた。彼の目は真剣そうに輝いていた。

「わたしに腹を立ててるのね」レジーナはそっと言った。けれどなぜか、ソウヤーが怒っているのは別の男性と寝たと打ち明けたせいではないと感じた。その告白で三人が傷ついたのは間違いないが、みんな脇に置いたようだ。

「ああ。いや。ああ、くそっ、怒ってるとも」ソウヤーがもどかしそうに認めた。「この状況に怒ってる。どうしたら修復できるかわからないから怒ってる。どうしたらおまえを怖がらせないでいられるかわからないから」

キャムがとうとう立ちあがった。推し量るような顔でまずソウヤーを、それからハッチを長々と見つめる。また例の〝目の会話〟をしているのだ。レジーナはそう悟ってうろたえた。この三人が相手では勝ち目などない気にさせられた。

レジーナとハッチが向き合っているところまでキャムが歩いてきて、レジーナの手に手を伸ばした。けれどつかみはしなかった。ただ手を差しだしたまま、レジーナがつかむのを待っていた。

レジーナはしばし落ちつかない気持ちでキャムを見つめたが、ついに降参して彼の手の中に手を滑りこませた。キャムがやさしく握り、親指で彼女の指の関節をさすった。

「ゆっくり進もう、レジー。道のりは長い。きみを急《せ》かしたくはないが、きみに嘘をつくつもりもない」

恐怖に胸を締めつけられて、レジーナは息苦しくなった。「なにが望みなの？」

「きみだよ、レジー。ぼくらはきみを求めてる」

「わからないわ」

キャムが首を振った。「いや、きみはちゃんとわかってる。そうでなければ、そんなに怯えたりしないはずだ。ぼくらを避けたりしない」

「なにもかも言葉にしなくちゃだめなのかな、レジー？」ハッチが尋ねた。

ソウヤーがレジーナの正面に迫ってきた。

「望みはおまえだ」と簡潔に言う。「おれたちのそばにいてほしい。見ろよ、ハニー」と言って室内を示す。「この家はおれたちのために建てたんじゃない。おまえのために建てたんだ」さらに彼女に近づいて、空いているほうの手を取って掲げ、自分の左胸に押し当てた。「そばにいてくれ、レジー。おれたちのそばに」

レジーナの脳みそは機能停止した。三人が求めているのは……たしかにそれがなにかは知っているし、というより以前から知っていて、恐れてもいたけれど、実際に声に出して言われると……衝撃を受けた。常識を揺すぶられた。きちんと受け止めきれなかった。

レジーナは唇を舐めて言葉を紡《つむ》ぎだそうとした。なんらかの反応を示そうと。こういうときは、なんて言えばいいの？　どんな反応を示せばいいの？

疲労感に襲われて、レジーナは目を閉じた。怪我とはほとんど無縁で、精神的な消耗に大いに関係のある疲労感が、重く息苦しい毛布のようにのしかかってきた。

ふらついてソウヤーに寄りかかり、すぐさま離れようとした。けれどソウヤーが許さなかった。腕の中に引き寄せて体で包みこみ、きつく抱き締めて髪を撫でてから、頭のてっぺんにキスをした。

「レジーにもう一錠、薬を飲ませろ」ソウヤーが言った。レジーナは首を振ろうとしたが、ソウヤーに動きを封じられた。

「しんどい話題だったろ?」レジーナの耳元でソウヤーがささやく。「今日明日に返事をもらえるとは思ってない。おれたちが願ってるのは、おまえがもう逃げ回らないことだ。ここにいて、おれたちとのあいだで起きたことに向き合ってほしい。おれたちにチャンスをくれ。おまえが好もうと好むまいと、おれたちの関係は変わってしまったんだ。ここからどう進むかはおれたちしだい。白旗を揚げることもできるし、真正面から向き合うこともできる。レジー、おまえは臆病者じゃない。だから臆病者みたいなまねはそろそろやめろ」

ソウヤーが抱き締めていた腕をほどき、レジーナを見おろした。その青い目は燃えていた。誠実さと決意で。レジーナは返事をしなかったが、ソウヤーも期待しているようには見えなかった。

レジーナは視線を逸らし、一人たたずんでこちらを観察しているキャムを見た。問いかけるように彼を見つめると、彼もじっと見つめ返してきた。その茶色の目はソウヤーと同じ誠実さを映していた。二人とも真剣なのだ。

ハッチが歩み寄ってきて、レジーナにホットチョコレートの入ったマグカップを差しだした。けれどレジーナが手を伸ばすと、横からソウヤーにカップを奪われた。ハッチが彼女の手をつかみ、前と同じように手を広げさせて、手のひらに錠剤を載せた。

「強引なんだから」レジーナはぼやいた。

「きみに関しては、強引と言われても気にしないよ。さあ、薬を飲んで。胃にもう少しなにか入れられるよう、ホットチョコレートもね。スープはほとんど手つかずだろ」

レジーナがなにか言おうとすると、ハッチが手を掲げた。

「まだ終わってない。ホットチョコレートを飲み終えたら、おとなしく階段をのぼって、ベッドにもぐるんだよ」

「イエス、サー」

ハッチの厳しい表情が崩れ、唇の半分だけをよじってにやりとした。「生意気なやつめ」

三人に監視される中、レジーナが薬を飲みくだすと、キャムにソファのほうへうながされた。こぼさないよう慎重に、ソウヤーがマグカップを手渡してくれた。

ハッチはテーブルを片づけに戻り、キャムはレジーナの隣りに腰かけた。

「明日の朝いちばんでヒューストンに行ってくる。バーディに連絡して、ここに来てくれるよう頼んでおく」

「でも――」

「〝でも〟はなしだ」キャムがきっぱりと言う。「ぼくらが戻ってくるまで、バーディがそばについていてくれる。向こうに着いたらハッチはすぐに自分の車で戻ってくるが、ソウヤーとぼくはオフィスを整理して、こっちで必要なものを荷造りしてからになる」

「あなたって本当に頭痛の種ね」レジーナはうなるように言った。

キャムがほほえんでレジーナの頰を手で包んだ。しばらく彼女の唇をじっと見つめてから、ついに顔を近づけた。

キャムの唇の感触に、レジーナはつかの間、われを忘れた。キャムのキスは温かく穏やかで、激しく求めることをしない。やさしくそそのかす。応じろと誘う。

レジーナは彼の髪に手をもぐらせてもっと近くに引き寄せた。そんなことをしてはいけないのにと思いながら。

やがてレジーナは唇を離し、彼のひたいにおでこをあずけた。目を閉じたまま、浅く速い呼吸をくり返した。

キャムの手が頰に触れた。

「絶対に後悔しないでくれ」キャムが言う。「きみが目を開けたとき、そこに自責の念を見たくない。流れに身を任せるんだ、レジー。考えすぎるのはやめろ」

レジーナは両手を彼の肩に載せ、それから怪我をしていないほうの手を滑らせて、彼のうなじを抱いた。

「怖くてたまらないの、キャム」ささやくように言った。それを声に出すのは、認めてしまうのは、死ぬほど苦痛だったけれど、事実だった。

キャムもレジーナのうなじを手で抱き、髪に指をもぐらせた。「怖がる必要はない、レジー。ぼくらを怖がる必要は。ぼくらがきみを傷つけないのはわかってるだろう？」

レジーナはキャムに寄りかかり、その体に腕を回した。たくましい胸に頰を当ててぎゅっと抱きしめる。「あなたたちのだれも失いたくない」絞りだすように言った。「これからどうなるのかと思うと、怖くてたまらない。なにもかも、もとどおりになってほしい」

キャムの腕がレジーナを包んだ。「もうもとには戻れない。前に進むだけだ。だが前進するのが悪いこととはかぎらない」

薬が徐々に効いてきたのだろう、レジーナはまぶたが重くなってくるのを感じた。キャムにしがみついた。いまはそばにいてほしかった。ずいぶん長いあいだ、遠く離れていたから。

「会いたかったわ」レジーナはもう一度言った。

キャムが深く息を吸いこんで、体の緊張をいくらか解いた。「ぼくも会いたかった。その思いの深さを、きみは気づいているのかな。きみはぼくにとって大事な人だ。たぶんきみが考える以上に、きみを大事に思ってる」

キャムが離れようとする動きを見せたので、レジーナは手に力をこめた。「行かないで。まだ」

「ベッドにお入り。たいへんな一日だったろう？」

レジーナは、キャムの目を見あげられるだけ体を離した。「もう少しだけ抱いていて、キャム。寂しい思いはもううんざりなの」

　キャムがふたたびソファの背もたれに体をあずけ、レジーナをぴったりと引き寄せた。鎮痛剤がますます効いてきて、レジーナを甘美な忘却の海に沈めていく。けれどまだ身をゆだねるわけにはいかなかった。あと少しだけ、目を覚ましていたかった。キャムの腕を感じ、愛され慈しまれていると実感したかった。

　眠るまいとがんばったが、頭を撫でるキャムの手はまるで子守歌だった。まばたきをしたとき、ハッチとソウヤーが少し離れたところから見おろしているのがわかった。レジーナはなにか言いたかった。二人が除《の》け者《もの》にされていると感じないように。怒りか恨みの表情が浮かんでいないかと二人の顔を探ったが、見いだしたのは温かさだけだった。

　そうして二人を見ているうちに、視界の端がだんだんぼやけて暗くなってきた。もう一度まばたきをして、闇に屈した。

9

玄関を開けたソウヤーは、バーディを抱き締めて頬にチュッとキスをした。

「来てくれて助かるよ、バーディ。レジーはまだ眠ってるが、おれたちはできるだけ早く帰ってこられるように、そろそろ出発したいんだ」

バーディがほほえんでソウヤーの腕をやさしくたたいた。ソウヤーはその仕草に思わずにっと笑った。幼いころを思い出す。生意気な子どもでしかなく、静かに受け入れてくれたこの女性に戸惑っていたころを。

バーディには最初から面食らわされた。威圧的にふるまって彼に言うことを聞かせようとしたほかの里親と違って、彼女はただにっこりとほほえんだ。それもただのほほえみではなく、愛と理解に満ちた笑み。バーディはその笑顔を武器に、自分の思うようにことを進めてきた。だって、この女性を見てやましさを覚えない人間がどこにいる？

ソウヤーはバーディの肩に腕を回し、リビングルームのほうへうながした。こうしてみると、もろさと細さを感じた。ソウヤーの胃の中で混乱が渦を巻く。バーディが老いたなどと思いたくなかった。彼ら全員にとってあまりにも大切な女性だ。

「夜はしっかり眠れてるのか、バーディ？　最近、いつ医者に診てもらった？」

バーディがほほえんで椅子に腰かけ、ソウヤーがいそいそとオットマンを足元に運んでくると、文字どおり天を仰いだ。

「わたしはいたって健康よ、ソウヤー。スティーブンス先生もそうおっしゃってるわ」

ソウヤーは顔をしかめた。「ヒューストンの医者に診てもらったほうがいいんじゃないか？　専門医に。スティーブンス先生はそうとうな年寄りだろ。開業したのは石器時代だ。最新の医学の進歩に追いつけてるとは思えない」

バーディの目が楽しそうに輝いた。「わたしはスティーブンス先生より二歳上よ」

それを聞いて顔がこわばり、ソウヤーは首をすくめた。「言い方がまずかった」とぼやく。

バーディが笑い、しわの寄った手をソウヤーの手首に載せた。「わたしなら大丈夫よ。本当に。あと三十年は生きると先生もおっしゃってるわ」

「ならいい」ソウヤーはぶっきらぼうに言った。

キャムとハッチがリビングルームに入ってきて、バーディに気づくと目を輝かせた。二人がバーディを抱き締められるよう、ソウヤーはさがって場所を空けた。バーディはにこやかに二人と言葉を交わし、まるで彼らが十歳の少年に戻ったかのようにやさしく頬をたたいた。二人とも、そんなふうにされて満面の笑みを浮かべている。

ソウヤーはやれやれと首を振った。バーディの前では三人とも子どもに戻ってしまう。どういうわけかこの女性には、大切にされている気にさせられるのだ。愛されている気に。三人ともバーディの前では形なしで、それを認めるのもまったく苦ではなかった。

「レジーを任せていって大丈夫かな」キャムがまじめな口調で尋ねた。

バーディが手を振って言う。「いいから早く出発なさい。レジーナとわたしのことは心配しないで。あなたたちのお望みどおり、レジーナにはちゃんと薬を飲ませるわ。あなたたちが帰ってくるまで眠っているんじゃないかしらね」

「わかった。ぼくらの携帯番号は知ってるね。なにかあったらすぐに連絡してくれ」

バーディが追い払うように手を振った。三人はもう一度彼女にキスをして、いよいよ出発することにした。玄関口で手を振るバーディに見送られ、車は発進した。車がハイウェイのほうへと角を曲がるまで、ソウヤーはバックミラーに映るバーディを見つめていた。

「あの家に越してくるよう、誘ってみるべきかもしれないな」座席に背中をあずけながら、ソウヤーは言った。

「だれを？　バーディ？」ハッチが問う。

ソウヤーはうなずいた。「ああ。言いたくないが、バーディもだいぶ年をとってきただろ。もっとおれたちで面倒を見られるように考えるべきじゃないか。バーディは昔から住んでるあの古い家にいまも一人で暮らしてる」

「あそこは〝わが家〟だ」キャムが言った。「バーディにはあの家を手放してほしくない」

ハッチがうなずいた。

「なにも手放す必要はない」ソウヤーは辛抱強く言った。「おれはただ、あの新しい家で一緒に暮らせば、もっとそばで見守れると思っただけだ」

「まず第一に、バーディは絶対に同意しない」キャムが言った。「自立心が旺盛だし、実際のところ、かなりの健康体で、ぼくらより長生きしそうなくらいだ。第二に、自分の言っていることをよく考えてみろ」一瞬ソウヤーを見てから道路に視線を戻した。「いまでもじゅうぶん気まずい状況に、バーディまで引きずりこむことになるんだぞ。ぼくらと一緒にいてくれるよう、レジーを説得するのも大仕事だ。そこにバーディが加わったらどうなる？　それに、どちらにとってもフェアじゃない」

ソウヤーは顔をしかめた。「たしかにそうだが。おれはただ……あそこに家族が集えたら、すてきだろうなと」

二人の視線を感じたソウヤーは、少し気詰まりになって身じろぎした。口をつぐんでおけばよかった。いまのはいかにも頭が悪そうな発言だ。

「言いたいことはわかるよ」ハッチが言った。「だけどバーディとはこれまでも密に連絡を取ってきたし、今後は近くに住むんだから、もっと頻繁に会いに行けるようになるさ」

「もっと重要なのは、ぼくらのそばにいてくれるようレジーを説得できるかどうかだ」キャムが言う。

ソウヤーは目を狭め、さっとキャムのほうを向いた。キャムが不安を口にするのはこの二日間で二度目だ。くそっ。もしキャムが自信を持てないなら、おれはどう思えばいい？

「自信がなさそうな口振りだね、キャム」ハッチが低い声で言った。

ちらりと振り返ったソウヤーは、ハッチの顔にやはり当惑を見た。すばやくハッチと視線を交わして、肩をすくめた。

キャムが髪をかきあげ、もどかしそうなため息を漏らした。

「なんだろうな」とつぶやくように言う。「心配してる。それだけだ。これはあまりにも重要なことだろう？　正しく対処しなかったら、永遠に取り返しがつかなくなってしまう」

「なにか意見でもあるのか、キャム？」ソウヤーは尋ねた。「言いたいことがあるなら言っちまえ」

キャムが眉をひそめてまたちらりとソウヤーを見た。「いや、いま言った以上に言いたいことはない」

「つまりおまえが言いたいのは、おれたちの一人がへまをやらかそうとしてるってことだな？　それならはっきりそう言えよ」

「おいおい」ハッチが言った。「落ちつけよ、ソウヤー。そんなけんか腰じゃあ、おれたちともレジーともうまく行かないぞ」

ソウヤーは助手席から振り返り、ハッチをにらんだ。「なにが言いたい？　おれになにか問題でもあるか？」

「レジーに真正面からぶつかっていって、ぐいぐい迫るのは問題だろ」ハッチが怯《ひる》みもせずに言った。

ソウヤーは刺すようなやましさを覚えた。とはいえ、レジーが拒むのはおまえのせいだと暗にほのめかされて腹も立った。やさ男になるのは得意じゃない。キャムのように穏やかではないし、ハッチのようにのんびりもしていない。レジーのこととなるとどうしても必死になってしまい、その結果、乱暴になってしまうのだ。自分でもわかっているが、キャムやハッチにそれを指摘される必要はない。

「おれはおまえじゃないし、キャムでもない」ソウヤーはできるだけ穏やかな口調で言った。「それに、レジーは弱虫じゃない。どうってことないさ」


レジーナはベッドに横たわって天井を見つめた。だれかの足音が階段をのぼり、廊下をこちらへ歩いてくる。

ドアが開いたのでそちらを向くと、バーディが顔をのぞかせ、レジーナが起きているのを見てにっこりした。

「おはよう」と言ってベッドに歩み寄る。「ちょっと様子を見に来たの。気分はどう？」

レジーナは少し伸びをして肋骨の痛み具合をチェックし、前日ほど痛まないことにほっとした。起きあがってバーディに笑みを返した。

「昨日よりずっといいみたい」

片手を掲げてあざになったのどに触れ、そっと押してみた。声も昨日ほどかすれていない。

「ほぼ人間に戻った気分よ」とつけ足した。

バーディがベッドの端に腰かけて、レジーナの手に手を重ねた。「あなたに飲ませるようにって、あの子たちが薬を置いていったわ。いま飲む？」

レジーナは片方の眉をつりあげた。「選択肢を与えてくれるの？　あの三人にはむりやり飲まされたのよ」

バーディが笑うと、目の際にやさしいしわが寄った。「よかれと思ってやっているのよ。みんなあなたを愛してるから」と簡潔に言う。「男の人って感情を表そうとすると、ときどき少し極端になるのよね。どこか痛むところはある？」

レジーナは首を振り、バーディの目を避けた。体はどこも痛くなかったが、昨夜の話し合いの記憶は胸に刺さっていた。加えていま、バーディが愛を口にした。このまま会話を続けたら、気まずい領域に踏みこんでしまうだろう。

レジーナの手を包んでいたバーディの手に力がこもった。「心配そうな、不安そうな目をしてるのね、レジーナ。わたしが怖いんじゃないといいけれど」

レジーナはうなだれた。思い切って年配の女性の目をちらりと見たが、そこに浮かんでいるのはやさしさだけだった。

「その……彼らがなにを望んでるか、知ってる？」レジーナはおずおずと尋ねた。

バーディがため息をついた。「あの子たちのことは大好きよ。あなたもそれは知ってるわね。だけどあの子たちはじつに頑固。わたしが知ってる別のだれかさんと同じくらいにね」そう言うと、からかうようにレジーナを見た。「あの子たちがあなたを愛していて、あなたのためにこの家を建てて、あなたにここに住んでほしい……自分たちと一緒に住んでほしいと思っていることを知ってるかという意味なら、ええ、知ってるわ。それについては、はっきり聞かされたの」

「あなたはなんて言ったの？」レジーナはそっと尋ねた。

バーディの唇がほんの少しよじれた。「わたしになにが言える？」ベッドの上で身じろぎをした。「わたしもすべての母親と同じ願いを持ってるわ。息子たちに幸せになってほしい。正気を失ったのかと尋ねたわ」

レジーナは抑えきれずに笑った。「わたしの反応もだいたいそんなところ」とつぶやく。

「レジーナ、わたしはお説教をしに来たんじゃないの。あなたに生き方を指図しに来たんでもない。ひとつだけはっきりさせておきたいのは、あなたとあの子たちのあいだになにが起きようと、わたしのあなたへの気持ちは変わらないということよ」

安堵したレジーナはバーディの手を握って言った。「ありがとう。すごくうれしいわ」

「下におりる元気はある？」バーディが尋ねた。「あなたの好きなチキン・アンド・ダンプリング（小麦粉の団子と鶏肉をチキンスープで煮こんだ米南部の家庭料理）と、紅茶をたっぷり用意したんだけど」

「わあ、すてき。よだれが出そう」

バーディがにっこりした。「じゃあ行きましょう。すぐに温めなおすわ」

バーディが立ちあがってベッドを離れると、レジーナは上掛けをめくってベッドの端から脚をおろした。床に立つと、バーディが腕を支えてくれた。

本当にずっと調子がよくなっていた。ありがたいことに、頭もそれほどぼうっとしない。いまならあの三人にも冷静に対処できるかもしれない。ばかみたいにぺちゃくちゃしゃべったり、めそめそしたりすることなく。

バーディに支えられてゆっくりとドアに進み、階段へと向かった。階段のてっぺんに来たとき、階下でドアがばたんと閉じる音がして、レジーナは足を止めた。ちらりとバーディを見る。「みんな、もう戻ってきたの？」

バーディが眉をひそめた。「一時間前に出たばかりよ。忘れ物でもしたのなら、電話を寄こすはずだわ」

レジーナの耳が足音をとらえた。家の正面側ではなく、裏手から聞こえる。脈があがり、レジーナはバーディの腕をつかんだ。

「ベッドルームに戻ってドアを閉じて。鍵をかけるの。わたしが呼びに行くまで出てこないで。五分経ってもわたしが戻ってこなかったら、警察に通報して」

バーディの目は怯えていたが、それでもうなずいて、足早にベッドルームへ戻っていった。レジーナは別のベッドルームに滑りこみ、武器を探した。きっとソウヤーの部屋だろう、野球関係のものであふれている。レジーナは壁に飾られていた木のバットをつかみ取り、柄を握った。負傷した手首は抗議の声をあげ、副木のせいで握りづらかったものの、レジーナはどちらも無視してさらに強くバットを握った。

やれやれ、サイン入りだ。だれのサインかは知りたくもない。もしもだれかの頭に振りおろして折れてしまったら、ソウヤーにお尻を蹴飛ばされるだろう。

肋骨の痛みを無視して階段に戻り、足音を忍ばせておりていった。いちばん下まで来ると、壁にぴったり張りついて、角からリビングルームをのぞいた。

物音に耳を澄ましたが、家の中は静まり返っていた。冷蔵庫の低いうなりだけが響く。先ほどの音は裏手から聞こえた。フレンチドアのほうじゃない。裏からキッチンに入るドアがあっただろうか？　だめだ、思い出せない。

すばやく角を回り、いつでも振りおろせるようにバットを掲げてキッチンに踏みこんだ。大きく開いたドアを見て、凍《こお》りついた。なんてこと。ここは不慣れな家で、レジーナは銃も持っていない。

流しのそばのカウンターに転がっている電話の子機が目に飛びこんできた。レジーナは屋内の物音に耳を澄ましたまま、そちらににじり寄った。バーディ。二階にバーディを一人で置いてきた。まずい。

子機をつかみ取ると同時に階段へ駆け戻った。「バーディ、わたしよ。開けて」ベッドルームの前で言った。

バーディが即座にドアを開けてくれたので、レジーナは中に入ってドアを閉じ、ふたたび鍵をかけた。それからバーディに奥へ行くよう合図した。

ジェレミーの携帯の番号を押しながら、ちらりとバーディを見た。「ねえ、わたしはここがどこかも知らないの。道順をジェレミーに教えられる？」

バーディがうなずき、レジーナは子機を耳に当てて、ジェレミーが早く電話に出てくれるよう無言で祈った。

「ミラーだ」

「ジェレミー、助かったわ」

「レジーナか？　どうした？」

「警官隊を寄こしてほしいの。住居侵入者よ」

「場所は？」ジェレミーが尋ねた。

「バーディと代わるわ。ここがどこなのか、わたしはまるで知らないの」

ジェレミーの返事を待たずに子機をバーディに差しだした。

「郡道一二六号線を折れるの」バーディがしっかりした声で言った。「サイプレス・クリークから四分の一マイルほど先よ。二つ目を左折して。道なりに進んで丘のてっぺんに来たら、この家が見えるわ」

説明を終えて、レジーナに子機を返した。

「レジーナ、聞こえるか？」ジェレミーが言う。

「聞こえるわ」

「よし。安心しろ、もう向かってる。郡警察の一チームに応援を要請した。おれより先に着くだろう。その場にじっとして、電話を手放すな」

レジーナは電話を切り、バーディのほうを向いた。「だれかが家の中にいる。少なくともいたわ。裏口が開いてた」室内を見まわし、大きなウォークインクローゼットでぴたりと視線が止まった。「クローゼットの中へ」バーディに命じた。

うむを言わさずバーディを追いたてて、部屋の反対側にあるクローゼットの扉を開けた。

いくつか空き箱を見つけて、すばやくバーディの前に置く。「座ってじっとしていて」レジーナは抑えた声で言った。

「あなたはどうするの？」バーディの声は震え、レジーナを見つめる目は怯えていた。

「ベッドルームにいるわ」レジーナは落ちついた声で言った。「ジェレミーがこっちに向かってる。警官隊も呼んでくれたって。もしだれかがベッドルームに入ってきたら、わたしがバットで頭をぶん殴るわ。だけどなにが聞こえても、わたしかジェレミーか警察のだれかが呼びに来るまでは、絶対にここから出てきちゃだめよ。いいわね？」

バーディがうなずいたので、レジーナはクローゼットを出て扉を閉じた。バットを握りなおし、ドアから入ってきた人物を待ち伏せるのに最適の場所を探す。

気がつけばまたジェレミーの到着を待ちかねていた。そっと窓に近づき、車か侵入者が見えないかと外をのぞく。

なにも見えない。

ドアのそばに戻り、耳を当ててなにか聞こえないかと待った。息がつかえ、汗が首筋を伝い落ちたとき、階段の下のほうの板が軋《きし》む音が聞こえた。

レジーナはドアに耳を押しつけ、侵入者が階段をのぼってくるのか確かめようとした。

長い数分が過ぎた。緊張で胸が苦しい。握り締めたバットを掲げたままでいると、肩胛骨《けんこうこつ》のあいだがこわばって筋肉が引きつってきた。

そのとき甲高い電話の呼び出し音が空気を裂き、レジーナはぎょっとして危うくバットを落としそうになった。ベッドの上に置いた子機を見る。取らないでおけば、侵入者は家にはだれもいないと思うかもしれない。出てしまえば、侵入者は自分一人ではないと確信するだろう。

ジェレミーか警察の通信指令係かもしれないし、キャムたちのだれかという可能性もあったが、レジーナは取らないほうを選んだ。けれど呼び出し音のせいで、ベッドルームの外の物音が聞こえなくなった。

バットをさらに高く掲げ、構えた。そのとき電話の音がやみ、レジーナの耳はベッドルームのドアの外で靴が床を擦る音をとらえた。

怒りがこみあげ、恐怖に取って代わった。

ドアの外にいる人物は侵入する家を間違えた。レジーナは疲れ、不機嫌で、あちこち痛みを抱えている。だれかのお尻を蹴飛ばしたくてたまらないし、いまはそれがだれのお尻だろうとかまわない。

そのとき突然大きな音が響き、どかどかと靴音が階段をおりていった。急いで。音をひそめようともせずに。

侵入者が逃げようとしている。レジーナはベッドルームから飛びだすと、猛スピードで階段にたどり着き、一段抜かしで駆けおりた。痛みが胸を貫いたものの、かまわず追いつづけた。

ドアが乱暴に閉まる音を頼りにキッチンへ向かった。玄関ドアが開き、レジーナがそちらへ首を回すと、保安官代理が銃を手に飛びこんできた。

「裏よ」レジーナは叫んだ。「犯人は裏に回ったわ」

保安官代理は玄関から駆けだし、レジーナは裏口に急いだ。ドアを開けて外に出ると、ぐるりとあたりを見回した。

犯人はどこへ消えたの？　家から丘をくだったところには池があり、その向こうの一帯は木々が生い茂っているものの、そこまで逃げる時間はなかったはずだ。

保安官代理が家の横手から現れたので、レジーナは左のほうを手で示した。

「こっちに逃げたに違いないわ」

「中へ戻れ。きみは武器を持っていない」

レジーナはもどかしさに歯を食いしばったが、彼の言うとおりだった。レジーナがいれば、保安官代理は彼自身だけでなく彼女まで守らなくてはならない。それにバーディはいまもクローゼットの中にいて、きっと怯えている。

家の中に戻ろうとしたとき、ジェレミーのパトカーが家の正面のドライブウェイをやってくるのが見えた。ジェレミーともう一人の警官が車をおりて、保安官代理が向かった家の横手のほうに歩いていった。

レジーナは階段をのぼってベッドルームに急いだ。ベッドの上にバットを放りだして、クローゼットの扉を開ける。

「バーディ、もう大丈夫。出てきていいわ」

「ああよかった」立ちあがってそう言ったバーディの声はまだ震えていた。

レジーナは手を伸ばして年配の女性の腕を取り、空き箱のこちら側へと導いた。

「どうなったの、レジーナ？」

レジーナは首を振った。「わからない。侵入者は裏口から逃げて、ジェレミーと数人が追ってるわ。なにかわかるまでここで待ちましょう」

バーディを連れてベッドに歩み寄り、並んで腰かけた。

バーディがレジーナの腕に手を載せた。「あなたは大丈夫なの？　肋骨は？」

レジーナはためしに自分の胸に触れ、顔をしかめた。「いまはそれどころじゃないわ」

「あの子たちに連絡しましょう」バーディが言う。「一刻も早く帰ってきたがるはずよ」

レジーナは首を振った。「意味ないわ。三人にできることはないもの。むしろ心配させるだけよ」取り乱して、ますますつきまとうだけ。いまレジーナがもっとも必要としていないことだ。

二人の女性は無言のまま、手を取り合ってジェレミーたちが戻ってくるのを待った。ようやく階下からジェレミーの呼びかける声が聞こえた。

「おれだ。あがるぞ、レジーナ」

レジーナは立ってドアに向かった。ほどなくジェレミーが、背後にカールを連れて現れた。

「犯人をつかまえた？」レジーナは尋ねた。二人の表情から、だめだったとわかっていたけれど。

ジェレミーが首を振った。レジーナは一歩さがり、二人をベッドルームの中にうながした。ジェレミーが、座っているバーディに歩み寄った。

「大丈夫ですか、マイケルズさん？」

バーディがほほえむ。「ええ、心配してくれてありがとう。わたしよりレジーナが心配よ。野球のバットを持って犯人を追いかけていったの」

ジェレミーとカールが不思議そうな顔でレジーナを見た。

「銃がなかったから」レジーナはつぶやくように言った。

「大丈夫か？　必要ならまた病院に連れていくぞ？」ジェレミーが尋ねた。

「侵入者と戦ったのか？」カールが問う。

レジーナは首を振った。「いいえ、姿も見なかったわ。最初は物音が聞こえて下におりたの。裏口が開いてるのが見えたけど、バーディが心配だったから二階に戻ってあなたに電話したわ。助けを待ってたときに、階段をのぼってくる足音が聞こえて、ベッドルームの真ん前まで来たわ。だけどそこで保安官代理の車の音を聞きつけたんでしょうね、階段を駆けおりていったの。わたしはあとを追ったわ。裏口から出る音が聞こえた。保安官代理が玄関から入ってきたのを見て、裏に回るよう指示したわ。わたしが外に出たときには、犯人の姿はどこにも見あたらなかった」

「外で足あとを見つけた。犯人のものかはわからないが」カールが少し言葉を止めて、続けた。「かなり大きい。このあいだの犯行現場で見つかった足あとに酷似している」

レジーナは凍りついた。「同じ男だと言いたいの?」

カールが首を振った。「いや。だが偶然にもほどがある。もっと人数を増やして、一帯を捜索させよう。どこかの地点で車に乗っているはずだ。運がよければタイヤの跡が見つかるかもしれない。家の中は指紋を採らせてもらう」

レジーナはバーディを見やった。「車でわたしの家まで送ってくれる?」

バーディが眉をひそめた。「いい考えだとは思えないわ、レジーナ。あの子たちも怒るでしょう。ここにいて、一人にならないほうが安全よ」

「少し寄るだけよ」レジーナは穏やかに言った。「予備の銃を取りに。いつもの銃は署長にあずけたままだから。返してもらえるまで身を守るものがないのはいやなの」

「いい考えかもしれないな」ジェレミーが言った。「ところで三人はどこだ?」

「ヒューストンよ」レジーナは言った。「仕事がらみで片づけることがあるんですって。今日の夜には戻ってくるわ」

「それまでにはわれわれも退散しよう」カールが言った。「ジェレミーとおれはここに残って、状況を調べる。おまえとマイケルズさんの行き帰りは、保安官代理に護衛してもらえ。無用な危険を冒すことはないからな」

レジーナはうなずいた。「それでいい、バーディ?」

「もちろんですとも。あなたの準備ができたら、いつでも出発しましょう」

10

ハッチは車をドライブウェイに入れ、未舗装の道を家に向かって加速した。ヒューストンへの旅に苛立っていた。今日はレジーと離れて過ごしたくなかった。なにしろ彼女は退院したばかりだ。

丘のてっぺんに到達すると、家の前に四台のパトカーが停まっていて、バーディの車がないことに気づいた。ハッチの胃はよじれた。なんでもないのかもしれない。レジーの同僚が見舞いに来ただけなのかも。

それでもハッチはエンジンを吹かし、土埃《つちぼこり》をあげて家に急いだ。パトカーの一台の横で急ブレーキをかけて停車し、外に飛びだした。

ジェレミーが玄関口で片手をあげて出迎えた。

「入らないでくれ」ジェレミーが言う。

断じて社交的な訪問ではない。

「なにがあったんだ？」ハッチは詰め寄った。「バーディとレジーは？」

「二人とも無事だ」ジェレミーが急いで答えた。「バーディの車で、レジーの家に荷物を取りに行った。あとで戻ってくる」

「なにがあった？」ハッチは絞りだすように質問をくり返した。

「何者かがこの家に押し入った」

ハッチの体は凍りつき、顎が痙攣《けいれん》した。両手を握っては緩める。

「レジーナは正しい行動を取った」ハッチの苦悩を感じ取ったかのように、ジェレミーが言う。「まずバーディの安全を確保して、警察に通報し、援護を待った」

「犯人をつかまえたか？」

ジェレミーが首を振った。「いま、指紋を採取してる。おそらく……このあいだの夜の男と同一人物だろう」

「なんだって？」ハッチは驚いてジェレミーを見つめた。

ジェレミーがポケットに両手を突っこみ、ポーチの端へと歩いていった。どこまで話したものかと考えているかのように、ちらりとハッチを見る。やがて体ごとハッチのほうを向き、長々と値踏みするように見つめた。

「あの晩のことについて、レジーナはどこまで話した？」

ハッチは鼻で笑った。「なにも。まだそこまでたどり着いてない」

ジェレミーが顔をしかめた。「犯人はレジーナがだれかを知っていた。あの襲撃は計画的なもので、レジーナこそ標的だったとおれたちは考えている」

「なに？」

ジェレミーがうなずいた。「犯人は彼女をレジーと呼んだ。レジーナが言うには、彼女をそう呼ぶのはおまえとソウヤーとキャムだけだってな。この話をしたのは、今日のことがあったからには、レジーナを一人にするべきじゃないと思ったからだ。二つの事件に関連性はないのかもしれないが、おれはあるとにらんでる」

「いますぐレジーの家に行ってくる。バーディと二人で行ったんだろ？」

「保安官代理が付き添ったから、二人だけじゃない」ジェレミーが言った。

「よかった。ありがとう、ジェレミー。恩に着るよ」

ジェレミーがうなずいた。「レジーナは警官だ。それも敏腕のな。おれたちは仲間を大事にする」

ハッチはジェレミーと握手を交わし、トラックに戻った。一刻も早くレジーのところにたどり着きたくて、すぐさま発進させた。

警察署で報告を終えたあと、レジーに詳細を訊かなかったのは大失敗だった。ハッチもほかの二人も、警官という職業ゆえの不運なできごととしか思っていなかった。まずいときにまずい場所にいたのだと。実際は、レジーを狙った犯行だったというのに。三人とも事件を軽く見すぎていた。護衛もつけずに、レジーとバーディを置いていった。

ハッチはのどを締めつける恐怖をごくりと呑みこんだ。どうやらレジーにすべてを打ち明けさせなくてはならないようだ。楽しい作業ではないだろう。だけどもし、どこかのばかが彼女を狙っているのなら、まずはおれとソウヤーとキャムが相手になる。

二十分かかって町に戻った。レジーが住んでいるのは、警察署からほんの半マイルの、ベッドルームが二つの一軒家だ。その家の前に着いたハッチは、トラックを通りに停めなくてはならなかった。ドライブウェイには三台の車が停められていた。レジーのRAV4に、バーディのカムリ、保安官代理の車。

ハッチは大股で玄関に向かい、出迎えた保安官代理に身元を告げると、中に通された。家は見た目だけでなくにおいまでレジーらしかった。いたるところに彼女を感じる。雑多な趣味の装飾から、雑然としているように見えるけれど実際は秩序正しく並べられている種々のものまで。

ハッチはパソコンデスクのそばで足を止め、額縁入りの写真を手にした。ハッチとレジー、キャムとソウヤーが映っている。ハッチはこれを撮った日のことを思い出してほほえんだ。卒業式のあとに湖へ出かけ、陽光の中で一日を過ごした。大いに笑い、人生を謳歌《おうか》した。

写真立てをもとの位置に戻して、レジーとバーディの声が聞こえてくるほうへ向かった。レジーのベッドルームの戸口から顔を突っこむと、レジーが銃にクリップを挿入し、安全装置をかけて、腰のホルスターに滑りこませるところだった。

バーディが顔をあげ、ハッチに気づいた。

「ハッチ！　ここでなにをしているの？」

レジーも顔をあげたが、その表情は読み取れなかった。

「心配でね」ハッチは言いながらベッドルームに入った。

足を止め、バーディの頰にそっとキスをする。「大丈夫かい？」

バーディがにっこりした。「ええ。レジーナがしっかり守ってくれたわ」

ハッチはレジーのほうを向き、二人は長いあいだ見つめ合った。やがてハッチが片手を伸ばしてレジーの肩をつかみ、ついに腕の中へ引き寄せた。レジーは抵抗しなかった。

「大丈夫か？」ハッチは彼女の髪に顔をうずめて尋ねた。

「ええ」レジーが彼の胸に向かってくぐもった声で答えた。

ハッチは腕をほどき、彼女の顎を掬った。「本当に？」

レジーがうなずく。

「よかった。なにしろ家に帰ったら、いろいろ話さなくちゃならないことがあるからね」感情を削いだ声で言った。

レジーが上に向けて息を吐きだし、おでこにかかっていた髪を左右に散らした。

「ここでの用事は済んだのか？」ハッチは尋ねた。「おれたちの帰りを待てなかったほど必要なものってなに？」

レジーが片方の眉をつりあげた。「わたしの銃よ。バーディと自分の身を守るための武器はソウヤーのバットしかなかったし、もし使ってたら、きっと一度殴っただけで折れてたでしょうね」

「きみとバーディを二人きりで置いていくなんて、おれたちは能なしだった」ハッチは低い声で言った。「二度と同じ過ちは犯さない」

反論されるものと思っていたが、レジーはただ向きを変え、スポーツバッグの中に着替えを放り入れた。

ハッチはバーディに目配せし、一緒に隣りの部屋へ来てくれと無言で合図した。バーディがうなずいたので、ハッチは保安官代理が女性たちを待つリビングルームに歩いて戻った。

「本当のことを教えてくれ、バーディ。いったいなにがあった？　二人とも、本当に大丈夫なのか？」

バーディがほほえんだ。「二人とも大丈夫よ。まあ、レジーナのほうは、いったん落ちついてアドレナリンが切れたら、この小さな冒険のつけを払わされるでしょうけれど」

「正確にはなにがあった？　家に侵入したやつがいるとジェレミーが言ってたけど、詳しい話は聞かなかった。早くこっちに来て、この目で二人の無事をたしかめたかったから」

バーディが震える手を掲げてひたいに触れた。「正直なところ、わたしはなにも知らないのよ。なにもかも、あっと言う間のできごとで。レジーナの直感のおかげだわ。わたしが手を貸して下におりようとしていたときに、彼女が物音を聞きつけたの。わたしはレジーナに言われたとおり、ベッドルームに戻ってドアに鍵をかけたわ。レジーナは調べに行った」

「彼女もベッドルームに隠れてるべきだったのに」ハッチはうなるように言った。

「レジーナはすぐに戻ってきて、取ってきた電話の子機でジェレミーに連絡したわ。それからわたしはクローゼットに隠れさせられたの。そのあとのことで言えるのは、しばらくしたらレジーナが戻ってきて、もう出てきてもいいと言って、二人でジェレミーを待ったということだけよ」かすかな笑みを浮かべた。「レジーナは野球のバットを持っていたわ。本気で使うつもりだったんでしょうね」

「おれがいれば、使う必要はなかった」ハッチはつぶやくように言った。

バーディが彼の腕に触れてぎゅっと握った。「出番が終わったなら、わたしはそろそろ家に帰ってもいいかしら。もうじゅうぶん興奮は味わったもの」

ハッチは眉をひそめた。「一人で帰るなんて、だめだ。おれたちの家においで」

バーディがにっこりした。「こちらのすてきな青年が、家まで送って、なにも異常はないか確かめてくれるそうよ。家にはソウヤーにむりやりつけさせられた警報装置もあるしね」

うんざりした様子で天を仰ぐ。「あなたたちのおかげで、うちは要塞《ようさい》同然だわ」

「交替でご近所を巡回させます」保安官代理が口を挟んだ。「一時間ごとに家の前を通って、定期的に安全を確認しますよ」

ハッチはうなずいた。「助かるよ」

保安官代理がほほえんだ。「バーディがあなたたちにとって大切なのは知ってますが、彼女はこの地域にとっても特別な存在です。みんなのために、いろいろなことをしてくれましたからね。今日の一件が仲間の耳に入ったら、みんなこぞって巡回パトロール役に志願しますよ。この女性は郡と地元の警察が守ります」

「レジーナにさよならを言ったら出発するわ」バーディが言う。「彼女を連れて帰ったら少し休ませてやってね。たいへんな一日だったもの。いまにも倒れそうな顔をしてるのよ」

バーディがレジーのベッドルームに入っていき、ほどなく戻ってきた。ハッチは年配の女性のおでこにキスをして言った。「なにか必要なことがあったら、いつでも連絡して」

「ええ、そうするわ。あなたたちこそ、なにか必要なことがあったら連絡してね。喜んで駆けつけるわ」

ハッチは、保安官代理に守られるようにして去っていくバーディを見送ってから、レジーを探しに家の中に戻った。レジーは疲労に肩を丸め、ベッドのそばに立っていた。

「必要なものは揃ったかな？」ハッチは声をかけた。

レジーがすぐさま背筋を伸ばした。「ええ。いつでも出られるわ」

ハッチは手を伸ばして彼女の鞄《かばん》のファスナーを閉じ、ストラップを担いだ。レジーの前で足を止め、空いているほうの手で彼女のうなじを抱くと、そっと引き寄せた。しばらくのあいだ、ただその場に立ちつくして、彼女の濃い巻き毛に顔をうずめていた。

レジーの体が震え、腕が彼の腰に巻きついた。

「家に帰ろう」ハッチは彼女を抱き締めたまま言った。「今日はもうじゅうぶん興奮を味わっただろ」

「否定はしないわ」レジーが悲しそうに言って体を離した。

ハッチは人差し指で彼女の顎の下に触れ、視線が合うまで上を向かせた。それからゆっくりと唇を寄せて、やさしいキスをした。情熱で圧倒するためのキスではなく、やさしさと癒しのキスを。

驚いたことに、レジーは積極的な反応を示した。副木の添えられた腕がハッチの背中を這いあがり、もう片方の腕は彼の腰から胸へと移動して、肩を越え、首にからみつく。細い指は短髪にもぐりこんで頭皮を撫で、唇は進んでキスに応じた。

舌と舌とが繊細な闘いを始める。レジーが歯のあいだにハッチの下唇をとらえてそっと噛む。と思うや、激しく吸った。

レジーはおれのものだ。この瞬間のためなら体の一部を失っても惜しくない。時間が止まったように思える。それでいい。この瞬間に留まっていたい。二人以外のすべてを締めだしたい。いまこの瞬間は、二人きり。

レジーの味が好きだった。やわらかく温かい感触も。胸が疼く。温かくなめらかな興奮で股間が熱を帯びる。欲望が血管でささやく。レジーが欲しい。ほかのどんな女性より、この女性が必要だ。生まれてこの方、レジーのような女性には会ったことがない。

レジーが唇を離した。彼女の目は、ハッチの中で燃えているのと同じ情熱で潤んでいた。レジーの唇は腫《は》れ、ハッチを誘った。

ハッチは手のひらで彼女の頬を抱き、親指で唇を擦った。レジーが口を開き、親指の先端を温かく湿った天国に導き入れた。ハッチはかすかにうめき、レジーが指の先をしゃぶる光景に見入った。それは、レジーの唇が彼のペニスを咥《くわ》えたところをたやすく想起させた。

「行かないと」ハッチはかすれた声で言った。

レジーがゆっくりと彼の親指を唇のあいだから引き抜いたので、ハッチは手を脇に垂らした。向きを変えたレジーの背中に手を添えて、ベッドルームの外へとうながした。

11

キャムが家の前に車を停めたときには日も暮れかけていた。ソウヤーが隣りに停車し、二人とも外に出る。

周囲を見まわしたキャムは、ハッチのトラックはあるもののバーディの車が見あたらないことに気づいた。自分のSUVの後部座席に手を伸ばしてスーツケースを引っ張りだしてから、ばたんとドアを閉じた。

「オフィスの荷物をおろすのは明日にしよう」キャムは言いながら車のボンネットを回り、ソウヤーに歩み寄った。

「ああ、いい考えだ。いまは冷えたビールが恋しい」

二人は段をのぼってポーチに立ち、キャムがドアノブに手をかけたが、鍵がかかっていた。キャムは眉をひそめ、ポケットに突っこんでいた鍵に手を伸ばした。

「ハッチはおれたちがなにをすると思ってるんだ？」ソウヤーが苦々しげに言った。

キャムは鍵を錠に挿して回した。ドアを開け、スーツケースを中に押し入れて玄関ホールに置く。ソウヤーと一緒に奥へ入ってリビングルームをのぞくと、ハッチがソファに座っていた。テレビが点いているものの、音はぐっとさげてある。

さらに奥へ入ったキャムは、ようやくレジーがソファに横になってハッチの膝に頭を載せているのに気づいた。彼の手はレジーの巻き毛に添えてあり、彼女はぐっすり眠っていた。

「また一服盛ったのか？」ソウヤーが冗談めかして尋ねた。

ハッチはにこりともしなかった。その表情にはどこか暗い影があり、キャムを不安にさせた。ソウヤーもそれに気づいた。ハッチが唇に人差し指を当てて、ソファの隣りの椅子二脚を顎で示した。

ソウヤーが肘掛け椅子のひとつに腰かけ、キャムはソファのレジーの足元に座った。スウェットパンツに包まれた彼女の脚を、膝の下まで撫であげる。

「どうなってる、ハッチ？」キャムは尋ねた。

ソウヤーが椅子の上で身を乗りだし、両肘を膝について、口の前で両手の指先を合わせた。

「おれたちの留守中に、だれかがこの家に侵入した」ハッチが低い声で言った。

「なんだと？」ソウヤーがどなると同時に顔を背けてそれ以上の爆発をこらえてから、顔を戻した。「なんだと？」今度は少し小さな声で尋ねた。

「レジーはバーディを二階のクローゼットに隠れさせて、おまえの部屋にあったバットの一本を手に、犯人を追いかけた」

「なんてことだ」キャムはつぶやいた。

「それだけじゃない」ハッチが言い、キャムとソウヤーをじっと見た。「その侵入者はこないだの晩にレジーを襲ったのと同一人物だと彼らは考えてる」

「彼らって？　それに、なぜそいつらは同一人物だと考えてる？」ソウヤーが問い詰めた。

ハッチが顔をしかめた。「レジーが銃を取りに行くと言うんで、バーディが車で家まで送ったあと、おれはジェレミーと話したんだ」

あまりにかいつまんだ説明に、キャムは首を振って髪をかきあげた。頭痛の前兆を感じた。

「整理させてくれ。混乱してきた。何者かがこの家に侵入した。警官が来て、犯人はこのあいだの晩にレジーを襲ったのと同一人物だとみなした。そしてレジーは銃を取りに家に帰った。そういうことか？」

ハッチがうなずいた。「要約すると」

ソウヤーが納得した顔で言う。「レジーはおれたちに隠しごとをしてたってわけか」

「ああ、そのようだね」

「詳しく聞かせてくれるか？」キャムは頼んだ。

「ジェレミーが言うには、このあいだの晩の襲撃は個人的なものじゃないかということだった。つまり標的は殺された女性じゃなく、レジーだったんじゃないかと。どうも犯人は彼女をレジーと呼んだらしい。おれたちしか使わない呼び名だ。それから、レジーの首を絞めながらこう言ったそうだ――〝そろそろやつに償いをさせるときだ〟」

「くそ野郎」ソウヤーがうなるように言った。

「ほかに警察がつかんでることは？」キャムは尋ねた。

「ジェレミーから聞きだせたのは、レジーの父親に関係がある事件かもしれないってことだけだ。政治家はいかれた連中を引き寄せるものだろ。ピーター・ファロンの政策に同意できない人間のしわざかもしれない。だれにわかる？　だけどともかく警察は、今日ここに押し入ったのはそいつだと考えてる。指紋は見つからなかった。家の外で、このあいだの晩に殺人現場で見つかったのと同じ靴跡が発見された」

「そしてぼくらはバーディだけをそばに置いてレジーを残していった」キャムは自己嫌悪もあらわに言った。

「バーディはいまどこにいる？」ソウヤーが尋ねた。

ハッチがソウヤーのほうを向いた。「自宅だよ。レジーの同僚と郡の連中が交替で付近を巡回してくれてる。署長の家からは一ブロックの距離だから、彼もときどき様子を見に行ってくれることになった。おれとしてはここに来てほしかったけど、バーディは自分の家に帰ると言い張ってさ」

「少し休んだら様子を見に行ってくる」ソウヤーが言った。「朝になったらもう一度訪ねて、警報装置がちゃんと機能してるか確かめておこう」

キャムはうなずいた。「いい考えだ。ここのセキュリティも強化しないといけないな。レジーを二度と一人にはできない。そのろくでなしにつけ狙われてるなら」

レジーを見おろしたキャムは、手首の副木が取り外されているのに気づいて眉をひそめた。ハッチがキャムの視線を追った。

「バットを掲げたりしたせいで、炎症が起きたんだ」ハッチが説明した。「腫れてしまって、副木が邪魔になった。おれが外してしばらく氷を当てて、痛み止めを飲ませたよ」

キャムはもどかしさに襲われた。レジーには、いるべき場所にいてほしい。彼らのそばに。だがこんな形ではいやだ。彼らと一緒にいることをレジーのほうから選んでほしいのだ。彼らの主張で余儀なくされるのではなく。

キャムはうなじを擦り、天井を見あげた。

「なにが心配なんだ、キャム？」ソウヤーが尋ねた。「最近よく悩んでるみたいじゃないか。ふだんはいちばん自信をもってるのに」

キャムはソウヤーを見て、それからハッチに視線を移した。二人とも、目に不安を浮かべている。たしかにこの二人には自信があるように見せてきた。必ずうまくいくと常に言ってきた。ぼくは嘘つきだ。本当は怖くてたまらない。

「レジーを幸せにできないんじゃないかと心配なんだ。いまはレジーを守れないんじゃないかと心配だ。レジーを失うんじゃないかと」キャムは正直に答えた。

「三人とも同じ不安を抱えてると思うよ」ハッチが言った。「だけどいつかは心配するのをやめて、自分たちにできることに集中しなくちゃいけないんじゃないかな」

「で、おれたちにできることって？」ソウヤーが辛辣に尋ねた。

ハッチが暗い目でソウヤーを見た。「レジーがおれたちに抱く感情は、おれたちにはどうしようもない。レジーの恐怖も同じことだ。おれたちにできるのは、目の前の状況に対する自分たちの反応をコントロールすることだけ。それからもちろん、共同戦線として映るよう注意しなくちゃならない。どんな形であれ、おれたちがまとまってないとレジーに思われたら、絶対にうまくいかない」

「そのとおりだ」キャムは穏やかに言った。「自分たちも納得させられないのに、レジーを納得させられるわけがない」

ソウヤーの手がもどかしそうに自分の坊主頭をごしごしと擦った。剃っていて正解だ。さもないと髪の毛を引っこ抜いていただろう。

「この件はもう話し合っただろ」ソウヤーの声からは苛立ちがにじみだしていた。「なぜ何度も蒸し返さなくちゃならないんだ？　おれたちが一つにまとまらなきゃいけないのはわかってるが、レジーと過ごす時間がいつも〝みんなと一緒〟なんて、我慢ならないぜ」

ハッチの手の下でレジーが身じろぎした。キャムは警告の目でソウヤーを見て、人差し指を唇に当てた。それからレジーに視線を戻すと、ちょうど彼女のまぶたが開いた。

「キャム？」レジーがささやくように言った。

キャムはほほえんだ。「ぼくがいない隙《すき》にちょっと冒険をしたんだって、レジー？」

レジーが顔をしかめて起きあがろうとしたが、体を支えようとソファについたのは負傷したほうの手だった。手は重みを支えきれず、レジーは息を呑んだ。ハッチが彼女をつかまえて、手首にかかる負担を取りのぞいた。

ハッチに助け起こされたレジーの手首を、キャムはそっとつかんだ。慎重に向きを変えさせて腫れ具合を調べる。

「怪我した手首で野球をしようとしたら、こういうことになる」キャムは小声で言った。

「野球じゃないわ。相手の頭でTボール（ゴルフのティーを大きくしたような棒の上に載せたボールを打って飛ばすゲーム）をするつもりだったのよ」

ソウヤーがくっくと笑った。「おれのバットを血で汚したら承知しないぞ、レジー。それで、使ったのはどれだ？　ヒューストン・アストロズの星、ビジオのサイン入りバットが証拠品として警察に持っていかれたなんて言うなよ」

レジーがちらりとソウヤーを見てほほえむと、キャムは鋭い嫉妬心を覚えた。愚かなことだが、共同戦線の重要性をいくら自分たちに説いたところで、キャムはいま、レジーから反応を引きだせるソウヤーを妬《ねた》んでいた。いつもいい反応とは限らないが、ソウヤーはレジーを怒らせた次の瞬間に笑わせることができる。そしてレジーがソウヤーに無関心だったことはない。同じ部屋にいるといつもこの二人のあいだには火花が散る。

ハッチが手を伸ばし、レジーの巻き毛を耳にかけた。

「あの男に狙われてること、どうしておれたちに言わなかった？」ハッチが尋ねた。

レジーの唇が不快そうによじれた。「狙われてるという確証がなかったからよ。いまだってないわ」

「ジェレミーは、その男がきみを狙ってるというのはそれほどありえない話じゃないと思ってるみたいだったよ。署長もね」

レジーが唇を引き結び、ハッチを見つめた。

「いままではその可能性を裏づける証拠がじゅうぶんになかったかもしれないが、いまはある」キャムは言った。「その男はきみを追ってここに来たんだ。ぼくらの留守にこの家に押し入った。つまり、ずっと見張っていたってことだ。そしてチャンスを待っていた」

レジーが膝に視線を落とし、無事なほうの手で握っている負傷した手首を見た。レジーの体からは緊張感がにじみだしている。キャムは彼女に触れたかったが、ハッチでさえ彼女の髪から手を放した。

「ここにはいられないわ」レジーが言った。うつむいたまま、三人のだれとも目を合わさずに。ついに顔をあげてキャムを見たレジーの青い目には、固い決意が浮かんでいた。氷《アイスブルー》のような青。レジーが強情になったとき、キャムがよく口にする比喩《ひゆ》だ。

キャムはちらりとハッチとソウヤーを見た。二人とも明白な疑問を口にする気はないようだ。あるいは二人ともその疑問をあっさり無視することで、いまの彼女の発言をどう思ったかを表現しているのかもしれない。

二人の苛立ちはわかるが、そのやり方はレジーには通用しない。男臭い態度でレジーに言うことを聞かせられたらと願ったときは何度もあるが、それができたらキャムの愛してやまないレジーではなくなってしまう。

「どうしてここにいられない？」ついにキャムは尋ねた。

案の定、ソウヤーが大ばか者を見る目つきでキャムを見た。キャムはそれを無視して、レジーに意識を集中させた。

「言うまでもないと思うけど」レジーの声は〝わたしは我慢しています〟と言わんばかりで、

この女性の場合、それは我慢する気などさらさらないことを示していた。「どこかにわたしを気に入らない人間がいるの。だからわたしのそばにいる人まで危険にさらされるの」

レジーが負傷した手首を反対の手で包み、腫れた部分を親指でそっと擦った。「バーディは怪我したかもしれないし、死んでいたかもしれないわ」と静かに言う。レジーがふたたびキャムを見あげ、それからゆっくりソウヤーに視線を移して、最後にハッチを見た。「犯人はあなたたちの家に押し入ったわ。あなたたちのだれがいてもおかしくなかった。犯人はすでに一人殺してる。もう一人殺すくらいなんとも思わないはずよ」

「そう言うと思ったぜ」ソウヤーがつぶやいた。

「つまり、きみが一人で自宅にこもったほうがいいって言うんだね、レジー?」ハッチが言った。「きみはもっと賢いはずだよ。頼むからばかなことを言うのはよしてくれ。殉教者ぶるなんてきみらしくない」

レジーがすばやく立ちあがってくるりと振り向き、怒りに燃える目でハッチをにらんだ。まさかハッチがレジーからこんな反応を引きだすとは。キャムは新たな思いでハッチを見た。いつもはのんびりと穏やかな男が、いまはぎりぎりのところで自分を抑えている。

「一人で自宅にこもるなんてだれも言ってないわ」レジーがほとんど叫ぶように言った。「いちばん大事な人たちを危険にさらしたがらないからって、殉教者呼ばわりしないで」

ハッチも立ちあがり、ポケットに両手を突っこんでレジーを見おろした。二人はじっとにらみ合い、体から怒りを発散させた。

レジーは一ミリも引き下がらず、キャムは自分が仲裁に入らなくてはならないのだろうかと考えた。ハッチのやつめ、いったいどうした？　いつもはハッチがレジーとソウヤーの仲裁をするのに。

その点にはソウヤーも気づいたのだろう、愉快に思っていることを隠しもせずに、二人を眺めていた。

「たぶん」ハッチが食いしばった歯のあいだから言葉を絞りだした。「きみを大事に思ってる人たちは、どこかのろくでなしがきみを殺そうとしてることが気に入らないんじゃないかな」

ハッチがじわりと前に出て、レジーとの距離を縮めた。

キャムはため息をついた。「二人とも、いいかげんにしろ。まるで二頭の闘犬みたいだぞ」

レジーとハッチが同時にくるりとキャムのほうを向いた。レジーはにらみつけ、ハッチは怒りで眉根を寄せている。

「わたしたちがどう見えるか、だれも訊いてないわよ」レジーが噛みつくように言った。それからハッチに向きなおり、人差し指で彼の胸を突いた。「自分の面倒は自分で見られるわ。あなたにもほかの二人にも子守してもらう必要はないの。たしかに怪我をしたわ。わたしみたいな仕事をしてると、そういうことは起きるの。だけどそのせいでわたしを女の子扱いしないで」

ソウヤーが噴きだした。「おい、レジー、こんなことは言いたくないが、おまえは女の子だろ」

「黙って、ソウヤー」

ハッチが身じろぎし、レジーが指先を彼の胸にぐっと押しこんだ。「そういうわけだから、もしもわたしにキスしたりなんかして気を逸らそうものなら、痛い目を見るわよ」

ハッチの唇の端にゆっくりと笑みが浮かんだ。「それはつまり、おれがキスするときみは気が逸れるってこと？」

レジーが後じさり、キャムにぶつかった。キャムはすぐさま手を伸ばして彼女を支え、それから膝の上に引き寄せた。レジーは後ろ手を伸ばして彼の手を振り払おうとしたが、キャムはしっかりとつかまえて放さなかった。

「もう、キャムったら」レジーが甲高い声で訴える。

「逃げるのはやめろ」キャムは穏やかに言った。「きみは怯えてなんかないと言ったけど、ぼくらが近づくたびに、逆方向へまっしぐらじゃないか」

レジーがぶるっと身を震わせた。さまざまな感情が伝わってくる。恐怖。怒り。当惑。

キャムは強く握りすぎないよう気をつけて、レジーの手首をつかんだ。

「もう一度氷を当てたほうがいい。そのあと、また副木をつけよう」

「急に無駄なことをしてる気がしてきたわ」レジーがぼやいた。

キャムはほほえみ、手に負えないレジーの巻き毛を指で梳いた。「レジー、きみは強情だ。だけどわかってるかな、ぼくもどれほど強情になれるかを。もしかしたらぼくは簡単に言いなりにできる男という印象を与えてるかもしれないが、きみのこととなるとその印象は大間違いだと、じきにわかるだろう」

レジーが向きを変え、困惑しきった目でキャムを見つめた。「キャム、あなたのことを簡単に言いなりにできる男だなんて思ったことないわ。わたしはいつあなたにそんなふうに思わせたの？」

キャムは彼女の頬を手のひらで抱き、親指で唇を擦った。「そういう印象を与えてるかもしれない、と言ったんだ。きみにその青い目を向けられると、ぼくは意志が弱くなりがちだからね。ほかのことでなら、きっときみは自分の思ったとおりにするだろう。だけどこれはきみの安全に関わる話だから、ぼくはきみ以上の強情っぱりになってみせる」

レジーの口角がさがった。キャムはそこを親指で擦り、また上を向かせようとした。

「笑ってるきみのほうが好きだ」

レジーがため息をついた。「あなたってけんかの相手に向かない人ね。もっとわたしを怒らせるようなことを言わなくちゃいけないのに」

キャムはくっくと笑った。「ぼくがきみにキスしたら、腹が立つかい？」

レジーの呼吸が止まり、それから震える息を吐きだした。目に小さな炎が宿って、そわそわと下唇を舐める。

「それともきみがぼくにキスをする？」キャムは低い声で尋ねた。

レジーの手が彼の頬に触れた。キャムは目を閉じて、その手に顔をあずけた。ふたたび目を開けると、レジーの唇が彼の唇からほんの数センチのところにあった。レジーの美しい目は不安できらめいていたが、うれしいことに、恐怖はなかった。

キャムは顔を近づけてキスを完成させたかったが、そうする代わりにじっと待った。レジーから来てほしかった。永遠に思えるほどの時間が過ぎたころ、ついにレジーがそっと唇を重ねた。

穏やかで甘いキスだった。信じがたいほど甘いキス。レジーの舌先がキャムの唇の閉じ目をかすかになぞったので、キャムは唇を開いた。レジーを味わい、吸収できるよう、もっと奥まで入ってきてほしかった。

レジーが身を引き、キャムは抗議の声をこらえるので精一杯だった。

「こんなの、求めちゃいけないのに」レジーがささやくように言ってちらりと振り返り、まだ立ちつくしているハッチと、ほんの一メートルほど先に座っているソウヤーを見た。キャムに向きなおったときには、目に罪悪感が浮かんでいた。

「レジー、やめろ」キャムは言った。「罪悪感はもうじゅうぶんだ。どうしてこのキスで胸を痛める？　ぼくらはきみに嘘偽りなく接してきた。きみとキスしたからって、ハッチとソウヤーがあとでぼくをぶちのめすと思うのか？　それとも二人がぶちのめさないことが気にかかるのか？」

キャムは最後の問いを宙に投げかけた。レジーの目がわずかに見開かれた。

「いいえ。つまりその、気がかりなのはそれじゃないわ」

「じゃあ、なんだ？」キャムはたたみかけた。

ソウヤーが椅子からソファに移動した。レジーが見えて、レジーからも見える位置に。それから手を伸ばし、キャムの膝の上に載せられていたレジーの手をつかんだ。

「ハニー、おれたちが尋常じゃないことを求めてるのは自分たちでもわかってる。簡単なことじゃないよな。だがおれたちは、必要ならどんなことでもする覚悟だ。おまえを幸せにするためなら。この計画はきっとうまくいくとおまえに証明できるなら。おれたちはみんな、おまえと離れていたくないんだ」

「おれたちの気持ちはすべて打ち明けたよ」ハッチが静かに言った。

レジーがハッチのほうを向くと、ハッチが真剣な顔で見つめ返した。

「まだ言葉にされてないのは、きみがおれたちをどう思ってるか、だ。おれたちは一日中でもここに座って、思いや願いを延々語っていられるけど、きみの頭の中で起きてることがわからないなら、そんなことをしてもまったく意味がない」

「どうだ、レジー？」キャムはそっと尋ね、彼女の首の曲線に触れた。「ぼくたちの目を見て、自分の望みを口にする度胸はあるか？」

12

レジーナの心拍数は一気にあがり、こめかみで脈が打つのを感じるほどだった。三人が求めているのは、レジーナには与えられない答えだ。なにを言えばいいのかわからない。一年前のあの夜――三人の男性に愛されたあの夜――からずっと頭の一部を占めている困惑をどう表現すればいいのか。考えただけでうろたえてしまう。

彼らをどう思っているか？　そんなことを表現する言葉が存在するの？

レジーナがこの一年、くよくよ悩んできたことを、キャムとソウヤーとハッチは難なく受け入れた。レジーナはあの一件を頭から追いだそうと必死に努力してきたけれど、三人は真正面から向き合った。

けれどいま、記憶が鮮明によみがえってきた。肌で感じた口と手。触れて、愛して、レジーナを完全にした。

急に恥ずかしくなってきた。あんなことをしてしまったからではなく、あの夜をポルノ映画などになぞらえてしまったから。三人にとっては、ただの過激なお遊び以上の意味があったのに。

「なにを考えてる？」キャムがやさしく尋ね、レジーナの顎をつついて視線を合わせさせた。

「あの夜のことを」レジーナは低い声で答えた。

レジーナの手を握っていたソウヤーが手に力をこめて、指と指とをからめた。「そんなにいやな体験だったのか、レジー？　おれたちはおまえを傷つけたのか？　怖い思いをさせたのか？　おまえが望まないことでもしたのか？　言ってくれ、ハニー。わからなくて頭がおかしくなりそうだ」

レジーナはつないだ手を見おろした。ちっぽけで身勝手な人間になった気がした。この一年は自分の気持ちばかり考えて、距離を置くことで彼らがどう思うかなど考えもしなかった。

「なんなたちに傷つけられたりしてないわ」正直に言った。「わたしは……あれを望んでたの。それが怖かった。自分が怖かった。あなたたちじゃなくて。だけどあんなことをしちゃいけなかったのよ。わからない？　あのせいでなにもかも変わってしまったわ。わたし……以前が懐かしい。恋しかった。あなたたち全員が」

「ああ、ハニー、おれたちもおまえが恋しかった」ソウヤーが言ってレジーナの手を口元に運び、手のひらにキスをした。

「過去には戻れないよ、レジー」ハッチが穏やかに言った。「あの夜がなかったふりもできない。おれはあの夜を望んでたし、キャムとソウヤーも同じだ。避けられないことだった。だから正面から向き合って、お互い素直になって、前へ進もう。逃げ回ってばかりいても、だれの得にもならない」

レジーナはうつむいて自分の膝を見つめた。「わかってるわ」本当に。ただ、どうすればいいのかがわからない。あまりにも多くのことが、レジーナがどう対処するかにかかっている。レジーナの決断と行動に。もし選択を間違えて、この世でいちばん愛する人たちとの関係を壊してしまったら？

考えただけでぞっとする。

キャムがため息をついた。レジーナのよく知る音。忍耐力を使い果たしたあきらめの音だ。レジーナはやましい気持ちでちらりとキャムを見あげ、わかってくれるよう無言で祈った。

キャムが人差し指でレジーナの唇に触れ、茶色の目の表情をやわらげた。

「遅かれ早かれ、きみはこの問題に直面することになる、レジー。いまそうしろとぼくが脅さないのは、きみが怪我をして疲れていて、さんざんな一日を過ごしたからだ。手首を冷やすために氷を取ってくるから、ハッチにもう一錠痛み止めをもらうといい。そのあと、ぼくがベッドに運ぶ。おかしなことを考えないように言っておくと、きみはどこへも行かない。ここにいるんだ。ぼくらのそばに。その点に交渉の余地はない」

キャムの声に鋼《はがね》の意志を聞き取って、レジーナは驚いた。全世界がおかしくなってしまった。ハッチはブルドッグのようなふるまいをしているし、キャムはまるでご主人様のようだし、ソウヤーは……。まあ、ソウヤーはいつもどおりのおばかさんだけど、少なくとも彼らしくない態度はとっていない。ソウヤーが男性ホルモンをみなぎらせて高圧的になるのならわかる。だけどキャムとハッチまで？　予想外だ。とりわけハッチは。

キャムがレジーナのお尻をぽんとたたき、自分の膝からソウヤーの膝の上へと移らせた。キャムがソファを立って歩み去り、ハッチがあとに続いた。

「二人とも、頭が変になっちゃったのね」レジーナはぼやいた。

ソウヤーがにっと笑う。「思ってたほどあいつらを手なづけてなかったんじゃないか?」

レジーナは彼をにらんだ。「わたしがあの二人を操ってるみたいな言い方しないで」

ソウヤーがまじめな顔で彼女を見た。「操る? いや、それはおまえのやり方じゃない。だが認めろよ、あの二人にノーを突きつけられるのには慣れてないだろ。おまえのためならやつらが右腕も切り落とすことは、わかってるはずだ」

レジーナはソウヤーの胸に寄りかかり、目を閉じた。

「どうして物事は変わらなくちゃならないの、ソウヤー?」ささやくように尋ねた。「わたしたちに起きたことが気に入らないわ」

ソウヤーの腕がレジーナの体を包み、ぎゅっと抱き締めた。

「ずっと変わらないものなんてないさ。考えてみろ。おまえが〝なにもかも変えてしまう〟と思ってるもの、後悔してるものを、おれとキャムとハッチは楽しみにしてたんだぜ。待ち焦がれていた。ずっと前から求めてた」

レジーナは体を離し、ソウヤーの目を見つめた。ソウヤーは真剣な顔をしていた。まじめな顔を。「いつから?」レジーナはそっと尋ねた。

ソウヤーが彼女の頰に触れ、うなじに手をかけて引き寄せると、唇を重ねた。このキスには切迫感があった。熱く貪欲にレジーナを求めた。

「最初から、かな」ソウヤーがかすれた声で言った。「そんなふうに思える。正確な日付を教えろと言われても、それはできない。だがおまえはいろんな意味で、ハッチに女の子の友達ができたとからかったおれとキャムの目の周りにあざをこしらえた日から、おれたちのものだった」

レジーナの胸は疼き、妙にめまいを感じた。おれたちのもの。ソウヤーにそう言われただけで、体中におかしな興奮が芽生えた。だれかのものになるのは――だれかに愛されるのは――じゅうぶんに怖いけれど、三人の男性から必要とされ、求められるのは？

ぞくぞくして、刺激的で、怖い。

「よし、おいで」ハッチが言った。

顔をあげると、ソファの前にハッチとキャムがいた。ハッチは片手に水の入ったグラスを、もう片方の手に薬を持っている。キャムは氷を入れた小さな冷凍保存袋を手にしていた。

ソウヤーが膝からレジーナをおろして隣りに座らせた。レジーナを挟むようにキャムが腰かけて、彼女の手首をつかむ。慎重に副木をつけなおしてから、氷袋をあてがった。

ハッチがレジーナの空いている手に薬を載せ、彼女が口に放りこむまで待った。それからグラスを手渡したので、レジーナはひと息に錠剤を飲みこんだ。

「そんなにおとなしく言うことを聞かれると、怖くなるな」ハッチが言って、にやりとした。

レジーナが怖い顔でにらむと、にやにやが大きくなった。

「わたしにほほえみかけないで」レジーナは言った。

ハッチが笑う。「キスはだめ、触れるのもだめ、今度はほほえみかけるのもだめだって？」

「そうよ」

「それはどうかな」ハッチがまだにやにやしながら言った。

レジーナはため息をついた。まったく、手に負えない人。疲労感がどっと押し寄せてきて、レジーナはソウヤーに寄りかかった。ソウヤーの手が髪にもぐって頭皮をマッサージしてくれた。

「うーん、すごく気持ちいい」

ふたたび目を開けると、キャムが腕時計を見ていた。ソウヤーは彼女の髪を撫でつづけ、キャムは手首に氷をあてがっていた。

「あと二分だ、レジー。二分経ったらきみをベッドに連れていく」

「偉そうなのね」レジーはぼやいた。「あなたらしくない《ルック・グッド・オン・ユー》わよ」

キャムがほほえんだ。「ぼくの上にいるきみはすてきに見える《ルック・グッド・オン・ミー》」

レジーナは目を丸くした。「キャム！」

ハッチがくっくと笑って腰を屈め、レジーナのおでこにキスをした。「おやすみのキス、いただき」とつぶやく。そしてレジーナの頬に触れて引きさがった。

「いい子にしてたら、朝ごはんを作ってあげるよ」

「ハムとパンケーキ？」レジーナは期待をこめて尋ねた。

ハッチがにっこりする。「なんでもきみのほしいものを」

ソウヤーがレジーナの髪に顔をうずめ、後頭部にキスをした。「ゆっくり休め」

「コンプレックスを感じてきたわ」レジーナはこぼした。「あなたたち、わたしを除け者にしてばかりいるんだもの」

キャムが屈んでレジーナを抱きあげた。途端に眉をひそめ、ハッチのほうを向く。「パンケーキの枚数は倍にしたほうがいいかもしれない。レジーは軽くなってきた気がするし、もともと強風で飛ばされそうな体だ」

「ずっしり重いほうがよかった?」レジーナは尋ねた。「少なくとも、それならじゃがいもの袋みたいにあちこち引きずっていかれなくて済むわわね」

「静かに」キャムが言う。「ぼくは心配なだけだ。きみは体重が減ってる」

「それでもあなたのお尻を蹴飛ばせるわよ」レジーナは言った。

キャムが笑いながら階段をのぼりはじめた。「それは疑ってないが、できたら百パーセント体調が戻るまで試さないでほしい」

「わかってるんでしょ、こんなのばかげてるって」キャムが部屋のドアを開けたとき、レジーナは言った。「わたしはなんの問題もなく自分でベッドにたどり着けるわ」

「薬を服用したときに階段をのぼることについて、法律がなかったかな?」

天を仰ぐレジーナを、キャムがベッドにおろした。上掛けをめくってレジーナを枕の上に移動させてから、しっかりふとんでくるむ。手首に氷袋をあてがって、何度か角度を変え、ようやくずれない位置を見つけて満足したのだろう、そのままにした。

「おやすみ」キャムが言い、レジーナのおでこにキスをした。レジーナは唇ではなかったことに少しがっかりした。

キャムに飢えていた。

「おやすみなさい」ささやき声で返した。

「廊下の向かいの部屋にいるから、用があったらいつでも呼んでくれ」キャムがやさしい声で言ってベッドから離れ、戸口で足を止めて電気を消した。

レジーナは冷たいシーツの奥にもぐり、痛み止めのもたらすじんわりした熱を味わった。

一時間後、レジーナはまだ天井を見つめて、なぜわたしは薬でふわふわした眠りに落ちていかないのだろうと考えていた。むしろぱっちり目が覚めていた。そしてなぜか寂しかった。氷は溶けてしまったので、濡れた袋を手首から外した。

横向きになり、閉じたドアを見つめた。みんな眠ってしまっただろうか。もうベッドにもぐっているだろうか。それともまだ下にいて、リビングルームでくつろいでいる？

三人との距離に悩まされた。以前なら、なんの迷いもなく仲間に入っていって、一緒の時間を楽しんだ。いまはみんなに間違った考えを与えてしまうのではないかと心配になる。それがどんな考えなのか、具体的にはよくわからないが。

すでにしっかり期待を抱いている人たちに、どうやって間違った考えを与えられるだろう？

薬を飲んだにもかかわらず、レジーナの手首はずきずきと痛んだ。ためしに曲げ伸ばししてみて、反対の手で覆った。どさりとまた仰向けになって、ふたたび天井を見つめた。

模様の点々を十回数えたあと、ついに寝るのをあきらめて、ベッドサイドの時計を見た。真夜中。

うんざりしてため息を漏らし、上掛けをめくってベッドの端から両脚をおろした。負傷した手首を胸に当て、反対の手で体を押しあげる。しっかり目覚めているというのに、立ちあがると部屋が旋回した。

慎重に足元を確かめながら戸口を目指し、ドアを開けた。踏みだした廊下は暗かった。階下のリビングルームから漏れてくる光はない。

ハッチの部屋がある左手を見て、次にキャムの部屋がある向かい側を見た。どちらの部屋のドアも閉じていて、明かりも漏れていなかった。ソウヤーの部屋がある右手に視線を向けると、ドアの下からかすかに明かりが漏れているのに気づいた。

レジーナは壁に片手を当てて、おずおずと前に進んだ。指で壁面を擦りながら、ソウヤーの部屋のドアにゆっくりと近づいていった。

ドアノブに手が触れて立ち止まった。下唇を噛んで、入ろうか入るまいかと悩む。ばかなわたし。なにをやってるんだろう。以前ならためらいもせずにソウヤーに近づいていた。ものごとが変わるのがいやだと訴えるくせに、実際は、レジーナがすべてを変えている。

ため息をついて背筋を伸ばし、静かにノブを回した。そっとドアを開けて中をのぞく。息が止まった。裸のソウヤーがタオルで頭を擦っていた。背中の筋肉を波打たせ、二の腕の筋肉を盛りあがらせて。

ソウヤーがタオルを脇に放り、少し向きを変えた。そこでレジーナに気づいた。ソウヤーはぱっと彼女に背を向けたが、自分が裸だと思い出したのだろう、一瞬だけ向きなおってタオルを引っつかんだ。

「ごめんなさい」レジーナは口ごもりながら言った。「自分の部屋に帰るわ。こんなふうにいきなり押しかけるつもりはなかったの」

「いや、レジー、行くな」ソウヤーが片手で腰の周りのタオルをしっかり押さえながら、もう片方の手を伸ばした。「ちょっと待て」すばやく周囲を見まわす。「ほら、ベッドに座ってろ。すぐ戻る」

ソウヤーが歩み寄ってきておずおずとレジーナに触れ、軽く肩を抱いてベッドのほうにうながした。レジーナがマットレスに腰をおろすと、ソウヤーが人差し指を立てた。

「一分で戻る。そこでじっとしてろよ」

そう言って続き部屋のバスルームに駆けこんだと思うや、すぐにしかめ面で戻ってきた。パンツとTシャツをつかんで、またバスルームに消えた。

気詰まりな静寂の中、レジーナが待っていると、二分ほどでソウヤーが戸口に現れた。今度は服を着て。ベッドに歩み寄り、彼女の隣りに腰かけた。片脚をベッドの上に引きあげて、レジーナと向き合う角度になった。

「大丈夫か？」ソウヤーが尋ねる。

その声ににじむ気づかいに、レジーナは思わずほほえんだ。「大丈夫よ。眠れないだけ。

だれかまだ起きてないかなと思ったの」

「痛み止めが効かないのか？　もう一錠飲むか？」

レジーナは首を振った。「平気。いまでも少しぼうっとしてるくらいだし。きっと考えることが多すぎるのと、話し相手がほしかったんだと思うわ」

「じゃあ、訪ねてきてくれてよかった」ソウヤーが言う。「ベッドにもぐって映画でも見るか？　このあいだのＵＦＣの試合の録画もあるぜ」

レジーナは眉をひそめた。「映画って、どんな？　キャムかハッチのじゃないんでしょ？」

ソウヤーが笑い、咳払いをして声を落とした。「そんなわけないだろ。おれが持ってるのは派手なアクション満載のやつだけさ」

「いいわ。あなたが決めて。その隙にわたしは枕を失敬するわ」

ソウヤーがにやりとした。「そう来なくちゃ、スイートハート」

レジーナは顔をしかめた。「わたしをスイートって呼ばないで」

ソウヤーが彼女の頬を撫でた。「おれは甘いものに目がなくてな。だが言わなくてもおまえは知ってるか」

このときばかりはレジーナも引きさがらなかった。しっぽを巻いて逃げださなかった。視線を逸らさず、しっかり彼の目を見た。青い目に燃える激しさを見ていると、息をするのも苦しくなった。

レジーナは目を伏せた。どれほどがんばっても、背筋を這いのぼってくる罪悪感を止めることはできなかった。

「どうした？」ソウヤーが尋ねた。「なにを考えてる、レジー？」

レジーナは副木をいじった。「ハッチとキャムが目と鼻の先で眠ってるときに、あなたと二人でここにいて、わたしは罪悪感をいだくべき？」

ソウヤーの指に顎の下をつつかれ、レジーナはしぶしぶ彼と目を合わせた。

「いや」

レジーナは首を傾げた。「〝いや〟？　それだけ？」

ソウヤーがため息をついた。「レジー、点数を記録してるのはおまえだけだ。だれもそんなことは気にしてない。おれたちが望んでるのはそういうことじゃない」

「あなたたちはなにを望んでるの？」レジーナはすがるように尋ねた。「わたし、答えはわかってると思うわ。わかってると自分に言い聞かせてきたけど、そんなのは正気の沙汰じゃないとも言い聞かせてきた。まともな人はそんなこと、考えもしないはずでしょ？」

「おれはまともな人間だと主張したことはない」

レジーナは怪我をしていないほうの手でソウヤーのお腹をパンチした。ソウヤーがうなり、レジーナの拳をつかまえた。それからそっと手を開かせて、指先一本一本にキスをした。

ソウヤーが彼女の小指にキスをしながら、ふたたび視線を合わせた。「シーツのあいだにもぐって楽にしたらどうだ？　にぎやかでくだらない映画を見つけてくるから。おまえと過ごす時間を楽しみにしてたんだ。せっかくのその時間を、おれがまともかどうかの分析なんかに費やしたくない」

いかれているとでも、彼と同じでまともじゃないとでも、好きなように言えばいい。レジーナは身を乗りだしてソウヤーにキスをした。わたしは逃げたりしないと自分に証明する必要があったのかもしれない。あるいは今度こそ自分から行動を起こしたかったのか。なんにせよ、レジーナは唇を彼の唇に押しつけて、男らしいにおいを吸いこんだ。

ソウヤーの動きがぴたりと止まり、鋭く息を吸いこむ音が聞こえた。レジーナは彼の胸に手を這わせ、首筋を撫であげた。顎髭にのどをくすぐられて体に震えが走る。

ソウヤーの唇は温かくやわらかかった。けれどやわらかすぎはしない。芯を感じる。

レジーナが彼の下唇に歯を沈めると、ソウヤーののどからうめき声が漏れた。

ゆっくりとレジーナは身を引いた。呼吸が乱れていた。彼女を見つめるソウヤーの青い目は半ば閉じていて、欲望でよどみ、闇夜のように暗かった。

親密なときが終わったのを感じ取ったかのごとく、ソウヤーが向きを変えてベッドからおりた。テレビに歩み寄り、DVDを収めているキャビネットの前にしゃがんだ。

レジーナはベッドの上を這い進み、枕の中にうずもれた。呼吸を落ちつけようと何度か息を吸いこむ。野性的。貪欲。ソウヤーとのキスのあとに浮かんできた単語だ。彼がやさしい愛の行為を営むタイプじゃないのはわかっていた。一年前のあの夜よりずっと前から。

ソウヤーは、正しい言葉だけをささやいたり、ひと晩かけて女性を愛したりするような、ソフトで繊細なタイプではない。好みは激しく荒々しい、相手の良識を揺すぶるようなセックスだ。それでも彼に触れられると、レジーナは大事にされていると感じた。

ソウヤーには鋼のようなところがあり、彼とのセックスは嵐を追いかけるようなものだ。レジーナを愛したときは、そんな面を抑えつけていた。レジーナにはわかった。

レジーナの一部はソウヤーの荒々しさを解き放ちたがり、ほかの部分はひどく恐れていた。それこそ、これはうまく行かないと――彼らが望んでいるものはうまく行きっこないと――確信した、さらなる理由だ。どうしてうまく行くだろう、それぞれが個性を抑えつけ、その人をその人らしくしている部分を隠してしまったら?

マットレスが沈み、ソウヤーが隣りに滑りこんできた。リモコンをテレビに向けてからレジーナのほうを見る。

「準備は?」

うなずいたレジーナに、ソウヤーは自分が寄りかかっている枕をぽんぽんとたたいた。そちらに這い寄るとソウヤーが腕を掲げたので、レジーナは彼の肩口に頭を載せて寄り添った。

「痛いほうの手をおれの胸に載せておけ。ぶつかったり踏んづけたりしないようにな」ソウヤーが言った。

レジーナはほほえみ、副木を添えた手を彼の胸にあずけた。ソウヤーの腕がしっかりと体を抱き、指が肩から肘までを上下に撫でた。

「いい感じだ」ソウヤーが言う。「こうするのは久しぶりだな」

本当に久しぶり。それもこれも、わたしが逃げ回っていたから。だけどレジーナもこれが恋しかった。

映画の派手な動きと音にもかかわらず、レジーナはしだいに心地よい眠気に引きこまれていった。ソウヤーの体温が染みこんできて、さらに眠りへと誘った。

「ソウヤー、頼むからテレビの音をさげてくれ。起こしたらどうする――」

レジーナが首を回すと、キャムがパンツ一枚で戸口に立っていた。肩まで垂れた髪はほどよく乱れ、とてもセクシーに見えた。

「なんだって？」ソウヤーが辛辣に言った。

キャムが部屋に入ってきた。「すまない。きみが起きてるとは知らなかった、レジー。ぼくの部屋までテレビの音が聞こえてきたから、きみが起きてしまうんじゃないかと心配になって」

レジーナはほほえんだ。「わたしは眠れなくて、起きてるのはソウヤーだけだったの」

「ぼくを起こせばよかったのに。気にしなかったよ」キャムがテレビ画面を見た。「なにを見てるんだ？」

「『ラッシュアワー』」ソウヤーが答えた。

レジーナはソウヤーの胸から手を掲げ、用心しながら隣りの空間をたたいた。「一緒に見る？」

キャムがベッドにのぼってきて、レジーナの隣りに横たわった。レジーナがふたたびソウヤーのほうを向くと、キャムの肩が背中に触れた。

「大丈夫か？　痛いところはない？」キャムが尋ねた。

「大丈夫よ」レジーナはあくびをしながら答えた。

ソウヤーが見おろしてほほえんだ。「眠くなってきたか？」

レジーナは顔をしかめた。「いいえ。居心地がいいの。映画を見ましょ。まだ自分の部屋に帰りたくないわ」

「ハニー、だれも帰れなんて言ってない。好きなだけここにいろ」

さらに枕にすり寄って、二人の男性のあいだに居心地よく挟まれたレジーナは、はたと思い至った。これがどんなに正しく感じるかを。それについて考えようとすると、眉間にしわが寄った。

だめ、今夜は。また一から考えたりしない。頭が痛くなる。いまはただ、以前のようにしていたい。四人が友達で、だれのそばにいても変に意識しなかったころのように。セックスですべてが台なしになる前のように。

13

ハッチはジーンズとTシャツを着て、裸足《はだし》で廊下に出た。レジーの部屋の前で足を止めて中をのぞくと、ベッドは空っぽだった。キャムの部屋のドアも開いていたので中をのぞいたが、やはり空《から》だった。

今朝はみんな早起きらしい。

ハッチは階段に向かったが、ソウヤーの部屋の前で足を止めて中をのぞくと、ソウヤーとレジーとキャムが部屋の主のベッドで眠っていた。ハッチはドア枠に片腕をあずけてしげしげとその光景を眺め、にんまりした。

レジーはソウヤーに寄り添い、ソウヤーは苦しそうな体勢で横たわって、片腕を頭上に、もう片腕をレジーの下に敷いている。キャムはこの二人に残されたベッドの隅っこに追いやられ、レジーにぴったりくっついている。尻の一部がベッドからはみだして、少しでも動いたら落っこちてしまいそうだ。

ハッチはやれやれと首を振った。どうしてこうなったのかは知るよしもないが、おそらくレジーが夜更けに話し相手を求めたのだろう。

しばらくその場に立って眺め、嫉妬心がこみあげてくるのを待った。ソウヤーとキャムへの恨みがこみあげてくるのを。どちらもやって来なかった。

代わりに感じたのは、ほのかな期待だ。これで三人の目標に一歩近づいたかのような。思うに、だからこそ受け入れられるのだろう。一人の女性に言い寄るのが三人の目標だなんて、とんでもないことに聞こえるだろうが……。いや、聞こえるのではなく、実際にとんでもないことなのだ。

頭を調べてもらったほうがいいのかもしれない。

また首を振って向きを変え、廊下を歩きだした。階段をおりて角を曲がり、キッチンで朝食の準備を始めた。

三人の目標――それがハッチを悩ませていた。全員が同意し、何時間も話し合ったことだとわかっていても、やはり尻込みしてしまう。自分で思っているほど受け入れていないのだろうか。いや、そうじゃない。問題は、一人の女性をほかの男二人と分かち合うという発想ではないのだ。ただの男ではなく、だれより近しい人々だから。信頼できる人々。そうではなく、愛する女性を永遠に自分だけのものにはできないという事実だ。

本当にそれでいいのか？　いまはいいとして、一年後も同じように思っているという保証はあるのか？　二年後は？

子ども。そうだ。その点についてほかの二人と話し合ったことはない。なぜなら、レジーが子どもを熱望している素振りを見せたことはないから。だけどもし、レジーが子どもを望んだら？　三人はくじ引きでもしてだれが父親になるかを決めるのか、それとも運を天に任せるのか？　そもそも四人で一緒に暮らすなら、それは問題になるのか？

ひどい頭痛がしてきた。堂々巡りをしている。ハッチはパンケーキの材料を引きずりだし、冷蔵庫からハムを取りだした。

すべてが理論上の話だったときは、ずっと簡単だった。すべてが仮説だったころは。現実にしようと動きだしたいま、自分たちは宇宙一の大ばか者ではないかと思えてきた。レジーが悩むのも無理はない。まともな人間なら、三人の男が愛する女性を分かち合うことに同意したという事実を、冷静に受け止めたりできないだろう。

「おい、バターはそのくらいにしておかないと、パンケーキの分がなくなるぞ」

ハッチが乱暴にかき回していた手を止めて見あげると、ソウヤーが好奇心もあらわにこちらを眺めていた。

「レジーはまだ寝てる？」ハッチは尋ねた。

ソウヤーがスツールのひとつに腰かけて、カウンターに両腕を載せた。「ああ。レジーもキャムもまだ気絶中だ」

ハッチはふたたびバターを混ぜはじめ、それから手を休めると、今度はハムを分厚く切りだした。

「それで、今朝はなにを悩んでる？」ソウヤーがさりげなく尋ねた。

「別に、なにも」

ソウヤーが鼻で笑った。「レジーがおれのベッドにもぐってたから腹を立ててるんじゃないよな？」

ハッチは顔をあげてソウヤーの目を見た。「違う」と正直に答える。「おれは……」まったく、なにを考えてる？　だけど三人はこれまでいつも互いに正直に、隠しごとをせずに来た。いまさら路線を変更するつもりはない。「たぶん、腹が立たないから腹が立ってるんだと思う」

ソウヤーが片方の眉をつりあげた。「そいつは少しばかりめちゃくちゃな論理だな」

「わかってるよ」ハッチはぼやいた。

「詳しく話してみるか？」

「だって考えてみろよ、ソウヤー。いったいどこのまともな男が、愛する女性がほかの男の——しかも二人の——腕に抱かれてるのを見ても、腹を立てない？　それも親友に。なんだか頭がいかれてきたような気がするよ。今朝、おれは戸口に立っておまえたち三人を眺めた。で、おれのしたことと言えば、にんまりしただけ。どうかしてると思わないか？」

ソウヤーが考えこんだ様子で唇を引き結んだ。「つまりおまえが混乱してる原因は、レジーをおれとキャムと分かち合うってことじゃなく、むしろ自分がその取り決めを受け入れたって事実なんだな？」

「だいたいそんなところだ」

「まあ、おれが思うに、レジーが悩んでるのもおおむね似たようなことだろう。あいつは実際におれたち三人といることよりも、その可能性について考えてる自分にうろたえてるように見える」

ハッチはうなずいた。「うん、そうだね」ナイフを置いて、ホットプレートのスイッチを入れた。「これまでは他人にどう思われようと気にしなかったし、いつだって思うとおりにやってきたけど、考えずにはいられないんだ、おれたちの……関係がどうなるか」

フライパンを取りだしてコンロに載せ、ハム三枚を焼きはじめた。それからホットプレートに向きなおり、表面に手をかざして温度を確かめた。

「じゃあ、他人にどう思われるかが心配なのか？」ソウヤーが眉間にしわを寄せて尋ねた。

ハッチは肩をすくめた。「かもね。というか、自分の心配はたいしてしてないけど、レジーは公務員だろ。彼女がおれたち三人と同棲《どうせい》しはじめたって噂を耳にしたら、このご立派な地域の住民がどんな反応を示すと思う？　それからレジーの父親だ。まったく、どれだけ大騒ぎされることやら。これを理由にレジーは職を失うかもしれない」

「おれたちがレジーの面倒を見る」ソウヤーが言う。

「だけどそれでレジーは幸せなのかな？」ハッチはそっとつぶやいた。「おれは自分やおまえやキャムよりも、レジーに幸せになってほしいんだ」

ソウヤーが片手で顔を擦った。「いまのはいい質問だ」とつぶやく。「だがおれたちは努力するしかない、ハッチ。おれたちはみんなレジーの幸せを願ってる。その願いが叶うなら、おれはなんだってやるつもりだ。おまえとキャムだって同じだろ。結局のところ、おれたちにできるのはそれだけなのかもしれない」

ハッチはため息をついた。「それはわかってるよ。ただ、混乱するんだ。おれたちがこうやって、一人の女性を分かち合うことの落とし穴について話し合ってるっていう事実だけでも……どうかしてる」

「おまえがそんなに悩んでるとは知らなかった」ソウヤーが静かに言った。

ハッチは慎重にバターをホットプレートの表面に伸ばした。「毎日悩んでるわけじゃないよ。おまえが言ったような、理想の世界ではおれとレジーの二人きり、なんてことは思ってない。納得してるんだ。本当に。それで、おれが悩んでるのはそこだと思う。おれが納得してるってこと。おれの中のまともな部分は冗談じゃないと叫んでるのに」

「乗り越えるんだな」ソウヤーが言った。「良識にわめき立てさせたって、いいことはない。ああ、たしかに尋常じゃない計画だぜ。眉をつりあげられたり世間から非難されたりするのは間違いないだろう。だがおれたちがやるべきは、そういうものを乗り越えて、できるかぎりレジーを守ることだ」

ハッチはうなずいた。「そうだね。わかってる」それからソウヤーの目を見て言った。「今朝は嫉妬しなかったよ。おれは最初から正直さを貫いてきたから、もし嫉妬したら素直に言うのはわかってるよな」

「いいんだぞ、嫉妬したって。ここがひとつも問題の起きない奇抜な理想郷だなんて思っちゃいない」また手で顔を擦る。「やれやれ、これじゃあまるでキャムだな。安心させる父親の役はいつもあいつが演じるのに。いつからおまえのお守りがおれの役目になった？」

ハッチは笑い、心がほぐれるのを感じた。「悪い悪い。きっと今朝のおれはパニックボタンを押してしまったんだ」

「じゃあ、早く停止ボタンを押せ。心配することはほかにある」

「なにが心配だって？」キャムが尋ねながらキッチンに入ってきた。「それと、だれかぼくの眼鏡を知らないか？　リビングルームに置いたはずなんだが、どこにも見あたらない」

ソウヤーがにっと笑い、カウンターの上からワイヤーフレームの眼鏡を拾ってキャムに差しだした。

「すまない」キャムがもぐもぐと言った。眼鏡をかけて、顔から髪をかきあげる。「それで、なにが心配なんだ？」

「そうだ、教えてくれよ」ハッチは言い、フライ返しで一枚目のパンケーキをひっくり返した。完ぺき。

「忘れたのか？　どこかのいかれ野郎がレジーをつけ狙ってるんだぜ？」

キャムの顔が暗くなった。

ハッチはもう一枚のパンケーキを裏返し、フライ返しを握る手に少し力をこめた。

「ピーター・ファロンに悪意を持つ人間の犯行って可能性はわかる。なぜそいつが直接あのくそおやじに手を出さないかがわからない」ソウヤーが言った。

「そこまで幸運には恵まれないさ。それに、どうして犯人はピーター・ファロンがレジーのことで胸を痛めると思ったんだろうな？」キャムが尋ねた。

ハッチは顔をしかめた。「言えてる」

「いっそ記者会見でも開いて、ピーター・ファロンを罰するいちばんの方法は娘とは関係ないって発表したほうがいいかもね」レジーの苦々しい声が響いた。

三人の男がいっせいに顔をあげると、レジーがキッチンの戸口に立っていた。その顔は青ざめてこわばっていた。

「くそっ」ソウヤーがつぶやいた。

キャムが立ちあがってキッチンを横切り、レジーに向き合うと彼女の手を取った。「悪かった。偉そうなことを言って」

レジーが片方の眉をつりあげた。「どうして謝るの？　本当のことを言っただけじゃない」

キャムが首を振る。「いや。謝ったのは、思いやりのないろくでなしだったからだ。あんな言い方をしたから」

「あなたは思いやりのないろくでなしじゃないわ」レジーが尖った声で言う。「その称号がふさわしいのは、わたしの父よ」

レジーがキャムのそばをすり抜けて、最初のパンケーキを盛りつけているハッチのほうに歩み寄った。

「いいにおい。それ、わたしの？」

ハッチはぎろりと彼女をにらんだ。「いちばん遅く起きてきて、いちばん先に食事にありつけると思ってるの？」

レジーがにっと笑った。「そうね、思うわ」

ハッチは彼女の唇にキスをした。「座って。ハムも添えるから」

「シロップを忘れないでね」レジーが言いながらカウンターを回り、ソウヤーの隣りに腰かけた。

キャムが戻ってきて、彼女の隣りのスツールに座った。ハッチはハムを一切れ皿に載せ、レジーの前のカウンターに置いた。それから引き出しを開けてフォークを取りだすと、ホットプレートの脇に置いていたシロップをつかんだ。

「召しあがれ」ハッチは言い、手にしたものを皿のそばに置いた。

レジーがシロップの瓶を逆さにして、これでもかという量をパンケーキに注いだ。ハッチは顔をしかめないようこらえたが、甘い物好きのソウヤーでさえぎょっとした。

レジーが瓶に蓋をして親指を舐めた。「みんな、今日は仕事なの？　期日が近いとか言ってたわよね」

「まあ、厳密に言うと、期日に追われてるのはキャムだ。設計者だからな。ハッチとおれは重労働を受け持つ下っ端。建築中の現場二つは、おれがこっちにいても大丈夫なように、現場監督に引き継いできた」

レジーがフォークを皿に戻して、ちらりとソウヤーを見た。「知りたいことがあるの。あなたたちのオフィスはヒューストンにあるでしょ。家もヒューストンにある。それなのに車で一時間はかかるこの新しい家にいる。わたしと〝ミスター・フリークショウ〟とのささやかな衝突があなたたちの引っ越しに関係ないのは明らかだわ。今後、仕事はどうするの？」

ソウヤーがちらりとキャムを、それからハッチを見た。その目に小さな動揺を見いだしたハッチは愉快に思った。きっとソウヤーは、話術に長《た》けたキャムに、割って入って会話を引き受けてほしいと願っているに違いない。

キャムが咳払いをしたので、ハッチは噴きださないよう顔を背けた。やっぱり、こうなると思った。

「ここに引っ越してくるのは、かなり前から計画していたことなんだ」キャムが言う。

「でしょうね」レジーが言った。「この家を建てるにはずいぶん時間がかかったでしょうから」

「いまはヒューストンにオフィスを残してる。部下が四人と、人数が足りないときのために契約を交わしてるスタッフが二人いる。図面はどこででも引ける。行ったり来たりが必要になるだろうが、車でたった一時間の距離だ」

レジーの眉根が寄った。「あなたたちの仕事がそんなに順調だなんて知らなかったわ。その、出だしが順調だったのは知ってるけど、そんなに事業を広げてたなんて知らなかった」

「もしおれたちともっと一緒にいて、必死で逃げ回る時間を短縮してたら、知ってただろうな」ソウヤーが指摘した。

レジーが赤くなって視線を皿に落とした。「そうね、あなたの言うとおり」とつぶやいた。二口ほど食べてから、レジーがまた顔をあげた。「今日、そんなに忙しくない人がいたら、わたしの家まで送ってくれない？　車を取ってきたいの」

ハッチは眉をひそめた。「どうして車がいるの？　まだ運転なんてできないだろ」

レジーがもどかしげに息を吐きだした。「ここに自分の車があったほうが落ちつくのよ。自分の銃があったら落ちつくのと同じで」

ソウヤーが口を挟んだ。「またここに一人きりになるのを心配してるなら、それは二度とないから安心しろ」

レジーが首を振った。「その心配はしてないわ。そうじゃなくて、移動手段を確保したいの。どこへ行くにもだれかの手を借りるのはいやなのよ。みんな忙しいでしょ。仕事があるわ。わたしにも仕事がある」

キャムとソウヤーが落ちつかない様子で目配せした。二人がなにか言う前にハッチが口を開いた。

「朝食のあとにおれが送るよ」

ソウヤーがさっと怖い顔を向けたが、ハッチは無視した。レジーが感謝の笑みを浮かべ、食事に戻った。キャムとソウヤーにじっとにらまれたハッチは、ひょいと肩をすくめた。

二人とも、いいかげんわかっていいころだ。レジーを閉じこめてかごの鳥にしようとするのは、もっとも彼女の心を遠ざける方法だと。レジーはすでにじゅうぶん逃げ回ってきた。そろそろ彼女を遠ざけるのではなく、たぐり寄せる時間だ。

14

朝食のあと、レジーナはシャワーを浴びて着替えようと二階にあがった。手首から副木を外して曲げ伸ばししてみる。まだ痛みは残っているものの、腫れは引いていた。

シャワーの水が湯になるまで、鏡に映った自分を観察した。ありがたいことに首の周りのあざはほとんど見えなくなっている。暗紫色は薄れて、明るい緑色と黄色にやや暗い赤い筋がところどころ入っているていどだ。顔のあざもほとんど目立たなくなった。二、三日もすればきれいに消えて、そうしたら仕事にも戻れるだろう。それで思い出した。署長に電話を入れて、捜査の進捗状況を聞かなくては。

シャワーに入って熱い湯が全身を流れ落ちると、気持ちよさに声が漏れた。ざっと髪を洗ってすすいでから、シャワーを出てタオルで拭う。数分後には服を着て鏡の前に立ち、どうにか髪に秩序らしきものをもたらそうとしていた。結局は、巻き毛を後ろにかきあげてバレッタで留めることに落ちついた。

それから手首に副木を着けなおそうとした。悪態をつきながらくっつきやすいマジックテープと格闘した挙げ句、うんざりして脇に放りだした。どうせ必要ない。

バスルームを出て靴を見つけたが、それを履くために屈もうとしたら肋骨にそうとうな痛みを引き起こさずにはいられないことがわかった。車を取りに家に帰ったら、必ずスリッポンを持ってこよう。あきらめのため息をついて靴を拾いあげ、下に向かった。

「今日は楽に動けてるようだな」階段をおりきったとき、キャムの声がした。レジーナが顔をあげると、キャムが一メートルほど先からこちらを見ていた。「そうでもないわ」レジーナはつぶやいた。

彼に靴を押しつけてから、その脇をすり抜けてリビングルームに入っていくと、ハッチが待っていた。キャムがくっくと笑いながら後ろから入ってくる。

レジーナはソファにどすんと腰かけ、キャムをにらんだ。感心したことに、キャムはなにも言わずに片方の膝を床につき、レジーナにまずは靴下を履かせはじめた。

レジーナがちらりとハッチを見ると、ハッチの目は楽しそうに輝いていた。レジーナはうんざりして唇を歪《ゆが》め、またキャムを見おろした。キャムがテニスシューズを履かせ、器用に靴紐《くつひも》を結んだ。それから足の上をぽんとたたいた。「完了」

「ありがとう」レジーナは口の中でつぶやいた。

「もう出られる?」ハッチが尋ねた。

レジーナはうなずいてソファから立ちあがろうとしたものの、寸前に手首のことを思い出した。またため息をつき、負傷していないほうの手でキャムの手をつかむと、キャムが満面の笑みを浮かべて助け起こしてくれた。

「ずいぶんお楽しみのようね」

キャムが屈んでレジーナの唇に軽くキスをする。「いかにも」

「ネアンデルタール人」レジーナはうなるように言って彼の横を通りすぎ、ハッチに続いて玄関を出た。

ありがたいことに、ほとんど会話のないまま車は進んだ。レジーナの一部は、わたしがソウヤーとキャムに挟まれて眠ったことをハッチは知っているのだろうかと思い悩み、ほかの部分は想像上の嫉妬や軽蔑《けいべつ》について思い悩むことに疲れていた。

三人全員の心を鎮めることは、レジーナの責任ではない。そのための労力など、想像もしたくない。だからこそ、彼らのこの計画は破滅への道のりだと思うのだ。

それなのに、〝もしも〟は耳元でささやきつづけていた。もしもこれがうまく行ったら？ もしも三人全員と深く愛情のこもった関係を築けるとしたら？

そんな考えが芽生えるやいなや、レジーナは摘み取った。こんな妄想、だれか一人を傷つけるに決まってる。おそらくはわたしを。

「ずいぶん静かだね」

レジーナは顔をあげてほほえんだが、自分でも固い笑みに思えた。

「話してみる？」

「やめとくわ」低い声で答えた。

「あんまり考えすぎないほうがいいよ」とハッチ。「なんの役にも立たないからね」

車が彼女の家のドライブウェイに入ったので、レジーナは座席の上で身を乗りだした。銀色のＲＡＶ４は、いまもレジーナが停車したとおり表に停まっている。これを彼らの家に置いておけたら安心だ。いつどこへ行きたくなっても、彼らに負担をかけなくて済む。

「ここで待ってて」レジーナは言った。「ちょっと中に入って靴を履きかえてくるわ。そうしたければ先に戻っててもいいのよ。すぐに追いかけるから」

ハッチは無言でレジーナを見つめただけだった。

「そう？　じゃあ、すぐに戻るわね」

レジーナは助手席のドアを閉じて首を振った。ハッチが彼女を置いて先に戻ると本気で思っていたわけではないが、それでも提案しないわけにはいかなかった。

玄関の鍵を開けて中に入ったが、なにも異常はないように思えた。だれかがここに侵入したかもしれないと思うと、無性に腹が立つ。父のせいでどこかのばかに狙われていると思うと、もっと腹が立った。

すばやく部屋を横切って、追加の着替えと清潔な下着を用意した。すべてを鞄に詰めながら、自分の下着にほんの少し落ちこんだ。飾り気のない白ばかり。レジーナは首を振った。どうかしてる。かわいいレースの下着を持ってないからって、なんだって言うの？

うめき声を漏らし、レジーナは残りの衣類を小旅行用の鞄に詰めこむと、力任せにファスナーを閉じた。

玄関を出てハッチに手を振ってから、自分の車に乗りこんだ。左手でそっとハンドルを握り、手首が痛まないかを確かめながら、イグニッションキーを入れた。一目盛り動かしただけで、ラジオが大音量で鳴りはじめた。レジーナは慌ててつまみに手を伸ばし、ラジオを切った。助手席に載せた鞄を目にしたとき、スリッポンを忘れたことに気づいた。わたしのドジ。

　レジーナは車からおりると、ハッチに人差し指を掲げて一分で戻ると伝えてから、急いで玄関に向かった。

　ドアの取っ手をつかんだ瞬間、大きな爆発音が耳をつんざき、レジーナの体は宙に浮かんで玄関にたたきつけられた。激痛に頭を貫かれ、地面に倒れる。熱。すごい熱。肌を焼かれる。頭ががくりと横を向いたとき、レジーナは自分の車が炎に呑まれているのを見た。

　ハッチ。たいへん、ハッチはどこ？

　レジーナは起きあがろうとした。土の歩道に指先を食いこませ、地面を這い進んだ。

「レジー！」

　ハッチの必死の叫び声を聞いて、レジーナは安堵で気を失いそうになった。

　すぐそばにハッチがうずくまる。両手でレジーナの体を探り、異常はないかと確かめる。

「レジー、なんてこった、おいレジー、大丈夫か？」

　ハッチを見あげられるように仰向けになったレジーナは、太陽のまぶしさに目をすがめた。

「絶対に犯人を殺してやるわ。あの車は買ったばかりだったのよ」

　ハッチがひたいをレジーナのおでこにくっつけた。彼女の頰に触れた指は震えていた。

「恐怖で死ぬかと思ったよ、レジー」

「そうね、まあ、わたしは下着を替えなくちゃならないみたいだわ」

「大丈夫？　どこも痛くない？　玄関にぶち当たっただろ？」

「正直言って、まだわからないの。頭は痛い。たぶん。ほかのことはよくわからない」

「おれが救急車を呼ぶまで、そこにじっとしてたほうがいいかもしれない」

「やめて」レジーナはつぶやいた。「救急車と病院はもうたくさん。起こして。少なくとも五秒は自分の脚で立てたら、あなたの家に連れて帰るって約束して」

「その言葉を待ってたよ」

「生意気な人」

ハッチが笑い、レジーナもほほえもうとした。本当に。だけど尋常ではなく痛かった。顔全体が。レジーナは苦い表情でハッチの腕をつかんだ。ハッチが体に腕を回し、そっと助け起こしてくれた。途端にレジーナの膝はがくりと折れて、倒れそうになったところをハッチがつかまえた。レジーナは彼のシャツにしがみつき、すばやく怪我の箇所を確認した。

一向に鳴りやまない頭の中のしつこいうなり以外に、とくに異常はないようだ。まあ、深刻なダメージを受けた神経数カ所をのぞけば。

「通報しなくちゃ」レジーナは言った。「証拠よ」

「もうしたよ。きみはじっとしていて。ぼくのトラックに運ぶから、座ってるといい。少しでもふらついたら、担いででも緊急救命室に連れていくからね」

「トラックって、いまはすごくいい響き」レジーナは言った。

ハッチが彼女を抱きあげてトラックに大股で歩み寄った。ボンネットの前を過ぎるとき、レジーナのぼやけた視界に大きなへこみが映った。

「たいへん、あなたのトラックが」

「トラックなんてどうでもいい。きみさえ無事なら」

ハッチが助手席のドアを開け、肩でもう少し大きく開いてから、レジーナを座席におろした。それから下に手を伸ばし、レバーを引いて背もたれを倒した。レジーナがほとんど仰向けになるまで。

「ひどいざまだな」ハッチが彼女の頬を指で撫でながらつぶやいた。

「あなたのトラックも」レジーナはしゃがれた声で言った。「わたしのSUVも」ため息をつく。「何年も貯金してようやく手に入れたのよ。かわいい子だった」

「かわいい？　きみがかわいい車を買ったって？」

「ちょっと、わたしも女の子よ。女の子はかわいい車に乗るものでしょ」レジーナは不満そうに言った。

「きっと頭を怪我したんだね」

レジーナがやみくもに手を上に伸ばすと、ハッチの顔に触れたので、彼の頬を手のひらで包んだ。「すごく怖かった」ささやくように言う。「もしかして……」急に涙がこみあげて、声が途切れた。「あなたがと思ったの。あの爆発であなたがやられたんじゃないかって」

ハッチが屈んでレジーナのおでこに唇を押しつけた。「大丈夫、そんなことにはならなかったよ。だから落ちついて」やさしくレジーナの髪を撫でる。「ああ、なんともないさ。

フロントガラスにひびが入って、一、二カ所へこみができただけ。だけどきみは……。ああ、きみが吹っ飛ばされて玄関にたたきつけられるのが見えたときは」

遠くでサイレン音が響き、しだいに近づいてきた。ハッチが止めるのもかまわず、レジーナはどうにか起きあがろうとした。

「手を貸して」レジーナは言った。

ハッチはためらったが、やがてあきらめて手を貸してくれた。レジーナは座席の上で向きを変え、両足をステップのほうに回した。数回まばたきをして視界をすっきりさせると、消防車二台とパトカー三台が通りを走ってくるのが見えた。

レジーナの車はいまももうもうと煙をあげていたが、火はいくらか治まっていた。そのとき初めて、レジーナは爆発が彼女の家の正面になにをしてくれたかを目にした。

「わたしの家が」弱々しい声で言った。「あんなことに」

正面側の窓は三つとも吹き飛ばされていた。屋根の上と芝生には破片が散らばっている。レジーナが植えてかわいがっていた花々は消えてしまった。庭に一本だけ植わっていたハナミズキの木も、いまでは地面に突き立てられてみじめにくすぶる一本の棒でしかない。

消防隊員たちが飛びだしてきて、すばやくSUVにホースで水をかけた。ジェレミーとカールと署長が、ハッチのトラックのほうへ駆けてきた。

「レジーナ、無事か？」署長が尋ねる。

「ええ。驚いただけです」

レジーナは座席から滑りおり、ハッチの腕をつかんで自分を支えた。固い地面におりたつと、ハッチが肩を抱いてくれた。

「いったいなにがあった?」カールが尋ねた。

レジーナはため息をつき、爆発までのできごとを手短に聞かせた。

「時限爆弾のようだな」ジェレミーが陰気な声で言った。「くそっ、もしおまえが家に戻ろうとして車をおりてなかったら、車はおまえを乗せたまま爆発してた」

ハッチが青ざめ、レジーナの肩をつかむ手に力をこめた。レジーナは必死で手の震えを止めようとし、ついには両手を固く握りしめた。

警官と最初の野次馬が現れて、見る間に前庭はごった返した。レジーナは妙に客観的にそれを眺めた。ほかの事件現場と同じ。あれはわたしの家と車じゃない。それを認めてしまったら、自分がいかに死に近づいたかを認めることになる。またしても。

神を信じたくもなる。

ハッチはレジーナに腕を回したまま、彼女の肩を撫でつづけていた。ときどきちらりと見おろす目には、ありありと心配が浮かんでいた。

車の周りの面々に指示を出す署長を、レジーナはぼんやりと眺めた。本格的な警察の集いになった——地元警察、郡警察、州警察、おまけに町の南の市からやって来た爆弾処理班まで。この小さな町に来たのはこれが初めてだろう。

これ以上事態が悪くなるわけがないとレジーナが思ったとき、父ピーター・ファロンの黒いメルセデスが通りを走ってきた。信じがたいことに、事態はなお悪化できるらしい。母のリディアが助手席からおりて人だかりに視線をめぐらせ、レジーナを見つけた。

「最悪」レジーナはつぶやいた。

ハッチが隣りで身をこわばらせ、励ますようにレジーナの肩をぎゅっとつかんだ。「おれがついてる」

母が駆け寄ってきてレジーナを腕の中に包みこみ、固く抱き締めた。「レジーナ、ああ、よかった、無事だったのね」

レジーナは身を引いて当惑に目をしばたたいた。「ママ。ここでなにしてるの？」

リディアがレジーナの巻き毛を撫で、いかにも母親らしい仕草で顔から払った。もしやわたしは死んでしまったんだろうか。それともここは奇怪な夢の中で、わたしはまだ気を失ってるんだろうか。後者のほうが好ましい。

「偶然お父さんが爆発のことを耳にして、急いで二人で駆けつけたのよ。怪我はない？　病院へ行かなくていいの？」

ピーター・ファロンが妻の後ろに歩み寄り、レジーナを見つめた。「レジーナ」と不機嫌そうな声で言う。「無事か？」

前者だ。間違いなく前者。どう考えてもレジーナは死んで、父と母が娘を気遣う役を演じる煉獄《れんごく》に追いやられたのだ。

「無事よ」レジーナは答えた。

「おまえはレジーナのそばにいなさい」ピーターが妻に言った。「わたしはいったいどうなっているのか訊いてくる。何者かが娘を殺そうとしている。その理由が知りたい」

レジーナは歩いていく父の背中を唖然《あぜん》として見送った。と思うや、また母に引き寄せられて、ふたたび抱き締められた。レジーナは驚きと恐怖に襲われ、ちらりとハッチを見た。

ハッチも同じくらい困惑した顔で、ただ肩をすくめた。

つかの間、レジーナは母に抱き締められるという贅沢《ぜいたく》に浴した。最後に母に抱き締めてもらったのがいつだったか思い出せない。愛していると言ってもらったのも、どんな形であれ母親らしいことをしてもらったのも。

いまこんなふうに抱き締められて……気持ちがよかった。

「わたしとお父さんのそばにいたほうがいいわ、レジーナ。なにしろここにはいられないでしょう?」リディアがまた体を離して言った。

「ええと、ありがとう、ママ。でもしばらくハッチのところにいるわ」レジーナは言いながらちらりとハッチを見た。

リディアが困惑に眉根を寄せた。「だけど彼はこの町に住んでいないでしょう」すまなそうにハッチを見る。「あなたが以前からレジーナのいいお友達だということは知っているけれど、いまこの子は自分の住む町に、家族のそばにいるべきだということ、同意してくれるわね?」

「いまはこっちに家があるんです、ファロンさん」ハッチが感情を排した声で言った。

「あら、そういうことなら、ええ」リディアが視線をレジーナに戻した。「本当に家に帰ってこなくていいのね？　懐かしい自分の部屋に」

レジーナのうなじに刺すような感覚が生じ、頬にまで到達した。もしレジーナが三人の男性と同居していることを両親が知ったら、母はヒステリーを起こすだろうし、父は激怒するだろう。そう思っただけでも、レジーナは苛立ちを覚えて胸を張った。

両親にどう思われようと関係ない。父も母も、これまでレジーナの活動や選択や人生にいっさい関心を払ってこなかったのだから。いまさら両親の前でおどおどする必要はない。レジーナはハッチの手に手を伸ばし、指と指とをからめた。彼の揺るぎない強さがほしかった。必要だった。

「けっこうよ、ママ。ほかの方法が見つかるまで、しばらくハッチとキャムとソウヤーと一緒に暮らすから」

リディアの目が丸くなり、それから不満そうに唇が引き結ばれた。そのとき、ピーター・ファロンの声が他を圧して響いた。

「いったいどうしたら、何者かが娘を利用してわたしに制裁を加えようとしているなどという結論を導きだせるんだ？」

署長がなだめるように父の肩に手をかけ、周囲に聞こえない低い声で説明を始めた。

リディアが眉をひそめた。「お父さんはなにを言っているの、レジーナ？」

「わたしを狙ってる人間の本当の標的が父さんだっていう可能性があるのよ」レジーナは静

かに答えた。

「そんな、ばかげてるわ。どうしてそんなことがありえるの?」

「父さんが政治家だからでしょ」レジーナは辛抱強く答えた。「だけど、まだたしかな証拠があるわけじゃないわ。うちの署がそうじゃないかと推測してるだけで」

「だれということもありえるでしょう。あなたが過去に逮捕した人とか、駐車違反の切符を切った人とか。お父さんに関係があるとみなすなんて、考えすぎよ」

母が父の肩を持つことを、だれが責められるだろう。けれどふつうに考えれば、母は娘の肩も持つべきではないだろうか。レジーナは苦々しく顔をしかめた。今日はさんざんな日になりつつある。

「推測だから、ママ」とくり返す。「警察はあらゆる可能性を考慮しなくちゃいけないの」

「レジーナ、ちょっと話せるか?」ジェレミーがリディアの隣りに割りこんできて尋ねた。ちらりとリディアとハッチを見てつけ足す。「二人だけで」

レジーナは眉をひそめ、ハッチの手を放した。「ちょっと行ってくるわ」そう言い残してハッチのそばを離れた。

ジェレミーを追って数メートル先に進んだ。「どうかした?」

「たったいま、署から連絡があった。バーディの家が押し入られた」

15

レジーナはジェレミーの腕をつかんだ。「なんですって?」

「これから現場に向かう。気力があれば、おまえも一緒に来たいんじゃないかと思ってな」

レジーナはうなずいた。「もちろんよ」ハッチのほうを振り返ると、彼はじっとこちらを見ていた。レジーナはちらりとジェレミーを見て言った。「バーディはいまどこに?」

「説明する。ブレットが署長の命令に従って彼女の家の前を通りかかったとき、玄関が開いているのに車がないことに気づいた。なにごとかと調べに入って、家宅侵入があったのがわかった。ブレットは無線で通報し、数分後に車で帰ってきたバーディを署に案内した。バーディはいまそこにいる」

レジーナは深く息を吸いこみ、心を落ちつけて頭を整理しようとした。「いいわ、一緒に行く。ハッチにも知らせなくちゃ。署へ行って、バーディのそばについていてもらうの。バーディはきっと動揺してるはずよ」

「早くしろ。おれは車で待ってる」

ジェレミーが向きを変え、大股でパトカーに向かった。レジーナは眉間にしわを寄せているハッチのそばに急いで戻った。

「なにがあった、レジー?」

レジーナはハッチの腕に触れた。「今朝、バーディの家が押し入られたの。わたしはジェレミーと一緒にこれから向かうわ」

「なんだって？　バーディは無事なのか？　おれも一緒に行くよ」

レジーナはハッチの胸に手を当てた。「バーディはいま署にいるわ。あなたはそっちへ行って。きっとひどく動揺してるだろうから、あなたが行けば喜ぶはずよ。家のほうに来てもらっても邪魔になるだけだわ。これは警察の仕事だから」

ハッチはいまにも反論したそうな顔だったが、レジーナは彼がなにか言う前に向きを変えて歩きだした。痛めた筋肉が泣き言をこぼすのを聞き流しながら、ジェレミーの車が停まっている場所へ急いだ。

前の座席に滑りこむと、ジェレミーがランプを点灯させて車をバックさせた。

「現時点でわかってることは？」レジーナは尋ねた。

「ない。数分前に連絡を受けたばかりだ。もっと詳しく調べるために、ブレットが現場へ向かってる」

ジェレミーが運転席のドアポケットに手を入れ、ハンカチを取りだしてレジーナに差しだした。

「これはなに？」レジーナは尋ねた。

「血が出てる」ジェレミーが言い、レジーナのおでこを手で示した。

レジーナは日よけをおろして鏡をのぞいた。ひたいから眉にかけて、細い血の筋が伝っていた。髪の生え際に深い傷ができているが、いつできたのかわからない。全身を強打されたような感覚だったのだから、この傷のことを思い出せないのも当然だろう。

レジーナは血をハンカチで拭い、傷口に触れると顔をしかめた。

「この調子だと、次のフランケンシュタイン映画の主役に抜擢《ばってき》されちゃうわ」とつぶやいた。

「なにか妙なことが起きてるようだな」ジェレミーがまじめな声で言った。「この町は、ときには何日も駐車違反ぐらいしか起こらないっていうのに、いきなり殺人に爆弾に家宅侵入だ。いったいどうなってる？」

「わたしが知りたいわ。これがすべて父の政治に関係してると信じるのも難しいのよ。だって、もし父にそれほど文句があるなら、どうして本人を襲わないの？　そのほうがずっと理にかなってるのに」

ジェレミーが驚いた顔でちらりと見た。

「父を殺せと言ってるんじゃないわよ」レジーナはゆっくりと言った。「ただ、どうしてこんなに回りくどいやり方をするのかわからないってこと。もしそんなにピーター・ファロンが憎いなら、どうして直接狙わないの？」

「いい質問だ」

ジェレミーがバーディの家のドライブウェイに車を入れ、ブレットのパトカーの隣りに停めた。二人が車をおりると、ブレットが家から出てきた。

「元気な顔を見られてうれしいよ、レジーナ」ブレットが会釈しながら言った。

「ありがとう。それで、なにかわかった？」

ブレットが向きを変え、中へ入れと手でうながした。

ブレットとジェレミーに続いて家に入ったレジーナは周囲を見まわしたが、リビングルームにいつもと変わったところはなかった。バーディの家にはみごとな骨董品《こっとうひん》コレクションがあるのだが、ひとつもいじられた形跡はない。

「問題は奥だ」ブレットが言い、ベッドルームに向かう廊下のほうへと二人をうながした。

各部屋の前を通りすぎるとき、レジーナは中をのぞいたが、やはりどこにも異常はなかった。

廊下の端にたどり着くと、ベッドルームのドアに大きな赤い染みを見つけた。血のようだ。その部屋に入ったレジーナは息を呑んだ。めちゃくちゃだった。壁にはさらに血が。ベッドの上にも。大きな斑点となって。写真は額縁が壊れて床に転がっている。バーディと一緒に撮った、ハッチとキャムとソウヤーの写真。さらに三人の写真。ハッチの高校のプロムパーティの写真。

いやな予感がレジーナの胸にずしりとのしかかってきた。

「標的はわたしじゃない」レジーナは言った。「ハッチよ」

「どういうことだ」ジェレミーが言う。

レジーナは震える息を吐きだし、たったいまおりてきた直感をきちんと説明する方法を探した。ジェレミーもブレットも、訝《いぶか》しげな顔で彼女を見ている。

「殺された女性。ミスティ・トンプソン。ハッチがプロムに連れていった子よ。犯人はわたしの首を絞めながら、そろそろやつに償いをさせるときだと言ったわ。あのときわたしを殺せなかったから、わたしのSUVに爆弾をしかけたのよ。そして今度はバーディの家に押し入って、ハッチの部屋を荒らした。ここはバーディと住んでたときのハッチの部屋なの。ここにあるのは彼のもの。一連の事件がわたしの父に関係してるとは思えないわ。犯人は、ハッチが大切にしてる人を狙って、彼を苦しめようとしてるのよ。ハッチがつながりを持ってる人を。そして最終的な標的はハッチなんだわ」

ジェレミーが驚愕《きょうがく》の表情でレジーナを見つめた。「くそっ。それが正解かもしれないな」

「これが正解よ。筋が通る説明はこれしかないわ」

レジーナの胃はよじれた。どういうわけか、自分が標的だと思っていたときのほうが対処するのは楽だった。だけど何者かがハッチを狙っていると知ってしまったら。殺人者は次にハッチを襲い、さらにキャムとソウヤーまで狙うかもしれないとわかったら。

「だが、理由は？」ジェレミーが言った。「これほどだれかを怒らせるとは、ハッチはいったいなにをしたっていうんだ？　筋が通らない。この段階でおまえの父親を除外するのは尚早に思える」

「父を除外しなくちゃいけないとは言ってないわ。わたしが言いたいのは、一連のできごとは偶然じゃなくて、犯人の最終目標がハッチだという可能性も考えるべきだということ」

「おまえだけに関係した事件じゃないかと思ったことは？」ブレットが口を挟んだ。「バーディはおまえにとって大切な人だ。ハッチも。おまえは警察官だ。警官に逮捕されたことを根に持って報復行為に出た人間は、なにもこれが最初じゃない」

レジーナは眉をひそめた。「たしかに」と言って目を閉じた。なんてこと。もし狙いがわたしだとしても、やはりハッチとソウヤーとキャムは標的になりうる。いずれにせよ、あの三人を失うと思うとぞっとした。

「署長は無期限でおまえを休職扱いにするだろうな」ジェレミーが低い声で言った。

レジーナは顔をしかめた。「そうね。しかたない」突然、それもあまり気にならない措置に思えてきた。短期間で優先順位が変わった。ジェレミーとブレットの仮説はたしかに筋が通っているけれど、これはハッチを狙った犯行で、次に襲われるのは三人のだれかかもしれないという考えを、レジーナはどうしても切り捨てられなかった。もしその考えが正しいなら、常に彼らのそばにいたい。

「何人かここへ寄こして、指紋を採取してくれるよう連絡しておいた。全員がおまえの家に集中してるからな」ブレットがレジーナに言った。「だがもし犯人が同一人物なら、おそらく証拠はいっさい残してないだろう。これが人間の血じゃないことを心の底から祈るよ」

「同感ね」レジーナはつぶやいた。

「この町で警官として働くにはじゅうぶんな給料をもらってないような気がしてきた」ジェレミーが疲れた声で言う。「おれたちのだれ一人として、二度と署の中で腰かけて、なにか事件が起きないかと願ったりしないだろうな」

「たしかに」

ジェレミーがにっと笑った。「ああ、弱音を吐いてすまん。だって、おまえを見ろよ。まるで車に引きずり回されたみたいだ」ジェレミーの表情が少し真剣なものになり、口調からは冗談めかしたところが消えた。「おまえが無事で本当によかった、レジーナ。危ないところだった」

レジーナは弱々しくほほえんだ。「まったくね」もつれた髪をかきあげてから、その手をおろしてぽんと腰をたたいた。

「署まで乗せていこう」ジェレミーが言った。「そのあとここへ戻ってきて、ブレットを手伝う。署長がやって来て、まだおまえがいるのを見つけたら、まず喜ばないだろうからな」

「ええ、そうね」レジーナは言った。

向きを変えてゆっくりと家の外に歩きだした。バーディの家が汚《けが》されたことに激怒していた。あの三人にとって、この家はたくさんの幸せな思い出が詰まった場所だ。レジーナにとっても。レジーナの実家がただの建物としか思えなかったときに、ここはわが家であってくれた。実家は冷たく不毛な建物で、人は住んでいるけれど、だれも生活していなかった。

だれかがバーディに危害を加えようとしていると思うと、吐き気を覚えた。

年老いたような気分で、レジーナはジェレミーの車に乗りこんだ。熱い風呂に長々と浸かりたかった。できれば三時間くらい。

ジェレミーが車を出して署へ向かいはじめた。ハンドルを握る手はこわばっていた。

「この事件について新しい情報が入ったら、逐一知らせて」レジーナは言った。「ハッチとキャムとソウヤーはわたしにとってすごく大切な存在なの。彼らを守るためにできることがあれば、なんだってするわ。この事件が片づくまで、わたしは彼らの家で暮らす。もし犯人があの三人のだれか一人にでも近づこうものなら、命はないわ」

「情報が入ったら知らせよう」ジェレミーが言った。「現場検証が終わって、署長とカールと意見交換したら、捜査がどこへ向かっているか、もっとはっきりわかるはずだ。それまでおまえはおとなしくして、ハッチが無茶しないよう見張ってろ」

「バーディもね」レジーナはそっと言った。「犯人がつかまるまではあの家に一人でいさせるわけにはいかないってこと、どうにかして納得させなくちゃ。わたしの読みどおりでハッチが標的だろうと、あなたの読みどおりでわたしが標的だろうと、バーディはどちらにとっても大切な人だから、どのみち危険にさらされるわ」

16

ジェレミーが警察署の前に車を停めて、レジーナが外におりたつやいなや、ソウヤーが大股で署の建物から出てきた。その表情は雷雨のように険しい。

「おっと」レジーナの前を歩くジェレミーがつぶやいた。「どうやらご機嫌ななめのようだ」

ソウヤーが無言でジェレミーのそばを通り過ぎたので、レジーナは身構えた。ソウヤーはなにも言わなかった。いきなり腕の中にレジーナを引き寄せて彼女の頭を後ろに傾け、強く激しくキスをした。

レジーナが驚いて慌てふためく声は、ソウヤーの口が貪欲に動くにつれて消えていった。抱きしめるソウヤーの腕は鋼のようで、強く頼もしい。身構えていたレジーナの体から力が抜け、唇で所有されていくうちにとろけていった。

温かく心地よい蜜《みつ》が血管を流れる。レジーナは自分たちがどこにいるかを忘れてしまった。時間と空間の感覚を失ってしまった。舌が出会う。ソウヤーの舌が深く侵入してきてレジーナを味わい、レジーナの舌はソウヤーを味わう。

ついにソウヤーが腕の力を緩め、両手でレジーナの首から顎まで撫であげると、最後に顔を包んだ。それから息を詰めてわずかに身を引いた。

彼の目は輝いていた。切望と恐怖と怒りで。すべてが混じり合い、淡いブルーの虹彩で渦巻いていた。ソウヤーの指が恐る恐るレジーナの生え際にできた傷に触れる。その指が震えているのをレジーナは肌で感じた。

「ソウヤー、わたしなら大丈夫よ」レジーナはささやいた。

「レジー、ああくそっ、レジー」

苦しげに言葉を吐きだした声は上ずっていた。レジーナのおでこにひたいを当てて、目を閉じる。呼吸を落ちつかせようとして、ソウヤーの胸は大きく上下した。

「おまえを失っていたかもしれない」ソウヤーがかすれた声で言った。

レジーナは顎を上に向け、彼の唇に唇を重ねた。そっと、安心させるように。

「レジーナ、いったいなにをしている？」

緊迫した父の声にレジーナの体はこわばった。ゆっくりと向きを変えると、数メートル先に父がいた。不満をありありと顔に浮かべて。母もそばにいて、レジーナとソウヤーをただ呆然と見つめていた。

「礼儀のかけらも持ち合わせていないのか？」父が絞りだすように言う。「今朝の一件のせいで、じきにマスコミがここに押し寄せてくるんだぞ。自分の身と警官としての立場を重んじないなら、せめておまえのふるまいがわたしにどんな影響を及ぼすかを考えろ」

ソウヤーがかっとなって口を開きかけたが、レジーナは彼の腕をつかんでやめさせた。ソウヤーはすでにかなりの緊張状態にある。いま爆発したら、ひどいことになるだろう。

レジーナは、怒りをあおっている軽蔑のすべてをこめて父を見据えた。「消えて。目障りよ」そう言って父に背を向けた。

母が息を呑み、父が激怒の声を漏らした。「レジーナ、わたしに背を向けるなど許さんぞ。わたしに向かってそんな口を利くような娘に育てた覚えはない」

レジーナはぴたりと動きを止め、ソウヤーが抑えようとして伸ばした手を振りほどくと、父のほうに向きなおった。

「よく言うわ、この独善的なろくでなし。あなたはこれっぽっちもわたしを育ててない。わたしを無視するので大忙しだった。あなたに口を利く？　一度でもなにか言っていいと思わせてくれたことがあった？　あなたもリディアも自分たちの人生に夢中で、娘なんていうくだらないものにかまける時間なんてなかったじゃない。わたしの父親であることに感謝するのね。もしそうじゃなかったら、だれだろうとわたしにそんな口を利いた人間と同じように、ぶちのめしてるわ」

言い終えると、目にこみあげてきた怒りの涙を父に見られる前に向きを変えた。あの男に涙を見せてたまるものか。

ソウヤーが守るようにレジーナの肩を抱き、署に駆けこもうとしていた彼女をその場に引き止めた。それからレジーナの父のほうを向き、冷たい目でじっと見つめた。

「一度しか言わないからよく聞け。レジーに近づくな。あんたはおれの父親じゃないから、その汚い面をぶん殴ることに、おれはみじんも罪悪感を覚えない」

そう言うと、レジーナの肩を抱いたまま署の入口に向かいはじめた。

「そんな脅しは通用しないぞ」ピーター・ファロンがわめいた。

ソウヤーがドアノブに手を伸ばしながら、最後にもう一度だけ振り向いた。「脅しじゃないぜ、ファロンさん」

ソウヤーが先にレジーナを入らせてから、自分の背後でドアを閉じた。狭い待合室の椅子には、キャムとハッチに挟まれてバーディが座っていた。顔をあげてレジーナに気づいた三人が一様に立ちあがった。

キャムが部屋を横切ってくるのを見たソウヤーが、レジーナの肩に回していた腕を外すと、レジーナはキャムの腕に包みこまれた。

キャムがレジーナの髪に両手をもぐらせて、顔を胸に押し当てさせる。彼の心臓が早鐘を打ち、激しい息遣いで胸が上下するのを、レジーナは頰で感じた。

ようやく腕をほどいたキャムが、レジーナの頭と顔に、それから首筋に手を這わせた。

「大丈夫か？　病院に行かなくていいのか？」

レジーナは首を包むキャムの両手首をつかんだ。「大丈夫よ、キャム。本当にちょっとぶつけただけ」

「レジーナ、気分はどう？」バーディがキャムの隣りにやって来て尋ねた。

キャムが離れると、今度はバーディが温かく抱きしめてくれた。これが……これこそが無条件の愛というものなのだろう。レジーナはしばらくのあいだバーディにしがみつき、外での両親との一幕を頭から消そうとした。

「よしよし、さぞ怖かったでしょう」レジーナの背中をさすりながらバーディが言う。「こんなところにいないで、家で休んでいるべきだわ」

レジーナは身を引いてほほえんだ。「あなたに会って、本当に無事だってことをこの目で確かめたかったの」

「ありがとう。わたしは無事よ。おまわりさんにさらわれて、まっすぐここへ連れてこられたの。家の中にも入らせてもらえなかったわ」冗談めかして言ってから、不安そうな目で続けた。「ひどい状況なの？」

レジーナは署の奥に通じる廊下のほうへとバーディをうながした。男性陣が眉をひそめたものの、レジーナは手振りで三人を追い返した。あとで理由を訊かれるだろうが、いまは全員の前で洗いざらい話すつもりはない。

「警察からは、どこまで聞いたの？」レジーナは低い声で尋ねた。

「まだなにも」バーディが不安そうにレジーナを見つめた。「どういうことなの、レジーナ？　いったいなにがあったの？」

「家の中で荒らされた部屋は寝室ひとつだけだったわ。ハッチの昔の部屋よ」

「だけど、どこのだれが寝室なんて荒らしたがるの？　なにか盗まれたものは？」

レジーナは首を振った。「わたしが見たかぎりではなにも盗まれてないと思うけど、あとで警察の報告書用に全物品のリストを作ってもらうことになるわ。いまのところは、わたしたちと一緒に帰ったほうがいいと思う。あの家に一人でいるのは危険よ」

「誘ってくれてありがとう。だけど友達のヴァージニアがついていてくれるわ。ほら、彼女よ。わたしと一緒に待合室にいてくれたの」

それを聞くまでレジーナはその女性に気づいていなかった。最初はキャムに、そのあとはバーディに、意識が集中していた。

「ヴァージニアは、必要なだけ彼女の家にいていいと言ってくれたの」

レジーナは頰の内側を嚙み、どう切りだすのがベストだろうと思案した。先走って、自分一人の推理を打ち明けたくはない。そんなのは無責任だし、まだ署長と話し合ってもいないことを考えると、警官として未熟でもある。

「もっと安全策をとってくれたほうがうれしいわ、バーディ。あなたの家に侵入した人物の正体も侵入した理由もまだわかってないの。キャムたち三人も、あなたがそばにいてくれたほうがきっと安心するはずよ」

「あら、心配いらないわ。その点はもうヴァージニアと話し合って解決済みだから。彼女はショットガンを持っていてね。おまけに息子さんは郡保安官代理で、わたしの家に侵入した人が逮捕されるまで一緒にいると約束してくれたの」

レジーナの唇の端に笑みが浮かんだ。「ねえバーディ、ヴァージニアのショットガンをいじらないって約束して」

「ええ、いじらせませんとも」

レジーナがくるりと向きを変えると、数メートル先にもう一人年配の女性が立っていた。

聞くまでもなくこれがヴァージニアだろう。全身の装いを眺めていくうちに、レジーナの眉はつりあがっていった。金鎖で手首からさげたハンドバッグ。両手には白い手袋。花柄のワンピースに、真っ赤な太いリボンで縁を飾った大きな麦わら帽子をちょいと傾けてかぶっている。そして口紅はフューシャピンク。鮮やかなフューシャピンク。その唇をずっと見つめていたら、レジーナは目が痛くなってきた。

「ねえ、お嬢さん、ショットガンはわたしの領分なの。自分で言うのはなんだけど、たいへんな名人なのよ」

「ええと……そう、ですか」レジーナは言った。「それでも、ヴァージニア、あなたがショットガンを振りまわさないでいてくれたほうが、わたしはずっと安心できるの。息子さんが一緒にいてくれるなら、銃は彼に任せたほうがいいんじゃないかしら。息子さんは訓練を受けてるわけだし」

ヴァージニアがつんと顎をあげて目を狭めた。「ふーむ。それで、だれが息子のカイルに銃の手ほどきをしたと思っているのかしら?」

レジーナは唇をすぼめ、笑いをこらえた。

バーディがレジーナの腕に手を載せた。「ヴァージニアは本当に信頼できる銃の使い手で、親切にもわざわざここまで来て、わたしのそばについていてくれたのよ」

レジーナはどうしたものかと首を振ったが、すでに脳みそは完全に混乱していた。

「バーディ、よかったらそろそろ行きましょう。お茶会を抜けてきたんだけど、あと一時間は続いてるはずだから、もしいやでなければ一緒にいかが？」

バーディが心配の目でちらりとレジーナを見た。「どうかしら、ヴァージニア。レジーナのそばについていたほうがいいかもしれないし。今日、彼女はさんざんな一日を過ごしたの。わたしにできるならどんなことでも支えになりたいのよ」

バーディがレジーナの腕をぽんぽんとたたき、それからやさしく握った。

レジーナはほほえんで、短くバーディを抱き締めた。「行って、バーディ。だけど必ずグレタに連絡先を教えておいてね。警官のだれかが連絡するわ。いくつか質問されて、なくなったものがあればリストを作れるように、家まで同行を求められることになると思う」

「気をつけてね、レジーナ。必要なことがあればいつでも連絡して」

バーディが待合室に戻っていくのをレジーナは見送った。バーディはしばしグレタと話をし、それから男性陣が立っているところへ向かうと、三人を順ぐりに抱き締めていった。

それはいつもほんの少しだけレジーナの胸をよじる光景だった。バーディと坊やたち。いまではすっかり大人の男性だけど、バーディにとっては永遠に坊や。

励ますようにヴァージニアの腕に華奢《きやしや》な肩を抱かれて、バーディは出ていった。

ひとつ片づいてほっとしたレジーナは、ふらついて肩を丸めた。すると強く頼もしい腕が後ろから伸びてきてその肩を抱き、頭のてっぺんにそっとキスをした。

「きみを家に連れて帰る時間だ、レジー」

レジーナは一瞬目を閉じて、キャムの腕を両手でつかんだ。

「レジーナ、家に帰ったほうがいいってわかってるから邪魔したくないんだけど、署長から電話があって、待つように伝えてくれって。いまこっちに向かってるそうよ」グレタがデスクから声をかけた。

レジーナはキャムの胸にもたれかかった。署長になにを言われるかはわかっている。けれど、わかっているからといって楽になるわけでもない。この仕事はレジーナのものなのだ。自力で手に入れた誇れるもの。長いあいだ、父の影の下で生きてきた。ふだんは無視され、ピーター・ファロンがマスコミの前で家庭的な男を演じる機会が訪れたときだけ引っ張りだされていた。

それがいま、その仕事から無期限で身を引けと言われようとしている。

「ぼくたちがついてる、レジー」キャムが耳の後ろで言った。

「ありがとう、キャム」レジーナは言い、彼の腕の中で背筋を伸ばした。

ハッチがレジーナの両手を取って引っ張り、椅子のひとつに連れていった。

「せめて待ってるあいだは座ったら？　倒れてしまう前に」

ハッチを見つめたレジーナは、抑えようもなく目が潤んでくるのを感じた。ハッチを見たら、かつての彼の寝室の壁に塗りたくられた血ばかりが浮かんでくる。破壊行為の裏の悪意が。その悪意がハッチかほかの二人に向けられるかもしれないと思うと耐えられなかった。

この人たちを失うことはできない。

「どうした」ハッチがやさしく言ってレジーナの目の下を親指で擦る。「なんで泣くの」

レジーナはひとつ息を吸いこんで椅子に腰かけた。ソウヤーが隣りの椅子に座り、ハッチが正面に膝をつく。キャムはしかめ面でハッチの後ろに立った。

彼らの前でこんな弱さを見せたくなかったが、頰を伝う涙は止めようがなかった。ハッチがレジーナの手を取って唇に運んだ。指の関節にそっとキスをしながら、もう片方の手でレジーナの負傷した手首を撫でた。

「なんでもないの」レジーナは嘘をついた。「涙腺が勝手に緩んだだけ」

ソウヤーが手を伸ばしてレジーナを抱き寄せた。

「無理するな、レジー」と低い声で言う。「危うく地獄まで吹き飛ばされるところだったんだ。うろたえるのも当然だ」

ソウヤーの腕の中にすり寄って、一年くらいそのままでいたかったけれど、ここはふさわしい場所ではない。いまにも署長が戻ってくるし、署内で三人の男性にあやされているところを署長に見られては困る。父はどうでもいい。だけど尊敬する署長には。

レジーナはゆっくりと体を離し、椅子から立とうとした。「トイレに行って来る」

ソウヤーとハッチが立つのに手を貸してくれた。デスクの前を通りかかると、グレタが同情の顔を向けた。

「署長のオフィスで待ってたら？」グレタが言う。「その固い椅子に座ってるより、ずっと楽でしょ」

レジーナはほほえんだ。「ありがとう、グレタ。そうするわ」ちらりと三人の男性を見た。

「あなたたちは待ってる?」

ソウヤーが怖い顔で答えた。「あたりまえだろ。どこへも行くもんか」

レジーナは向きを変え、まずは手洗いに入った。用を足すためというより気持ちを落ちつかせるために。洗面台の前で冷たい水を顔にかけ、ひたいから流れてこびりついた血を少しでも洗い流そうとした。

手と顔を拭いてから廊下に踏みだし、署長のオフィスに向かった。ふかふかの革張り椅子に腰かけて、深い疲労感に目を閉じる。うとうとしかけたとき、ドアが開いた。

レジーナはさっと姿勢を正し、服と髪を整えようと必死の努力をした。

「楽にしろ、レジーナ」署長がぶっきらぼうに言いながらデスクを回り、椅子にかけた。じっとレジーナを見て言う。「ひどいざまだな。気分はどうだ?」

「問題ありません。軽いショックと怪我だけです」

署長がうなずいた。「早く帰宅して休めるよう、ずばり要点を言う。バーディの家の侵入についてジェレミーと話をした。いくつかの可能性が浮かび、どの線も捜査することで合意した。手が空いている人間は全員当たらせるつもりだ。なんとしてでも、このろくでなしをつかまえる」

レジーナはうなずいた。「もちろんです」

「それでだ。わかっていると思うが、おまえには無期限の休暇に入ってもらう。少なくとも今度の騒動が片づいて、おまえの安全が確保できるまでは」

レジーナはもう一度うなずき、顔をしかめまいとこらえた。

「つらいのはわかる、レジーナ。おまえはじつに優秀な警官だ。献身的だしな。だが休暇が必要だ。この数日は災難の連続だったろう？　いい機会と思って楽しめ」

「お言葉ですが、署長、ハッチとバーディの安全が確保できないかぎり、わたしはなにも楽しめません」

「だろうな。油断しないことだ。バーディの周囲はわれわれがしっかり見張るし、おまえが暮らす家のそばは郡が定期的に巡回してくれることになった」

レジーナは身を乗りだした。「その件ですが、お知らせしておいたほうがいいと思うので。わたしはハッチ・ビショップとソウヤー・プリチャードとキャム・ダグラスの家で暮らします……すべてが落ちつくまでは」

「わかった。ではその家のそばを定期的にパトロールさせることにしよう」署長が興味深そうな目でレジーナを見た。「まだなにかあるのか？」

レジーナは居心地悪くて身じろぎした。「じつは、父が大騒ぎしてるんです。わたしが暮らす場所のことで。お知らせしておいたほうがいいと思いまして。それだけです」

署長が身を乗りだした。「プライベートでなにをしようとそれはおまえの問題だ。わたしはできるだけ部下の私生活には立ち入らないようにしている。署の人間のほとんどは、おまえが子どものころからあの三人と友達だったのを知っている。だれもなんとも思わんさ」

レジーナは罪悪感を覚えそうになった。署長が深い友情だと思っているものは……。まあ、あの三人の思うままにさせたら、それをはるかにしのぐものになる。その点についてなぜレジーナが罪悪感を覚えるのかはわからないが、自分に嘘はつけない。三人が望んでいるような関係が表沙汰になったら、レジーナはけりつけにされる。

「しっかりな、レジーナ。それから用心しろ。どんなことでも異常に気づいたら、ただちに連絡するように。こちらもなにかわかったら知らせるし、総力を挙げてあらゆる角度から捜査する。おまえかハッチを狙った犯罪なのかどうか、必ず突き止める」

「ありがとうございます」

「さあ、そろそろ家に帰れ。休息がお待ちかねだ」

レジーナは弱々しくほほえんだ。「それには反論しません」

立ちあがって出ていこうとしたが、一瞬、署長のデスクに両手のひらをついて体を支えた。署長がすぐにデスクを回ってドアを開けてくれ、励ますようにレジーナの肩に手を載せた。

待合室に戻ると三人の男性が待っていた。ソウヤーは行ったり来たりしていたが、レジーナに気づいて足を止め、駆け寄ってきた。

「行くぞ、ハニー。おまえを家に連れて帰る」

家。その言葉は、いまのレジーナにはとてつもなく甘美に響いた。そして今度ばかりは、彼女の帰る家が三人の家だという考えに抗わなかった。

17

帰りのドライブは緊迫した静かなものになった。家の前に車が停まると、ソウヤーが外に出て、おりるレジーナに手を貸した。

ハッチが隣りに自分の古びたトラックを停め、すぐさまおりたつ。

ソウヤーがレジーナの肩を抱き、家の中へとうながした。リビングルームで立ち止まることなく、半ば運ぶように、半ば助けるようにして、レジーナに階段をのぼらせた。

数秒後にはレジーナの寝室のドアを開けていた。

キャムとハッチもあとから入ってきたが、ソウヤーが足を止めた数メートル手前で立ち止まった。

レジーナがまばたきをするよりも早く、ソウヤーが彼女のシャツの裾をジーンズから引き抜きはじめた。さらに手を伸ばしてジーンズの前ボタンを外し、デニムをおろそうとする。

「ソウヤー、あなた、なにしてるの？」

レジーナはやめさせようとして手を伸ばしたが、ソウヤーの目で燃える炎に気づいて動きが止まった。

「黙ってろ、レジー」ソウヤーが食いしばった歯のあいだから言った。

レジーナは唖然とした。ソウヤーに後ろを向かされると、キャムとハッチが足を開いて腕組みをして立っていた。二人の目には決意が見えた。

ソウヤーが彼女のジーンズを押しさげて、シャツを頭から引き抜いた。レジーナは彼に肩を押され、ジーンズを足首にからませたまま、ベッドの端にどさりとお尻で着地した。

キャムが目の前に膝をついてレジーナの靴を脱がせ、ジーンズを取り去った。ソウヤーはレジーナの隣りに座り、肩を押して彼に背中を向けさせると、ブラのホックをいじって巧みに外した。

ブラのストラップが肩から落ちると、レジーナは胸を隠そうとして両腕を掲げた。いまではパンティだけという姿になっていた。

ソウヤーが立ちあがり、今度は自分の服を脱ぎはじめた。レジーナは息を呑み、目を丸くした。

「ソウヤー、いったいなにをしてるの？」

ソウヤーが一瞬動きを止め、ぎらつく目でレジーナを射すくめてから、ふたたび服を脱ぎはじめた。レジーナはそわそわとキャムを見おろし、次にハッチに視線を移したが、二人とも一言も発さなかった。

ボクサーショーツ姿になったソウヤーが、レジーナに手を差し伸べる。レジーナは当惑して彼を見た。いったいなにが起きているのか、まるでわからなかった。まさか……いま、ここで……？

ソウヤーがいらいらと息を吐きだし、レジーナの手をつかんで引っ張り起こした。レジーナが反応する間もなく、背中の真ん中を押されてバスルームのほうに歩かされていた。

レジーナがつんのめりそうになったとき、ソウヤーの手が腕をつかみ、もう片方の手で体を支えた。バスルームに入ると、ソウヤーが明かりを点けた。むきだしの足の裏に触れるタイルは冷たく、レジーナは鏡に映ったほぼ裸の自分をじっと見つめた。

見つめ返しているのは本当にわたしの目？　わたしの目はこんなに取り憑かれたみたいじゃないし、わたしの顔はこんなにやつれてない。

ソウヤーが手を伸ばしてシャワーの蛇口をひねった。それからレジーナに向きなおってボクサーショーツを脱ぎ、気後《きおく》れもなくすべてをあらわにした。レジーナは頬が熱くなるのを感じて目を逸らした。けれど視線を戻さずにはいられなかった。

ソウヤーの裸を見るのはこれが最初ではないし、二度目ですらないけれど、その光景にはいつもうっとりさせられる。ソウヤーの肉体は美しい。どこもかしこも固い筋肉となめらかな肌。

胸の上のほうにはほどよく毛が生えていて、そこから細い筋となってへそに向かい、黒々と茂る股間へとつながっている。

ペニスは半分そそり立っていて、今度はレジーナも目を逸らせなかった。ソウヤーがどんな味で、どんな舌触りで、あの太いものがどんなふうに唇のあいだを滑ったか、つぶさに覚えていた。レジーナは目を閉じてあの夜の光景を消そうとした。

「下着を脱げ、レジーナ」

レジーナはぱっと目を開いた。

「おまえとおれとでシャワーとデートだ」

レジーナはおずおずとパンティのゴムに親指をかけ、ゆっくりとおろしていった。布が足元の床に落ちると、ソウヤーがまた手を差し伸べた。

その手の中に手をあずけるとき、レジーナの脚は震えていた。手を引かれてシャワーの下に入り、心地よいしぶきを浴びた。

レジーナは目を閉じて、顔を伝い落ちる湯を味わった。ふたたび目を開けると、ソウヤーにじっと見つめられていた。彼の目はきらめく氷のかけらのようだった。

ソウヤーが両手でレジーナの顔を包み、親指を頬骨に当てた。それから彼女を後じさらせて壁際に追いつめ、唇を重ねた。

二人の体が密着した。ソウヤーの肉体がレジーナのやわらかな体を覆い、固さで圧倒する。ただのキスではなかった。むさぼるかのようだった。熱く貪欲で、必死とも呼べる切望に満ちていて、レジーナの胸は疼いた。

彼女の顔を包むソウヤーの手は震えていた。彼が唇を離してまぶたに軽くキスをし、頬に、耳にくちづけた。そこで動きを止めてから、レジーナの首筋に顔をうずめた。

大きく固くそそり立ったペニスがレジーナのお腹をつつく。熱い。ソウヤーの体温が湯の熱と一緒になって、レジーナの肌を焦がす。

「おまえを失うところだった」ソウヤーのささやき声はあまりにも小さく、水音にかき消されそうなほどだった。

これ以上受け身の役割を演じまいと、レジーナは彼の肩に腕を回し、片手でうなじから頭まで撫であげた。

ソウヤーが顔をあげたので、レジーナは手を放した。彼の目には生々しい感情が沸き立っていた。あふれるほどの恐怖。レジーナは胸のあたりに刺すような痛みを感じた。

「あなたはわたしを失ってないわ」

ソウヤーが両手で彼女の両手を取り、口元に掲げて、片手を裏返すと手のひらにやさしくキスをした。

ソウヤーの広い胸を湯が玉になって転がり落ちていくのを、レジーナは目で追った。流れはそそり立ったペニスのそばを伝いおりていった。

彼に触れたくてレジーナの指は疼いた。手を伸ばし、固い肉体に触れたくてたまらなかった。けれど驚いたことに、ソウヤーはただレジーナに向きを変えさせただけで、そのまま石けんに手を伸ばした。

そして彼女の全身を洗った。あらゆる傷、あざ、爆発時の熱でピンク色になった箇所。ソウヤーの手がゆったりとレジーナの体を滑りおり、お腹をやさしく擦ってから、乳房に向かいはじめた。

胸のふくらみを手で覆い、尖った先端を親指で転がす。レジーナの唇から小さく息を呑む音が漏れた。ソウヤーの手はやさしくふくらみを揉みつづけ、円を描くようにして石けんの泡を擦りつけていった。

それが終わると、両手のひらをぴったりと体につけたままレジーナの体を這いおりて、お腹を越えた。脚のあいだの濡れた毛をかすめつつ、腿の内側へと向かう。

その途中、ほんの一瞬だけ指先が秘密の場所に触れた。

ソウヤーがしゃがんでレジーナの小さな足のひとつを手に取り、立てた片膝に載せてから、細心の注意を払いつつ石けんで洗いはじめた。

レジーナは今後一生、この光景を忘れないだろう。この大男がシャワールームで片膝をつき、慎ましいとも呼べそうな態度で彼女の足を洗う光景を。彼の行為にも触れ方にも愛撫にも、計り知れない敬意と愛と思いやりがこめられていた。

レジーナの目に涙がこみあげてきた。

これほど長いあいだ逃げ回っていたなんて、わたしはなんて愚かだったんだろう。

両足を洗い終えると、ソウヤーが立ちあがってシャンプーに手を伸ばした。液をたっぷりと手に取って軽く泡立ててから、レジーナの生え際の傷口を擦らないよう慎重に、やさしく髪を洗いはじめた。

乾いてこびりついた血を洗い流そうとソウヤーの親指が傷口に触れたとき、かすかな痛みが走った。レジーナは顔をしかめるのはこらえたが、目元が引きつった。

ソウヤーが屈んで傷口に唇を押し当てた。「すまん、ハニー。痛くするつもりはなかった」

レジーナはほほえんで、彼の口から泡を拭った。「いいのよ」

「すすぐからあっちを向け」

ソウヤーの大きな両手に肩をつかまれて、レジーナはゆっくりと向きを変えた。顎をあげてシャワーのしぶきを顔に受け、湯が泡を洗い流して頭皮を滑り落ちる感覚を味わった。ソウヤーの指が髪を梳き、もつれた部分をほどいてくれた。

彼の片手が頬を撫でおろし、顎の下に滑りこんでくる。それから慎重にレジーナの後頭部をたくましい胸に引き寄せたので、レジーナは彼の目を見あげる格好になった。ソウヤーが彼女のおでこにキスをして目を閉じた。

レジーナは心地よく彼の強さに身を任せた。やがてソウヤーが手を伸ばし、シャワーを止めた。レジーナの腰に両手を当ててゆっくりと撫であげ、腕から肩へとのぼっていく。一度ぎゅっとつかんでから、腕を伸ばしてシャワーのドアを開けた。

驚いたことに脱衣スペースではキャムがバスタオルを広げて待っていた。レジーナが温かなバスタオルに包みこまれるそばで、ソウヤーが自分の体を拭い、ボクサーショーツを穿く。レジーナは、タオルで体をぽんぽんとたたいて水滴を拭うキャムをじっと見ていた。

キャムがタオルの端をつまみ、生え際の傷口の周りを慎重にたたいてから、最後にそっと傷口そのものを押さえた。ソウヤーがシャワーの中でしたように、キャムも傷口にやさしくキスをした。

彼の抱擁の温かさは抗しがたく、レジーナは思わずキャムの胸にすり寄って腰に腕を回した。キャムは一瞬身をこわばらせたものの、すぐに緊張を解いた。

タオルは二人のあいだに挟まれていて、ソウヤーにはレジーナのお尻が丸見えだろうけど、かまわなかった。レジーナはキャムのやわらかなTシャツに顔をうずめ、うっかり彼の顎の下に頭をぶつけた。

「ごめんなさい」キャムの胸に向かってつぶやいた。

キャムの腕が体を包み、きつく抱き締めた。「なにも謝る必要はない。ぼくはずっと待っていたんだから」

レジーナは吐息を漏らし、彼の胸に頬を擦りつけた。満足感が全身に広がるのを感じて目を閉じた。

頭のてっぺんにキャムがキスをした。「さあ、寝室に戻ろう」

そう言って体を離すと、慎重にレジーナの体をタオルでくるみなおしてから、端を胸の谷間にたくしこんだ。

レジーナが寝室に戻っていくと、キャムとソウヤーもついてきた。ハッチがベッドのそばに立っていて、レジーナを手招きした。

ベッドの上に広げられたバスタオルを不思議そうな目で眺めながら、レジーナはハッチの伸ばした腕のほうに歩いた。

「タオルを外して」ハッチが言う。

レジーナは彼の目を見あげ、タオルの合わせ目をぎゅっと押さえた。ハッチの視線が熱く注がれて、やすやすとそのタオルを剝がしていく。レジーナはむきだしにされた気がした。

いまもタオルを押さえているというのに。

「いいから外して、レジー」ハッチが辛抱強く言った。

彼はいま、おれを信じろと言っている。レジーナが望まないことを強要するような人間ではないのを信じろと。ハッチがなぜ裸にさせようとしているのかはわからないが、彼を信じていないと思われるのは絶対にいやだった。だって信じているから。

レジーナはゆっくりとタオルをほどき、足元に落とした。ハッチの目はレジーナの目を見据えたまま、よそにさまよったり体におりたりしなかった。優しい緑色の瞳が明かりを受けて輝く。セックスだけでは満たされないなにかへの切望を映す。

「横になって」ハッチがそっと言った。「うつぶせに。だけど肋骨が痛むなら仰向けでいい」

レジーナはベッドに片方の膝をかけてよじのぼり、タオルの中央に進んだ。どこも痛まないことを確かめながら、やわらかなマットレスにうつぶせで横たわった。

「じゃあ腕をあげて、頭のところにある枕の上に載せて」

レジーナはシーツに手を滑らせて、ふかふかの枕を見つけた。ベッドが沈む。最初は左側、次に右側、最後に足元が。けれど居心地がよすぎて、首をもたげて確かめる気にもなれなかった。

そのとき、オイルで滑りやすくした温かな手が肌を撫で、レジーナの背筋からうなじまで震えが走った。気持ちよさに肌が粟立《あわだ》ち、うぶ毛が逆立つ。

三人の男性の手は、やさしく慈しむようにレジーナを癒した——疲れて痛む筋肉を撫でてさすって揉みほぐした。レジーナにはどれがだれの手かわかった。触れ方で。

左側にいるのはソウヤー。迷いのない手つきで深く押し、背中からお尻の丸みまでを大胆に撫でる。お尻の割れ目を人差し指で上下になぞり、片方の丸みを手で包んで、ゆっくりと弧を描くようにマッサージしてから、もう片方に移る。

足元にいるのはキャム。脚を一本ずつ手に取って、ふくらはぎから足首、さらに足まで念入りにほぐしていく。その触れ方は探求心とやさしさに満ちていて、彼そのものだ。

足の裏を深く押されて、レジーナは思わず声を漏らした。キャムがかかとに手のひらを当て、親指で足の裏の真ん中を押したのだ。レジーナは暖かいもやの中にいた。恍惚《こうこつ》とさせる光がゆらめき、レジーナの目を曇らせて視界をぼやけさせていく。

右側にいるのはハッチ。両手でレジーナの肩をつかみ、親指で頚椎《けいつい》の両脇を押す。さらにまだ濡れている髪に指をもぐらせて頭皮をマッサージし、魔法を施していく。

このままでは五分で意識を失ってしまう。

そのとき三対の手に代わって口が肌に触れ、レジーナの体に震えが走った。うなじにやさしいキス。膝の裏にも。腰のくぼみと、お尻のふくらみのすぐ下にも。

羽でくすぐるような軽やかなキスの合間に、男性的な吐息が肌をいたぶる。温かな舌がお尻の割れ目のてっぺんに触れ、背骨を這いのぼっていく。

レジーナはどうしようもなく震えた。

うなじをかわいがっていた口がさらに大きく開いた。歯が耳の下の感じやすい肌を擦る。

一嚙み。もう一嚙み。

片足の親指を唇が包んで軽くしゃぶり、温かな舌が肌を翻弄《ほんろう》する。

レジーナの胸の奥から途切れがちなうめき声が漏れた。これほど目のくらむような心地よさを味わったのは生まれて初めてだった。愛されていると感じた。大事にされていると。シンプルな愛の行為。

欲求が押し寄せてきた。渇望が。

口に代わってふたたび手が戻ってきた。と思ったら、消えた。レジーナは抗議の声を漏らし、体の下でマットレスが沈んで揺れるのを感じた。

「仰向けになれ、ハニー」ソウヤーが耳元でささやいた。

けれどレジーナにはそれだけのエネルギーすら呼び起こせなかった。

するとソウヤーが肩をつかんで向きを変えさせてくれた。ハッチが片手に水の入ったグラスを持っているのが見えたので、レジーナには次の展開がわかった。

「飲んで」ハッチが言う。

レジーナは痛み止めで朦朧とするのはいやだった。いまこの瞬間に留まっていたかった。三人に触れつづけてほしかった。

「ぼくらはどこにも行かない、レジー。だから飲むんだ」

キャムの低い声が官能的に肌を舐め、心地よい毛布のようにレジーナを包んだ。ソウヤーの手を借りて体を起こしたレジーナは、ハッチが差しだした小さな錠剤とグラスを受け取った。ひと息で飲みくだしてから、グラスをハッチに返した。

「パジャマ用にTシャツが必要か？」ソウヤーが尋ねた。

レジーナは首を振った。パジャマより三人が必要だった。裸で寄り添っていたかった。ソウヤーの目を見てから足元のキャムを見やり、それからハッチに視線を戻した。「そばにいてくれる？」

「いつだって」ハッチが穏やかに言った。

ソウヤーがやすやすとレジーナをベッドから抱きあげると、下敷きにしていたバスタオルをキャムが丸めてバスルームのほうに放った。ハッチがふとんをめくるのを待ってから、ソウヤーがレジーナをベッドの中央にそっとおろした。

それから彼女の隣りにもぐりこんだ。レジーナは横向きになって、彼の胸に背中を擦りつけた。ソウヤーが片腕を彼女の体に回し、お尻に股間をぴったりつけて寄り添った。

レジーナの前では、ハッチがベッドのそばで服を脱ぎはじめた。ボクサーショーツだけになると、シーツをめくって彼女の隣りにもぐりこむ。ハッチとレジーナのあいだを遮らないようにソウヤーが腕をどけて、彼女の脚に添わせた。

レジーナはキャムを探した。どうやったら彼もうまく収まるだろう。キャムにもここにいてほしい。するとキャムはベッドの足元に水平に横たわり、毛布に覆われたレジーナの足に手を載せた。安心させるようにぎゅっと握ってから、ほほえんだ。

「おやすみ、レジー。ゆっくり眠るんだ。明日……明日こそ、すべて話し合って解決しよう」

　レジーナはしばらく彼の目を見つめ、二人のつながりを味わった。それからゆっくり視線でハッチの体をのぼっていくと、ハッチもじっと彼女を見つめていた。

　ハッチが片手を掲げてレジーナの頰を包み、首を伸ばしてやさしくキスをした。

「キャムの言ったとおりにしよう」

　そう言って指で頰を撫でおろし、最後にもう一度キスをした。

　ぴったりと寄り添ったソウヤーの体……目の前にいるハッチ……安心させるようにレジーナの脚に手を載せたキャム……。これより完ぺきなものはあるだろうか。これほど正しいと感じるものは。

18

レジーナは、はっと目を覚ました。体はじっとりと汗ばみ、両側で眠っている二人の男性から熱が伝わってくるにもかかわらず、身震いが起きた。

悪夢がいまも意識の端にひそんでいる。けれど夢に出てきたのはレジーナではない。爆発で死んだのは。

恐怖に取り囲まれて息苦しいのは、悪夢の中で脅威にさらされていたのがハッチとキャムとソウヤーだったからだ。爆発した車に乗っていたのがその三人だったから。

吐き気がこみあげてきて、レジーナは体を起こすと上掛けを胸に押し当てた。左右を見ると、ソウヤーとハッチは眠っていた。ベッドの足元を見ると、キャムの姿はなかった。

動揺は鎮まらなかった。悪夢はあまりにもリアルだった。

上掛けを手放し、両手両膝をついて慎重にベッドの足元へ這い進んだ。ベッドをおりて、静かにハッチのTシャツを床から拾う。足音を忍ばせてドアに向かいながら、Tシャツを頭からかぶった。

廊下の向かいのキャムの部屋はドアが開いているものの、明かりは点いていなかった。レジーナはドアを大きく開け放してすばやく中に入った。ベッドは空《から》で、だれかが眠った形跡もなかった。

動揺を鎮めようと唾を飲みこんだ。どうかしている。けれどキャムを見つけて無事を確かめたいという衝動は圧倒的だった。

胸元から汗ばんだ首へと片手を滑らせつつ、ふたたび廊下に出て階段に向かった。右手で手すりをつかみ、震える脚でおりていく。

リビングルームとキッチンは真っ暗だった。キャムはどこにいるの？

そのとき、正式なダイニングルームの先に仕事部屋があったのを思い出した。きっとそこにいるはず。

ダイニングルームの磨き抜かれた木の床をレジーナは進んだ。仕事部屋のドアがわずかに開いて中から光が漏れているのを目にした途端、どっと安堵が押し寄せてきた。

ノブを探る指先がドアの表面に触れた。すうっとドアが開いたので中をのぞきこむと、図面を広げたデスクにキャムが着いていた。

レジーナが部屋に入るとキャムが顔をあげた。

「レジー、どうした？」

キャムが片手で眼鏡を外してデスクに置き、眉をひそめた。彼を見つけて心の底から安堵しつつ、少し間抜けな気分でその場に立ちつくしていると、キャムが立ってこちらにやって来た。

「大丈夫か？　どうしておりてきた？」キャムが尋ねて手を伸ばし、レジーナの頬に触れた。

また眉をひそめて、レジーナの汗で湿った髪に指をもぐらせる。

「怖い夢を見たの」レジーナはかすれた声で言った。

キャムが腕の中に彼女を引き寄せ、頭のてっぺんに顎を載せた。「かわいそうに。なにか持ってこようか？ 食べ物か飲み物はほしくないか？」

ほしいのはあなたよ。あなたがほしい。もう少しこのままでいたい。しびれるような悪夢の余韻が薄れるまで。

キャムの腕の中でレジーナは首を振り、このまま抱かれていたいと切望しているにもかかわらず、わずかに体を離した。「邪魔してしまった？ 仕事中だった？」

キャムがレジーナの頰から髪を払った。「きみが邪魔だったことは一度もないよ、愛しいレジー。ちょっと図面を見ていただけだ」

「仲間はいらない？」レジーナは期待をこめて尋ねた。ここに座ってキャムが仕事をするのを眺めているだけでも、悪夢に戻るよりましに思えた。

「もっといい考えがある。ぼくがホットチョコレートを作るから、リビングルームのソファで丸くなってテレビを見よう」

レジーナは鼻にしわを寄せた。「どんな番組を？」

キャムがにっと笑った。「ディスカバリー・チャンネルの番組で、録画したまま見ていないのがある」

レジーナは自分のまぶたが引きつるのを感じたが、それでも顔は無表情を保った。「ふうん、おもしろそうね」

「嘘つきめ」

「わたしだって勉強になる番組は見るわよ。たまにね」

キャムの目が愉快そうに輝いた。「いったいいつから、どたばたコメディや、ぼくの靴のサイズより知能指数が低い男たちの殴り合いが、〝勉強になる〟と称されるようになった？」

レジーナはにんまりしてキャムを見あげた。「あら、とっても勉強になるのよ。脳細胞を失うとどうなるかっていう研究だもの」

キャムが向きを変えてデスクのランプを消した。

「本当に仕事しなくていいの？」レジーナは尋ねた。「わたしなら、自分でホットチョコレートを作ってここに座ってるだけで、全然かまわないのよ」

キャムがレジーナの肩を抱き、ドアのほうへうながした。「いや、どうせ煮詰まってるところだった。あとで片づけるよ」

一緒に廊下を進む途中、キャムがクローゼットの前で足を止め、毛布を一枚と枕を二つ取りだしてから、ふたたびリビングルームを目指した。

レジーナをソファに座らせてその両脇に枕を置き、ふわりと毛布をかける。

「ここで待ってろ。すぐにホットチョコレートを持ってくる」

レジーナがにっこりして毛布をたぐり寄せると、キャムはキッチンに歩いていった。レジーナは、突然顔をのぞかせた自分の依存的な面に激しく戸惑っていた。レジーナの一部は、わたしは昔から依存心が強かったんだろうかと悩み、おそらくそうなのだろうと考えていた。三人との友情にすがりついて、学生時代だけでなく大人になってからもそれにしがみついてきた。

その関係に安心しきっていたから、いま顔をのぞかせているこの暗く鋭い依存心が姿を現すことはなかった。けれどいまは、それほど安心していない。状況が大きく変わってしまったいまは。

レジーナにも気のおけない友達はたくさんいる。警官仲間やその配偶者、とくにミシェルは親しい。けれど一緒に出かけたりすることはそう多くない。むしろ一人でいるほうが好きだ。物心がついたころからの習性で。

厳格で孤独なファロン家で育ったことで、レジーナは抑制を学んだ。キャムとソウヤーとハッチの前でしか、開けっぴろげに感情を示さなかった。

けれど心の一部は内に閉じこめていた。その三人の前でも。彼らを失うのが怖すぎて、もっと多くを求める気持ちをひた隠しにしてきた。三人があの最初の一歩を踏みだしたとき、レジーナはどう反応したらいいかわからなかった。いまもわからない。

レジーナは目を閉じて毛布を顎まで引きあげた。どうなるのだろう……わたしが一歩を踏みだしたら？　避けられないことに抵抗するのをやめて、代わりに受け入れたら？

胃がよじれた。半分は期待と興奮で。もう半分は不安と恐怖で。

まだセックスをしていないわけでもないのに。じゃれ合いとおしゃべりのとある午後が、忘れられない夜になった。

いくつもの仮定が浮かぶ。もしもレジーナがしっぽを巻いて逃げださなかったら？　四人はこの一年間をともに過ごし、笑いと愛情に満ちた日々を送っていただろうか。それとも軽率なセックスで友情を崩壊させ、完全にばらばらになっていた？

突然、心の目が澄みわたって真実が見えた。この数日を薬によるもやの中で過ごしていなかったら、とっくに見えていただろう。つまり、レジーナが思い悩んでいることこそが論点なのだと。

あの三人が提案する道を全員で歩きはじめたらどうなるか、どうならないか、レジーナがなにを思おうと、まったく関係ない。彼らはすでにその道を進み、停止信号を無視して、岐路にたどり着いている。

問題は、それについてレジーナがどうするかだ。この一年と同じ態度をとり続けて、三人との友情だけでなくそれ以上への望みまで失うか。

レジーナは首を振った。いつからわたしはそれ以上を望んでることになったの？　どうかしてる。わたしはどうかしてる。

頭がくらくらして、いっそう苛立ちが募ってきた。目を閉じて、心を落ちつけようと深く息を吸いこんだ。

いまはどこへも行かない。どこかのろくでなしがわたしのもっとも愛する人たちを狙っているいまは。その間に起きることは……まあ、なにが起きても抵抗しない。受け身にもならない。そんなのはわたしらしくない。

脈が倍に加速した。いや、三倍に。

わたしは彼らを渇望してる。セックスがしたいだけではない。それなら一年前のあの夜以降に経験した。よく覚えてもいない男性との一夜限りの行為のあとに、どれほどひどい気分になったか、思い出すと胸がぎゅっと締めつけられる。

レジーナが求めているのは、必要としているのは、三人に触れられることだ。彼らとの友情。

彼らの愛。

それはつまり、レジーナも進んで同じものを差しださなくてはならないということ。

だけどずっとそうしてこなかっただろうか？　彼らを愛してこなかっただろうか？　愛はずっとそこにあったのでは？　レジーナはこれまで一度もじっくり自分の気持ちについて考えてこなかった。無理もない。いったいどこの女性が、わたしは三人の異なる男性を同時に愛していると認めるだろう？　どこのまともな人間が、そんなことを考えるだろう？

「耳から煙が出ているぞ」キャムの声が響いた。

レジーナは顔をあげた。キャムがマグカップ二つを手に、目の前に立っていた。顔にはっきり問いを浮かべて、じっとレジーナを見つめていた。

レジーナはその無言の問いには答えずに、手を伸ばしてカップのひとつを受け取った。

キャムが枕を押しのけてレジーナの隣りに座った。それから手を伸ばしてランプを点《つ》け、あたりを穏やかな光で包んだ。

レジーナは、急にホットチョコレートなどどうでもよくなった。キャムと触れ合いたいという強い欲求で肌がざわめく。いま初めて悟った。その触れ合いこそ、ほかのなにより求めていたものだと。

「なにを見る？　熱帯雨林に関するドキュメンタリーか、チンパンジーの交尾の習慣についてか」からかうような口調でキャムが尋ねた。

いまは猿の群が交尾するところなど見ていられない。

レジーナは首を回してキャムを見た。「テレビはやめにしない？　なんの音も映像もなしに、ただあなたとこうして座ってたいの」

キャムに見つめ返されて、レジーナはつま先まで温まる気がした。キャムの目は、彼が作ってくれた甘いホットチョコレートを連想させた。

「いいとも。最後にゆっくり話をしてからずいぶん経つ」

レジーナはほほえみ、二人がずいぶん話をしていないのは逃げ回っていたわたしのせいだという罪悪感を退けた。もう逃げ回らない。いまは。

レジーナは両手でマグカップを抱えて口元に運び、軽く吹いて冷ましてからひと口飲んだ。おいしい。わたしの好きな、砂糖多めだ。

上唇を舐めてカップをおろしたとき、キャムがまだ見つめているのを感じた。首を傾けて彼を見る。

「飲まないの？」

「いまはそんなにほしくない」キャムが言い、ソファの脇のエンドテーブルにカップを置いた。

レジーナの呼吸は加速した。

「じゃあ、なにがほしいの？」そっと尋ねた。

キャムはすぐには答えなかった。答える必要がなかった。答えはキャムの目にあった。レジーナを見つめるまなざしに。レジーナは無言でマグカップを彼に差しだした。

キャムが戸惑いに眉をひそめ、それでもカップを受け取って、自分のカップの横に置いた。レジーナは勇気を振りしぼり、痛めたほうの腕をキャムの肩に載せてそっと力を入れ、ソファの上で膝立ちになった。キャムが手を貸そうとしたりなにか言ったりする前に、レジーナは向きを変えて片脚をキャムにかけ、向き合うかたちで膝の上に乗った。

なにから始めればいいのかわからなかった。思いが先走っていた。キャムの胸に飛びこんで抱き締めたい。キャムに抱き締められたい。ぴったり寄り添って頬にキャムの鼓動を感じたい。

レジーナはおずおずと両手を彼の胸に当て、ゆっくりと這わせはじめた。腕の下をくぐって、キャムの背中とソファのあいだにもぐりこませる。

身を乗りだして頬をたくましい胸に押し当て、Ｔシャツの上からそっと擦りつけた。

キャムの体がこわばった。鼓動が速くなり、レジーナの頬を一定のリズムで打つ。レジーナは深く息を吸いこんだ。キャムの香りに満たされて、彼の腕に抱かれる感覚に酔いしれたかった。

この一年、あれほどレジーナが逃げ回っていなかったなら、キャムもこれほど驚かなかっただろう。目下の彼女の行動にキャムが困惑しているのを感じて、レジーナの胸は痛んだ。この男性とのあいだに距離ができたのはわたしのせいだ。

レジーナは体を離し、長々とキャムを見つめた。しぼんでしまう前に勇気を奮い立たせた。わたしから行動を起こす。今回はそうしなくては。これまではいつも三人のほうが先に行動してきたし、三人がレジーナに無理強いしないことはわかっていた。今度こそレジーナが行動を起こすときだ。

「キャム、訊きたいことがあるの……正直に答えてくれる？」

キャムが無表情に見つめた。「きみにはずっと正直でいたよ、レジー。どんなときも」

レジーナはうなずいた。「もしもわたしを愛してとお願いしたら、どうなるの？　いま、ここで」

キャムが息を吸いこんで体をこわばらせた。それから長く静かな息を吐きだした。レジーナは太腿の付け根から数センチほどのところに、彼のジーンズを押しあげるものを感じた。

「本当はなにが訊きたい？」キャムがかすれた声で尋ねた。「ぼくが思うに、きみが知りたいのは、あとでなにが起きるかだ。違うかな？」

レジーナは一瞬目を閉じ、ふたたび開いて彼の目を見つめ返した。「ソウヤーは、点数を記録してるのはわたしだけだと言ったわ。もしかしたらそうなのかもしれない。だけど訊かずにはいられないの。わたしたちが愛し合ったらどうなるの？　あなたと、ソウヤーとハッチのあいだに溝ができるの？　二人はあなたを恨む？　わたしに腹を立てる？」

「これは仮定の話かな、レジー？」

レジーナは目を逸らさなかった。怯みもごまかしもしなかった。「いいえ」とささやいた。

キャムの体が激しくわななき、レジーナの体の芯に熱を送りこんだ。キャムはわたしを欲してる。震えるほどに。キャムの筋肉が収縮し、乱れた呼吸で胸が上下した。

「きみと愛し合いたい、レジー」そっと言った。「なによりの望みだ。だがその前にいくつか整理したほうがいいと思う。

「ぼくはソウヤーともハッチとも競っていない。二人もぼくと同じものを求めてる。想像しうるあらゆる形できみと一緒にいたいと願ってる。

「もしかしたらぼくらはきみに間違った印象を与えてしまったかもしれない。つまり……最初にきみを愛したときのやり方のせいで。三人同時に愛したせいで。計画したことじゃなかったが、だとしても、もしあの夜にきみが愛し合ったのがぼくらのだれか一人だけだったら、きみはぼくらの望みを理解できただろうか。それともほかの二人を裏切ったように感じて、もっと距離を置いただろうか。悩んでるのはそのことなんじゃないか？」

レジーナはゆっくりとうなずいた。

「もしきみとぼくが愛し合うとしたら、レジー、それはぼくらが望んだからだ。ソウヤーとハッチに弁解する必要はないし、もしいまここできみと一緒にいるのが二人のどちらかだったとして、そいつがぼくに弁解する必要もない」

「だけど二人はそれで平気なの?」レジーナはささやいた。「わたしが彼らよりあなたを選んだと思わない?」

キャムが手を伸ばしてレジーナの頬を包んだ。「それは事実なのか?」

レジーナは首を振った。

「じゃあ、二人はそう思ったりしない」

キャムが一瞬目を逸らし、それからふたたび熱い視線でレジーナを射すくめた。「きみが正直に答えてほしいと言ったから、嘘偽りなく話そう。もしきみがソウヤーかハッチと愛し合ったとわかったら、ぼくはほっとするだろう」

レジーナはわからなくて首を傾げた。

「考えてごらん。きみはこの一年、ぼくらを避けつづけてきた。かたやぼくらは、どうやったらぼくらの提案を受け入れてもらえるか、できることなら魅力的だと思ってもらえるか、方法を見つけようと必死で脳みそを引っかきまわしてきた。だからもしきみがソウヤーかハッチと愛し合ったとわかったら、鎧《よろい》にひとつひびが入ったと、目標に一歩近づいたかもしれないと思うだろう。立場が逆でも、二人もそう感じると思う。

二人が嫉妬するか? まったくしないと断言はできない。きみを抱き締めて触れたくてたまらないのに、きみが二人の腕の中にいると知ったら、ぼくだって羨ましく思う。だけど二人は甘んじてきみを待つよ、レジー。この一年、三人で待ってきたように」

キャムの心からの言葉に、レジーナの視界が涙で曇った。真剣かつ真摯《しんし》な顔でこんなふうに語られたら、その誠実さを疑うのは難しい。レジーナの心は震え、ついに彼女は二人ともが待っていた言葉を口にした。

「わたしを愛して、キャム」

「本当にいいのか、レジー？」キャムが静かに尋ねた。「きみを傷つけるようなことはしたくないし、まだ迷いが残ってるなら決断を急がせたりもしない。きみの心が決まるまで、必要なだけぼくは待つ」

一粒の涙がレジーナの頬を転がり落ち、すぐにまた一粒がもう片方の頬を伝った。レジーナは答える代わりに――やさしさと愛に満ちたキャムの言葉をのぞけば、言葉など価値がない――キャムの膝をおりて彼の正面に立った。

キャムにじっと見つめられた。欲望と希望が闇を照らす。レジーナはゆっくりとTシャツを頭から引き抜いて床に落とした。

あざと傷だらけの体。最高の状態ではないのはわかっている。けれど狂おしいほどに求められ、欲されているいまこの瞬間ほど、自分を美しいと感じたことはなかった。

「立って」ハスキーな緊張した声は、レジーナ自身の耳にも別人の声に聞こえた。

キャムがソファの端に両手をかけて体を押しあげ、レジーナの正面に立った。

二人のあいだは数センチしかない。レジーナは両手でキャムの胸を撫でおろし、シャツの裾にたどり着くと、内側に指を滑りこませて、シャツごと上へ向かいはじめた。

つかの間手を止めてキャムを見あげた。「あとひとつだけ」低い声で言《い》う。「ハッチとソウヤーが感じるだろうことは話し合ったけど、教えて、キャム。この……これのあとに、わたしが二人と愛し合ったら、あなたはどう感じるの？」

キャムが自分のシャツの下に手を入れてレジーナの両手をつかみ、彼の胸に押しつけた。「ぼくは怒ったりしない。傷つきもしない。きみと一緒にいられるかぎり、愛しいレジー、きみをほかの二人と分かち合うことに異存はない」

レジーナはTシャツをキャムの頭から引き抜き、つま先立ちになってキスをした。「あなたがほしいの、キャム。だけど同時に怖くてたまらない。すべて台なしにするんじゃないかと不安でしょうがないの」

キャムが両手でレジーナの顔を包み、ゆっくりと、とろけるようなキスをした。レジーナの背筋を熱が伝いおり、お腹で広がった。

「きみには台なしにできないよ、レジー。わからないか？　きみの愛ほど完ぺきなものを台なしにできるわけがない」

レジーナは指先をキャムのジーンズのウエストバンドから内側に滑りこませ、その手を二人のあいだに移動させてファスナーを見つけた。急ぐあまり不器用になったが、どうにかスナップを外すのに成功した。ふくらみを意識しつつ、震える手でファスナーをおろす。

「脱いで」ささやき声で命じた。

19

キャムは急いでジーンズをおろし、片足を引き抜いてもう片足から振り落とした。ソウヤーやハッチと違い、キャムはシンプルな白のボクサーショーツを穿いていて、その白が日焼けした肌を引き立てていた。

レジーナは肌を合わせたくてキャムのほうに手を伸ばした。するとキャムの腕に包みこまれたので、両手を彼の背中に回して撫でおろし、下着の中に滑りこませた。手のひらで引き締まったお尻を抱き、下着ごと両手をさげた。

それから両手を前に戻し、石のように固くそそり立ったものを手のひらに感じた。太く長いものに指を巻きつけて、やさしく愛撫する。

キャムのほうに体をあずけて、二人のお腹でペニスを挟んだ。キャムの手がレジーナの腕を撫であげ、さらに肩へ、首へと向かう。やがてレジーナの頬を手のひらで覆うと、首を屈めて唇を重ね、貪欲なキスをした。

温もりとやさしさを官能で包んだようなキスにレジーナの息はつかえた。すっぽりと包みこむキャムの体はいわば安全な隠れ家、ほかの世界からの避難所だ。現実からの。

レジーナは固いものから手を放し、引き締まった腹筋を撫であげて胸にたどり着いた。その胸を軽く押し、キャムがソファにぶつかるまで後ろ向きに歩かせて、どさりと座らせる。

レジーナもあとを追い、ふたたびキャムの膝にまたがった。

唇と唇とが触れそうな距離までにじり寄る。レジーナは舌をのぞかせてキャムの唇の閉じ目に添って這わせ、口角を翻弄した。キャムの唇が開いてしわがれた声が漏れたものの、レジーナが息を呑む音でかき消された。

キャムの顎の薄い無精ひげがちくちくするのを感じながら、レジーナは彼の耳のほうへと口で肌を伝っていった。首で脈打つ箇所を見つけて、一度舐めてからやさしく嚙む。キャムがすくんで息を吸いこみ、レジーナが首筋を伝って肩へおりていくと身をわななかせた。

キャムは安らぎの味がする。安心の味が。においは男らしくて頼もしい。

レジーナは両手をキャムの肩に載せると、膝の上からおりて床に立ち、彼を見おろした。屈んでたくましい胸にくちづけ、味と感触を堪能する。胸の中央をうっすらと覆う毛が鼻をくすぐる。レジーナは片方の乳首に舌を這わせ、いたぶった。

さらに下へ向かい、床に膝をついておへそに口を押し当てた。ペニスの先端が顎の下をかすめたので、レジーナは首を傾けて長いものに頰を擦りつけ、ついにはお尻をかかとに落とした。

キャムの膝に両腕を載せて彼を見あげた。髪はくしゃくしゃに乱れて肩にかかっている。あとで愛し合うときにその髪を指にからめよう。シルクのような感触を求めて指が疼く。

レジーナは視線をペニスに落とした。力強くそそり立ち、キャムの下腹部にずしりと添っている。レジーナはたくましい腿の付け根からそちらへ片手を滑らせ、根元に指を巻きつけた。

手に包まれた瞬間、ペニスがびくんとした。手のひらで味わう感触は温かくて太いけれど、先端へ向けて擦りあげていくとやわらかくなる。

「レジー、そんなことはしなくていい」キャムがかすれた声で言った。「ぼくに愛させてくれ。きみが頼んだとおりに。頼む」

レジーナはふたたび膝立ちになり、もう片方の手をペニスの周りの硬い毛にもぐらせた。キャムの頼みを無視して首を屈め、太い亀頭の危険なほど近くにまで口を運んだ。それから一度、じっくりと舌を這わせた。

キャムがのけ反ってソファから腰を浮かせ、両手で座面をつかんだ。

レジーナは温かいムスクのような香りに包まれたままペニスを口の中に招じ入れ、さらに深く咥えていった。そうしながら手をおろし、彼を呑みこんでいった。

舌触りはやわらかいけれど、同時にとても固くて強い。下側の太いうねがかまってくれと誘うので、レジーナは下唇をそこに押し当て、ふたたび上へ向かうとかすかにへこむ感覚を楽しんだ。

手を伸ばして睾丸を触り、さらに深く咥えこみながら手のひらで覆う。目を閉じて、二人の近さを味わった。この行為の親密さに酔いしれた。

つややかな液体が一滴、舌の上にあふれだしたので、レジーナはほぼ全体を口から引き抜いて、先端の小さな割れ目を舐めた。

亀頭に舌を当てたまま見あげると、キャムはのけ反って目を閉じ、苦悶《くもん》とも呼べそうな表情を浮かべていた。それなのに安堵もまとっていた。まるで生まれたときからこの瞬間を待っていたかのような。ついにレジーナに受け入れられるこのときを。

レジーナも目を閉じて、硬い毛に鼻をくすぐられる根元まで導き入れた。息を吸ってキャムの香りを吸いこむ。その香りはレジーナを包んで大気中で躍り、彼女の心を満たした。

キャムの両手がレジーナの腕を撫であげて肩をつかみ、それから髪にもぐりこんだ。指先を頭皮に食いこませながら腰を掲げ、レジーナの口の動きに合わせて突き、さらに奥へ滑りこませる。

「ああ、レジー」息を切らせて言った。

レジーナはキャムの絶頂が近いことを悟った。けれどそうすぐには終わらせたくない。わたしの中で感じたい。

太腿のあいだが疼いて、秘所が小さく熱く脈を打つ。クリトリスはふくらみ、キャムの指を求めて疼いた。キャムの口を。ああ、彼の口。

いいえ、いまはだめ。いまはわたしが奪いたい。一年前、この男性に奪われたように。

レジーナは口からペニスを引き抜いてキャムを見あげ、唇を舐めた。キャムの目が鋭く輝き、限界が迫っていることを告げる。このときばかりはキャムが危険に見えた。安全で安心できるいつものキャムとはまるで違った。

レジーナは立ちあがり、ふたたびキャムにまたがると、膝を曲げてソファの座面に滑らせた。片手でキャムの肩につかまり、もう片方の手を下に伸ばしてペニスを握った。腰を浮かせて、脚のあいだにキャムのものを持ってくる。先端がクリトリスに触れただけで達しそうになる。太腿のあいだから鋭い矢が放たれて、体中の神経を刺激する。

腰の位置を整えて、亀頭を入口にあてがった。レジーナはすでに濡れて待ちわびていたから、このときを引き伸ばすことなく、ひと息に腰を沈めて燃えさかる液体の炎にキャムを受け入れた。

二人同時に喘《あえ》いだ。

キャムが両手で彼女の腰をつかまえ、レジーナは彼の肩につかまった。レジーナは、つながった部分が離れてしまう寸前まで腰を引き、それからふたたび奥までうずめた。

衝撃に目を見開いて悲鳴をあげた。

体の下でキャムがびくんと動き、レジーナを抱きあげていくらか緊張をやわらげた。

「レジー、やめろ。痛いことはするな。きみを傷つけたくない」

レジーナは屈んで唇を重ね、所有欲もあらわに激しくキスをした。「痛くなんかないわ、キャム」唇越しに言った。「あなたのすべてが欲しいの。久しぶりだから」

「ゆっくり進もう、レジー。時間はたっぷりある」キャムが低い声で言った。

キャムがレジーナのお尻の下に手を入れて掲げ、また腰を引かせた。キャムのペニスに貫かれるのは、極度に感じやすくなった肌には拷問《ごうもん》のようなものだった。秘密の部分が太いさおにまとわりついて、小さな火花を散らす。

レジーナはもっと近づいてキャムの首に両腕を回した。キャムが乳房に頰擦りすると、顎の無精ひげが肌を刺す。キャムの舌が乳首を転がした瞬間、レジーナの背筋を衝撃の波が駆けおりた。

すぼまった先端にキャムが歯を立て、激しく吸いつく。

レジーナは悲鳴をあげてキャムの髪を鷲づかみにし、もっと乳房に引き寄せた。

いまやキャムは性急にレジーナの腰を上下させていた。お尻に指先を食いこませて無我夢中に動かす。レジーナも呼吸を合わせ、ひとつのリズムを作りだしていた。

絶頂が迫ってきた。体がこわばる。美しくすばらしい緊張感が高まって、刻一刻と花開いていく。

貫かれるごとに、レジーナはますます高みへとのぼりつめていった。

お尻がたくましい腿にたたきつけられる音が室内を満たす。ペニスが深々と突き立てられるたびに湿った音が混じる。摩擦《まさつ》。耐えがたい摩擦。快感。得も言われぬ快感。

レジーナは目を閉じて、苦悶に顔をよじった。我慢できない。ばらばらになってしまう。

「ああ、キャム、だめよ。できない！」

「いや、できる、レジー。ぼくがついてる。すごくきれいだ。ぼくの腕の中にいるきみが、きみ自身に見えたらいいのに。のけ反ってぎゅっと目を閉じた姿が。それほどの悦《よろこ》びをぼくが与えられるとは……」

「キャム！」

キャムの体がこわばった。レジーナの体も。レジーナは必死でキャムの肩につかまった。自制が効かない。体が裂けていく。四方八方に飛び散っていく。

レジーナは目を開けたが、室内の光景はぼやけて見えた。

キャムがレジーナの中に突き立てたまま、ぶるっと体を震わせた。それから片手を二人のあいだに滑りこませ、レジーナのやわらかな濡れたひだに親指で触れた。

もう片方の手でレジーナのお尻を押さえてから、親指でクリトリスを軽く擦った。

途端にレジーナの腰は自然に動いて、キャムの手を閉じこめた。

レジーナの悲鳴が夜を裂いた。

あっさり崩壊し、爆発した。燃えあがって自由に空を舞った。

レジーナは前に倒れこんだものの、キャムがいて抱きとめてくれた。レジーナを抱き締めたまま、キャムが絶頂に達して体を震わせた。レジーナの髪を撫でながら、耳元でやさしい愛の言葉をささやいた。

二人とも息が弾んで胸が上下していた。レジーナはキャムの首に腕を回し、ぎゅっと抱き締めた。それから肩に顔をあずけて、首筋に鼻をこすりつけた。

キャムの手がレジーナの腕を肩まで撫であげ、首筋と顔にかかった巻き毛を耳にかけてくれた。

それからレジーナを抱いたまま向きを変えると、そっと彼女をソファにおろした。温かな感覚とともにペニスを引き抜く。屈んでキスをして、舌でレジーナの唇を翻弄した。

「すぐに戻る」キャムがそっと言う。「タオルを取ってくる」

　レジーナはその場に横たわって待った。体はいまもオーガズムの余韻でさざめいていた。ほどなくキャムがタオルでペニスを拭いながら戻ってきた。それから使った反対端をつまみ、慎重な手つきでレジーナの太腿のあいだを拭った。

　それが終わるとタオルを脇に放り、ソファの肘掛けに背を向けて座ると、レジーナを手招きした。「おいで」

　レジーナが這い寄るとキャムは自分の脚をソファからおろし、体を横たえた。腕の中にレジーナを抱いて、顎の下に彼女の頭を休ませる。レジーナが落ちつくと、キャムは床の上に放りだされていた毛布に手を伸ばし、二人の上からかけた。

「すばらしかった」キャムがささやいた。

「ふーむ」

　レジーナの返事にキャムがくっくと笑うと、レジーナはたくましい胸の振動を頬で感じた。

「ほかに言葉はないのか？」

「ふー、むー」

「少し眠ったらどうだ、レジー。こっちはきみのおかげでくたくただ。どうかぼくの腕の中で眠ってくれ」

　キャムの腕に力がこもり、レジーナは彼がごくわずかに震えるのを感じた。まるでレジーナと同じくらい感動しているかのように。

キャムにはからかわれたけれど、いまのレジーナにあれ以上の言葉は絞りだせなかった。感じていることや言いたいことのすべてを言葉にする才能は持ち合わせていない。想像しただけで舌がもつれてしまう。

いったいどうやったら、完全になったということの気持ちを説明できるだろう? 完成されたような気分を。長いあいださまよっていたあとに、ようやく家に帰ってきたような心境を。そういうわけで、大事だと思えることだけを口にした。

「寂しかったわ」ささやくように言った。

「ぼくも寂しかったよ」キャムが髪にささやいた。「もう逃げないでくれ、レジー。これ以上は耐えられない」

静かな嘆願を聞いて、レジーナの心の一部がほどけて広がった。それはつまり、わたしにはこの男性を傷つける力があるということだ。そしてこの男性を傷つけることにはレジーナが耐えられない。

「もう逃げないわ」レジーナは答えた。

20

目覚めたハッチは、同じベッドの上にソウヤーはいてもレジーの姿がないことに気づいた。すぐさまベッドから転がりだす。これまでソウヤーと同じベッドで眠ったことがないわけではないが、あれは二人がまだ十歳だったころの話だ。いまは二人のあいだにレジーがいないと、まったくもって具合が悪い。

もしかしたら、レジーは寝かされた場所に留まらなくてはならない、という規則を設けるべきかもしれない。

そんな規則をレジーに伝えたら、股間に膝蹴りを食らわされるに違いない。ハッチは想像し、笑いで肩を小刻みに震わせた。

「朝っぱらから、いったいなにがそんなにおかしい？」ソウヤーが寝起きの不機嫌そうな声で尋ねた。

ソウヤーは朝型人間ではない。

「レジーがおれたちをベッドに置き去りにすることについて規則を設けたら、愉快なことになるだろうなと思ってさ」ハッチは答えた。

「ばか言うな」ソウヤーがうなるように言ってベッドから出た。「だが少なくとも、おれが起きたときにおまえが上に重なってるってことはなかった」

ハッチは目を狭めてソウヤーをにらんだ。「笑えるね」

「だろ」ソウヤーが言いながら手を伸ばしてシャツをつかんだ。「それよりレジーはどこだ？　あいつの首に鈴でもつけとくか？」

ハッチはふんと笑った。「いや。だけどおまえがそう言ったことはレジーに伝えとくよ」

「その前に、ハッチ・ビショップが定めた規則をあいつに守らせるっていうすばらしい考えも伝えろよ」

ハッチは自分の服に手を伸ばして着はじめた。「きっとレジーはキャムと一緒だ。おれは下におりて朝食の支度を始めるよ」

ソウヤーがうなった。「おれはくそしてシャワー浴びてひげ剃ってから行く」

「ご丁寧にどうも」ハッチは辛辣に言った。

レジーの寝室を出て廊下を横切り、キャムの部屋をのぞいた。いまいましいことにキャムはもう起きだしていて、ベッドも整えられていた。キャムは昔からバーディの自慢の子だった。きれい好きで几帳面《きちょうめん》。学校では勉強熱心。キャムは反抗的な面を、バーディの目が届かないところでしか発揮しなかった。

ハッチとソウヤーはそれほど賢くなかった。

キャムの部屋を出て階段をおりはじめた。どういうわけで自分が料理担当になったのか、ハッチにもよくわからない。いや待て。そうだ、思い出した。ほかの二人は恐ろしく料理が下手なのだ。そう言うハッチも料理コンテストで賞をとったことがあるわけではないが、少なくとも焦がさず調理することはできる。ソウヤーは一度、鍋を火にかけっぱなしにしてヒューストンの家を燃やしそうになった。それ以来、食事をするとき以外はキッチンに入ることを禁じられた。思うにあの間抜けはわざとやったのだ。

階段をおりきったハッチはリビングルームをのぞいて凍りついた。それからまばたきをした。自分の見ている光景が信じられなかった。

キャムがソファに仰向けで横たわり、その胸に裸のレジーが寄り添っている。毛布がレジーの足元でくしゃくしゃになって、キャムの手がレジーのなめらかな丸いお尻を包んでいた。

だがレジーは昨夜ベッドに入ったときから裸だった。夜更けに小腹が減って寝室を抜けだし、キャムと寄り添って休むことになったのかもしれない。

床の上に転がっているキャムの服に気づいたハッチは、すぐさまその考えを打ち消した。

さまざまな感情がどっと押し寄せてきた。心の一部は、跳びあがって腕立て伏せをしたがっていたが、それでは救いようのない愚か者だ。別の一部は、レジーをキャムから引き離してあの毛布でくるみ、二階へ連れていって一週間はおれの部屋に閉じこめておきたいと切実に願っていた。

二つ目の選択肢のほうがましに思えるし、ひとつ目ほど愚かでもない。

胸の中に希望が芽生えた。レジーは三人を受け入れるほうへ傾きはじめたのだろうか？どうやらキャムはみごとレジーの心の壁を突破したらしい。ほっとしつつも、ハッチはそれが自分ではなかったことに嫉妬した。レジーに信頼されなかったことに。彼女がハッチよりキャムを選んだことに。

忍び寄ってきた暗い考えを、ハッチは押し戻した。そんなことは考えない。心を舐める苦い気持ちに屈したくない。垂らした手を拳に固めさせる鋭い恨みに。

キッチンに入って、スクランブルエッグを作ろうと静かにフライパンを取りだした。数分後、フライパンに溶きたまごを流し入れているとソウヤーが入ってきた。ソウヤーは挨拶も生意気な言葉も寄こさなかった。ただスツールにどすんと腰かけて、カウンターに両肘をついた。ちらりと横目で見たハッチは、ソウヤーがなにか言いたくていらしているのがわかった。ひたいに青筋を立てて、剃ったばかりの頭を手で擦っている。

それでもソウヤーはなにも言わなかった。室内に緊張感が立ちこめる。あまりにも張りつめた空気に、ハッチは息苦しくなってきた。

ソウヤーも同じことを考えているのだろうか？　暗い考えを頭の中で転がしているのだろうか？　レジーが三人の内の一人と初めてセックスをした直後に、ほかの二人が取り乱してしまったら、計画の先行きは暗い。

ハッチはあきらめのため息をついてフライパンの柄をつかみ、ごみ箱のところへ持っていって、茶色く焦げたたまごをこそげ落とした。なにが〝少なくとも焦がさない〟だ。流しにフライパンを置いて、戸棚から別のを取りだした。

あらためてたまごをボウルに割り入れていると、キャムがゆったりと入ってきて、ソウヤーの隣りのスツールに腰かけた。

ハッチもソウヤーもキャムを見つめた。キャムは昨夜と同じ服を着て、髪には櫛《くし》を通しておらず、顎には無精ひげが生えている。ひと暴れしてへとへとのように見える。

キャムが朝に寝室から出てくるときは、必ず事前にシャワーを浴びてひげを剃り、服を着てベッドを整えてからのことだ。ところがいまは、どれも知ったことかと言わんばかり。

キャムの目は満足そうに輝いている。なんというか……幸せそうに。

ソウヤーがちらりとハッチを見て片方の眉をつりあげた。ハッチは肩をすくめ、今度こそたまごを焦がすまいとコンロに向きなおった。

沈黙が続く中、ハッチはたまごを皿に移して、オーブンから天板ごとビスケットを取りだした。天板をカウンターに置いてから、皿を取りに戸棚へ向かった。

「おはよう」レジーが明るい声で言いながらキッチンに入ってきた。

顔をあげたハッチにレジーがほほえみかけてくる。レジーの青い目には、ハッチが恋しく思っていた輝きが戻っていた。影は消えていた。

レジーの湿った髪は首と耳にまとわりつき、巻き毛の帽子を形づくっている。そして今日は痛みやこわばりに苦しめられていないのか、動作はなめらかだ。

「おはよう」ハッチも返した。「よく眠れた?」

言った途端、ソウヤーが控えめに咳払いをしたので、ハッチは舌を呑みこみそうになった。まったく他意のない質問だったが、裏があるようにも聞こえる。しまった。

レジーが眉をひそめたので、ハッチは失言などしていないかのように平静を取り繕った。

「最初はだめだったの。怖い夢を見て。キャムがホットチョコレートを作ってくれたから、そのあとはよく眠れたわ」

レジーがまたにっこりして、ソウヤーのところへ跳ねていき——よかった、本当に跳ねている——ソウヤーのスツールの横木に乗ると、首を伸ばして剃った頭のてっぺんにキスをした。

「おはよう。今日もおしゃべりね」

ソウヤーが妙なものでも見るような目でレジーを眺めた。実際、宇宙人の母船からおりてきた生き物を見るような目だ。

昨夜のセックスはそんなによかったんだろうか？　ハッチは自分が匹敵するだろうかと不安になってきた。

横目でキャムを見ると、キャムはただにこやかにレジーを見つめている。そのときキャムが向きを変え、ハッチと目が合った。キャムの目には希望が浮かんでいた。このところ失いかけていたように見えた希望が。

ハッチは脈が加速するのを感じつつ、問いかけるようにキャムに向かって首を傾けた。キャムが一度首を振り、そっと人差し指を唇に当てた。

「おはようのキスはなし？」レジーが冗談めかしてソウヤーに言った。

ソウヤーは答える代わりにさっと手を伸ばし、レジーのうなじをつかまえると、引き寄せて激しくキスをした。

ハッチは怒りが血管をめぐるのを感じて、思わず目を逸らした。ソウヤーの荒っぽさにはいつも落ちつかない気にさせられる。レジーが怯えるのではないかと不安になるのだ。

ハッチはカウンターのこちら側からレジーのほうに皿を押しやったが、顔をあげると彼女はそこにいなかった。

背後から飛びついてきた。両腕をハッチの首にかけて両脚を腰に巻きつけ、彼の耳元でばかみたいに笑う。

暗い気分にもかかわらず、ハッチはにんまりした。ありがたい、大好きなあの娘《こ》が帰ってきた。

すぐさま反撃に移るべく、レジーを背負ったまま冷蔵庫のほうへ後ろ向きに歩いた。そして背中と冷蔵庫でレジーをサンドイッチにしたものの、すぐさま耳をつねられて顔をしかめた。

「おい、気をつけろ」ソウヤーが声をあげた。「レジーの肋骨をまた痛める気か?」

ハッチは驚いてソウヤーを見た。まさか男臭さの権化であるソウヤーから、レジーを丁重に扱えとお叱りを受けるとは。

「ノリの悪い人ね」レジーがハッチの耳元でささやいた。「それはキャムの役目だと思ってたのに」

ハッチは思わず噴きだした。後ろ手を伸ばしてレジーの太腿を抱え、上のほうに背負いなおす。レジーがまた笑って、ハッチの首筋にキスをした。

ハッチは目を閉じてレジーの唇の感触を味わった。レジーの手の温もりや体で組み敷いた感覚、香りや味を思い返して、いったいいくつの眠れない夜を過ごしただろう。

レジーが腕に力をこめて、細い体でぎゅっとしがみついた。

それから力を抜いて足をおろし、ハッチの背中を滑りおりようとした。ハッチはふたたび彼女をつかまえて、そっと床におろしてやった。それから向きを変えて腕の中に引き寄せた。

レジーの顎を上に向けさせてゆったりとキスをした。やわらかなふっくらした唇の感触を味わった。

「おはよう、レジー。今朝はずいぶんおてんばだね」

レジーがいたずらっぽい笑みを浮かべた。「今日は一段と気分がいいの」

「食事をしたらもっとよくなるよ」

レジーが天を仰ぎ、ソウヤーがひとつ移動して空けた席――彼とキャムのあいだのスツール――へと駆け戻っていった。スツールによじのぼり、腰を落ちつけながらキャムのほうを向く。二人は親密な笑みを交わし、キャムが手を伸ばしてレジーの頬に触れた。

「おはよう」キャムがささやくように言った。

レジーはほとんど恥ずかしそうに見えた。少し不安そうにも。その表情を見て、ハッチの胸はほんの少し締めつけられた。レジーが明るく陽気にキッチンに入ってきた理由が、いまやっとわかった。レジーは怯えているのだ。

レジーが身を乗りだしてキャムにキスをし、彼の頰を撫でた。

「ひげを剃らなくちゃ」軽い口調で言う。

それから皿のほうを向いてフォークを手にした。ハッチはすっかりやさしい気持ちになっていた。レジーは緊張していて、気まずいのを隠そうとがんばっているのに、彼とソウヤーは緊張を高めるばかりでちっとも助けになっていない。

「今日は食料品店に行かなくちゃならないんだけど」ハッチは自分も食事を始めながら言った。「レジー、きみも一緒に来る？」

レジーが顔をあげてにっこりし、それから横目でキャムを見た。「あなたは来ないわよね？」

キャムが笑う。「かごに入れる前にジャンクフードを没収されるんじゃないかと不安なのか？」

「ハッチは買わせてくれるわ」レジーが弁解するように言った。

キャムが天を仰いだ。「いや、ぼくは行かない。例の仕事を片づけないと」

レジーがハッチに向きなおり、またにっこりした。「だったら行くわ。ついでにボーモントまで連れていってもらえる？　着替えを何着か手に入れたいの。たぶん……」眉をひそめて深く息を吸いこんだ。「たぶん家には帰らないほうがいいだろうから」

ハッチはカウンター越しに手を伸ばし、レジーの手を取った。「もちろんさ。きみにとって必要ならどこへでも連れていくよ。モールのそばに新しい食料品店がオープンしたんだ。

とびきりの精肉コーナーがあるらしい」

「うれしい。ステーキね」レジーがキャムのほうを向いた。「グリルしてくれるでしょ?」

レジーがしばらくここにいることを前提に話すのがうれしくて、ハッチは牛を丸々一頭買おうと決心した。

「きみが買って、ぼくが焦がす」キャムが冗談を言った。

レジーが肩越しに振り返り、まだたまごを口に運んでいるソウヤーを見た。「いいえ、それはソウヤーの仕事よ」

「おい」ソウヤーがたまごを頬張りながら言う。「おまえに言われたくないね。おまえに比べたらおれは料理チャンネルのカリスマ的存在だ」

「二人とも、いいかげんにしろよ」ハッチはうめくように言った。「早く食べて、レジー。出発するよ」

レジーがふたたびフォークを手にしたとき、電話が鳴った。家の回線ではなく、だれかの携帯電話だ。三人の男性全員が自分の携帯電話を探しはじめた。ソウヤーがカウンターの端に手を伸ばして鳴っている電話をつかみ、開いて耳に当てた。

「プリチャードだ」

長い沈黙が続いて、ソウヤーが眉をひそめた。それから険しい顔になった。

「くそっ。冗談じゃないだろうな。いや、なにもするな。おれたちの一人がそっちへ行って面倒を見る。それまでおとなしくしてろ」

ソウヤーが電話をたたみ、険しい顔のままカウンターに置いた。

「問題発生だ」

「そのようだな」キャムが言う。「なにごとだ？」

レジーが怪訝《けげん》そうな顔でソウヤーを見つめた。

「現場のひとつが市に閉鎖された」

「どれが？」ハッチは尋ねた。図面を引くのはキャムの仕事だが、建設現場を監督するのはハッチとソウヤーだ。

「アートギャラリーだ」

「どうして？」キャムが尋ねる。

「それはわからない」ソウヤーが不機嫌な声で答えた。「いまの電話はトムからだ。市の人間がやって来て、三つの条例違反を挙げて、申請許可を取り消したそうだ。くそいまいましい。だれか一人が現場に行くしかない」

21

混乱が胸の中で渦巻き、レジーナは息を吸いこんだ。三人のだれにも一人で行ってほしくない。レジーナかハッチかレジーナの父親か、真の標的がだれにせよ、犯人のために大きくドアを開けることになる。

「おれが行くよ」ハッチが言った。

ソウヤーがため息をついた。「いや、おれが行く。おれのプロジェクトだ。おまえはレジーを買い物に連れていけ」

買い物。レジーナは脳みそをフル回転させて、全員がばらばらに行動しなくて済む方法をひねりだそうとした。三人に別々の場所にいられては守ることができない。一緒なら相手もそう簡単に手出しできないだろうし、レジーナとしても殺されそうになるのは二度でたくさんだ。体はもうじゅうぶん苦しめられたし、また犯人とご対面することは望んでいない。三人が狙われることも。

「みんなで行けば？」レジーナは口走った。

三つの頭がレジーナのほうを向いた。ハッチが眉をひそめ、ソウヤーが好奇の目でレジーナを見つめる。

どうしよう。うまく言いくるめなくては。つい昨日まで全員を避けようとしていたのに、急に一日二十四時間、そばにいたがるようになったわけを。

「その、あなたたちが望むなら」レジーナは口ごもりつつ続けた。「しばらく町を留守にしても、わたしはかまわないわ」三人の顔を順ぐりに見ながら締めくくった。

キャムの表情は考えこんでいるようだった。ソウヤーは計算している顔で、直面している危険からレジーナを遠ざけるのはいい考えだと思っているらしい。ハッチは決めかねた顔だ。

「着替えが必要なのは事実よ」三人の返事がないのでレジーナはつけ足した。「だけど本格的な買い物がしたいわけじゃないの。あなたたちの家のそばにも、ジーンズとTシャツくらい買える店はあるでしょ？」

自分の耳にも必死に聞こえた。レジーナは肩を落としてフォークを取り、冷めてしまったたまごの残りを口に運んだ。急に変わったレジーナの態度をだれも信用するわけがない。

空《から》になった皿をつかんでスツールを押しさげた。「ただの思いつきよ」そう言うと、カウンターを回って流しに食器を置いた。

「気に入った」ソウヤーがついに言った。「トラブルを片づけるまでに二、三日かかるかもしれないし、おまえをここから遠ざけられる。うまくすれば、こっちのトラブルが片づくまでに容疑者が見つかるか、犯人がつかまるかもしれない」

「ぼくの図面はオフィスでも仕上げられる」キャムも言った。「一、二時間の遅れなら支障はない」

レジーナがハッチのほうを向くと、彼はまだ興味深そうにこちらを見ていた。疑わしそうに、と言うべきかもしれないが、それは考えないことにする。だって、彼らがどんな危険にさらされていようと、そばにいるともう決めたから。

「本当にそうしたいの、レジー？」ハッチが尋ねた。「具合がよくなってきたのはわかるけど、だからっていますぐヒューストンまで行って買い物ができるかな」

レジーナは顔をしかめた。「買い物なんて、どこでしようと同じだわ。それに、向こうへ行ってもわたしはここにいるときと同じように、あなたたちの家でゆっくりさせてもらえるんでしょ？」

不安で背筋がざわついた。これでは自分で自分を招待したようなものだ。一年前のあの夜以前ならなんとも思わなかったけれど、いまはあれこれ考えすぎてしまう。

「わたし、その、先に訊くべきだったわね、あなたとキャムもソウヤーと一緒にヒューストンへ行きたいか、そしてわたしもついていっていいか」

ハッチが二人の距離を詰めて、レジーナを胸に引き寄せた。「ばかなこと言うなよ。おれたちのほうは、きみならいつでもどこでも大歓迎だ。ただ、ちょっと混乱しちゃってさ。一年ものあいだ、きみを一カ所に留まらせて挨拶以上のやりとりを交わすのも難しい状態が続いてたから、いまきみがここにいて、おれたちと一緒にいたがってるっていう事実を受け入れるのはそんなに簡単じゃないんだ」

レジーナの胸は締めつけられた。三人を利用しているわけでも操っているわけでもないのに、罪悪感が押し寄せてきた。いや、操ってはいるかもしれない。だけどそれは三人のためだし、レジーナが一緒にいたがっているのも事実だ。三人全員を受け入れることについて、自分がどう感じているかを冷静に考えるのは後まわし。できればレジーナを——おそらくは三人をも——殺そうとしている人物がいなくなってからにしたい。

レジーナはハッチの腰に両腕を巻きつけ、たくましい胸に頭をもたせかけた。「ごめんなさい、ハッチ」

ハッチの手が肩をつかみ、そっと体を離した。

「なんで謝るの、ベイビー？」

レジーナがちらりとキャムとソウヤーを見ると、二人はいまもカウンターに着いて、好奇心もあらわにこちらを見つめていた。

「勇気を出さなかったから。怖がってばかりいたから。あなたたちを信頼しなかったから」

「それはつまり、そばにいてくれるってこと？」ハッチがそっと尋ねた。「いまだけじゃなく、危険が去ったあともそばにいてくれるのか？　おれのそばに。おれたちのそばに」

レジーナはごくりと唾を飲みこんで、ふたたびキャムとソウヤーを見た。二人の目には希望と……恐怖があった。

「そばにいるわ」ささやくように答えた。「約束はできないけど——」

「シーッ」ハッチが人差し指をレジーナの唇にかざした。「おれたちがほしいのはチャンスだ、レジー。チャンスだけ。いまはそれだけでいい」

レジーナの唇に指を軽く押し当ててから離し、そっと唇を重ねた。

ハッチの指にも唇にも、うやうやしさがこめられていた。このうえないやさしさが。まるでレジーナが同意するのを願いつつ、信じることを恐れているかのように。

レジーナはハッチの首に腕を巻きつけた。このとき初めて同じ部屋に、ほかに二人の男性――内一人とは昨夜愛し合った――がいるという事実を締めだすことができた。このキスに愛情を注いでも罪悪感を覚えなかったし、キャムとソウヤーが疎外感を抱くのではと案ずることもなかった。レジーナに制御できることにはかぎりがあって、これはその一つではない。だからリラックスして流れに身をゆだねた。この長い一年間、水面下で煮えくりかえっていた切望と感情のすべてをこめて、キスに応じた。

ハッチが腕に力をこめて、唇の高さが同じになるまでレジーナを抱きあげた。レジーナの足は床から数センチ上に浮かび、肋骨が圧迫されて痛みはじめたけれど、かまわなかった。

「きみが必要だ、レジー」ハッチが唇越しにかすれた声で言った。「きみが必要なんだ」

「わたしもあなたが必要よ」

レジーナは目を閉じてハッチのひたいにおでこをあずけ、乱れた息を交わした。

ついにハッチが唇を離し、レジーナを床におろした。肋骨の圧迫感がなくなってレジーナが顔をしかめると、ハッチが悪態をついた。

彼がなにか言う前にレジーナは首を振った。「わたしを壊れ物扱いするのはやめて」

ハッチがレジーナの顎の下に指を添え、上を向かせた。「壊れ物とは思ってないよ、ベイビー。とても大切なだけだ」

そんなことを言われて、いったいどんな言葉を返せるだろう？

ソウヤーが咳払いをした。「邪魔したくないが、出発するなら急いだほうがいい」

「署に電話して、行き先を伝えておくわ」レジーナは言い、ハッチから離れた。出発するまでに連絡して手配しなくてはならないことはほかにもある。けれどそのためにはプライバシーが必要だ。

「それじゃあ、荷物をまとめて出かけるとしよう」キャムが言いながら席を立った。

一人ずつキッチンを出て階段に向かった。レジーナはあえてぐずぐずし、みんなが去るのを待ってからキャムの仕事部屋を目指した。だれにも会話を聞かれたくなかった。

背後でドアを閉じると、キャムのデスクに歩み寄って電話に手を伸ばした。マイケル・ハーヴェイの番号を押して、彼が出てくれることを祈る。

数秒後、ハーヴェイが電話に出たのでレジーナは安堵の息をついた。

「マイケル、わたしよ。レジーナ・ファロン」

「レジーナか。声が聞けてうれしいね。サイプレスで派手にやらかしてるそうじゃないか」

「そのとおりよ。ねえ、お願いがあるの。だけど詳しく説明してる時間はないわ」

「聞こう」

「サイプレス郊外の家にフル装備のセキュリティシステムをつけてほしいの。家から少し離れたところには木立があって、そこには監視カメラを頼むわ。家のほうは、全角度から監視できるようにして。だれかが一歩でも敷地内に足を踏み入れたらわかるように」

「いいだろう。いつまでに？」

レジーナは顔をしかめた。「今日よ。無理なら明日。遅くとも明日中にはお願い」

ハーヴェイが息を吐きだすのが聞こえた。

「なあ、レジーナ、おまえのためならできるかぎりのことをするのはわかってるだろうが、そいつはまたずいぶんな頼みじゃないか」

「わかってるわ」レジーナは穏やかに言った。「だけど重要なことなの、マイケル。わたしにとって大切な人たちのためなの。じつはいま、いかれた男に命を狙われていて、そいつはわたしに近い人たちの命まで脅かしてるわ。二度とそいつを近寄らせたくない。すべてのドアを閉ざしたいの」

「いいだろう、場所を言え。部下を手配する。完ぺきに守ってやるよ」

レジーナはほっとため息をついた。「ありがとう、マイケル。忘れず請求書を送ってね」

「もちろん。言っとくが安くないぜ」

レジーナは怯まないようこらえた。どれだけ高くつこうとも、バーディやハッチたちが傷つけられる前に憎い犯人をつかまえることができるなら、惜しくない。

電話を切ったとき、ふとあることが頭に浮かんだ。これまで考えていなかったことが。レジーナは目を閉じてひたいを擦った。もし犯人がレジーナをつけ狙う理由が父親ではなく、ハッチでもなく（いまだにレジーナはそれが最有力の線だと思っているけれど）、過去にレジーナに逮捕されたことを根に持っているどこかの間抜けだとしたら、バーディと三人の男性だけでなく、両親まで標的にされる可能性がある。

抑える前にうめき声が漏れた。

くじけまいと踏ん張りながら、署の番号を押して、グレタが出るのを待った。

「グレタ、署長はいる？」電話の向こうで応じた女性にレジーナは尋ねた。

「ええ、いるわよ。ちょっと待って」

少し間が空いて、署長のぶっきらぼうな声が耳に飛びこんできた。

「レジーナ、調子はどうだ？」

「ずいぶんよくなりました。捜査は進んでますか？」

「おまえの自宅の捜査は終わった。車に使用された爆発物の報告書はまだ届いてないが、どうやら手製のようで、プロの仕事ではないらしい。いまは近隣住民に聞きこみをして、犯人とおまえ、バーディ、ハッチ、ミスティ・トンプソンとの関係を洗っている。まあ、関係があるとしての話だが」

「署長、わたしの両親も危険にさらされてる可能性はあるでしょうか？　犯人の真の標的がわたしだろうとハッチだろうと、まったく別のだれかだろうと、両親も狙われる可能性はありませんか」

「すでに話はした。お父さんはかんかんに怒っていたが、自分と妻の警備を倍にすると言ってくれた」

レジーナは首を振って天を仰いだ。「事前にお知らせしておきますが、わたし、何日か町を離れます。キャムたちと一緒にヒューストンへ行きます。三人は向こうで片づける仕事があって、わたしは少しここを離れたほうがいいと思うので」

署長が同意の声を漏らした。「戻ってきたら連絡をくれ。捜査でわかったことによっては、ハッチに話を聞く必要が出てくるだろうからな。ひょっとするとキャムとソウヤーにも」

「そうします」

「用心しろよ、レジーナ」

レジーナは電話を切り、やましい気持ちでちらりとドアを見た。それから一度首を振って椅子を立つと、わだかまっていた罪悪感を振り払った。愛する人々を守ろうとしたからって、申し訳なく思うことはない。

仕事部屋を出て二歩も進まない内に、キャムにぶつかりそうになった。レジーナは凍りついて後じさり、キャムに盗み聞きされていないことを祈った。

「レジー」キャムがやわらかな声で言い、両手で肩をつかんだ。「ちょっと話がある」

レジーナは眉をひそめ、不安に襲われて心拍数があがるのを感じた。

キャムが片手を滑らせてレジーナの頬を覆った。「そんなに心配そうな顔をしないでくれ」そう言ってレジーナの向きを変えさせると、ふたたび仕事部屋に入らせて、二人の背後でドアを閉じた。

「心配そうな顔をしてるのはあなたよ」レジーナは言った。事実、キャムの目には不安が宿り、眉間にはしわが寄っていた。

キャムがまた手を伸ばしてレジーナに触れ、腕から肩へと撫であげた。

「ゆうべぼくらは安全策を採らなかった、レジー。ぼくはとんでもない大ばか者だ。きみはピルかなにか飲んでるか？」

レジーナはほっとして肩の力を抜いた。「避妊対策はしてるわ、キャム。三カ月に一度、注射を打ってるの」

キャムが眉をひそめた。「それは効き目があるのか？　つまりその、コンドームと同じくらい安全なのかな」片手で髪をかきあげる。「自分をぶちのめしたい気分だ。もっと考えてきみを守るべきだった。きみを大事にするべきだった」

レジーナはほほえんで手を伸ばし、キャムの頰に触れた。「やめて。わたしだってゆうべは思いつきもしなかったんだから。あなたを誘惑するつもりで階段をおりていったんじゃないわ。だけどもし、あなたが訊きたいのが、わたしが安全かどうかなら……」

キャムが鋭く首を振った。「ぼくが訊きたいのはそういうことじゃない。ただ、前のときはこれは問題にならなかったというだけで……前に愛し合ったときは。あのときはぼくら全員がコンドームを使った」

「コンドームも万能じゃないでしょ」レジーナは辛辣に言った。

「わかってる」キャムが穏やかに言う。「ぼくはただ、いまの段階できみを妊娠させたくないんだ。きみの心の準備ができていないことを強制したくない」

レジーナはキャムの腕の中に歩み寄り、たくましい胸に乳房を押しつけた。「コンドームのことだけど。あなたには……あなたたちには、着けなくちゃならない理由が、健康上の理由があるの？」

キャムが身を引いてレジーナの目を見おろした。「この会話は全員でするべきだな」

レジーナはうなずいた。「もし本当にこれをするなら……」少しばかばかしい気がしてきて、レジーナはため息をついて顔を擦った。「もしわたしたちがするのがそういうことなら、そういう関係を分かち合うなら……」

「言ってくれ、レジー。大丈夫だ。ぼくらと一緒にいてくれるなら」

「もしあなたたちと一緒にいるなら、全員のあいだに信頼と率直さがなくてはならないと思うの。あなたとわたし、わたしとソウヤー、わたしとハッチのあいだだけじゃなく」

「わかるよ。ほかの二人も納得すると思う。男同士で過去の性体験について語るのは心躍ることじゃないが、それぞれがなにをするか、なにをしてきたかは、全員に影響を及ぼす。だから口にしなくちゃならない。だけどレジー、長い会話にはならないと思う」

レジーナは問いかけるように片方の眉をあげた。

「長いあいだ、ぼくには相手がいなかった。きみへの思いに気づいてからは。断言はできないが、ハッチとソウヤーのきみへの思いを考えると、あの二人もそう変わらないだろう」

「三人とも禁欲生活を送ってたと言いたいの？　この一年、だれもいなかったって？」

「この一年だけじゃない。もっと前からだ」

驚きのあまり、レジーナの口はOの字に開いた。驚きに続いて胸を切り裂くような罪悪感が訪れる。なんてこと。レジーナが逃げ回って一夜かぎりの体験をして、キャムが必要ないことを自分に証明しようと躍起になっていたころ、彼のほうはずっと彼女を待っていたなんて。

キャムがレジーナの肩から手を放し、横を向いてポケットに両手を突っこんだ。「ぼくは聖人じゃないし、ほかの二人のことまでは語らない。女性はいた。とりわけ大学時代には。そのあとも一人二人。だがきみへの愛に気づいてからは、ぼくにとってこの世に女性は存在しなくなった」

愛。その言葉は油を注がれた炎のごとくレジーナの脳を熱く焦がした。

三人に大事に思われているのは知っていた。ある意味で愛されているのも気づいていた。これほど長いあいだ深い友情を抱いてきた人間が、お互いを愛さないでいるのは難しい。けれどキャムの口からその言葉が出てくると、それも当然のような口振りで愛を語られると、レジーナの膝は危うくなった。心の奥にしまいこんだはずの切望が目を覚まし、自由を求めて首を伸ばした。

レジーナは愛されたかった。もしかしたらずっと昔から愛されたかったのかもしれない。けれど愛は、なくても生きていける方法をレジーナが学んだものだった。

「わたしを愛してるの？」ささやくように尋ねた。

キャムが妙な顔でレジーナを見つめた。見つめれば見つめるほど、ますます怪訝な顔になっていく。

「わからないんだな？　きみへのぼくの思いを、本当にわかってないんだな？」

キャムが一途《いちず》な茶色の目でレジーナを見つめたまま歩み寄ってきた。その目に秘められた情熱に、レジーナの体は震えた。

「ずっときみを愛していたよ。ずっと前から。だが本当に愛してると気づいたのは二年前だ。きみが警官という職を与えられて宣誓する姿を見たとき、いまでも忘れられないが、きみが負うことになる危険を悟って胸を殴られたような気がした。その危険からはきみを守れないと悟って、どっと冷や汗が噴きだした。そしてきみを失うかもしれないと思ったとき、気づいたんだ。きみに抱いてるのはただの愛情じゃない、幼なじみに抱く親愛の情なんかじゃないと。ぼくは完全に、身も心も、どうしようもなくきみを愛してるんだと」

「なんて言えばいいかわからないわ」レジーナは戸惑い、混乱した声で言った。

「なにも言わなくていい」キャムが理解に満ちたやさしい声で言う。「そこが愛のすばらしいところだ。惜しみなく与えられる。理解も反応も求めない。ぼくの愛がきみに注がれているることだけを知っていてくれ」

レジーナはキャムの胸に顔をうずめた。胸の中で暴れるむきだしの感情を抑えられなくて、体が震えた。

キャムが頭のてっぺんに細かいキスの雨を降らせながら、両手でレジーナの背中を撫でた。

「わたし――わたしもあなたを愛してるわ、キャム」静かな声で言った。言った瞬間、それが真実だと悟った。そして、愛さえあれば彼らを待ち受ける困難を乗り越えられることを心の底から祈った。

キャムが抱き締める腕に力をこめて、かすかに震えながらゆっくりとレジーナを離した。

「言ってくれ……ゆうべのことを後悔しないと」キャムが言った。

レジーナはじっとキャムの目を見つめ、嘘偽りなく答えた。「後悔しないわ、キャム。今度こそ逃げたりしない」

キャムがそっと頰に手を添えたので、レジーナはそちらに顔を傾けて、なめらかな手のひらに頰を擦りつけた。

「なにが起きようと……ほかの二人とのあいだに……きみへのぼくの思いは決して変わらない、レジー。それだけは知っておいてくれ」

「ええ、わかってる」そっと答えつつも、ほんの少し胸が締めつけられた。キャムが言わなかったのは、愛する二人を犠牲にしてどんな未来が得られるかということだ。

成功させなくては。これはゼロか百かの状況だ。考えると怖くてたまらない。

キャムが屈んでレジーナのおでこに唇で触れ、しばしそのまま留まった。

「行こう。きっと二人が待ってる」

22

一年も足を踏み入れていない家に入るのは少し不思議な感覚だった。あの夜以前は頻繁に訪れていた家に入るのは。

ヒューストン郊外の高級住宅街にある大きな家はオフィスも兼ねているものの、ダウンタウンに小さなオフィスは残してある。三人がサイプレスに移ったいま、だれがそこを管理しているのだろう？　車で一時間かかるところに住んでいて、どうやったら仕事を順調に維持できるのだろう？　三人が望んでいるという取り決めを実現させるために、いったいどれだけの犠牲を払っているのだろう？

レジーナにはよくわからなかった。わたしは自分の両親にとってさえ重要ではない人間だ。いったいどうしたらそんな人間のことを、これまで懸命に働いてきたすべてを危険にさらせるほど深く思えるのだろう？

リビングルームに入ると一年前のあの夜の記憶がよみがえってきて、レジーナの頬と体は熱くなった。お腹の芯が火照《ほて》り、熱が血管をめぐって目のくらむような欲望で満たす。

あの夜、四人は最初ソファの上にいた。それからカーペットの上に、最後は主寝室のひとつのベッドの上に。

翌朝目覚めたレジーナは、三人の男性の裸体に囲まれていた。守るように腕と脚をからめられていた。レジーナは一目散に逃げだした。できるだけ早く自宅に舞い戻った。

その後は三人からの電話を無視しつづけ、ついに家まで訪ねてこられたときは、仕事だなんだと思いつくかぎりの口実をつけて避けた。

そうしている内に電話が鳴らなくなった。話をしようという嘆願の声がやんだ。静寂は深い溝のように広がった。そのとき初めてレジーナは真の痛みに襲われた。なぜならそれこそ、レジーナが彼らを失った瞬間だったから。

そして数日前の夜、三人が病室に現れた。決意を顔に浮き彫りにして。

三人はあきらめたものとレジーナが思っていたあいだも、彼らはひそかに行動していたのだ。待っていたのだ。レジーナを。

レジーナは大きなソファにどさりと腰をおろした。わたしにはもったいない。わたしはそれほどの愛と献身を受けるほどの価値がある人間じゃない。困惑してしまう。

「レジー、大丈夫か？」キャムが声をかけた。

レジーナが顔をあげると、キャムがソファのそばに立ち、心配そうな目で見おろしていた。

「大丈夫よ。ちょっと考えてただけ」

キャムが隣りに腰かけた。脚と脚とが触れそうなほど近くに。

「あの夜のことを？」

レジーナはうなずいた。

「ぼくもだ」キャムが言う。「いつも考えてる」

「みんなそうだろ」ソウヤーが戸口から言った。

それから部屋を横切って、レジーナの目の前で止まった。レジーナはソファの自分の隣りを手で示した。「座って。そんなふうに見おろされてたら落ちつかないわ」

「それはこいつが大男のろくでなしだからだ」キャムが愉快そうな声で言う。

ソウヤーが怖い顔でキャムをにらんでからレジーナの隣りに座った。背もたれに寄りかかって、レジーナのうなじに手を添える。その手に凝った筋肉をマッサージされると、レジーナはもっと触れられたくて自然と首を後ろに倒した。

「おまえは反応がいいよな」ソウヤーがつぶやいた。「あの夜もそうだった。おれが触れると、手の中で活気づいた。あのときのおれは、おまえに飢えていた。いまもそうだ、レジー。おれにとって、おまえほどの女は一人もいなかった」

レジーナが首を回すと、ソウヤーの手が首筋におりてきた。

「わたしがようやく自分の気持ちや言うべきことがわかったと思うたびに、それがまったく無意味に思えてくるようなことを言ったりしたりするのね」レジーナは途切れ途切れに言った。「そんな言葉をかけられて、わたしはどう答えたらいいの？　わたしはあなたたちが示してくれたような深い思いにふさわしい人間じゃないって？　あなたたちを見るたびにあの夜を思い出して、あなたたち以上に大切な人は存在しないんだと痛感するって？」

涙で息苦しくなったものの、レジーナはのどのつかえを呑みこむと、彼らの前でもろい姿を見せまいとこらえた。歯を食いしばり、鼻から息を吸いこむ。

ソウヤーはしばし驚きに言葉を失っていたが、やがていきなり爆発した。レジーナをつかまえて膝の上に、腕の中に引き寄せた。その行為にやさしさはみじんもなかった。どのみち期待していなかったけれど。

ソウヤーが両手でレジーナの顔を包み、唇を重ねる。頬を撫でて親指でまぶたを擦り、片手を巻き毛にもぐらせた。

「わからないか？　おれにとっておまえはすべてだ、レジー。すべてなんだ。ふさわしい人間じゃないだと？　ふざけるな。どうしてそんなふうに思える？　おまえはおれたちが反抗的で生意気なくそガキだったころから、おれたちを信じて愛してくれた。だれもかばってくれなかったときに盾《たて》になってくれた。ふさわしくない？　それを言うなら、おれたちがおまえにふさわしくないんだよ。だがおれは、それを理由におまえをあきらめたりはしない」

「じゃあ、わたしを奪って」レジーナはささやくように言った。

荒々しいうなり声がソウヤーの胸から漏れた。「いますぐおまえを二階にさらっていって、これから二十四時間おれの寝室に閉じこめておく以上に、やりたいことはないぜ」

ソウヤーの苦しげな声にレジーナはほほえんだ。「〝でも〟、があるのね」

「でもいまは手っとり早く済ませるだけの時間しかないし、おまえにはもっといいものがふさわしい」

レジーナは眉をひそめたが、ソウヤーが人差し指を立てて黙らせた。

「建設現場に行って、どうなってるのか見てこなくちゃならない。だがさっきの会話がどこで終わったかを忘れるなよ。おまえはおれに奪ってと言った。安心しろ、必ず奪ってやる。何度もな」

官能的な約束にレジーナの体は震えた。ソウヤーの唇に視線を吸い寄せられる。硬いけれどそそる唇。レジーナは身を乗りだしてキスをし、ソウヤーの顎髭が肌を擦る感触を味わった。温かくやわらかくみだらに、二人の舌がからみ合う。

「あなたが行かなくちゃならないのが残念だわ」レジーナはささやいた。

ソウヤーがまたうなった。「おれもさ、ハニー。股間がすっかり固くなっちまったから、歩くのもひと苦労だ」

レジーナはくすくすと笑った。セクシーな時間をぶち壊すことにかけては、ソウヤーの右に出る者はいない。まったく、この男性ときたら。レジーナが視線を横に滑らすと、キャムが少し離れたところからこちらを見ていた。その顔にはありありと好奇心が浮かんでいる。欲望も。そしてレジーナの勘違いでなければ、ソウヤーが自己申告したのと同じくらいキャムも固くなっている。

興味深い。ほかの二人がいる前で三人の内の一人に愛情を示すことを、レジーナはずっと心配していた。キスしたり触れたりして、ほかの二人の嫉妬を引き起こすことを。ところがキャムの反応は、嫉妬や恨みとはほど遠い。むしろ仲間に入りたがっているように見える。

前に経験したことがないわけではないけれど。

レジーナの頬が熱くなった。あの夜を気まずく思うのをやめなくては。ふたたび同じことが起きるのは目に見えている。勘が正しければ、近い内に。四人のあいだの性的な緊張感は沸点に達していて、なんらかの対処を必要としている。

「わたしの手でソファに縛りつけられる前に、出発したほうがいいわよ」レジーナは軽い口調で言った。

ソウヤーの全身がこわばった。筋肉が収縮して波打ち、広い肩に震えが走る。膝に載せていたレジーナを抱きあげて自分とキャムのあいだにおろしてから、すばやく立ちあがった。

「またあとでな」ぶっきらぼうに言うと、振り返りもせずに大股でドアへ向かい、ちょうどリビングルームに入ってきたハッチと衝突しそうになった。

ハッチは、去っていくソウヤーの後ろ姿を興味深そうに眺めていたものの、ひとつ肩をすくめてからキャムとレジーナが座っているそばにやって来た。

「買い物に行く準備はできたかな、ベイビー？」

レジーナは息を吸いこんだ。そうだ、買い物。この際、ソウヤーとのあいだで火を噴く性的な高まりを忘れさせてくれるなら、なんでもいい。あるいは、ソウヤーを追いかけて背中に飛びつき、脳みそがショートするまで愛し合いたいという切望を忘れさせてくれるなら。

レジーナはキャムの手に手を伸ばしてぎゅっと握り、身を乗りだしてキスをしてからソファを立った。

「あとで」キャムがハスキーな声で言った。「もしまだソウヤーに未知の世界へ連れていかれてなかったら」

キャムの声には訳知りの愉快さがひそんでいたものの、気楽に受け止めている雰囲気も漂っていて、レジーナの胸は温かくなった。ああ、本当にすべてうまく行くかもしれない。「愛してるわ」レジーナはささやくように言った。自分の唇から転がりだしたその言葉の響きにぞくぞくした。

「ぼくも愛してる。ハッチと楽しんでおいで。ぼくは仕事に取りかかる。戻ったらオフィスをのぞいて知らせてくれ」

レジーナはほほえんでソファを離れ、ハッチに歩み寄った。近づいてくるレジーナにハッチが手を差し伸べる。二人は指と指とをからめて玄関に向かった。

ヒューストンの巨大なモールにあまり興味のないレジーナは、いちばん近くのスーパー〈ウォルマート〉を選び、ジーンズを数本とシャツを数枚、下着と靴下を数組、そしてサンダルを一足購入した。いまでは靴紐を結べるぐらいには屈めるようになったものの、まだ痛むことには変わりがなかった。

予定どおり、キャムに焼いてもらうステーキ肉を見に行こうとレジーナが言うと、ハッチが驚いた顔で彼女を見た。レジーナは両手のひらを上に向けて掲げた。「なに?」

「本当に野蛮人だなあ」ハッチがぼやく。「きみとソウヤーは。間違いない」

「なんですって?」レジーナはむっとした。

「〈ウォルマート〉なんかでステーキ肉は買わないよ。法律で禁じるべきだ。ステーキ肉がほしいなら、帰る途中で〈シティマーケット〉に寄ろう」

「四十五分も遠回りになるわよ」

ハッチが肩をすくめた。「だから？　今日は冒険したい気分じゃない？」

レジーナは目を狭めた。「いまのは挑戦状かしら？」

ハッチが無邪気な笑みを浮かべた。「きみに挑戦状を突きつけるわけないだろ？　店に着いたら、おいしいワインとチーズケーキの飾りを選ぼう。飾りを作るのは苦手なんだ」

レジーナは生唾が湧《わ》いてくるのを感じた。「糖分、大好き」

ハッチが財布を取りだしてレジーナの服代を払おうとしたが、レジーナは眉をひそめて手を伸ばし、やめさせた。ハッチは深いため息をついたものの、脇にどいてレジーナが銀行のカードをレジ係に渡すのを見ていた。

「いつかファッジを作ってくれたりしない？」二人でキャムのSUVに乗りこみながら、レジーナは期待をこめて尋ねた。

ハッチの目の端に愉快そうなしわが寄った。「作ってあげてもいいよ」

「やった」レジーナはうきうきして言った。「固いのが好きだからちょっとだけ焦がして」

ハッチが意味深な目でレジーナを見た。「固いのならほかにもあるよ、お嬢さん」

レジーナは噴きだした。「ハッチ！」そしていたずらっぽい目で彼を見た。「チョコレートファッジを作ってくれたら、その〝固いの〟になにかしてあげるわ」

そう言った途端、レジーナは自分が行きすぎたのではないかと不安になった。こんなセリフはいつもの彼女らしくない。もちろん無垢《むく》で純粋というわけではない。むしろ一年前のあの夜が来るまでは、彼ら顔負けにあけすけな話もできていた。

レジーナは顔をしかめた。そこが問題だ。三人にどう思われるかを気にしていなかったころは、ふつうにできていたことはたくさんあった。レジーナはため息をついて顔を背け、ハッチがなにか言う前に窓の外に目をやった。

車は六一〇号線を走り、途中でおりて、ハッチお気に入りの大きな高級食料品店に向かった。一緒に店内に入ったレジーナは、ハッチがガラスケースの中の牛肉を吟味《ぎんみ》して最終的に大きなロース芯四つを選ぶところを眺めた。

肉屋が商品を包んでいるあいだ、ハッチはぶらぶらとケースの前を歩いてほかのものを見ていた。レジーナが包みを受け取ったとき、ハッチが戻ってきた。

「シーフードを見に行こう。明日か明後日の夕飯用にエビを買っておきたい」

「ビール漬けの揚げパン添え？」レジーナは尋ねた。

「もちろん。ソウヤーによれば、ビールは立派な一食品らしい」ハッチが辛辣に言う。「それと、ケチャップも」

いまのは事実で、ソウヤーのビール好きをハッチは大目に見ているけれど、ハッチ自身は一度もビールを飲んだことがない。いま手にしているワインはほかの面々のためで、ハッチはワインも飲んだことがなかった。

その理由は父親に関係がある。そこまではレジーナも知っているけれど、それ以上は知らない。バーディのもとに来るまでの人生について、ハッチはなにも語らなかった。

「そんなに甘やかされたら、わたし、だめ人間になるわ」しばらくしてレジーナは言った。

ハッチがにやりとした。「それが狙いさ。おれはキャムみたいに人当たりがよくないし、賢くも上品でもないし、ソウヤーみたいな筋肉隆々のマッチョ男でもない。だから食べ物できみを誘惑しようとしてるんだ」

レジーナは笑った。「そういうことなら、あなたはほかの二人よりずっとたくさんご褒美《ほうび》をもらえそうね」

ハッチがウインクを寄こした。「知ってる。きみの心につながるドアは胃袋だからね」

会計を済ませて車に戻る。

「体調は？」ハッチが運転席に乗りこみながら尋ねた。

「問題ないわ」レジーナは答えてシートベルトを締めた。「心配しないで」手首を掲げ、ハッチの前で曲げたり回したりしてみせる。「ほらね？　ほぼもとどおり。ほんの少しこわばりと痛みが残ってるくらいよ」

「あざもほとんど消えたね」ハッチが静かに言った。

レジーナの手は反射的にのどに触れた。「正直なところ、いまも痛むのはひたいの切り傷だけなの。じきに仕事に復帰できると思うわ」捜査が運に恵まれなければ無理かもしれないが。そう思うと気持ちが沈んだ。

ハッチが顔をしかめて車を発進させ、駐車場をあとにした。「二度と復帰できなきゃいいのに」とつぶやいた。

レジーナは驚いてハッチの横顔を見つめた。「どうしてそんなことを言うの？」

ハッチが一瞬道路から目を逸らし、レジーナを見た。「おれに嘘をついてほしい？」

「いいえ、そんな」

ハッチが視線を道路に戻し、六一〇号線との合流に意識を向けた。「あの仕事は危険だ」と言う。「心配なんだ」

レジーナはシートベルトが許すかぎり座席の上で向きを変えてハッチを見た。「自分の面倒は自分で見られるわ。わたしは訓練を受けた警官よ。狙撃の腕は確かだし、署でいちばんと言ってもいい。護身術の訓練も受けたし、格闘技や素手での戦いの指導も受けたわ。わたしはバッジを着けただけのお嬢さんじゃないの。自分の仕事を立派にこなせる警官よ」

「その訓練のどれひとつとして、あのろくでなしに襲われた夜には役に立たなかっただろ。たとえ銃の腕前が署でいちばんでも、肝心の銃を奪われたら意味がない」ハッチが暗い声で言った。「やつはきみを殺すところだったんだぞ。きみを殺そうとしたんだ」

レジーナは深く息を吸いこんで、怒りに呑まれまいと踏ん張った。ハッチが心配してくれているのはわかっている。

「自分を無敵だとは言ってないわ」冷静に切りだした。「無敵な人なんて存在しない。あの攻撃に太刀打ちできた人なんていない。ソウヤーは大柄だけど、彼でもきっと無理だったでしょうね。犯人はもっと大きかったの。はるかに。そして異常だった。ふつうの相手だったら、わたしがこの手できっちり倒して逮捕してたわ」

「だけどふつうじゃない相手一人でじゅうぶんだろ、レジー」ハッチが静かに言った。「あいつはきみをレイプしてたかもしれない。殴り殺したり絞め殺したりしてたかもしれない。あやつがふつうより大きくて強かったせいで、きみにはいろんなことが起こりえたんだ。あの場にいたのがきみじゃなくてほかのだれかだったとしても結果は同じだったというのはわかるよ。だけどぼくにとってきみは単なる〝ほかのだれか〟じゃないんだ」

レジーナはじっとハッチを見つめた。「すべて理解してるわ、ハッチ。本当よ。わたしたちは最悪に備えて訓練を積んでるの。最悪への覚悟はできてるわ。たしかに犯人にレイプされてたかもしれない。わかってる。だけどそうはならなかった。わたしはやるべきことをして、きちんと成果を出したの。いまこうして生きているのは訓練のたまものよ」

レジーナの言葉にハッチが青くなった。「どうしてそんなに落ちついてられるんだよ。どうしてそんなに平然としてられる？　まるでレイプされるのは仕事の一部みたいな口振りじゃないか。あいつにぶちのめされたのは職業上の事故みたいな」

「職業上の事故なのよ」レジーナは穏やかに言った。「よくあることじゃないけれど、ありえないことでもない。わたしは撃たれるかもしれないし、殴られるかもしれない。レイプされるかもしれないし、轢《ひ》き殺《ころ》されるかもしれない。可能性は無限にあるわ。わたしはそれを承知の上で働いてるの」

ハンドルを握るハッチの指の関節が白くなり、口元がこわばった。「きみが承知してたって、きみが仕事へ出かけるたびに家でじっと帰りを待つおれはちっとも楽にならない」

「なにが言いたいの、ハッチ？　もしかしてこれは、わたしへの最後通牒《つうちょう》なの？」不安に胃をつかまれ、頭の中では警鐘が激しく鳴りはじめた。

「違う」ハッチがつぶやいた。「おれはただ心配なんだ。言いたいのはそれだけだよ」

レジーナは座席越しに手を伸ばし、ハッチの肩に触れた。「心配してくれてるのはわかってるわ、ハッチ。それを止められたらどんなにいいか。だけどいまのわたしに約束できるのは、じゅうぶん用心して、仕事へ出かけるたびに必ずあなたのもとへ帰ってくるよう全力を尽くすということだけよ」

「本当に？」ハッチが尋ねた。「必ずおれのもとへ帰ってきてくれる？」

レジーナは視線を逸らした。いまの言葉は軽率だったかもしれない。「この流れがどこへ向かうのか、見てみたいと思ってるわ」そっと答えた。

「それでじゅうぶんだよ、ベイビー」

ハッチがレジーナの手を取ってキスをし、それから膝の上に載せて指と指とをからめた。その後は二人とも無言だったが、ハッチの手はレジーナの手をしっかり握ったままだった。

23

レジーナとハッチは買ってきた食料品をキッチンに運び、ハッチはステーキ肉の包みを開けて漬け汁に浸した。続いてチーズケーキの材料を冷蔵庫に入れようとしたので、レジーナは眉をつりあげた。

「作らないの？」レジーナは尋ねた。

「あとで」ハッチが簡潔に答えた。

それからペンと紙を取りだして短くなにかを書きつけた。そのメモを、ステーキ肉を浸している鍋に立てかけてから、流しで手を洗いはじめた。その隙に鍋に歩み寄ってメモを読もうとしたレジーナは、ハッチの手に肩をつかまれて跳びあがった。

「一時間でグリルの用意ができるっていうキャムへの伝言だよ」ハッチがさらりと言った。

「あなたはどこかへ行くの？」レジーナは尋ねた。

「二階へ。きみと一緒に」

レジーナは目を丸くした。心臓の鼓動が一瞬止まり、胸の中でしゃっくりを起こす。そんな彼女をハッチが腕の中に引き寄せて、半ば閉じた目でレジーナの唇を見つめた。その唇にキスする以外にしたいことなどないかのように。

レジーナは苦しいほど締めつけられた肺に酸素を送りこもうとして、口を開いた。落ちつかなかった。とりわけ昨夜キャムと愛し合ったいまは。ハッチも二人の行為を知っているに違いない。レジーナとキャムは控えめでもなかった。

ハッチはなにを目論《もくろ》んでいるのだろう？　果たしてそれは重要なのだろうか、レジーナがこれほどハッチを欲しているときに？

ハッチが首を傾けて、ゆっくりと二人の距離を縮めていった。唇をそっと押しつけて、レジーナの口を所有していった。

難なく舌をからめて味わい、自らの味を差しだす。ハッチはいまわたしの中にいる。息を吸うたびにその香りで満たされる。安らぎ。安心感。愛。

事実上、二人が愛し合うのはこれが初めてだ。二人きりで愛し合うのは。そう思った途端、レジーナは死ぬほど怖くなった。

ハッチは腕の中でレジーが震えるのに気づいた。喘ぐような呼吸は乱れており、体を離して見てみると、瞳孔が広がっている。まるで怯えているようだ。

苦悩がハッチの胸をつかみ、痛いほど締めつけた。レジーは怖がっている。おれを。

「どうしてそんな目で見るの？」レジーが尋ねた。

ハッチは感情を表に出してしまったのだろう。とはいえ昔から、レジーに感情を隠すのは得意ではなかった。どういうわけかこの女性には心をこじ開けられ、さらけださせられてしまうのだ。男にとってはあまり愉快なことではない。

「おれが怖いんだろ」ハッチは低い声で言った。

レジーの目に悲しみがあふれ、手を伸ばしてハッチの顔に触れた。ハッチは抑えきれずに首を回し、レジーのやわらかな手のひらにキスをした。

「あなたがじゃないわ」レジーがささやくように言う。「ハッチ、あなたを怖いと思ったことはない。だけど怖がってないと嘘をつくこともできないの。あなたがじゃなくて、あなたがなにを考えるかが。あなたがどう感じるかが怖い」

ハッチは当惑して眉をひそめた。これは重要な会話だと感じたので、この場で続けたくなかった。レジーをキャムとソウヤーとも分かち合わなくてはならないのはわかっている。だがレジーの一部を一人占めにしてはならないとはだれにも言われていない。

「一緒に二階へ行かないか、ベイビー？　寝室で話そう」

レジーがうなずいたので、ハッチは彼女の手を取ってしっかり握った。レジーの腰に片腕を回し、並んで階段をのぼる。

ハッチは自分の寝室に彼女を入らせ、二人の背後でドアを閉じた。それからためらうことなくレジーを胸に引き寄せてのけ反らさせると、ふたたび唇を重ねた。

「ずっとこうしたかった」ささやきながら彼女を後ろ向きに歩かせてベッドに近づく。「おれの腕の中に閉じこめて、さっきみたいに見つめてほしかった」

そっとレジーをベッドに押し倒し、自分は両腕で体を支えて彼女の目を見おろした。

「なにが怖いのか教えてくれ」

レジーナはじっと彼を見あげ、手を伸ばして顔に触れた。ひたいの生え際を指でなぞり、顎まで撫でおろす。それからおずおずと人差し指で固い唇に触れた。

ハッチがその指先を歯のあいだでとらえ、やさしく嚙んでから唇を閉じてしゃぶった。

レジーナの体に震えが走った。この唇を唇で感じたかった。ハッチはこのうえなくやさしい。昔から磁器のように扱ってくれた。常に守り、夢や希望を応援してくれた。

「あなたが怖いんじゃないわ、ハッチ」レジーナは早口に説明した。「あなたを怖いと思ったことは一度もない。あなたのわたしを見る目が変わるのが怖いの。わたしへの気持ちが変わることが」

ハッチの眉間にしわが寄り、目が燃えあがった。「どうしてそういうものが変わる?」

「わたしがキャムと愛し合ったから」レジーナはそっと答えた。「わたしが……ソウヤーと愛し合うだろうから」

ハッチの息がレジーナの髪を躍らせ、おでこから払った。

「キャムは言ったわ……」

「なんて?」ハッチが好奇心をのぞかせて尋ねた。

「ゆうべわたしと愛し合ったのがあなたかソウヤーだったなら、それが自分だったらよかったのにとは思うだろうけど、きっと怒りはしなかったって。ほっとしただろうって」

「ほっとした」ハッチがわずかに眉をひそめたので、レジーナは彼の表情がやわらぐまで息を詰めて待った。

「キャムがそういう言い方をしたのはわかる気がするな」

「そうなの？　わたしがキャムと寝たことで、腹を立てたり傷ついたりしてないの？」

ハッチの表情はいまも判然としなかったが、それでも彼はきっぱりと首を振った。レジーナの脚のあいだに膝を滑りこませ、少し右に移動して、二人一緒に横向きになる。たくましい腕にレジーナの頭を載せ、もう片方の手でレジーナの体を撫でおろすと、腰に休めた。

「おれは怒っても傷ついてもいないよ。これがうまく行けば、きみがキャムともソウヤーとも愛し合うのはわかってた。そのときおれがその場にいるとはかぎらないこともね。おれがきみと過ごすときは必ずだれかを交えなきゃならないとも思ってないから、二人に違うことを期待するのはフェアじゃない」

「だけどそれで平気なの？」レジーナはそわそわと尋ねた。ハッチの声にはいまも疑念がひそんでいて、それがレジーナは気にかかった。

「平気の定義は？」ハッチが苦笑混じりに言った。「下におりてきみがキャムとソファに横たわってるのを見つけたとき、胸に小さな穴が開かなかったと言ったら嘘になる。だけど同時に光も感じた。キャムの言葉を借りれば、ほっとした。おれだったらよかったのにとは思ったけど、そのときは必ず訪れると悟ったんだ。おれはただ、きみに時間を与えればいいんだと」

ハッチがレジーナの腰に載せていた手を滑らせて肩まで撫でてあげ、首筋を通って顔に到達した。それからもう一度キスをする。今度は口の端に軽く。それでもレジーナはその行為の裏にある愛を全身で感じた。

「ずっときみを愛してたような気がするよ、レジー。初めてあの小川の岸で会ったときからずっと。もしあのときはまだ愛してなかったとしても、おれをからかったソウヤーとキャムをきみがぶちのめしたときに、おれの心はきみのものになった。ほかの二人ときみを共有しなきゃならないのを恨んだときもある。おれの中では、きみはまずおれのものだったから」

レジーナは息を吸いこみ、涙がこみあげるのを感じてわななないた。

「だけどおれがきみを愛するのと同じくらい、あの二人もきみを愛してるのはわかってた。そしてきみがいない日々を想像したら、胸が苦しくなった。本当に、体が痛かった。ほかの二人も同じように感じるに違いない。二人はおれにとって実の兄弟みたいなものだし、きみが彼らを愛してるのも知っていた。おれやほかの二人がどれほど苦しむか、いつまでも語ってられるけど、そんな苦しみ、おれたちがきみに選択を迫ったらきみが感じるだろう痛みに比べたら、なんでもない。おれはきみをよく知ってるから、きみがおれたちのだれか一人を選んだりしないのはわかってた。だからあんなに必死で逃げたんだろ？　おれたちのだれも傷つけたくなかったから、自分が傷つくほうを選んだんだろ？」

涙がレジーナの頬を転がり落ちた。ハッチがそっと親指で拭い、レジーナの潤んだ目をじっと見つめた。

「愛してるわ、ハッチ」レジーナはささやいた。「わかってくれてありがとう。わたしがキャムとソウヤーも愛してることに怯まないでいてくれて」

「おれたちはきみと一緒にいたいだけだ」ハッチが髪を撫でながら真剣な声で言う。「簡単じゃないのはわかってるけど、きみがずっとそばにいてくれるならなんだってするよ」

「わたしを愛して、ハッチ。ずっとこのときを待ってたの」

ハッチが起きあがり、マットレスに膝を沈めてレジーナを見おろした。震える指でレジーナのシャツをたくしあげ、首の回りに集める。

左右の腕を交互にゆっくり掲げさせて、首からシャツを抜き取った。それをぽいと脇に放ってからレジーナのお腹に屈みこんだ。

温かく甘美な唇がレジーナの肌に触れた。ブラの下端からおへそのほうへ、キスが伝いおりていく。

湿った舌がおへそのくぼみの縁をかすめ、弧を描くように中央をいたぶったと思うと、ざわめく肌に歯を当てられた。ハッチの指がジーンズのボタンをいじり、ついに外す。ファスナーがやけに大きな音をたてておろされると、ハッチの指がウエストバンドにかけられた。

ジーンズをおろしてもらえるよう、レジーナは腰を浮かせた。布が脚を滑りおりて足首にたまる。引っ張るハッチに協力しようと足をばたつかせると、数秒後には自由になっていた。

ベッドの真ん中にブラとパンティだけという姿で横たわっていた。地味で色気のない、白の下着。けれどハッチはレジーナの下着の趣味など気にならないようだ。それを脱がせることのほうに関心があるらしい。

ハッチがふたたび屈んでレジーナを抱き締めた。胸の谷間にキスしながら、レジーナの背中とベッドのあいだに両手を滑りこませ、ブラのホックを探り当てて外した。

そのまま両手を上に這わせてストラップを肩から抜いていく。ハッチが欲望に目を輝かせながら、白い布を乳房から取り去った。

彼にまだ触れられてもいないのに、乳首はすでに痛いほど尖っていた。ブラが部屋の向こうへ飛んでいき、ハッチの両手が肌に戻ってくる。その骨張った長い指でレジーナのウエストを包み、自信に満ちた手つきでおれのものだと主張した。

ハッチの黒髪が乳房に近づいてくると、レジーナの唇から吐息が漏れた。敏感な先端を熱い舌が這いまわり、じっくりといたぶる。

レジーナは目を閉じてすすり泣くような声を漏らし、体の芯に集まってくる鋭い快感に集中した。秘密の場所が脈打って、刺すような欲求を心臓に送りこむ。

「お願いよ」レジーナはささやいた。「あなたが欲しくてたまらないの、ハッチ」

ハッチが顔をあげると、二人の視線がぶつかった。情熱が火花を散らし、二人を包みこむ。レジーナはその熱が全身の血管をめぐるのを感じた。

ハッチが首を伸ばしてふたたびレジーナの口を奪った。手で乳房をつかみ、やわらかなふくらみを揉みしだきながら指先で先端をつまびく。

「すごくきれいだよ、レジー。きみを見るたびにおれは息もできなくなる」

その言葉にレジーナの胸はよじれ、体は火照った。

「愛してるわ」とささやく。「ずっと前から愛してた。あなたは本当にわたしを愛してくれた初めての人よ」

ハッチの口が顎から耳へと移動し、さらに首を伝いおりた。指は乳房を離れて体を這いまわり、触れたところすべてに炎の道を残していく。

肌に触れる唇が心地いい。ハッチの口が熱く乳首をとらえると、レジーナは思わずのけ反った。すぼまった先端を歯のあいだに挟んで吸われ、そっと噛まれる。

レジーナの体の芯は脈打っていた。熱く狂おしく、切望して。すっかり準備は整っていた。体は燃えあがり、ハッチの舌が這うたびに、指がやさしく愛撫するたびに、いっそう自制心が薄れていった。

手のひらで軽くお尻を撫でられた途端、細かな震えが走った。ハッチが指にパンティのウエストを引っかけて押しさげ、小さな三角形の茂みをあらわにする。ああ、見られてしまう……触れられてしまう。

ハッチが体を離し、レジーナの脚からパンティを抜き取って床に放った。すばやくベッドを出て服を脱ぎはじめる。

ハッチは、ソウヤーやキャムより背は低いけれど、体はたくましく磨きあげられている。ソウヤーと同じで現場のスタッフと一緒に働くから、それが日焼けした肌と胸や肩の波打つ筋肉に現れている。

ハッチがズボンをおろして固いペニスがあらわになると、レジーナは息を呑んだ。黒い縮れ毛に囲まれたそれは、太く重そうにそそり立っていた。

レジーナはその光景に陶然とした。あの固いものが自分の口の中に、体の中に入ってきて、深く激しく貫くところを想像した。

この男性への欲望の鋭さに、ベッドの上で身じろぎした。彼のすべてが欲しい。

そのときハッチがナイトテーブルに手を伸ばした。コンドームを取りだそうとしている。

「ハッチ」レジーナはそっと声をかけた。「いらないわ」

ハッチがすばやく振り返り、問いかけるような目で見つめた。「本当に？」

レジーナはうなずいてため息をついた。ことを先へ進める前に、キャムと交わしたのと同じ会話をしなくてはならない。

レジーナがうつむいて目を閉じると、ベッドが沈んでハッチが戻ってきたのがわかった。顎をつつかれて上を向かせられる。

「どうした？」ハッチが尋ねた。

「わたしのせいでこんな話をしなくちゃいけないのが、いやで」レジーナは言い、またため息をついた。

純粋に困惑した目でハッチが見つめた。「ベイビー、わけがわからない」そう言った瞬間、ハッチの目が鋭くなった。「キャムはコンドームを着けなかったんだな？」ほとんど怒っているような顔だった。

レジーナは息を吐きだした。ああ、わたしはまた台なしにしようとしている。

「ええ、キャムは着けなかったわ。そのときは二人とも思いつかなかったの。朝になってキャムはひどく心配してたけど、わたしは避妊対策をとってるって請け合っておいたわ」

ハッチが顔をしかめた。「問題はきみが対策をとってるかどうかじゃない。キャムがもっときみを守ることを考えるべきだったという点だ」

「一年前のあの夜のあとにわたしが一夜かぎりの関係を持っていなかったら、こんな話はしなくて済んだのよね」レジーナは低い声で言った。

ハッチが目をしばたたいた。「え？　もしかして……。ちょっと待って。いまきみはなにを考えてる？」

レジーナはそわそわと身じろぎした。「そのときはコンドームを使ったわ。わたしは安全よ。性交渉を持ったのはその一度だけ。次の日にはどうしようもなく落ちこんで、あなたとキャムとソウヤー以外のだれかに触れられるのは二度とごめんだと思ったの」

レジーナはうつむいたまま、やましい気持ちで言い終えた。

「レジー、ねえ、おれを見て」ハッチがそっと言った。

レジーナは落ちつかない気持ちで視線をあげた。ハッチの目になにが浮かんでいるかを見るのが怖かった。失望？　嫌悪感？　けれど、どちらも見あたらなかった。そこにあるのは愛だけだった。

「なにを言えばいいのかよくわからない。間違ったことは言いたくない。正直に話すよ。一年前のあの夜のあとにきみがよその男と寝たと聞いたときは、衝撃を受けた。そのろくでなしを見つけだして尻を蹴飛ばしてやりたいと思った。きみを腕に抱き締めて、おれ以外の人間の存在を忘れさせてやりたいと思った。

「だけどそのとき、きみの目の表情に気づいた。自責の念と、ある意味でおれたちを裏切ったことへの不安。弱々しさと苦悩。それでおれはまた衝撃を受けた」

指でレジーナの頰を撫でてから、指の関節を彼女の顎に擦りつけた。

「重要なのはいま起きてることだ。過去に起きたことじゃない。誤解しないでくれ。もしきみがおれ以外のだれかのベッドにもぐりこんだら……おれかソウヤーかキャム以外のベッドにもぐりこんだら」と苦しげな声で言いなおす。「おれはその男の尻だけじゃなく、きみのお尻も蹴飛ばす。それから一年ほどきみをおれのベッドに縛りつけておく」

レジーナの笑い声は震えており、すぐにすすり泣きに変わった。

「ごめんなさい、ハッチ。いままで一度も言わなかったけど、ずっと謝りたかった」

「謝らなくていい。おれたちがいきなりきみに迫ったんだ。不意打ちを食らわせて心底怯えさせた。おれたちがなにを望んでいようと、きみはおれたちになにか約束したわけじゃなかった。おれたちになんの借りもなかったんだ」

レジーナは激しく首を振った。「あったわ。少なくとも説明するべきだった。ほかの男性のベッドにもぐりこむ前に話をするべきだった」涙がこみあげてきて目を閉じた。「あんなことをした自分が許せない。どうしてあんなことをしたのかもわからない。ただ……寂しかったの。あなたたちを求めてるのに、それをどう表現したらいいのかわからなかったの」

「ああ、ベイビー」ハッチがささやいて腕の中にレジーナを引き寄せた。胸に寄りかからせて、頭のてっぺんに、おでこに、閉じたまぶたにキスの雨を降らせる。

レジーナはしばらく髪を撫でられながら、ハッチにしがみついていた。

「コンドームのことだけど、レジー。おれはきみを守りたい」

レジーナは彼の顔を見あげられるだけ体を離した。「キャムは……わたしを愛してると気づいたときから一人の女性とも関係を持たなかったと言ってたわ」

ハッチの目が驚きに丸くなった。

「キャムは安全で、わたしは安全で……だけどもし今後——」

「今後こういう関係を続けていくなら、おれたちは全員が安全だってことを確認しなきゃならない」ハッチが穏やかな声で言った。

レジーナはうなずいた。

「おれがこれまでに愛し合った女性は二人」ハッチがまじめな声で言う。「大学一年のときにデートした子と……きみだ」

レジーナはハッチの腕の中で凍りついた。「それだけ?」ささやくように尋ねる。

「キャムと同じで、きみへの思いに気づいてからはだれとも寝てない」苦しげに顔がよじれた。「いや、それは嘘だな」ハッチがうつむいたので、今度はレジーナが彼の顎をつついて視線を合わせさせた。

「なにが嘘なの?」と尋ねる。

「おれはずっときみを愛してた。たぶん、だからきみがよその男と寝たことに腹を立てられないんだと思う。おれもきみを愛してるのに別の女性と寝たし、きみを愛したくないとは思っていなかったから」

レジーナの胸は強くよじれた。と思うやよじれが消えて翼を持ち、羽ばたいた。愛が胸の中で泡のように立ち昇り、体が弾けてしまうのではないかと思うほど全身を満たした。

「愛してるわ」簡潔に言った。「あなたの言ったとおりよ。過去は現在や未来ほど重要じゃない」

「未来か」ハッチがつぶやいた。「差し迫った未来を言うと、おれはきみを愛して、この取り決めがうまく行くよう最善を尽くすよ」

「じゃあ愛して。いまここで。あなたが必要なの、ハッチ。ずっと必要だった」

ハッチの口がレジーナの口を奪い、貪欲に味わって唇をむさぼった。レジーナはハッチの下唇に吸いついて、そっと歯を立ててから舌で癒した。

ハッチが上に重なってきて、レジーナの脚のあいだに固いものをあてがう。それを受け止めたレジーナは、ハッチの熱と力を感じた。両手でハッチの肩を、背中を愛撫し、引き締まったお尻まで撫でおろす。手のひらで慈しむと、お尻の筋肉が収縮するのがわかった。

ハッチがレジーナの頭の両脇に肘をつき、屈んでキスしながら腰の位置をずらして、さらに深く太腿のあいだに分け入った。

ペニスの先端がレジーナの縮れ毛をかすめた。

ハッチを欲してレジーナは脚を広げた。秘密の部分は脈を打ち、脈打つたびにアドレナリンを全身に送りこむ。

大きな先端がひだに触れ、クリトリスを擦ってからその下の入口の様子をうかがった。愉悦の震えが脚のあいだからあらゆる方向へと広がり、レジーナの全身を舐める。と、亀頭が入口を離れて、甘美に潤った部分を撫であげた。

「ハッチ、お願いよ」レジーナは喘ぎ混じりに言った。

ハッチが片方の肘で体重を支え、もう片方の手を二人のあいだにおろすと、自らペニスをつかんで位置を整え、ほんのちょっとだけひだのあいだに挿し入れた。

レジーナは息を呑んだ。官能の爆発に体の芯を揺すぶられ、頭からつま先までこわばる。ハッチはとてつもなく太く、固かった。

それが侵入してくると、レジーナは目を閉じて首を反らした。大きなものを受け入れようと体が順応し、容赦ない挿入に屈していく。

そのときハッチが腰を引いたので、レジーナは抗議の声を漏らした。彼がレジーナの頭の両脇にふたたび両肘をついて、わがままにキスをしながら今度こそペニスを沈めていった。

レジーナはハッチの緊張を感じた。ハッチの中の闘いを。わたしを傷つけることを恐れているのだ。レジーナはほほえみ、唇でハッチの顎から首まで伝いおりると、肌に歯を立てた。

「レジー、こら、やめろ！」

レジーナはにんまりして、今度はハッチの耳まで唇で伝い、耳たぶを口に含んだ。ハッチが身震いして、さらに奥まで挿入する。レジーナは満足のため息をついた。これでずっとよくなった。

ハッチの下で身じろぎをして、もっと深く交われるよう腰の角度を整えた。

「おれを殺す気か？」ハッチがうめく。「動くのをやめないと、一秒で終わっちゃうぞ」

レジーナはくすくす笑い、腕と脚をハッチにしっかり巻きつけた。固いお尻にかかとをうずめて、もっと深く挿《い》れてもらおうと腰を浮かせた。

「せっかちなお嬢さんだな」

「欲張りでもあるのよ」レジーナは耳元でささやき、もう一度ハッチの耳に舌を這わせた。

ハッチの体が激しく震えた。まるで自制心をつなぎとめている最後の糸がぷつりと切れてしまったかのようだった。ハッチが膝立ちになり、両手をレジーナの脚の下に持ってくると、太腿をつかんでぐいと押しあげた。

大きく広げたところに深々と突き立てられて、レジーナは悲鳴をあげた。

さらに脚を掲げられ、もっと奥まで貫かれる。根元までうずめられると、二人の肌は密着した。

完全に満たされた感覚にレジーナは喘いだ。ひだが震えてペニスにまとわりつき、神経が脈を打つ。

ハッチがレジーナの脚を離して屈みこみ、乳房にたくましい胸を押しつけた。レジーナの背中とマットレスのあいだに両手を突っこんで、もっと近くに引き寄せる。レジーナを押しつぶすまいと膝で自分の体重を支えるので、ハッチの脚はこわばっていた。

一度腰を引いて、ふたたび深く貫いた。

「ずっとこれを待ってた」ハッチがささやくように言う。「おれときみだけでひとつになれるときを。きみが毛布みたいにおれを包みこんで、おれが自分を見失うほどきみの奥深くに埋もれるときを」

レジーナはハッチの肩に爪を食いこませ、動きを合わせようと腰を掲げた。ペニスを包む部分は潤い、ハッチはやすやすと抜き差しをくり返した。

甘美な摩擦。ハッチの動きが速く激しくなり、レジーナを傷つけるのではないかという先ほどまでの不安は消えてしまったようだ。

レジーナの深奥に火がついた。最初は小さく、徐々に大きく燃えあがっていく。小さな快感の種が芽生え、みるみるうちに花開いていく。

レジーナはうめき声でハッチをさらにうながした。汗で滑る手でたくましい肩をつかむ。脚でしがみついてマットレスから浮かび、ありったけの力で求める。

ハッチはレジーナの首筋に顔をうずめて唇と歯で肌を愛し、息を弾ませながら何度も腰をたたきつけた。肉と肉とのぶつかる音がますます大きくなっていく。

二人は互いにしがみつき、抱き締めてからみ合って、もっと近づこう、距離を縮めようと必死にもがいた。

「ハッチ」レジーナはささやいた。「お願い、やめないで」

「一緒にいこう、ベイビー。いますぐ。おれはもうもたない。ああ、すごい!」

ハッチが顔をあげてひたいとひたいをくっつけ、ぎゅっと目を閉じた。激しく唇を吸って舌をからめる。

レジーナの絶頂は目前で、耐えがたいほどに迫っていた。解き放たれる感覚を求めて、レジーナは懸命に手を伸ばした。

そのときハッチが腰を引き、いま一度強く激しく突き立てると、雄叫《おたけ》びをあげて全身の筋肉をこわばらせた。そうしてむきだしの力をレジーナにたたきつけながらも、ハッチは彼女を守って、腕の中にやさしく抱いていた。

レジーナの唇に、頬に、首筋に、キスの雨が降ってきた。

ああ、本当に目前だったのに、ハッチはスローダウンしている。レジーナが思わず抗議の声を漏らすと、ハッチがぴたりと動きを止めて、じっと見おろした。その目には後悔の念がはっきりと浮かんでいた。

レジーナはふりをしたい気にさせられたが、どうせハッチには見抜かれてしまう。ハッチはだれよりレジーナを知っているのだ。そんなふうに嘘をつくことはできないし、実際、心の底から解放を求めていた。体中の神経が慈悲を求めて悲鳴をあげているときに、すばらしいオーガズムがもたらす気だるさのふりをするなど不可能だった。

「ああ、ごめんよ、レジー。くそっ、おれは身勝手なけだものだ」

そう言うと二人のあいだに片手を滑りこませて、レジーナのクリトリスを探り当てた。いまも震えているつぼみを、じっくりと人差し指で転がしはじめる。

レジーナはうめいて腰を突きだし、与えられる快感に浴そうとした。ハッチが腰を前後に揺する。先ほどまでよりゆっくりだけど、レジーナが欲しているものを与えるにはじゅうぶんな強さで。

「どうしてほしいか言ってくれ」ハッチがささやく。「なにが欲しい？」

「それよ」レジーナは喘ぎながら答えた。「あなたの指。触れて。もっと強く」

ハッチが従い、指に力をこめながらペニスを奥までうずめた。

レジーナは目を閉じて歯を食いしばった。急速に高まっていた。恐ろしいほどの勢いで絶頂に近づいていた。ずいぶん長く、ぎりぎりのところで待たされたあとだったから、ついに達した感覚は痛いほどだった。

ハッチの指がクリトリスを強く転がしていたぶり、スイートスポットを見つける。レジーナはペニスを突き立てられたまま爆発し、脚と体はこわばってわなないた。

「いいぞ、ベイビー。おれのためにいってくれ。ああ、なんて気持ちいいんだ」

レジーナはやみくもに手をおろしてハッチの手をつかみ、息も絶え絶えに引き剝がした。体を貫く鋭い感覚にそれ以上耐えられなかった。そうしてぐったりしていると、ハッチはまだしばらく腰を動かして、ついにやさしく引き抜いた。

レジーナにキスをして、顔からそっと髪を払う。ハッチの目にはまだ後悔の念がありありと浮かんでいたが、レジーナは彼の唇に指を押し当てた。

「もっときみを大切にするべきだった」ハッチが押し当てられた指越しに言う。「きみはおれと一緒にいかなかったし、おれは人生で初めての女の子を前にして欲情したティーンエイジャーみたいなふるまいをする前に、ちゃんときみをいかせるべきだった」

レジーナはほほえんでハッチの頬を撫でた。「わたしはあなたの人生で二人目の女の子よ」

ハッチの頬が赤くなった。

「意地悪で言ったんじゃないのよ」レジーナは慌ててつけ足した。

ハッチがほほえみ返した。「わかってるよ、ベイビー。ただ、きみを満足させられなかったのが残念なだけだ」

レジーナは首を振った。「完ぺきだったわ、ハッチ。あなたは完ぺきだった。本当よ」

ハッチがレジーナの上からおりて見おろした。「一緒にシャワーを浴びようか。朝まで二人でベッドにもぐっていたいのは山々だけど、チーズケーキとファッジを作るってきみに約束しちゃったしな」

「うーん、待ちきれない」レジーナはうっとりして言った。

「じゃあ、先に湯を出してるよ。二分後においで」

ハッチが起きあがって身を乗りだし、レジーナのおでこにキスをしてからバスルームに歩いていった。レジーナはそれを見送り、引き締まった後ろ姿に見とれた。

この男性と朝までベッドにいられるなら、チーズケーキとファッジもほとんどあきらめられそうだ。ほとんど。

24

ハッチの数分後にレジーナが階下におりてみると、ソウヤーがソファに座ってテレビを見ていた。戸口に立つレジーナに気づいて、ソウヤーが顔をあげた。

静かな情熱のせいで、淡いブルーの目がいっそう淡く見える。レジーナを見つめるソウヤーの目には欲望や欲求以上のなにかがあった。切望が。

レジーナは部屋を横切り、ソウヤーに勧められる前に隣りに腰かけると、彼の腕の下にすり寄った。

温かくてたくましい。レジーナがさらに深くもぐると、ソウヤーが笑った。

「そのへんでやめないと、おれの下敷きになっちまうぞ」

レジーナはにっこりして、ソウヤーの胸に片腕を載せた。ソウヤーが彼女の手を取ってただ握り、指をからめた。

「キャムは？」レジーナは尋ねた。

「外でグリルに火を起こしてる」

「あら。それならわたしたちも外に出て、そばにいてあげなくちゃ」

ソウヤーがうなった。「おれはここにいたい」

「うーん、わたしもだけど、やっぱり外に出るべきよ。音楽でもかけましょ。外で食べるのもいいわね。今日はそんなに暑くないし」

「いいよ。おまえがそうしたいなら」ソウヤーが気楽に言った。

レジーナは顔をあげてソウヤーを見た。「建設現場でのごたごたは片づいたの？」

ソウヤーがまたうなったので、レジーナはほほえんで首を振った。

「あなたの口数の多さには毎度感動させられるわ。わたしに指図するときには山ほど言うことがあるんでしょうね」レジーナは辛辣に言った。

ソウヤーが笑った瞬間、暗い表情がぱっと晴れたのにレジーナは見とれた。翳《かげ》りの薄れた目でソウヤーが見つめ返す。

「明日の朝、また出かけて市の人間と会わなくちゃならないが、どうやら単純な行き違いにすぎなかったらしい。最悪の場合でも、二日間の遅れが出るだけで済みそうだ。それなら取り戻せる」

レジーナは首を伸ばしてそっとキスをした。「帰ってきてくれてうれしいわ。あなたがいなくて寂しかったの。さあ、外に出てキャムを探しましょ」

ソウヤーがしばしレジーナの顔を観察し、それから人差し指で顎に触れて、唇の輪郭をなぞった。

「なんだか今日は……楽しそうだな」ソウヤーが言った。

レジーナが答える前にソウヤーがソファを立った。それからレジーナを助け起こそうと手を伸ばしたものの、レジーナはその手を払って後ろを向かせた。そしてソファの上に立ちあがり、ソウヤーの背中に飛びつくと、たくましい首に両腕を巻きつけた。

ソウヤーはやれやれと笑ったが、大きな両手を後ろに回してレジーナの太腿を抱えた。

「おまけにはしゃいでると来た」

パティオのドアへと歩きだしたソウヤーの頭の側面に、レジーナは頬を押しつけた。「以前のわたしに戻りかけてるだけかも」

ソウヤーがドアのハンドルに手をかけて、一瞬足を止めた。「潮時だ。会いたかったぜ、ベイビー・ガール」

ソウヤーが外に踏みだすと、キャムがグリルから顔をあげた。ソウヤーに背負われているレジーナを見て、にっと笑う。

「ハッチは？」キャムが尋ねた。

「わたしのためにチーズケーキとファッジをこしらえてるわ」レジーナは陽気に答えた。

キャムが首を振って天を仰いだ。「砂糖の摂りすぎで天国に行ってしまうぞ、レジー」

「かもね。だけどすてきな方法だわ」

「おれならもっといい方法を思いつく」ソウヤーが思わせぶりな声で言った。

レジーナは彼の首に回している腕に軽く力をこめた。

ソウヤーがポーチの手すりに歩み寄り、レジーナが手すりにお尻を載せられるよう向きを変えて腰を屈めたが、レジーナはソウヤーの背中を離れなかった。

「お肉はいつ焼きあがるの？」レジーナは期待をこめて尋ねた。

「あと二分くらいかな」キャムが言う。「お腹が空いたかい？」

「ぺこぺこよ。いちばん大きいのが食べたいわ」

ソウヤーがまたうなったので、レジーナは彼を小突いた。

「それだけの食料がいったいどこに消えちまうんだ、レジー？　間違いない、おまえの腹には虫がいる」

レジーナはにっこりして、ソウヤーの背中からキャムを見た。「わたしには食べ物が必要なの。砂糖もね。赤肉と砂糖」

「きみに必要なのはもっと健康的な食事に切りかえることだ。さもないと三十になる前に心臓発作で倒れるぞ」

「じゃあ、あと二年は幸せな食事ができるってことね」

キャムが怖い目でにらんだ。「冗談を言ってる場合じゃないぞ。きみにはもっと長い年月、そばにいてもらいたい」

キャムのやさしさにレジーナの心はとろけた。こんな言葉で締めくくってもらえるなら、キャムの毎日のお説教にも耐えられる。

「きみはすっかりハッチを丸めこんでる」キャムの言葉は続いた。「だからハッチはそうやってきみの悪癖を助長するんだ。だけどぼくはそう簡単に操れないぞ」

「だからおまえはステーキを焼いてるのか？」ソウヤーが無邪気に尋ねた。

キャムがじろりとにらんだ。

「今後はソウヤーとわたしが料理を受け持つべきかもね」レジーナは言った。

ソウヤーが咳きこみ、キャムがぞっとした顔になった。

「ただの思いつきよ」レジーナは言った。

「ひどい思いつきだ」キャムがぼやいた。

レジーナはソウヤーの首に回していた腕をほどき、彼の腕の下に突っこんで腰を抱いた。肩胛骨のあいだに顔を押しつけて、満足のため息をつく。

これほどすばらしいひとときがあるだろうか。空は晴れ、グリルではステーキが焼かれ、地球上でもっとも大切な親友三人に囲まれて。訂正、恋人三人に。けれど体を重ねたいまでも、この三人が親友であることには変わりない。この三人以上に愛する人もいない。

ソウヤーの腰を抱く腕に力をこめた。この男性との時間はいつ訪れるだろう？　訪れたとき、ソウヤーは一年前と同じように自制するだろうか？　ソウヤーの中には見えない力が詰まっている。愛し合うとなったら、ハッチのようにはしないだろう。そう思うとレジーナは興奮すると同時に不安にもなった。

ソウヤーは……荒々しくて野性的な衝動に満ちている。レジーナは彼をよく知っているから、ソウヤーがそういう面を隠そうとするだろうこともわかっていた。

ため息が出た。

ソウヤーの体がこわばった。「どうした、レジー？」

レジーナはほほえんだ。「なんでも。ちょっと考えてただけ」

ソウヤーがレジーナの手首をつかんで胸から離し、彼女の腕の中でゆっくりと向きを変えた。

「どんなことを？」

「あなたのことを」レジーナは簡潔に答えた。

「内容を聞かせてくれるか？」

レジーナはいたずらっぽい笑みを浮かべてソウヤーを見あげた。「だめ。知りたかったら探りなさい」

ほら、見えた。ソウヤーの目の輝き。抑制できない力と暗い欲望の瞬間。ソウヤーをよく知らなかったら、心底怯えていただろう。

見あげるような巨体と、射抜くように見つめる青い目。剃りあげた頭と短い顎髭は、荒っぽい印象を引き立てるばかり。全体的に見ても近寄りがたいとしか言いようがなく、レジーナはそれが狙いではないかと思っていた。ソウヤーが本当の意味で親しくつき合っているのは、ここにいる三人だけだ。それはレジーナとの共通点でもあった。

レジーナは手を伸ばし、ソウヤーの左耳を飾る金の輪っかのピアスをいじった。

「ねえ、そんなにタフな外見をしてるわりには、あなたってすごくマシュマロ的よね」

ソウヤーが眉をひそめた。「どういう意味だ？」

「考え事を声に出しただけ」レジーナは悪びれもせずに言った。

「そんなの胸にしまっとけ」ソウヤーがうなるように言う。

にやにやしているキャムに気づいて、ソウヤーが怖い顔でにらんだ。

それからレジーナに向きなおった。「マシュマロだと？　おれがマシュマロ呼ばわりされてむかつかないと思うのか？」

レジーナはにんまりした。「でもあなたはわたしのマシュマロで、マシュマロちゃんになるのはわたしに対してだけ」

「マシュマロちゃん？　レジー、おまえドラッグでもやったのか？」

レジーナは答える代わりに身を乗りだし、ソウヤーを抱き締めた。もうすぐ。もうすぐこの男性を手に入れる。そのときは間違ってもガラス細工のようには扱わせない。だけど今夜は、また三人のそばにいられることを楽しもう。わたしにとってすべてを意味する三人の男性と、笑ってすばらしいひとときを過ごそう。

25

レジーナはチーズケーキの最後のひとかけを口の中に滑りこませて、オーガズムにも似た至福に酔いしれた。目を開けると、三人全員に見つめられていた。ただ見つめているのではなく、目でレジーナをむさぼっていた。まるでレジーナ自身がいま食べ終えたチーズケーキであるかのように。

「なあに？」レジーナは尋ねた。

「きみにチーズケーキを食べさせることについて、考えが変わった」キャムがつぶやく。

「いつもそんなふうに食べるなら、いつでも好きなだけ食べるといい」

レジーナはゆっくりとフォークを口から引き抜いて、ひとかけらも残さず舐め取った。

ハッチがうめいた。

レジーナはにっと笑って、コーヒーテーブルにお皿を置いた。「あなたたち、それしか考えられないの？」

「ああ」三方向から同じ答えが返ってきた。

レジーナがソファの背にもたれると、ハッチが彼女の皿を取ってからリビングルームを横切り、ほかの皿も集めてキッチンに向かった。

一年前のあの夜と今夜が似ていることに、レジーナは気づいていた。そっくりと言ってもいい。レジーナは車でこの家にやって来た。パティオでみんなでグリルをしてから、ゆったり座って冗談を交わし、笑い合った。そのどこかの時点で、だれかがレジーナにキスをした。だれがけしかけたのかは思い出せない。あのときは、ずっと求めていたものに疑問など持たなかった。

今夜はかすかな緊張感が漂っている。みんなあの夜のことを考えているのだ。けれど同時に、その翌朝レジーナがしっぽを巻いて逃げだしたことも考えている。

行動を起こすかどうかはレジーナしだい。三人は急かしたりしない。レジーナがまた逃げだすことを望んでいないから。

高鳴る鼓動を感じつつ、レジーナはいちばんしたいことをする勇気をかき集めた。最初のときは三人が誘惑した。今夜はわたしが誘惑する。

ソファを立ってゆっくりと部屋の中央に進んだ。向きを変えると、ソウヤーとキャムが興味深そうな目で見つめていた。ハッチがキッチンから戻ってきてレジーナに気づき、ソファの後ろで足を止めた。

レジーナは胸の前に両手を掲げたが、その手はひどく震えていた。ぎゅっと拳に握り締め、ふたたび勇気を振りしぼろうと息を吸いこんだ。

緊張する。けれど怖くはない。今度ばかりは。

ゆっくりと拳を広げて、シャツのボタンを外しはじめた。袖から腕を抜いて床に布を落とし、目の前にいる三人の男性に視線をあげた。

ハッチはジーンズのポケットに両手を突っこんで、その目はレジーナに釘づけになっていた。キャムはソファの端に腰かけて、レジーナの一挙手一投足を見守っていた。ソウヤーは……レジーナを見つめて、視線で残りの服を剝ぎ取り、魂まで見透かそうとしているかのようだった。ソウヤーは煮えたぎっている。レジーナは彼の肩から放たれる緊張を感じ取った。大きくて強くて……飢えている。

「レジー、いったいなにをしてる？」ソウヤーがうなるように尋ねた。

「なにをしてるように見える？」レジーナはそっと問い返した。

キャムがソファから落っこちそうなほど身を乗りだした。レジーナのそばに行きたい衝動と、ソウヤーとハッチの反応を確かめる必要性に引き裂かれているのだろう。

「だけどなぜ？」キャムが落ちついた声で尋ねた。「きみが望まないことはしてほしくない」

「わたしは自分が望むことをしてるのよ」

ジーンズのボタンを外して窮屈なデニムから抜けだした。サンダルも脱いで、ブラとパンティだけになって三人の前に立った。本音を言うと、ここから先は彼らに任せたかった。ストリップの経験はない。とりわけ人前では。けれど臆病者でもない。いまはもう。

指先をブラの下端に滑りこませて、背中のホックまでぐるっと回す。ひとつ、二つ、ホックを外すと、布地は肌を離れた。レジーナは腕をおろし、床の上で待つほかの衣類の山にブラを滑り落とした。

三人の視線が肌を焦がし、刺すような感覚をもたらす。乳首は尖って痛いほどだ。それでも三人が動かないので、レジーナは急に不安に襲われて、自分を守るように胸のふくらみを腕で覆った。

　下唇を嚙み、募る不安とともに三人を見つめた。

　ソウヤーが静かに悪態をついて立ちあがり、レジーナとの距離を大股二歩で縮めた。両手でレジーナの肩をつかむと、広い胸に引き寄せた。

　ソウヤーの強さと内側からにじみだす力に包まれて、レジーナは強い潮流にとらえられた気がした。ソウヤーの腕に抱かれたかった。触れてほしかった。慎重に抑えこまれているけれどたしかに水面下でうねっているあの力を解き放ってほしかった。

　ソウヤーに唇を奪われて、みだらにむさぼられる。短い顎髭がちくちくと顎と口角を擦る。体のほかの部分にキスや甘噛みをされたらどんな感じがするだろう。

 舌と舌とが出会うと、レジーナののどから長いため息が漏れた。あまりにも長い時間を無駄にした。けれどついに、いるべき場所に帰ってきた。

　背後に別のだれかの体温を感じたと思うや、二つのたくましい胸に前後から挟まれていた。キャムだ。両手でレジーナの脇腹を撫でおろし、腰のところで手を止めて、やわらかなお尻を股間に引き寄せる。

「本当にこれが欲しいのか、レジー？」キャムが耳元でささやく。両手で今度は撫であげて、首にかかった巻き毛を払い、そっとうなじにキスをする。

　耳の下の脈打つ部分に歯を当てられると、レジーナの背筋を震えが駆けおりた。

「欲しいわ」レジーナはかすれた声で答えた。「ものすごく。愛して。お願い」

ソウヤーが腕の中にレジーナを抱きあげて階段に向かいはじめた。レジーナが後ろを確かめると、キャムとハッチも続いていた。視線がぶつかり、固い絆《きずな》で結ばれる。その絆を、今夜がいっそう固いものにしてくれることを願うほかない。

レジーナは顔をあげてソウヤーを見た。決意に満ちた表情に、心臓がとんぼ返りを打つ。今夜、ソウヤーの心の壁は崩れ落ちるだろうか？　それとも前回と同じように、距離は保たれたままだろうか？

ソウヤーが寝室に入った。だれも使っていない、いちばん奥の寝室だ。ソウヤーが広い部屋の中央にあるベッドにそっとレジーナをおろしたとき、キャムかハッチが明かりを点けた。

「言ってくれ、レジー」ソウヤーが静かに言う。「これが欲しいと言ってくれ。これこそおまえの望むものだと声に出して言ってくれ」

キャムとハッチがベッドの足元側に立った。三人ともレジーナを見つめ、その反応を見守っている。

レジーナの口はからからになった。ごくりと唾を飲みこんで、舌に言うことを聞かせようとした。

「これが欲しいわ。ほかのなによりも。どうしたらいいか教えて。わたしになにをしてほしいか」

「ただ横になって、おれたちに愛させてくれ」

ソウヤーの言葉はレジーナの肌を焼き、照りつける日射しのように火照らせた。

服を脱ぎはじめた三人をレジーナは見つめた。シャツ、ジーンズ、下着。すべてが取り去られ、無造作に脇に放られていく。

感覚が麻痺していた。どんなにがんばってみても、一年前のあの夜のことはほとんど思い出せない。あのときは、あっと言う間のできごとだった。レジーナはただただ呆然としていた。だけど今夜は違う。

目の前のみごとな裸の男性三人を見つめた。彼らはわたしを求めている。欲している。わたしを美しいと思っている。慈しんでいる。愛している。

圧倒されそうだ。

ベッドが沈んでソウヤーとキャムが両隣りにやって来ると、レジーナはまた震えた。

「怖がらないでくれ、愛しいレジー」キャムが耳元でささやいた。「きみを傷つけるようなことは絶対にしない」

レジーナは首を回し、キャムの温かな茶色の目を見つめた。「わかってるわ、キャム。怖がってなんかない」

体の下でマットレスがまた動き、ハッチが足元のほうから近づいてきた。両手でレジーナの脚を撫であげながら、大きく広げさせていく。

ソウヤーが屈んで乳房に顔を寄せ、口の中にやさしく乳首を吸いこんだ。レジーナは剃りあげられたソウヤーの頭に片手を添えて、もっと続けてと訴えた。

さらに大きく脚を広げられ、ハッチの頭が太腿のあいだに迫ってくるのが見えた。なにをされるかわかっているから、全身の筋肉が期待にこわばった。

潤った部分に指が分け入ってきたとき、キャムの唇がまだ触れてもらっていない乳房をとらえた。

レジーナの視界はぼやけた。まだ始まったばかりだというのに、もうこらえきれない気がした。三人の一斉攻撃を受けて、いったいどうしたら持ちこたえられるだろう？

ハッチがレジーナの両脚を押しあげると、ソウヤーが片手でその膝をつかんだ。キャムがもう片方の膝を引き受けて、二人でハッチのためにレジーナをさらけだす。かぎりなくエロティックな姿態にレジーナは喘ぎ、いまにも絶頂を迎えそうになった。

そのときハッチの舌が秘密のひだのあいだを這い、入口と震えるクリトリスを舐めた。レジーナは悲鳴をあげた。その口をソウヤーが口でふさいで悲鳴を呑みこむ。キャムの舌は激しく乳首を転がし、ハッチの舌は蜜のしたたる部分にゆっくりと沈められていった。

ハッチがそっと歯を立てて、レジーナを絶頂の縁に追いたてる。

「きみはなんて甘いんだ」ハッチがささやく声は、張りつめたつぼみを震わせた。

「きみこそぼくの大好きなデザートだ、レジー」キャムもささやく。「きみを味わえるなら砂糖なんて必要ない」

ソウヤーの舌がレジーナの口をさらに深く犯し、官能的に探索する。レジーナの脚が震えはじめると、膝をつかむソウヤーの手に力がこもってぐいと引きあげ、ますますハッチのなすがままにさせた。

レジーナはソウヤーの口の中でうめいた。

「いいぞ、ハニー」ソウヤーが言う。「おれたちが与えるものを手に入れろ」

ハッチの舌が上へ下へと這いまわり、秘所をうがって舐めては味わい、甘美に奪う。

もう耐えられなかった。まるで稲妻に打たれたかのようで、全身がきつく締めあげられる。

ハッチの口が上へ滑り、クリトリスを含んだ。

太腿のあいだから閃光《せんこう》のように緊張が広がり、全身の筋肉をわななかせた。そのとき、レジーナは砕け散った。

身をよじってのけ反った。一度の激しい爆発でばらばらになった。

キャムが乳首を激しくしゃぶり、ソウヤーが首と肩に熱いキスの雨を降らせ、もう片方の乳房に吸いつく。ハッチはやさしく長く舌を這わせてレジーナを絶頂の高みからゆっくりとおろしていった。

やがてレジーナが愛撫に身をすくめると、ハッチが顔をあげ、キャムも体を起こした。レジーナはやみくもにキャムを求めて手を伸ばしたが、その手をつかまえてやさしく握ってくれたのはハッチだった。

キャムはレジーナの脚のあいだに移動して、今度はハッチがレジーナの膝をつかまえ、ゆっくりと上に引きあげた。キャムの両手がレジーナのお尻の下にもぐりこみ、わずかに浮かせる。

レジーナが下を見やると、いまも脈打っている秘所にキャムがペニスをあてがうところだった。

貫かれると同時に、レジーナの胸の奥から喘ぎ声が漏れた。長く揺るぎない一突きで根元までうずめられる。突き立てられた部分はわななき、達したばかりでまだ熱く燃えていた。

キャムが固く目を閉じて深い息を漏らした。

「なんて気持ちいいんだ、レジー。きみは最高だ」

「愛して」レジーナは言った。体はキャムを求めて疼いていた。

キャムのためにレジーナの脚をつかまえていたハッチが、のんびりと乳房に舌を這わせた。と思うや、レジーナの膝の裏に手を滑りこませ、太腿をさらに乳房のほうへ引き寄せて、いっそうきつくキャムを締めあげさせた。

レジーナとキャムは同時にうめいた。

ソウヤーも同じように手を滑らせて、レジーナの脚を胸のほうに引き寄せた。ソウヤーとハッチが乳首を襲い、キャムが腰を動かしはじめる。最初はゆっくりと、けれどじきに速く激しく。

「触って」レジーナは喘ぎながら言った。「お願い」

「どこを？」ハッチがささやき声で尋ねる。「どうやって悦ばせてほしい？」

「クリトリスを」

ソウヤーがおずおずと、キャムとレジーナがひとつになっているところを見おろした。

キャムのペニスが深々とレジーナの秘所にうずめられているところを。ソウヤーが顔をあげてキャムを見、それからレジーナを見た。そしてついに決心したかのごとく、あるいはそんな行為が示す親密さを受け入れたかのごとく、レジーナの膝を離すと、ゆっくりと手を下に向かわせて、レジーナの脚のあいだの縮れ毛にたどり着いた。

キャムが少し身を引いてソウヤーのために場所を空ける。ソウヤーの指がやわらかなひだを分かち、小さなつぼみを探り当てた。彼がそこをいたぶりはじめると同時に、キャムがふたたび腰を突きだした。

ソウヤーは一瞬こわばったものの、レジーナのうめき声が室内を満たすのを聞いて、手をどけはしなかった。ソウヤーが離した脚をキャムがつかまえて、さらに速く激しく腰を動かしはじめた。

そのたびに、クリトリスに触れるソウヤーの指も揺すられた。指でいたぶりながらも、ソウヤーはレジーナの口を熱く奪いつづけた。舌と舌をからませて。

キャムが根元までうずめて一瞬動きを止め、体をこわばらせた。レジーナはいっぱいに満たされる感覚に酔いしれた。ハッチの口はやさしく乳房を吸い、舌は出たり入ったりしてすぼまった先端を転がす。レジーナはソウヤーに口を封じられたまま、酸素を求めて喘いだ。もっと彼が欲しかった。彼ら全員が。

キャムがゆっくりと体を離したので、レジーナは弱々しい抗議の声を漏らした。あと少しなのに。けれどそのときペニスが引き抜かれたので、レジーナはキャムがすでに達したことを悟った。

自分も達したくて、レジーナはソウヤーの手の下でそわそわと身じろぎした。ところがソウヤーも体を離し、手をレジーナのお腹の上に滑らせて、肌に濡れた跡をつけた。

「膝をついて、レジー」そう言ってハッチも体を離した。

ソウヤーに助けられてレジーナは起きあがり、うながされるまま向きを変えてマットレスに膝をうずめた。ソウヤーが仰向けになって体をレジーナの下に滑りこませ、そそり立ったペニスをレジーナの口のそばに持ってきた。それから片手をレジーナの髪にもぐらせ、しっかり頭をつかまえた。

背後で動きがあって、ハッチの手のひらがレジーナのお尻から背中まで撫であげた。それからふたたび撫でおろし、丸いふくらみを押し広げてレジーナの脚のあいだに腰を落ちつけた。

レジーナが首を屈めてソウヤーのものを口の中に導き入れると同時に、ハッチに後ろから貫かれた。やさしくゆっくりと挿入されて、気がつけば彼は中にいた。

レジーナが口に含んだペニスの裏側に舌を這わせると、ソウヤーがうめいて、髪をつかんだ手に力をこめる。亀頭がのどの奥にぶつかって、レジーナは反射的に呑みこんだ。

ソウヤーの要求に順応する時間を与えるかのごとく、ハッチが一瞬動きを止めた。レジーナはいったん奥までソウヤーを招じ入れてから、すばやく口を滑らせて、ペニスが唇から抜け落ちる寸前で止めた。

ソウヤーの味を堪能した。にじみだしたしずくを舌の上で転がしてから飲みこむと、もっとしてくれとせがむようにソウヤーの腰がびくんと跳ねる。レジーナはその願いに応じた。深く息を吸いこんで、彼のすべてを受け入れた。

ハッチが腰を前後に動かしはじめた。激しく深く、浅く小刻みに。亀頭だけが引っかかっている状態まで引き抜いてから動きを止め、一気に根元まで突きあげて、ソウヤーのペニスを咥えたレジーナの口にくぐもった悲鳴をあげさせる。

ソウヤーが長くかすれた息を漏らした。レジーナが見あげると、ソウヤーは固く目を閉じて首を反らしていた。その姿は美しかった。野性的で、非の打ち所もなく美しかった。

レジーナの目の前でたくましい胸と腕の筋肉が波打つ。まるで苦しんでいるかのように。けれどその顔は最高に甘美な快楽の表情を浮かべていた。

わたしがそうさせている。

その瞬間、レジーナは自分の力を悟った。傷つける力ではなく、愛する力を。彼らが差しだすものをレジーナが必要としているように、彼らが必要としているものを与える力を。

レジーナは目を閉じてふたたび首を屈め、ソウヤーを咥えこんだ。

お尻にハッチの腰がぶつかる音が室内を満たす。肉体が交わる湿った音を聞きながら、レジーナは惜しみなくソウヤーを受け入れた。

絶頂感が急速に高まって、太腿のあいだからお腹に広がり、脚にまで伝わって、どうしようもなく震えた。

ソウヤーの腰の両側に手をついて、必死に体を支えた。

口と舌で懸命に愛す。太いものを唇で締めあげる。自分が感じているのと同じだけの快楽を差しだしたい。そんなことが可能だろうか？

快感は高まりに高まって、レジーナはめまいすら覚えたものの、それでもまだ突端を越えるには至らなかった。

我慢できない。ああ、もう限界。

ハッチがレジーナの腰の角度を変えながら深々と突き立てる。これでもかと言うほどにねじこむ。お尻を両手でつかまえて、何度も貫く。

「レジー。レジー！」

ソウヤーの切迫した声が、あたりを取り巻くもや越しに聞こえた。

「ハニー、だめだ。いっちまう。口を放せ」

レジーナはそれを無視してソウヤーのものを奥まで咥えこみ、唇と舌で最後の攻撃をしかけた。

「くそっ、ハニー、だめだ――」

ソウヤーの声が途切れた。

レジーナはぎゅっと目を閉じて、得も言われぬ快感に酔いしれた。どうにかしなくては。これ以上高くはのぼれない。

ハッチの動きがさらに速く激しくなった。容赦なく。レジーナのお尻に腰をたたきつけ、その摩擦で秘密のひだのあいだを熱く焦がす。

レジーナがソウヤーのものを咥えたままくぐもった悲鳴をあげた瞬間、熱くほとばしる液体に口の中を満たされた。レジーナはもっと奥まで導き入れた。ソウヤーのすべてを受け入れる覚悟だった。

すべて飲みこんでから、ペニスの裏側にゆっくりと舌を這わせた。

ハッチがふたたび突きあげてきた。今度はさらに深く。レジーナは口と秘所を同時に貫かれる感覚にすすり泣いた。

ハッチのものを締めつける部分が脈打つ。耐えがたいほど刺激的で甘美な感覚。

やわらかくなっていくソウヤーのものをレジーナがやさしく舐めつづけているあいだも、ハッチはその場を離れなかった。が、やがてレジーナの脚のあいだを離れた。

ペニスが引き抜かれた瞬間、レジーナは身をすくめてうめいた。

そしてとうとう顔をあげ、唇のあいだからソウヤーのものを抜き取って、彼のお腹に寄り添った。のどに触れるソウヤーのペニスはいまも脈打っていた。

レジーナは呼吸を整えようと、ソウヤーのお腹の上で胸を弾ませた。ああ、いまはただ息がしたい。もうくたくただ。

ソウヤーがやさしくレジーナの髪を撫で、顔から払ってくれた。

「ここにいて」レジーナはささやいた。「動けないわ。動きたくない」

「じゃあ、おれのそばにいろ」ソウヤーがささやき返した。「おまえが望むだけ」

ソウヤーの脚のあいだに横たわり、お腹に頭を休めたレジーナは、満ち足りた思いで目を閉じた。肩にそっとキスされるのを感じたが、それがキャムなのかハッチなのか、本当にわからなかった。けれど目を開けて確かめるには疲れすぎていたし満足しすぎていた。

毛布がふわりと体にかけられた。ソウヤーの両手が腋の下をつかまえて引っ張りあげ、レジーナの頭を顎の下まで連れてくる。それから二人の体を毛布でくるみ、ぎゅっと彼女を抱き締めた。

「愛してるわ」レジーナは眠たげな声でささやいた。

一瞬の間のあとに、耳のすぐ上で声がした。「おれも愛してる、ハニー」

26

つややかな巻き毛に鼻先をくすぐられる感覚でソウヤーは目を覚ました。くすぐったいのを解消するべく腕をあげようとすると、温かくやわらかな体に手が触れた。レジー。

レジーはいまもソウヤーの上に力なく横たわり、彼の顎の下にぴったり頭をすり寄せてすやすやと眠っている。

シーツはソウヤーの足元でしわくちゃになっており、部屋の中にはいまもセックスの香りが立ちこめていた。ソウヤーが深く息を吸いこむと、股間のものが目覚めた。どっと興奮が押し寄せてきて、睾丸が硬くなった。

いますぐレジーをうつぶせにさせて息子を深々と突き立て、目を覚まさせてやりたい。その衝動に筋肉が引きつり、ひたいにはうっすらと汗がにじんできた。

けれどソウヤーはただレジーの髪をやさしく撫でて、おでこに唇を押しつけた。落ちつけと自分に言い聞かせる。この女性をわがものにしたいという荒々しく切迫した衝動を抑えなくては。

一夜明けてもレジーはここにいる。せっかく留まってくれたものを、あえて怯えさせてまた逃げださせることはない。たとえそのためにレジーのそばにいるときは自分を抑えつけなくてはならないとしても、対処してみせる。

ドアが開く音にソウヤーは視線をあげた。ハッチが戸口から顔を突っこんで言う。「よかった、起きたんだね。十五分で朝食だよ」

ソウヤーがうなるように返事をすると、ハッチが首を引っこめた。

レジーが身じろぎして官能的に体を擦りつけ、猫のように伸びをして、これまた猫のようにのどを鳴らした。

勘弁してくれ。ペニスはすでにレジーのお腹をつついており、火がついたように暴れたがっているのだ。するとレジーがソウヤーの胸に頬を擦りつけ、満ち足りた吐息をついてから首をもたげると、眠たげな目でソウヤーを見あげた。

その目は鮮やかなブルーにきらめいていた。光と輝き。なんて幸せそうなんだ。

息を吐きだそうとしたソウヤーは、胸がつかえて締めつけられるのを感じた。おれはレジーを愛してる。それを認めるのはかまわない。厄介なのは、レジーに視線を向けられるだけで弱くなった気にさせられることだ。

縫い目から裂けてばらばらになっていくような気にさせられる。糸を切られた操り人形のように頼りない。レジーのそばにいると制御が効かなくなるのだが、それではまずいのだ。レジーに対しては。絶対に。

「なにを考えてるの？」レジーがやわらかな声で尋ねた。

ソウヤーは彼女のこめかみから顎の曲線へ、さらに唇へと人差し指を走らせた。

「毎朝こんなふうに目覚めたいもんだと」

レジーがほほえむ。「たしかに魅力的ね」

そう言うと、二人のあいだに両手をおろしてソウヤーのペニスに指を巻きつけた。ソウヤーは爆発しそうになった。

切望が胃の中でたぎる。レジーの指の一本一本が、そそり立ったものに焼き印を押すかのようだ。ああ、ちくしょう。このままではまずい。

レジーの気持ちを傷つけないようやわらかな体に腕を回して、ソウヤーはすばやく身をひるがえした。それでペニスはレジーの脚のあいだに収まり、縮れ毛に押し当てられた。

レジーの脚を押し広げてビロードのような温もりに深々と突き立てる代わりに、おでこにキスをして起きあがった。そのまま背を向けて乱暴に足を床におろす。振り返ればレジーの目に抗しがたいなにかを見てしまいそうで、不安だった。

「ソウヤー？」

レジーの声は小さく、困惑していた。くそっ。これでは振り返らないわけにはいかない。覚悟を決め、とっておきのもの憂い笑みを顔に貼りつけてから振り返った。

「ついさっきハッチが顔をのぞかせた。もうすぐ朝飯だとさ。腹は減ったか？」

レジーがかすかに顔をしかめた。「もちろん。でもその前にシャワーを浴びなくちゃ」

自己主張の激しい股間のものを見られないようレジーに背を向けたまま、ソウヤーは立ちあがった。レジーのおかげでいまや息子はへそに届きそうな勢いだ。

「ここのを使え。おれはほかの部屋で浴びる」言うなり、闘犬に追われた男のごとく部屋から駆けだした。

レジーナはベッドに横たわったままため息をつき、天井を見つめた。ソウヤーがなにを考えているのかは神のみぞ知る、だ。

わたしを欲しているのは間違いない。自分の欲求や願望を表わすことに関して、ソウヤーは計算というものをほとんどしないのだ。キャムとハッチはどちらかというと一歩引いてレジーナに空間を与えてきたけれど、ソウヤーはもっと積極的で、レジーナが彼らとのあいだに壁を作ることを許そうとしなかった。

たったいまソウヤーが建てたセメントの壁を思うと、なんて皮肉な話。

これで二度、レジーナは三人の男性と同時に愛し合ったのに、ソウヤーは二度ともレジーナの口の中で達しただけだ。それがいやだというのではなく、ただ、この体を彼のもので貫いてほしかった。あのたくましい腿に脚をからめて、激しく突きあげられたかった。

想像にクリトリスが脈打ちはじめ、思わずうめき声が漏れた。

レジーナはため息をついてごろりとうつ伏せになり、枕に顔をうずめた。これは四人全員でする話ではない。ソウヤーとレジーナ、二人の問題だ。まったくソウヤーときたら、セックスの最中にわたしを避けておきながら、どうやったらこれがうまく行くと思ってるの？

二人のあいだの緊張感は手に取れるほどだ。レジーナはソウヤーを欲しているし、ソウヤーもレジーナを欲している。その点は疑いようもない。けれどレジーナを愛することについて、ソウヤーがなんらかのくだらない考えを抱いているのも確かだ。それを打ち砕かなくてはならない。

たしかにソウヤーには荒っぽいところがあって、たいていのことに乱暴な態度で接する。けれどレジーナはそれをよく知っている。というより、そんなのだれでも知っている。

ソウヤーの心の壁について考えられる可能性は少ない。

その一、別の二人の男性の前で行為に及ぶのは気が進まない。レジーナが触れてと頼んだときも、キャムと接触することにひどく尻込みしていた。その点はソウヤーを責められない。同時に複数の男性と愛し合う件については、いまだにレジーナも落ちつかないのだから。

その二、レジーナを欲していない。

その三、レジーナを傷つけたり怖がらせたりしたくない。

その二は明らかに正解ではないから、答えは一か三になる。おそらく両方を混ぜ合わせたものだろう。

一に関してはどうしたらいいかわからないけれど、三については打つ手はある。

決意に唇を引き結んでベッドから出ると、シャワーに向かった。ソウヤーとハッチは朝のうちに建設現場へ行く予定だし、キャムは電話をかけたり図面をチェックしたりしなくてはならない。そしてレジーナにもやるべきことがある。署長に連絡して捜査の進捗状況を聞き、マイケルに電話して依頼したセキュリティシステムをあの家に取りつけてくれたか確認する。四人で戻る前に設置を完了してもらわなくては。

家の中は静かだった。レジーナはマイケルとの電話を終えて、セキュリティシステムは取りつけ完了間近だと知った。署に電話すると署長は不在だったが、ジェレミーと話せた。できるだけ早急にキャムとソウヤーとハッチに出頭してもらって、いくつか質問させてほしいと言われたが、それを三人に伝えるのは気が進まなかった。三人は理由を知りたがるだろうし、それを聞かせるのがレジーナだろうと署長だろうと、事件が思っていた以上に複雑なことが知られてしまう。

レジーナはソファの上で丸くなり、目を閉じた。鈍い痛みがこめかみを刺す。

三人が署であれこれ訊かれてしまえば、レジーナがマイケルに頼んであの家に取りつけさせたセキュリティのことを三人が知っても問題はなくなる。あとでばれるより、レジーナの口から伝えたほうがきっと楽だろう。

心配なのは、個人的な復讐《ふくしゅう》の標的が自分だと知ったときのハッチの反応だ。すぐさま家を出て、可能なかぎりほかの人とのあいだに距離を置くに違いない。レジーナだったらそうする。というより、自分が標的かもしれないと思ったときに実際そうしようとした。

ハッチにそれはさせられない。させない。みんな一緒にいなくては。一人になれば、ハッチは狙われやすくなってしまう。そしてレジーナはハッチを守れなくなる。

天井の扇風機が回る静かなうなりに眠気を誘われた。次に気がつくと、低いささやき声が聞こえた。

「ソファの上で丸くなってる姿はキュートだな」ハッチが言う。

ソウヤーが鼻を鳴らす。「キュートだなんて言ったのがばれたら、尻を蹴飛ばされるぞ。だがまあ、かわいくはあるな。ただしぐっすり眠っていて、こっちの股間に膝蹴りを食らわせる危険がないときにかぎるが」

レジーナはにんまりして片目を開けた。「ひどい人たちね」

ハッチがのんびりと歩み寄ってきて、レジーナのおでこにキスをした。「おはよう、眠り姫」

「いま何時？」レジーナは尋ねた。顎が鳴りそうなほど大きなあくびをしながら起きあがる。

ソウヤーが腕時計を見おろした。「もうすぐ五時だ」

レジーナは目を丸くした。「夕方の？　なんてこと、一日中寝て過ごしちゃった」

ハッチが口を開いたが、レジーナはひとにらみして黙らせた。「言わないで。黙ってて」

ハッチが両手のひらを上に向ける。「なんだよ？」

「こいつなら、おまえには休息が必要で、いまこそしっかり休むべきだ、なんて言わないさ」ソウヤーが口を挟む。そしてにやりとした。「おれなら言うがな」

レジーナが小さな枕を投げつけると、ソウヤーが上手にキャッチしてレジーナの顔に投げ返した。

「仕事のごたごたは全部片づいたの？」

「うん」ハッチが言う。「それよりキャムはどこかな？　まだオフィスにこもってる？」

レジーナはうなずいた。「今日はまだお小言を聞かされてないわ」

伸びをしたものの、ソファからはおりなかった。正直なところ、居心地がよすぎて動こうとも思えなかった。けれどお腹は減っていた。期待の目でハッチを見あげた。

「ああ、その顔は知ってるぞ」ハッチが言って天を仰ぐ。

「なによ？」レジーナはさっきのハッチをまねて言った。

「食べ物か糖分がほしいんだろ。いまはキャムに見張られてないから、きっと糖分だな」

「うーん、ファッジね。それかチーズケーキ」レジーナはとっておきの甘い笑みを浮かべた。

「両方は？」

ソウヤーが笑ってソファの端に歩み寄り、レジーナの足のそばに腰かけた。

「おれが夕飯をこしらえてるあいだに、どっちかひとつにしたら？」ハッチが言う。「今夜は炒め物だよ」

「うーん」レジーナはまた言った。お腹が鳴る。

ソウヤーが眉をひそめた。「キャムは昼飯になにも与えなかったのか？」

「その言い方、まるでわたしが定期的に餌《えさ》を与えなくちゃいけない家畜みたいね」レジーナはむっとして言った。「わたしはずっと眠ってたの。もしキャムが起こしてたら、必要な休息を奪ったと言って怒ったんじゃない？」

「食事だって必要だ」ソウヤーがしげしげとレジーナを見る。「体重が減ったんだし、もともと痩せてる」

「じゃあ、がりがりの体であなたのご立派な肉体に近づかないようにするわよ」

ソウヤーが驚いて目をしばたたき、レジーナは拗《す》ねた子どものような言いぐさをした自分に死にたくなった。ああ、セックスと感情のせいで人間はこんなふうになってしまうの？　ソウヤーが欲望を抑えこんでいることに苛立っているのは事実だけれど、個人的な当てつけだとは思っていない……はず。

どうしよう。しっかりしなくては。

「レジー……」ソウヤーが言いかけた。

ああ、いまはその話はしたくない。なにか重要なことを見逃したような顔をしているハッチの前では。

レジーナはさっとソファから足をおろして立ちあがった。「のどが渇いたわ」宣言してキッチンに向かった。

電話が鳴ったものの、無視した。わたしの携帯じゃないし、どうせキャムが出てくれる。

冷蔵庫をあさってビールを見つけた。最後に飲んでからずいぶん経つ。けれど顔をしかめて冷蔵庫に戻した。ハッチはアルコールにいい顔をしない。レジーナは歯を食いしばり、ふたたび瓶をつかんだ。

なにも酔っぱらうまで飲むつもりはない。

冷蔵庫を閉じて栓を抜き、長々と飲んだ。ほどなくキャムが電話の子機を手にキッチンに入ってきた。

「きみにだ」と言って子機を差しだす。「署長から」

「ありがとう」

レジーナは瓶を置いて両手をジーンズで拭ってから子機を受け取った。

「レジーナ、男を一人逮捕した」署長が前置きもなく言った。

レジーナの脈はあがった。「本当に？　なにがあったんです？　だれが逮捕したんですか？　もう自白させました？」

「落ちつけ」署長が言う。「順を追って話す。だれも逮捕していない。自分から出頭してきた。いまいましい。ぶらりと署に入ってきて、おれはあんた方が探してる男だとグレタに言ったそうだ。グレタは心臓発作を起こしそうになった。おまえに電話したのは、そこにいる三人を明日署に来させなくていいと伝えたかったからだ。必要なさそうだからな。少なくともいまのところは」

「その男で間違いないんですか？」犯人がレジーナかハッチに抱いていた悪意の理由はなんなのか、本当の標的はどちらだったのか、尋ねたかったものの、三人の男性に囲まれて一言一句に耳を傾けられている中では無理だった。

「まだ断言はできないが、きわめて可能性は高そうだ。ミスティ・トンプソン殺害については自白を得た。ほかのことについては固く口を閉ざしているが、もう少しつついてみるつもりだ」

「よかった」レジーナはつぶやいた。「じゃあ、わたしは仕事に復帰できるんですね」

「そうは言ってない」署長がきっぱりと言う。「だがそうだな、調子がよくなったら休暇を終えてもいいぞ」

「わたしならもう絶好調です」

署長がもどかしげに息をついた。「あと数日はおとなしくしてろ。もう少しなりゆきを見守れ。すべてが片づいたら月曜に出てこい。話し合おう」

「ありがとうございます。それじゃあ月曜に」

レジーナは高揚感とともに電話を切った。顔をあげると、キャムとソウヤーとハッチが固い表情でこちらを見ていた。

「男が逮捕されたそうよ」レジーナは言った。

「それで?」キャムが慎重に尋ねた。

「それでって? わたしたちはひと安心ってことよ」三人にじっと見つめられて落ちつかない気になったものの、レジーナは肩をすくめた。

「月曜に職場に戻るのは急ぎすぎじゃないかな?」ハッチが言った。

「体調ならもう平気よ。それに署長も急ぐなと言っていて、月曜は署で今後について話し合いをするだけ。どのみち向こうには戻らなくちゃいけないわ。わたしの家の立ち入り禁止を解いてもらって、できれば掃除を始めたいし」

ソウヤーの顎が不吉に引きつった。憤りに胸をふくらませ、頬を紅潮させる。

「わたしが仕事を辞めて永遠に隠れてると思ってたなんて言わないでね」レジーナは静かに言った。

ソウヤーが右目を引きつらせながら前に出た。その唇は固く引き結ばれていて、いまにも爆発しそうに見える。

「答えろ、レジー。もうおれたちが必要なくなったから追い払うつもりか？　これまでの一年間と同じ状態に舞い戻って、おれたちはおまえに会えず、おまえは仕事の影に隠れて過ごすことになるのか？」

レジーナは唖然とした。「どうしたの？　わたしを殺そうとしてた犯人が逮捕されて、今後はわたしたちのだれかが車に乗るたびに爆弾で吹き飛ばされるんじゃないかと心配せずに生きていけそうだとわかって、喜んでくれると思ってたのに」

常に冷静なキャムがすばやく前に出た。けれどそのキャムの口元にさえかすかな怒りが、あるいは苛立ちが漂っていた。レジーナの肩をつかんだキャムの両手からは緊張感がにじみだしていた。

「きみがもう安全だとわかって心から喜んでるよ、レジー。それはきみもわかってるはずだ。ソウヤーが上品に確かめようとしてるのは、きみがぼくらのそばに留まるかどうかだと思う」

レジーナは目を狭めた。「それはあなたたちがわたしになにを期待してるかによるわ。あなたたちが必要なくなったから追い払おうとしてるなんて話じゃないでしょ。言わせてもらえば、わたしはあなたたちに助けを求めたりしてないわ。さっそうと現れて王子さまを演じてほしいと頼んだ覚えはない。あなたたちが勝手にしたことよ。そういうわけだから、わたしがなにか頼み事をして、その頼み事が片づいたからあなたたちを追い払おうとしてるなんて話に仕立てあげるのはやめて」

ハッチが品のない悪態をつき、ソウヤーは向きを変えて出ていった。

キャムがレジーナの肩から手を離した。「ぼくらがきみになにを頼んだ、レジー？　そばにいてくれ、ぼくらから逃げ回らないでくれというほかに、なにを願った？」

「仕事は辞めないわ」レジーナはかたくなに言った。「たとえあなたたちのためでも」

キャムがほっと力を抜いて、片手で髪をかきあげた。「だれも辞めてくれなんて言ってない。早とちりだと思わないか？」

レジーナは居心地が悪くて身じろぎした。

「ぼくらが気になったのは、自分の家に帰って仕事に戻りたいというきみの言葉だ。ぼくらの耳には、必要とされていないように聞こえたし、そうする理由がなくなったからぼくらのそばにいたくないように聞こえた」

「わたし――そばにいると言ったわ」

「ああ。だけどいつまで？」ハッチが口を挟んだ。初めてレジーナの前に歩み出て、緑色の目に火花を散らした。

どうしよう。事件がこれほど早く解決するとは思っていなかった。三人としばらく過ごしてみて、果たしてこれがうまく行くかどうか考えようと思っていた。それがいま、心の準備ができているかわからない決断をくださなくてはならなくなった。

「わからないわ」レジーナはもどかしい思いで答えた。「まだはっきりした答えが出ない。わたしはただ、前の生活に戻っていろいろ立てなおしても大丈夫なんだと言いたかっただけ。家はめちゃくちゃよ。車もなくしたわ。一時的に職も失ってる。どっちを向いても人生が崩壊してることを思えば、わたしがいろんなものを取り戻すことに少しばかり熱意を抱きすぎてるような言い方をしたとしても、許してもらえない？　あなたたちがどうこうじゃないの。一夜かぎりの関係を持ってその後も好き放題に暮らすことくらい、わたしにとっては造作ないような印象を与えたかもしれないけど、わたしはそれほど冷淡な人間じゃないわ。なにごともなかったみたいに立ち去ったりしない。今度ばかりは」

レジーナは両手を拳に握り締め、それからキャムとハッチのそばをすり抜けた。

「レジー、待てよ」ハッチが呼びかける。

レジーナはそれを無視して歩きつづけた。キャムがハッチを止める声が聞こえた。そう、キャムにはわかるだろう、レジーナが完全に腹を立てる前に一人にしたほうが賢明だということが。それもまた、レジーナとソウヤーの共通点だ。二人とも冷静さと精神的な安定を欠いている。

レジーナはパティオへと通じるドアを乱暴に開け放って外に出ると、背後でたたきつけるように閉じた。

27

レジーが片手を髪に突っこんではおろし、また突っこむところを、キャムは見つめた。レジーのもう片方の手は脇に垂らして握り締められており、彼女は行ったり来たりをくり返している。唇が動いているところを見ると、ひとりごとをつぶやいているのだろう。

間違いなくレジーは苛立っている。

キャムもパティオに出ていってレジーを抱き締め、なにもかも大丈夫だからと言ってやりたかったものの、そんなことができるだろうか。キャム自身、大丈夫かどうかわからないのに。それが心底恐ろしかった。

「これからどうする、キャム?」ハッチが尋ねた。

キャムはちらりとハッチを見て、パティオのドアに背を向けた。

「さあ、どうするかな。レジーに少し時間を与えるとか?」

「それは試したけどうまく行かなかっただろ」

「レジーを急かしても無駄だ。それはわかってる」

「レジーにはあんな仕事に復帰してほしくないんだ」ハッチが苦々しげに言う。

キャムはため息をついてソファに歩み寄った。ソウヤーの姿は見あたらないが、きっとまた姿を現す前に気を静めなくてはならないのだろう。さっきは血管が破裂しそうに見えた。

「ぼくだって復帰してほしくないさ。だけどそれはぼくらが決めることじゃない。そうであってはいけない」キャムが言葉を切って顔をあげると、ハッチが安楽椅子に歩み寄ってどさりと腰かけた。キャムは続けた。「ぼくらの中からだれか一人を選ばせたりしないと決めていたように、いま、ぼくらか仕事かを選べと迫ることはできない」

「もしレジーがまたおれたちに背を向けたらどうする？」

ハッチの声は恐怖にまみれていた。キャムの胃をえぐっているのと同じ恐怖に。

「むりやりぼくらのそばに留まらせることはできない」キャムは静かに言った。「ぼくらにできるのは、どれだけレジーを愛しているかを示して、きっとうまく行くと納得させることだ。楽じゃないのはわかっていたはずだろう？」

ハッチが首を反らして天井を見つめた。「警官になりたがる理由がわからないよ。ときどき思うんだ……その、おやじさんに仕返しするだけのためにやってるんじゃないかって。もしそれが本当なら、レジーはそんな仕事に就くべきじゃない。だって、それでどれだけ幸せになれる？」

キャムは身を乗りだした。「おまえは幸せか、ハッチ？　ぼくらの仕事を楽しんでるか？　レジーを別にして、人生に満足してるか？」

ハッチが首を戻してキャムを見た。「満足してるのは知ってるだろ」

「おまえが成功してやると決心したのは、ぼくらをろくな人間にならないと決めつけた人間全員を見返すためじゃないとは言わせない。レジーの父親もその一人だ。そんな隠れた動機のせいで、結果に対する満足度はさがったか？」

ハッチが苛立たしげに顔をしかめた。「やれやれ、キャム、精神分析なんてやめてくれよ。おまえの哲学的考察にはいつも頭痛がしてくるんだ」

キャムはくっくと笑った。「ぼくの言うとおりだとわかってるんだろう？　レジーは自分で選んだ職業に満足してる。タフな女性だし、立派に仕事をこなせる。ぼくが喜んでいるかって？　まさか。理想を言わせてもらえば、レジーにはいっさい仕事をしてほしくない。家にいてほしい。ぼくらの家に。そしてぼくらが面倒を見るんだ。だが正直な話、レジーがそんなことを受け入れると思うか？　三人とも去勢されるぞ」

ハッチのしかめ面が笑みに変わった。「ああ、そうだね」視線をパティオのドアに向ける。

「それで、これからどうする？」

キャムはハッチの視線を追い、まだパティオを行ったり来たりしているレジーを見た。

「冷却期間をおく。レジーの手にゆだねる。ぼくらは最後通牒を突きつけたりしないし、突きつけていると思わせることもしない」

「だけどレジーは怒ってる」

「だから？　これまでに何度レジーを怒らせてきた？」

「そりゃそうだけど、今回はすごく重要なことがかかってるじゃないか」

「その意見に反論はしないが、ハッチ、ここは理想郷じゃない。今後もけんかは起きるだろう。考えてみろ、ソウヤーとレジーが同じ家にいるんだぞ。〝伏せ〟の意味を知らない二頭のブルドッグに話しかけるようなものだ。あまり悩みすぎるな」

　さらにハッチのほうに身を乗りだした。「それからもう一つ。ぼくとレジーの関係、ソウヤーとレジーの関係について悩むな。おまえが代わりに修復することはできないんだから。失敗することもあるだろうが、そのたびにおまえが出ていって骨を折る必要はない」

「ああ、わかってる」ハッチが低い声で言った。「おれはただ、これを台なしにしたくないんだ、キャム。次の機会があるとは思えないから」

　ハッチのあきらめの宣言が引き起こした動揺を、キャムはどうにか呑みこんだ。ハッチの言葉はキャムの考えをみごとに写しとっていた。そう、これをしくじってしまったら、次の機会があるとは思えない。レジーには進んで妥協してもらうしかないのだ。


　ソウヤーはもう一度カール（上腕を脇につけたまま腕の曲げ伸ばしでウェートを上下するトレーニング）をくり返してから、ついにウェートをおろした。きつい運動に胸が上下し、服は汗でびしょ濡れだ。ワークアウト。それはいらいらを解消するのに役立つとされている。

　ところがいまのソウヤーは、へとへとに疲れてシャワーを浴びたくなっただけ。

　やれやれと首を振りつつ、大量の汗を拭い去るべくロッカールームに向かった。

　あんなふうにレジーに食ってかかるべきじゃなかったが、そうなったのはあいつのせいでもある。なにしろ運搬用のラバ並みに強情だ。わかっていたのに。あいつとおれはよく似ている。だからこそ、ことあるごとに衝突する。

シャワーの壁に腕を当てて手首にひたいをあずけ、湯が背中を流れ落ちる感覚を味わった。レジーが仕事に復帰する。自分の家に帰る。もとの生活に。おれたち抜きで？

そばにいるという約束はどうなる？　うまく行くかどうかやってみるという約束は？　それともおれたちとのことは単なる一時的な気晴らしに過ぎなかったのか？

いや、レジーはそんな女じゃない。死ぬほど怯えているかもしれないが、おれたちをそんなふうに利用したりしない。意図的には。

ソウヤーは体を擦って洗い流し、シャワーの外に出てタオルで拭った。筋肉がいやというほど痛かったが、少なくともいくぶん気持ちは落ちついた。

あんなふうに家を飛びだしたのはいい考えではなかったかもしれないが、あの場に留まっていたら、状況はますます張りつめていただろう。これ以上、緊張感を高める必要はない。いまでさえ、ふつふつとたぎっているというのに。

レジーが気を失うほどキスしてやるべきか、尻を蹴飛ばしてやるべきか、わからなかった。どちらもそれなりに魅力的だ。

強情で怒りっぽくて美しい女。偉そうで生意気でとびきり色っぽい女。

あいつがいなくなったら、おれはどうすればいい？

答えは知りたくなかった。レジーのいない時間はもうじゅうぶん過ごしてきた。だがこのあたりではっきりさせなくてはならない。一か八かやってみるか、それともあきらめて別々の道を進むか。後者を想像するだけで胃に穴が開きそうだとしても、このままではいられない。決して起きないかもしれないことを願い、求めつづけるなど。

「大げさだな」ソウヤーはつぶやいてトラックに乗りこんだ。

あんなのはささいな口げんかだ。この世の終わりじゃない。二人が口論をやめる日は、どちらかがどちらかを埋葬する日だ。たしかにおれは過剰反応したが、レジーにも同じことは言える。なにも目新しい話じゃない。

家に帰ったらきちんと謝らなくてはならないと知りつつ、車を走らせた。とはいえ、女のいる人生とはそういうものじゃないか？　ソウヤーはにやりとした。男は女という祭壇の前で常にかしこまる。そうでなければ、人類はとっくに死に絶えているはずだ。

ドライブウェイに車を入れると、家はほぼ真っ暗だった。きっとみんなソウヤー抜きでベッドに入ったのだろう。レジーはおそらく、キャムとハッチにぴったり挟まれて眠っている。あるいは二人にありとあらゆる方法で昇天させられたあとか。そんな考えが浮かんでも嫉妬するまいとソウヤーは懸命にこらえた。

「落ちつけ」股間のものが目覚めそうになったので、ソウヤーはつぶやいた。

ところが暗いリビングルームに入ってみると、レジーはキャムとハッチと一緒に二階へあがっていなかったのがわかった。ソファの上に丸くなって眠っていた。Tシャツ一枚で。おれを待っていたのか？

あれこれ考えていたのもきれいに忘れて、自分の女が帰りを待っていたという事実に純粋な喜びが全身をめぐった。レジーの足元にひざまずくのも、数分前に感じたほど悪い考えには思えなくなった。スポーツバッグを床に置き、レジーが横たわっているほうへ歩く。かたわらに膝をついて、指でそっと腕を撫でると、触れたところの肌が細かく粟立った。

レジーが身じろぎして、ソウヤーの大好きな、あの眠そうにすり寄ってくる仕草をした。もちろん体の上でしてくれたときのほうがずっと好きだ。それでも、いまのレジーはものすごくキュートに見えた。かわいらしく。

レジーはここで眠るつもりではなかったのだろうし、キャムとハッチが愚かにも彼女を一人で寝かせたなら、それはあいつらの問題だ。おれはレジーをおれのベッドに連れていく。レジーの下に両腕を差しこんで抱えあげた。すらりとした体を胸で受け止めてしばしその場に立ちつくし、腕の中の温もりを味わった。

ああ、人生はすばらしい。たいていのときは。少なくともレジーが目を覚まして腹を立てるまでは。それまでは、この状況をできるだけ楽しんで、しょげた顔の練習でもしていよう。

階段をのぼって自室に向かった。肩でドアを押し開けて中に入り、背後で蹴って閉じる。起きたときのままのベッドにレジーをおろしてから、上掛けを腰までかけてやった。それから一歩さがって、手早くジーンズとシャツを脱いだ。

レジーの隣りにもぐって背中に寄り添ったとき、レジーがぴくんと動いて向きを変え、ソウヤーの腕の中にすり寄ってきた。

「ソウヤー？」眠そうな声で言う。

「どうした、ハニー？」

「たくさんきついことを言ってごめんね」

ソウヤーはほほえんだ。「こっちこそ」

レジーが首筋に鼻を擦りつけてきたので、ソウヤーは満足のため息を漏らした。

「レジー？」

「なに？」

「そばにいてくれるか？」

短い間が空いて、レジーの呼吸が一瞬乱れたのをソウヤーは感じた。気がつけばソウヤーは息を殺してレジーの返事を待っていた。

「ええ、ソウヤー。そばにいるわ」

あまりの安堵に、ソウヤーの視界はぼやけそうになった。

「よかった。うれしいよ」

レジーをさらに引き寄せてきつく抱き締めた。すらりとした脚に脚をからめ、体と体をぴったりと添わせた。

「おまえはただ、そのがりがりの体をおれから遠ざけておけばいい」ソウヤーはつぶやいた。

レジーがほほえむのを胸で感じた。

28

レジーナが目覚めたとき、ベッドには彼女一人だった。レジーナは眉をひそめた。今日もソウヤーの腕の中で目覚められると思ったのに。レジーナはあくびをして伸びをし、ふと漂うにおいに気づいた。食べ物のにおい。お腹がぺこぺこだ。

ベッドを出て、よろよろとシャワーに向かった。ソウヤーがもう怒っていないといいのだけど。おぼろげながら、ソウヤーに抱きあげられて階段をのぼった記憶があるし、謝って彼の腕の中にすり寄ったことははっきり覚えている。それ以外のことはすべて曖昧《あいまい》だ。

ともあれ、二人が衝突したのはあれが最初ではないし、きっと最後でもないだろう。気詰まりな感覚が胃におりてきた。でも今回は……今回は重大だ。本当に。これは単なる友達同士の言い争いではない。

レジーナはため息をついてシャワーに入った。髪を洗ってから、ボディソープを取ろうと向きを変えた。

温かな裸体が背中に押しつけられた。片手が脇腹から滑りこんできてお腹を覆う。もう片方の手がのどを包み、顎に這いあがって顔の向きを変えさせ、唇で唇を封じられた。

「おはよう、キャム」レジーナはささやいた。

背中の腰のところに、太いものをずしりと感じる。お腹に当てられた手が滑りおりて脚のあいだにたどり着き、濡れた縮れ毛をまさぐって、脈打っている秘密のひだに触れた。

キャムが無言でレジーナを振り向かせ、角に取りつけられている腰かけ台まで後じさりさせる。レジーナが濡れた座面に腰かけると、シャワーヘッドから降り注ぐ湯が壁で跳ね、肌をたたいた。

キャムがシャワーヘッドに手を伸ばしてフックから外し、レジーナの前に膝をついた。

この無口で謎めいたキャムは、冗談抜きで《シリアスリー》セクシーだった。どちらかというと、いつも物静かでまじめ《シリアス》だけど、この暗い雰囲気にはぞくぞくさせられた。

キャムの髪は濡れて首に張りつき、毛先は肩にもまとわりついている。目には炎。そして決意。

キャムがレジーナの膝を押し広げて片方の足首をつかみ、彼女が座っている台の手前端に足を載せさせた。続けてもう片足も同じように載せさせる。

レジーナはいまやキャムの目の前にさらけだされ、秘密のひだはもはや秘密ではなかった。あまりの興奮に、レジーナは少し触れられただけでも達してしまいそうだった。

そんな思いを読んだかのように、キャムが人差し指でそっとクリトリスを転がした。ぱっと火がついてレジーナの全身を焦がす。もう一度触れられた途端、火は大きく燃えあがり、レジーナは一気に絶頂に達した。

呼吸は絶え絶えになり、秘所は痛いほど激しく脈打った。こんな体験は初めてだ。

キャムがシャワーヘッドを握る手に力をこめて、湯の出方をマッサージモードに切りかえた。キャムがなにをしようとしているかを悟って、レジーナは目を丸くした。ああ、耐えられるだろうか。

キャムが指二本でひだを分かち、細く勢いよく流れだすシャワーの湯をまだ震えているクリトリスに当てた。

脚のあいだからわななきが広がり、レジーナはのけ反った。

「キャム！」

無口な人でなしは、ただほほえんだ。それからまたしぶきを尖ったつぼみに当てて、ゆっくりと上下に動かした。

恍惚とする苦悶の波がレジーナの中で高まっていき、刻一刻と体が張りつめていく。こんなにすぐに、また絶頂を迎えられるの？

答えはイエスだった。

キャムはしぶきを当てつづけ、レジーナの脚のあいだの筋肉は慈悲を求めて叫んだ。高みへ高みへとのぼっていって、間違いなく頂点に近づいているものの、決して越えはしない。

「キャム、お願い！　苦しいわ！」

キャムがくっくと笑った。「抗うことはない。身をゆだねるんだ」

脚がわなわなと震えた。レジーナは両手で台の端につかまり、首を反らして絶叫しながら、体を突き抜ける二度目のオーガズムに身をゆだねた。

キャムがシャワーヘッドを床に置き、膝立ちになってレジーナを腕の中に引き寄せた。それから彼女を抱きあげて、シャワールームの壁に背中を押しつける。

「ぼくの腰に脚を巻きつけろ」キャムがかすれた声で命じた。

それから二人のあいだに手をおろし、ペニスの位置を整えて、一気に腰を突きだした。レジーナを壁に押さえつけて根元までうずめた。

うち捨てられたシャワーヘッドからしぶきが上に弧を描き、キャムの背中を濡らす。湯はキャムの肩を越えて二人のあいだに注ぎ、体がつながっている部分までしたたり落ちた。

キャムが両手でレジーナのお尻を抱き、揉んだりこねたりしながら腰を揺する。荒々しく、飽きることなく。レジーナは必死でキャムの首に両腕を回し、彼の背中で足首を交差させて、命綱のようにつかまった。

貫かれるたびに電気が走る。腫れて過敏になった肌を大きなペニスで擦られると、ほとんど痛いくらいだ。

そのとき、キャムの動きが激しくなった。何度も奪う。必死に。狂おしいほどに。

レジーナの首筋を吸い、乳房をたくましい胸で押しつぶす。

ぼくのものだ。キャムのあらゆる動きがそう叫んでいた。所有権を宣言していた。ぼくのものだ。

レジーナは目を閉じた。すでに迎えた二度のオーガズムで疲れ果てていた。それでも新たな絶頂の波がひたひたと押し寄せてきて、甘い声で誘った。今度は先の二度よりもゆっくりと、穏やかに。

キャムが抜き挿しするたびに肌を刺激され、酔わされた。

「あなたのものよ」レジーナはささやいた。

「ぼくのものだ」キャムも言った。

そして腰を突きだすと、全身の筋肉をこわばらせて、かすれた雄叫びをあげた。苦しげに彼女の名前をつぶやきながら、レジーナの中に精を注ぎこんだ。

股間のものはやわらかくなりつつあるのに、それでも腰の動きは止めなかった。やさしく、慈しむように。それでもついにレジーナの体から抜け落ちてしまうと、一歩さがって彼女を腕の中に抱き寄せた。

「歩くこともできないわ」レジーナは皮肉っぽく言った。「あなたのせいよ、キャム」

キャムがほほえんでキスをした。重ねた唇が官能的なダンスを踊る。

「じゃあぼくが抱いてここから連れだして、体を乾かしてやろう。きみの世話を焼くのはちっとも苦じゃない」

レジーナはため息をついて身を任せた。三度のオーガズムのあとでは、世界が輝くもやに包まれて見えた。ドラッグなんて必要ない。これこそ人間が体験できる最高のハイだ。

「それはつまり、わたしはゆうべの件を許してもらえたってこと？」キャムにタオルで拭いてもらいながら、レジーナはどうにか尋ねた。

キャムが背筋を伸ばしてタオルをカウンターに置いた。

「許すことなんてなにもない、愛しいレジー」

そう言ってレジーナにキスをすると、バスルームから連れだした。冗談めかしてレジーナのお尻をぴしゃりとたたいてから、ドアに向かう。「きっとハッチが朝食を用意してくれてるはずだ。服を着て下においで。食事が済んだらすぐに出かける予定だ」

レジーナは笑顔で服を着た。満足感、そして安らぎが胸いっぱいにこみあげて、温かく陶然とさせられる光に全身を包まれた気分だった。

服を着て階段を駆けおりた。今日という日を始めたくてうずうずしていた。

ソウヤーはカウンターに着いてオムレツをかきこんでいるところで、ハッチはコンロの前に立っていた。ハッチに気さくな態度をとりたくて、レジーナは背後に歩み寄ると腰に両腕を回し、背中に顔を擦りつけた。

ハッチが笑顔で振り向いて、片手に握ったフライ返しが当たらないよう遠ざけながら、レジーナに両腕を回した。

「おはよう」ハッチが低い声で言う。

レジーナは伸びあがって体を押しつけながらキスをした。二人の体がしっくりと重なるのが好きだった。いとも簡単に受け止められるのが。

「まだわたしのこと怒ってる？」レジーナは唇越しに尋ねた。

ハッチがオーブンに寄りかかってレジーナを引き寄せた。

「愛してるよ」と簡潔に言った。

「じゃあわたしに食事を与えて」レジーナはにっこりして言った。

ハッチがもう一度レジーナの唇にキスをしてから、彼女をカウンターのほうへ追いやった。

「座って。二分で仕上げるよ」

レジーナがカウンターを回ってソウヤーの隣りに腰かけたとき、キャムがキッチンに入ってきた。レジーナが感じているのと同じもの憂い満足感を漂わせながら、いつもの席にゆったりと歩いていく。

愛おしげな笑みをレジーナに向けてから、隣りのスツールに腰かけた。

「今朝のシャワーはにぎやかだったな」ソウヤーがたまごを頬張って感想を述べた。

レジーナは笑い、どうにか赤面しなかった。けれど手を伸ばしてソウヤーの膝をぎゅっとつねった。ソウヤーがにやりとして横目でレジーナを見た。

ああ、いい雰囲気に戻れたのだ。正しいという感覚がレジーナの胸にいっそう強くこみあげてくる。それとともに希望もやって来た。おずおずと、けれど着実に。まるで春にほころぶ花のように。

希望と受容。新しい、けれど揺るぎない。

29

彼らはなにかを企んでいる。家へと向かう未舗装路に車が乗り入れたとき、車内にはかすかな期待が漂っていた。プラス、三人の顔に浮かぶ悦に入った表情。

レジーナはキャムのSUVの後部座席から、疑いの目で三人を眺めた。車が丘のてっぺんを越えると、三人が家のほうを見た。レジーナはその視線を追って、車庫の外に停められている車を見つけた。

驚いたことに、ハッチのトラックの隣りには、つややかなシルバーのRAV4があった。レジーナは呆然と口を開き、三人の笑みはさらに大きくなった。

キャムが車庫の前に車を停めたものの、レジーナはその場に座ったまま、陽光を受けて輝く新しいトヨタを見つめることしかできなかった。ディーラーのタグもまだついたままだ。

ようやくレジーナは三人のほうを向いて口をぱくぱくさせた。

「ほら、外に出てよく見てごらんよ」ハッチが隣りで言った。

レジーナは不器用に後部座席から出て、背後でばたんとドアを閉じた。

「嘘でしょ」とつぶやく。「嘘でしょ！」

「本当さ」ソウヤーが気取った声で言う。

「信じられない」レジーナは喘ぎながら言った。「すごい」

運転席側のドアを引き開けて、新車のにおいを吸いこむ。キーはイグニッションに挿してあり、運転席の上にはマニュアルと一緒に書類が置いてある。いちばん上のページをめくると、オーナーの欄にはレジーナの名前が印字してあった。

レジーナは歓喜の悲鳴をあげ、向きを変えるなり駆けだした。キャムがいちばん近くにいたので、その腕の中に飛びこんだ。

キスの雨を降らせると、キャムが笑う。レジーナはキャムの首に両腕を回して容赦なく締めつけた。それが終わると今度はばかみたいににやにやしているハッチに飛びついた。

ソウヤーはほかの二人から少し離れたところに立っていた。レジーナがそちらにずんずん向かいはじめると、やめろと言わんばかりに両手を突きだして後じさりした。

それでもレジーナは止まることなく、たくましい胸の真ん中に飛びこんだ。ソウヤーがよろけて、レジーナを守るように両腕を回したまま、仰向けで地面に倒れた。

レジーナがキスの猛攻撃をしかけると、ソウヤーがうめいた。

「おれを殺す気か?」ソウヤーが不平をこぼす。それでも顔には笑みが浮かんでいて、レジーナに組み敷かれて土の上に転がっているのもかまわないと物語っていた。

「最高に気に入ったわ!」レジーナは叫んだ。「ああ、もう、あなたたちったら」

ソウヤーのひたいにキスをすると、大きな両手にしっかり腰を包まれた。わが物顔に。

向こうでげらげら笑っているキャムとハッチを、ソウヤーがにらみつけた。

「自分の半分のサイズの女性に押し倒されるとは」キャムがからかう。

「そろそろおれの上からおりて、車をよく見たらどうだ？」ソウヤーが言った。

彼の上からおりたレジーナは、ソウヤーが立ちあがるのに手も貸さず、車に駆け寄った。踊るような足取りで周りを歩き、中をのぞいたり塗装を眺めたり、あちこちに見とれた。

「どうやってここに持ってきたの？」レジーナは尋ねた。

ハッチが天を仰いだ。「それはまあ、ディーラーに電話して、希望の車種とどこに届けてほしいかを伝えて、ジャジャジャーン、さ」

レジーナは鼻をすすり、手の甲で目を擦った。

「おい、レジー、頼むから泣くなよ」ソウヤーがつぶやく。「まだ返品できる」

レジーナは怖い目でソウヤーを見た。「わたしの車には触らせないわよ。ああ、すごい、わ、わたしの車！」また三人に飛びつきたくなったが、三人はそれを察知したのだろう、いそいそと家のほうに向かいはじめた。

レジーナは天を仰ぎ、車のキーを抜いてから三人を追ってポーチにのぼった。

「気に入った？」キャムが問う。

「気に入る？　ひと目惚れよ！　前の車があんなことになって、すごく落ちこんでたの。何年もかけて貯金して手に入れた子だったから」そう言った途端、レジーナは眉をひそめた。前の車と違って、この一台には一ドルも出していない。出したのは三人だ。レジーナの保険が前の車を補償するかどうかを確かめるより先に。

今度はソウヤーが天を仰いだ。「おまえの考えは丸見えだな、レジー。なにも言うな。あれは贈り物だ。以上」

「だけど花やチョコレートじゃないのよ。くるまよ」

キャムがレジーナの肩に腕を回し、リビングルームにうながした。「そうだな。だけどきみが花やチョコレートよりこっちを喜ぶのはわかってた。それに、きみは花を贈られるようなタイプじゃない」

レジーナはにっと笑った。「わたしをよくご存じね」それからもう一度キャムを抱き締めた。「どうもありがとう。本当にうれしいわ」

キャムも抱擁を返した。「どういたしまして」

ソウヤーとハッチが、ヒューストンに持っていった鞄数個を家の中に運ぶあいだ、レジーナは脇にさがっていた。

「食材をほとんど切らしてるから、食料品店まで行ってくるよ。一緒に来る？」ハッチがレジーナに尋ねた。

「ううん、やめておく。家で待ってるわ」そして、できることならソウヤーが一人のところをつかまえたい。そうすれば、彼女と愛し合うことについてソウヤーが抱えている問題を取りのぞけるかもしれない。

「じゃあ、ひとっ走り行ってくる」ハッチが言ってレジーナの頬にキスをし、玄関に向かった。

レジーナは自分の鞄をつかんで階段に歩きだした。まずは荷ほどきだ。キャムのほうは、しばらく仕事部屋にこもって作業をするに違いない。となると、ソウヤーはわたしのなすがまま。邪悪な笑みが浮かんだ。こんなわたしも嫌いじゃない。

これほど緊張しているのが気に食わないけれど、ハッチが買い物に出かけたときからそわそわしていた。

いいから下に行って彼を誘惑しなさい、この弱虫。

そうよね、たやすいこと……なわけがない。

ソウヤーはわたしを欲している。レジーナが半径一歩以内に近づくたびに、ソウヤーは欲望を発散させる。だけどその切望にしっかりくびきをかけている。

ともあれ、これから獣《けもの》に接触する。解き放って、わたしを奪ってくれるよう祈る。

レジーナは笑みを浮かべて階段をおり、キッチンでソウヤーを見つけた。

やる気のない手つきで、食器洗浄機から皿を取りだしているところだった。役割分担の一部なのだ。ハッチが料理をして、ソウヤーとキャムが後かたづけ。

レジーナはこっそり背後に忍び寄り、ソウヤーの腰に腕を回して抱き締めた。ソウヤーが一瞬身をこわばらせ、それからほっとしたようにレジーナの手を大きな手で包んだ。

「片づけを手伝いに来てくれたのか?」ソウヤーが言う。

レジーナは笑った。「まさか！　別のことをしに来たの」

ソウヤーがレジーナの腕の中で向きを変え、流しに背中をあずけて好奇の目で彼女を見た。

「言ってみろ」

「あなたと話がしたいの」レジーナは言った。

ソウヤーの目に愉快そうな表情が宿り、口角があがった。「もしかして、全男性を恐怖に陥れるガールズトークってやつか?」

レジーナは肩をすくめた。「かもね」

ソウヤーが顔をしかめる。「マジか。勘弁してくれ」

「抱っこして」レジーナは言った。

ソウヤーの目を驚きがよぎった。「なんだと?」

レジーナは彼の首の後ろに両手をかけて、たくましい胸をよじのぼりはじめた。「抱っこして」

ソウヤーが太腿を抱えあげてくれたので、レジーナは彼の腰にまたがる格好になった。両手をソウヤーの首にゆったりとかけると、用心深い目で見つめられた。

「ずっとよくなったわ。これであなたを見おろせる」レジーナはいたずらっぽく言った。

「おれがなにをした?」ソウヤーがあきらめの声で言った。「なにをしたにせよ、謝る。おれが悪かった。間違ってるのはおれで、おまえは正しい」

「あなたって人は。わたしがなにを話したいかもまだ知らないくせに」レジーナは噴きだしてしまった。

切りだそうとしている話題のまじめさにもかかわらず、レジーナは噴きだしてしまった。

「関係ない」ソウヤーが重々しい口調で言う。「男ってのは間違ってるんだ。さっさと過ちを認めて罰を受けて、いい〝仲直りのセックス〟ができることを祈ったほうが賢い」

「ふーむ、じつはわたしが話したいのはセックスのことなんだけど。まだ自分が間違ってる件に興味がある？」

ソウヤーの態度が変わった。「セックス？　ふん、そうだな。もしおれが間違ってればセックスにありつけるっていうなら、イエスだ」

レジーナは顔をしかめた。「それよ、ソウヤー。わたしの印象では、あなたは望んでないように見えるの……わたしとのセックスを」

ソウヤーの顔に浮かんだ〝いったいなにを言ってるんだ〟という表情に、レジーナは大きな自信を手に入れた。彼女の言葉に驚くあまり、ソウヤーの手からは力が抜けてしまったので、レジーナは危うく彼の体から滑り落ちそうになった。どうにかふたたびよじのぼると、ソウヤーがわれに返って抱えなおしてくれた。

「おまえとのセックスを望んでないだと？」ソウヤーが絞りだすように言う。「まったく、なんてこった。いったいどこでそんなくだらない考えを手に入れた？」

レジーナは冗談めかした雰囲気を捨て、ソウヤーを見おろした。「どうしてわたしに遠慮するの、ソウヤー？　わたしが気づかないと思った？　あなたは巧妙でもなかったし、わたしはあなたをよく知ってる。もしかしたらほかのだれよりもね。わたしたちは二度愛を交わしたけど、あなたは一度もわたしに挿《い》れてないわ。まあ、フェラチオを数に入れるなら話は別だけど」

レジーナのあけすけな言葉にソウヤーが身を固くした。落ちつかない顔になり、今度は意図的にレジーナを床におろしてふたたび目の前に立たせた。

「つまりおれが……おまえを欲しがってないからだと思ってるのか？」ソウヤーがかすれた声で尋ねた。

レジーナは肩をすくめた。「本気でそう思ってるか？　いいえ、そうじゃないわ。わたしが本当に思ってるのは、あなたはわたしを傷つけるんじゃないかという的外れな不安のせいで遠慮してるんじゃないかということよ」

一瞬、ソウヤーの目を認めたような表情がよぎり、レジーナは勘が間違っていなかったことを悟った。

ソウヤーがため息をついて向きを変えようとしたものの、レジーナはそのたくましい胸に指を突きつけた。

「だめよ。逃がさないわ」ソウヤーのTシャツをつかんでぎゅっと握った。「話して、ソウヤー。お願い」

困った青い目が見つめ返す。苦悩。恐怖。のろしのように輝いている。レジーナの胃はよじれた。

「おまえが欲しくないからじゃない、ハニー」ソウヤーがぶっきらぼうに言った。「むしろおまえの前じゃ、おれはいつでも勃起《ぼっき》してるようなもんだ」

「じゃあどうして？」レジーナは問い詰めた。

ソウヤーが見おろした。「おれはほかの二人とは違う、レジー。キャムみたいに人当たりがよくない。あいつは洗練されてるし、繊細だ」

「キャムを女性みたいに言うのね」レジーナは辛辣に言った。

ソウヤーが無視して続けた。「ハッチのほうは、愛敬《あいきょう》があってやさしい。くそっ、おまえがあいつの最初で最後の女だったとしても驚きはしないぜ」

「二人目よ」レジーナは訂正した。

「おれについては言うまでもない」

「だけどソウヤー、それがなんだっていうの？　たしかにハッチは女性経験が多くないかもしれないわ。キャムはスポーツ番組より勉強になる番組のほうが好きかもしれない。だけどわたしたちは精神的な双子じゃないのよ。違っていていいの」

「おまえにはもっといい扱いがふさわしいからだ。おれは数え切れないほどの女と寝てきた。それを誇りに思っちゃいないが、そのことで思い悩んでもいない」

「そうなの？」レジーナは尖った声で尋ねた。

「最後まで言わせてくれ」ソウヤーがもどかしげに言った。「おれはセックスが好きだ。束縛のない、自由なセックスが。おれと同じで安全な女なら、相手はだれでもよかった。だがおまえは違う、レジー。おまえが相手だと……それじゃだめなんだ」

レジーナの肩に両手を載せて、じっと目を見つめた。

「おまえにふさわしいのは愛の行為だ」居心地悪そうに身じろぎして、レジーナの肩に載せている手の力を抜いた。「おれはそれが得意じゃない」

「じゃあ、なにが得意なの？」レジーナは冷静に尋ねた。「セックスが下手だって言いたいの？」

かっとなったソウヤーを見て、レジーナはこみあげてくる笑みをこらえなくてはならなかった。男性のプライドというのは、じつにもろい。

「セックスは下手じゃない」ソウヤーがうなるように言う。「下手なのは、やさしい愛の営みってやつだ」

「じゃあ、得意なのは？　熱くて汗まみれの、女に悲鳴をあげさせるようなセックス？」

ソウヤーの目が輝いた。「ああ」

「もしわたしが欲しがってるのが、熱くて汗まみれの、悲鳴をあげさせられるようなセックスだとしたら？」

「熱くて汗まみれで、過激な、女に悲鳴をあげさせるようなセックスだ、レジー。おれは激しく荒っぽいのが好きなんだ」

「もしわたしが欲しがってるのが、そういうのだったら？」レジーナはふたたび尋ねた。

ソウヤーの目が狭まって捕食者の光をたたえた。「もしおれが、おまえをソファの背もたれに屈みこませて後ろから奪うところを妄想してると言ったら？　おまえの口や脚のあいだを奪うだけじゃ満足できないと言ったら？　おまえのすべてが欲しいと言ったら？」

レジーナの呼吸は浅く速くなり、熱が全身を駆けめぐった。乳首は痛いほどツンと尖って薄いTシャツを押しあげた。

「わたしが欲しいのはあなただと言ったら？　水で薄めたソウヤー・プリチャードじゃなくて、あなた。あなたのすべて。あなたには変わってほしくない。愛してるの。キャムやハッチの色褪《いろあ》せたコピーはいらないわ」

ソウヤーがレジーナの唇を奪い、舌をねじこんだ。下唇を噛んでから激しく吸いつく。野性。まさに野性の一言。解き放たれた獣。すべての力がふつふつと煮えて、沸き立つときを待っている。

ソウヤーがレジーナの服につかみかかり、レジーナも彼の服をつかんだ。熱く息を切らしながら、二人は飢えた動物のように互いを求めた。ソウヤーの手がレジーナのTシャツをつかみ、力任せに頭から引き抜く。Tシャツはキッチンの向こうへ飛んでいった。

二人ともすばやく服を取り去って、肌と肌とをぴったり合わせた。

ソウヤーがふたたびレジーナを抱きあげて、先ほどと同じようにまたがらせた。レジーナは首を反らしたソウヤーに屈みこんで唇を奪った。獰猛《どうもう》に。まるで空から襲いかかる猛禽《もうきん》のように。

ソウヤーには心の中の野獣を引きだされた。ソウヤーに抱いた印象と同じ、野性を。この男性の頑強な自制心を突き崩すときを、どれほど待っていたことか。

暗く陶然とさせられる感覚だった。怖い？　死ぬほど。ぞくぞくするような、待ちきれないような意味で。

レジーナはソウヤーの唇をむさぼった。奔放で過激な妄想を抱くのは自分だけだと思っていたなら、ソウヤーはさぞかし驚くことになるだろう。

大きな両手がレジーナのお尻をつかまえて引き寄せ、すでに欲して疼いている秘めた部分に固くそそり立ったものを押しつけた。そのまま長いうねを上下に擦りつける。伝わってくる熱は焦がすほどだ。脚のあいだから体の芯にまで細かな震えが走った。

「あなたが欲しいの」レジーナはささやいた。「ソウヤー、本当のあなたが。わたしの愛する男性が」

ソウヤーが唇越しにうなった。「おまえには降参だ、レジー」

言うなりカウンターを離れると、レジーナをしっかり胸に抱いたまま、大股でキッチンを横切った。一歩ごとにレジーナは揺すられ、ペニスが秘密の入口のすぐそばを焦らすようにかすめた。もうちょっとだけ上にのぼれたら、中に導き入れられるのに。そんな思いに反して体はさらにずり落ち、ペニスの先端はおへそのほうに来た。

リビングルームに入ると、ソウヤーがいきなりレジーナをおろして床に立たせ、息つく暇も与えずに迫ってきた。レジーナは思わず後じさりした。乳房がたくましい胸に擦れて、感覚の波が全身を震わせる。すでに痛いほど尖っている乳首が引きつり、さらに尖る。

レジーナは狩られている気がした。そして正直に言うと、このときほど興奮したことはなかった。ソウヤーは巨大な男性ホルモンのかたまりだ。

筋肉は盛りあがり、これからレジーナにすることへの期待で目は輝いている。レジーナがソファの背面にぶつかると、ソウヤーがぴたりと足を止めた。

捕食者の笑みがゆっくりと口元に浮かび、目が満足そうに光った。

「おれの妄想を覚えてるだろ」うなるような声に、震えがレジーナの背筋を駆けおりた。

ああ、さっきの言葉どおり、ソファの背もたれに屈みこませて気絶するまで奪ってほしい。

レジーナはごくりと唾を飲んでうなずいた。視線をソウヤーの股間におろす。太く赤みを帯びたペニスが三角形の縮れ毛から上に突きだしていた。

レジーナは彼の味と舌触りを思い出して唇を舐めた。どんなふうに口の中に発射されたかも。ただし今回奪われるのは口ではない。

ああ、このときを待ち焦がれていた。

ソウヤーに抱きあげられて後ろを向かされ、ソファの背もたれに屈みこまされた。足が床から浮いたので、レジーナはバランスを取ろうと手を伸ばし、やわらかなソファの座面につかまった。

どうしよう、こんなあられもない姿。お尻を宙に突きだしている。

ソウヤーの両手が背中におりてきた。熱い手のひら。その手のひらが背筋を撫でおろしてお尻に到達し、包んだりこねたりする。レジーナは思わず身をすくめた。

ウォームアップも前戯《ぜんぎ》もなかった。脚を広げさせられたと思うや、入口に亀頭が押し当てられて、ねじこまれていた。

体が前に飛びだした。レジーナは目を丸くして口を開け、声のない悲鳴をあげた。甘美な快感に満たされながら秘密の肉はわななき、貪欲に彼のものにまとわりついた。

ソウヤーが固い腹筋をレジーナのお尻に押しつけて体をこわばらせ、腰を動かして乗り回す。両手でレジーナの腰をつかみ、突きに合わせて荒々しく引き寄せる。

レジーナは感覚の嵐を整理することができなかった。深い突き、ペニスの角度、怖いくらいの正確さで迫りくる絶頂、こわばりよじれるすべての末端神経。

ソウヤーの腰が激しくお尻にぶつかる。レジーナの秘所は彼のものをきつく締めあげて、突かれるたびに痙攣する。

「いいんだろ、レジー。いけよ」

指先をレジーナの肌に食いこませて腰を揺すった。と、不意に動きを止めてゆっくりと引き抜き、レジーナのふくらんだ内側をペニスで擦る。亀頭だけが入口に引っかかった状態で、完全に抜けてしまうと思ったとき、急にふたたび突きあげて、先ほどまでより深く沈めた。

レジーナは首を反らして悲鳴をあげ、ソウヤーの手の中でばらばらになった。激しく貫かれて液体になる。視界がぼやける。体が脈打って収縮する。なにもかもが曖昧になって、時間と空間の感覚を失った。できるのは感じることだけだった。

感じる。

後ろからのしかかるソウヤーの大きな体。息を弾ませ、胸を上下させている。官能的に唇でうなじを擦りあげる。

「すぐに戻る」ソウヤーがささやいた。

戻る？　どこへ行くの？　レジーナは体を起こそうとしたが、背中の真ん中を手で押さえつけられた。

「だめだ」ソウヤーが静かな声で言う。「動くな」

レジーナは身震いし、動こうとするのをやめた。

ソウヤーが彼女の両手をつかまえて後ろに回させた。それから屈みこんでレジーナの耳元でささやいた。

「こうすると肋骨が痛むか？」

レジーナは激しく首を振った。肋骨？　それはなに？　いま意識できるのは脈打っている脚のあいだだけ。それと、ソウヤーがもう一度欲しいという事実と。いますぐに。

ソウヤーがレジーナの両手をひとつにまとめ、手首になにかを巻きつけた。布らしきそのなにかをソウヤーがひねったり交差させたりするうちに、レジーナは自分の下着で手首を縛られているのだと悟った。複雑な緊縛を施されているのだと。

「ちょっと」と抗議した。「いったいなにをするつもり？」布をほどこうとしたが、両手を固く縛るいましめはびくともしなかった。

ソウヤーの手がレジーナの背中から首まで這いのぼり、髪の中にもぐった。それから髪を鷲づかみにすると、彼の上位を阻害しないていどのやさしさで上に引っ張った。

「おれのやり方だ、レジー。おまえが求めたものを与えてやる。おまえがやめてと言いさえすれば、そこで終わりだ」

「ふざけないで《キス・マイ・アス》」レジーナはつぶやいた。

ソウヤーが笑い、屈んで左のお尻《アス》にそっとキスをした。「いまのは、〝もう黙るから早く犯して、ソウヤー〟って意味だと解釈したぜ」

「ろくでなし」

レジーナは目を閉じて自分の姿を想像した。ソファの背もたれに屈みこんでお尻を宙に突きだし、足は床から浮いて、手首を自分のパンティで拘束されている。体が震えた。

ソウヤーの足音が遠ざかり、階段をのぼっていくのがわかった。レジーナはその場で息を詰め、散らかった思考をまとめようとした。いったいソウヤーはなにをしてるの？

数分後、裸足が木の床を歩いてくるかすかな音が聞こえた。前置きはなし。労働で荒れた手がお尻を滑り、押し広げて、ふたたび貫かれた。

まだオーガズムの余韻で震えているというのに。突きあげる感覚は痛いほどで、太いペニスは敏感になった神経をくり返し刺激した。

「なんて気持ちいいんだ」ソウヤーがかすれた声で言う。「おまえの前じゃ、おれは盛りのついたガキ同然だ。触れただけで正気を失いそうになる」

レジーナはほほえんでふたたび目を閉じ、彼のリズムを味わった。ゆっくり沈めて、ゆっくり引き抜く。得も言われぬやさしさで。ソウヤーは時間をかけた愛の営みが下手だなんて、だれが言ったの？

そのときソウヤーが完全に引き抜いたので、レジーナは不満に身をよじった。愉快そうな笑い声が響いたと思うや、なにかを絞りだすような音が聞こえた。

ジェルでぬるぬるした親指がお尻の割れ目をなぞった。その親指が締まった入口の真上で止まったので、レジーナはびくんとして息を呑んだ。親指が中に押しこまれる。最初、体は異物の侵入に抵抗したが、それでもソウヤーが押しこみつづけていると、やがて軽い弾けるような音とともに親指はずぶずぶと沈んでいった。

レジーナの思考は乱れた。呼吸は短い喘ぎになり、熱が全身を駆けめぐって、温かい波で呑みこむ。乳房は疼き、乳首は尖った。

ソウヤーは締まった穴に親指をゆっくりと出し入れし、内と外に潤滑剤を塗りつけた。レジーナには彼の望みがわかっていた。もし必要なだけ意識を保っていられたら、奪ってと懇願していただろう。

ソウヤーの親指が離れると、震えが背筋を駆けのぼった。けれどすぐに戻ってきた。今度はペニスの太い先端が。大きく固くそそり立ったものが小さな入口に押し当てられた。

体は受け入れまいとして抗ったが、ソウヤーは引きさがらなかった。片手をレジーナの背中に当てて押さえつけ、もう片方の手でペニスを入口にあてがう。腰を前に突きだしたとき、ソウヤーの指の関節がお尻を擦った。

レジーナの体は彼を受け入れ、焼けつくような痛みとともに押し広げられた。胃がよじれ、太腿のあいだが震え、腰全体は火が点いたかのようだ。

そのときソウヤーがさらに奥へ滑りこませ、レジーナの体は降伏した。

レジーナはのけ反って悲鳴をあげた。ああ、なんて痛いの。ソウヤーに、たったいま突き立てたものを早く抜き取ってと言おうとしたそのとき、焼けるような痛みが名状しがたい感覚に変わった。

　言葉はなかった。ソウヤーがゆっくり引き抜くと、圧倒的な安堵感が広がる。けれどまた貫かれて焼けるような痛みが戻ってくると、レジーナは唇を噛んだ。

「力を抜け」ソウヤーがささやく。「抵抗するな、レジー」

　レジーナは鼻から息を吸いこんで歯を食いしばり、叫びたい衝動をこらえた。痛みのせいではない。たしかに痛いけれど、すごくいい意味でだ。なんて倒錯。

　ソウヤーが腰を引いて、亀頭にいっそう入口を広げさせると、レジーナはうめいた。彼がまた腰を突きだして、根元までうずめた。

　ソウヤーはレジーナの縛った手首をつかんで押さえつけ、容赦なく乗り回して、突きあげるたびに睾丸で秘所をたたいた。

　彼が達するとレジーナが思ったとき、ソウヤーが速度を落として腰を引き、ひくひく震えているレジーナのお尻に亀頭だけを引っかけて休めた。

　レジーナはその部分が震えてもとの形に締まりはじめるのを感じた。すかさずソウヤーが一気に突きあげ、ふたたび容赦なく押し広げた。

「なにするのよ、ソウヤー！」

　ソウヤーが動きを止めた。睾丸で秘所を挟み、ペニスを深々とお尻に突き立てて。

「痛いか、レジー？」

「ええ、いいえ、わからない」

ソウヤーがくっくと笑う。「いい痛みだろ？」

「あとで見てなさい」レジーナはつぶやいた。「必ずお返ししてやるわ」

「これを求めたのは自分だってことを忘れるな、ハニー。おれはただ、それを与えてるだけだ」

ソウヤーがまた引き抜いてから突きあげたので、レジーナはうめいた。

「そんなに大騒ぎされたら、仕事に集中できないな」キャムの乾いた声が響いた。

レジーナがさっと顔をあげると、キャムがリビングルームの戸枠に寄りかかっていた。股間のふくらみも、レジーナのお尻を出たり入ったりしているソウヤーのペニスに視線が釘づけになっていることも、隠そうとさえせずに。

「ほかの男のペニスを見て興奮したの？」レジーナは恥ずかしさに頬が熱くなるのを感じながら、わざと辛辣なことを言った。

キャムがのんびりとした笑みを浮かべた。「それがきみのかわいいお尻に突き立てられているなら、愛しいレジー。ペニス羨望《せんぼう》と言うんだっけ？　いまのぼくは、ソウヤーのペニスがうらやましくてたまらない」

「こいつの口をどうにかしてやったらどうだ」ソウヤーがキャムに言った。

「ふーむ、それはいい考えだな」

キャムが戸枠を離れてぶらぶらとソファに歩み寄ってきた。ソウヤーに後ろから突かれながらも、レジーナの心臓は高鳴った。キャムがファスナーをおろす音が部屋に響いた。

キャムは服を脱ぎもしなかった。ただジーンズの前あきに手を突っこんでペニスを取りだすと、片手でレジーナの髪をつかんでぐいと引きあげ、ペニスのすぐそばに口を持ってきた。

ソウヤーの言う、洗練されていて繊細なキャムはどこへ行ったの？　いまのキャムは原始人だ。男臭くて支配的で、自分の女におれを悦ばせろと命じている。

レジーナは腹が立つと同時に心の底からぞくぞくした。

キャムがソファの座面に膝をつき、レジーナの顔をちょうどいい高さに調節してから、唇にペニスを擦りつけた。

「口を開けろ」と命じる。

「嚙みちぎろうかしら」レジーナは不満そうに言った。

ソウヤーの手にお尻を引っぱたかれた。その音は銃声のように部屋中に響きわたった。レジーナはびくんとして驚きの悲鳴をあげ、熱がお尻に広がるのを感じた。

「いい子にしてろ。男は自分のペニスを脅されるのが好きじゃない」

なんてこと。レジーナはいまにも達しそうだった。振り返って、平手打ち《スパンキング》をしたソウヤーを蹴り飛ばすべきなのに。スパンキング！　ところが実際は、真にすばらしいなにかをもう少しで手に入れられそうで、一言の抗議もできなかった。

「おとなしくこいつのペニスをしゃぶれ、レジー。さもないといかせないぞ」

「知るもんですか」レジーナはうなるように言った。

けれどそれ以上はなにも言えなかった。口を開いたのをいいことに、キャムがペニスを滑りこませたのだ。

二人の男性に前後から串刺しにされた。キャムは口の中に挿入し、ソウヤーはお尻に容赦ない攻撃を続ける。

ソウヤーが根元までうずめて動きを止めた。レジーナのお尻に腿をくっつけてそのままじっとしている。キャムがレジーナの口を犯すのを見ているのだ。ソウヤーに窃視症《せっししょう》の気《け》があることに気づいているべきだった。というより、三人同時にレジーナと愛し合えることを考えると、三人とも他人の性交を見て多少の興奮を覚えるに違いない。

「縛らなくちゃいけなかったのか、ソウヤー？」キャムが愉快そうに尋ねた。「尻を蹴飛ばすと言って脅されでもしたのか？」

レジーナはキャムのものを含んだ口で不満の声を漏らしたが、キャムはさらに奥までねじこんで黙らせただけだった。

ソウヤーの手がお尻を這いまわり愛撫する。そのあいだもペニスはしっかりうずめたまま、微動だにしない。

「無力なときのこいつはキュートだろ。これじゃあ虫も殺せない。こんな姿、なかなか見られないぜ」ソウヤーの声には笑いがひそんでいた。

キャムがペニスを引き抜こうとしたので、レジーナは歯を立ててやった。

「おい、気をつけろ」キャムが言う。

ソウヤーにまたお尻を平手打ちされて、レジーナの全身はこわばった。

「なあ、ソウヤー、彼女はいまのが好きらしいぞ」キャムが言う。それから両手を下に伸ばしてレジーナの乳房を包み、親指で乱暴に乳首を転がした。

「ハック・ウー」レジーナはキャムのものを咥えたまま罵った。

するとキャムがさらに深くペニスを滑りこませ、のどの奥をつついた。

わたしをガラス細工みたいに扱うっていう話はどこへ行ったの？　傷つけるのが怖いから真綿でくるむっていう話は？　いまの扱いときたら性の奴隷だ。

そして腹立たしいことに、わたしはそれが好きでたまらない。

「こいつをいかせるべきかな？」ソウヤーがのんびりした口調でキャムに尋ねた。

「ふむ、かもしれないね」

レジーナはキャムのペニスに舌を這わせ、ふたたび押しこまれたものを懸命にしゃぶった。キャムがうめく。

「いいぞ、レジー。欲しいものを手に入れる方法を知ってるじゃないか」

レジーナは心の中でほほえんだ。よこしまな武器を持っているのは彼らだけではない。このみだらな誘惑のゲームは双方がしかけられるのだ。

ソウヤーがレジーナの腰をつかんでソファの背もたれから浮かせた。手を下に滑りこませてレジーナの潤った部分を探る。ああ、こんなに濡れてしまった。クリトリスに触れられるやいなやレジーナは爆発しそうになったものの、ソウヤーはすぐさま手を引っこめて、間違いなく破壊的なものになるだろうオーガズムの寸前に彼女を置き去りにした。

「おれたちと一緒にいくんだ、レジー」ソウヤーがなめらかに言う。「だからキャムにはやさしくしろ。おれは必要なだけ持ちこたえられるから、まさにおまえ次第だ。やつをいかせたら、みんないける」

レジーナがいっそうペニスに吸いつくと、髪を鷲づかみにするキャムの手に力が入った。口の中のものが震えるのを感じて、レジーナはそのときが近いのを悟り、ほほえんだ。

キャムが速く力強く腰を前後に動かしはじめた。レジーナは力を抜いて口をいっぱいに広げ、キャムの好きなように使わせた。

ソウヤーが苦痛なほどゆっくりと引き抜いて、押し広げられたレジーナの入口を太いもので擦る。と思うや腰をたたきつけて、狂ったように犯しはじめた。

部屋の中で聞こえるのはソウヤーの腰がレジーナのお尻にたたきつけられる音と、キャムのペニスをしゃぶる湿った音、それに二人の男のうめき声だけだった。

ソウヤーの手がふたたびレジーナのクリトリスを探り当て、指のあいだで転がす。レジーナは激しく震え、ソウヤーとキャムのあいだで身もだえした。絶頂は目前だ。

怖かった。今回のオーガズムはすてきで温かくてふわふわしたものにはならない。レジーナを二つに引き裂くだろう。それが恐ろしいと同時に欲しくてたまらなかった。

「ああ、くそっ」キャムが喘ぐように言う。「彼女をいかせろ、ソウヤー。ぼくはもうだめだ。こうして口を犯してるときにレジーにいってほしい」

キャムの言葉に拍車をかけられた。ソウヤーがクリトリスをつまんでいじくりながら、容赦なく突きあげる。獰猛に。

レジーナは、自分の体を支配する二本のペニスのことしかもはや意識していなかった。それ以外のすべては、もやの向こうに消えてしまっていた。

「あなたたちのものよ」キャムのペニスが一瞬口を離れてすぐまた戻ってきた。その一瞬の隙にレジーナはささやいた。

「ぼくらのものだ」キャムが答える。「ぼくたちだけの」

そこでレジーナはばらばらになった。完全に砕け散った。口の中でキャムが爆発するのを受け止めながらくぐもった悲鳴をあげる。脈打つ快感が四方八方に矢を放ち、全身を覆いつくして、暴風のように駆けめぐった。

レジーナは激しく身をよじった。体が勝手にうごめくのを抑えようがなかった。じっとさせようとしてソウヤーがお尻を押さえ、キャムが肩をつかんだ。

それでも動きは止まらなかった。耐えられなかった。

口の中にほとばしり出たキャムの精を飲みこんだ。背後ではソウヤーがいまも熱狂的に突いている。レジーナの中に焦がすほど熱い液体を射出したものの、それでも腰を動かしつづけた。

そのときソウヤーが自分のものを引き抜いて、レジーナの背中に片手を当てると、もう片方の手でペニスをしごいた。レジーナはとろりとした液体が肌を打つのを感じた。それは大きく広げたお尻の谷間を伝い、脚を流れ落ちた。

ペニスの先端が肌に触れ、さらなる液体が背中を打つ。ソウヤーがまたお尻の中に滑りこませて根元までしっかりうずめると、肌と肌とを密着させた。

まだレジーナの髪を片手で鷲づかみにしていたキャムが、もう片方の手でレジーナの顎を掬った。ゆっくりと腰を動かして、最後の精でレジーナの口を満たした。

「いったいなにをしてる？」

ハッチの憤怒《ふんぬ》の声に、レジーナは冷水を浴びせられた気がした。

キャムがレジーナの口から引き抜いて、ソウヤーもすばやくお尻から離れた。顔をあげたレジーナは、戸口にハッチが立っているのを見つけた。顔は青ざめて目には火花が散っている。

ハッチがずかずかと入ってくるなり両手を拳に握ってソウヤーの顎を殴りつけた。

「ハッチ、だめ！」レジーナは叫び、体を起こそうとした。

けれどいまも手を縛られたままだったので、努力もむなしくソファの座面にぶざまに転がり落ち、さらにキャムの足元の床に倒れた。

キャムがレジーナに腕を回して抱き起こし、手首を縛っていたパンティをほどいて脇に放った。だがレジーナの意識は目の前の光景だけに注がれていた。

ソウヤーが後ろによろめく。その目は氷のようだ。

「このけだもの！」ハッチがどなる。「よくも彼女にこんなまねを。レジーはおまえのあばずれどもの一人じゃないんだぞ、ソウヤー」向きを変えてキャムをにらむ。「おまえもだ。まさかおまえがレジーにこんな扱いをするなんて思いもしなかった」

ハッチがまた向きを変えてソウヤーを殴ろうとしたが、ソウヤーはただその場に突っ立っていた。死んだような目で、なんであれハッチが課すことにした罰を待っていた。

ふたたびハッチの拳を浴びてソウヤーは後ろによろめいたが、防御しようとはしなかった。レジーナはソウヤーの目に思いを見た。あきらめ。罪悪感。この罰は自分にふさわしいと言わんばかりにたたずんでいる。

ハッチがさらに殴ろうとしたとき、レジーナは叫んだ。

「ハッチ！　やめて！　お願いだから！」

レジーナの両手は自然と握り締められていた。キャムの手が励ますように腕に触れたものの、レジーナはそれを振り払った。

ハッチとソウヤーを見比べた。二人とも怒っているが、理由は異なる。ハッチの顔には恐怖と怒りと不安がある。すべてひとつにまとまって、大きな感情の玉になっている。

ソウヤーは怒っているが、目には痛みもひそんでいる。拒絶も。

ついにこのときが来た。レジーナがずっと避けてきたときが。これこそ、三人の男性が申しでたこの取り決めにずっと抵抗してきた理由だ。いま、レジーナはどちらの味方につくか選択を迫られている。もしソウヤーのほうに行けば、ハッチはそれを裏切りとみなすだろうし、もしハッチのほうに行って彼が抱える問題を突き止めようとすれば、ソウヤーはそれを自分への拒絶とみなすだろう。

「約束したじゃない」レジーナは震える声で言った。「絶対にこんなことにはならないって。わたしに選ばせたりしないって。それなのに。いやよ、わたしは選ばない。選ばないわ！」

涙がこみあげてきて、キャムの手を振りほどいた。心配そうに呼びかけるキャムの声を無視して、ふらつく脚で歩きだした。

いやだ。絶対に。そんなことはしない。だれかを選んだりできない。

ソウヤーのそばをすり抜けてキッチンに入り、下着以外の服を拾い集めていると、遠くでドアを乱暴にたたきつける音が響いた。家が震えるほどの力で。ソウヤー。

レジーナは目を閉じて、もどかしさと痛みの涙をこらえた。

すばやく服を着終えてキーチェーンをつかみ、裏口から飛びだした。どこへ行くというあてもなく。ただ、遠くへ。

30

キャムは町中に車を走らせながら、レジーの新しいＲＡＶ４を探して目を凝らした。固くハンドルを握って、押し寄せてくるパニックの波を抑えようとする。

なにしろ急な展開で、今回は……今回は溝が修復できるかわからなかった。ハッチはソウヤーに完全に腹を立てた。ソウヤーとレジーは二人とも家を出ていき、ハッチは自室に閉じこもった。

そしてキャムはレジーを探している。そう遠くへ行っていないことを祈りつつ。レジーの自宅は空っぽで、めちゃめちゃなままだった。バーディの家に寄ってみたが、いまもヴァージニアのところに厄介になっていて、そちらを訪ねても収穫はなかった。

「どこにいるんだ、レジー」キャムはつぶやいて、ふたたびバーディの家に車を走らせた。思いつく場所はあとひとつしかなくて、そこへ行くのは楽しいことではなかった。

バーディの家の裏に車を回して牧草地を横切り、ファロン家の広大な敷地の裏の境を目指した。次の丘をのぼりきったとき、ライトがレジーのＲＡＶ４のバックミラーをとらえた。

安堵で体が震えた。が、すぐに不安が押し寄せてきた。レジーとの対面が待っている。

レジーが恐れていたことが起きた。キャムが恐れていたことが。全員が恐れていたことが。崩壊。

いったいなにがハッチに理性を失わせたのか、キャムには見当もつかなかった。とはいえこうなってしまったいま、それはどうでもいいことだ。もしかしたらみんな自分をごまかしていたのかもしれない。こんな計画、最初からうまく行く可能性などなかったのかもしれない。

ＲＡＶ４の隣りに車を停めて、小川の岸へ向かおうと外に出た。ところがちらりと横目で見ると、ＲＡＶ４の運転席で丸くなっているレジーの姿があった。

キャムは助手席側のドアを開け、ぱっと点いた頭上の車内灯に目をしばたたいた。レジーは動くこともなければ、乗りこんでドアを閉めたキャムのほうを向きもしなかった。

キャムは胸を締めつけられる思いで、レジーの華奢な体を見おろした。頼りなく見えた。途方に暮れているように。キャムはのどのつかえを呑みくだし、なにを言おうかと考えた。どう言おうかと。

結局なにも言わないことにした。手を伸ばしてレジーの腋の下に挿し入れ、そっと腕の中に抱き寄せた。

レジーの体が震えてすすり泣きが聞こえた。

キャムはほっそりした体を抱き締めて、巻き毛に顔をうずめた。

「すまない」キャムはささやいた。

長い長いあいだ、レジーはそうして抱き締められたまま、なにも言わなかった。レジーの返事を待てば待つほど、キャムの不安は募っていった。

「こうなると思ってたわ」ついにレジーがささやいた。「不公平よ、キャム。わたしにはどちらかを選ぶなんてできない。できるわけない」

「だれもきみにどちらかを選べなんて言っていない、レジー」キャムは自分の言葉が嘘でないことを祈った。まさかハッチがあんな愚かなまねをするとは思っていなかったし、いまはハッチとソウヤーに代わって話をさせられている。

「口では、ね」

彼の胸に顔をうずめたレジーの声はくぐもってよく聞こえなかったので、キャムは少しだけ頭を起こさせた。

「わたしはどうしたらよかったの、キャム?」

レジーの声からにじむ痛みに、キャムの胸は痛んだ。小さな声。疲れた声。まるでこの数時間、自分には制御できないなにかと戦って、完全に打ち負かされたかのような声。

「これを修復するのはきみの役目じゃない」キャムはそっと言った。「これはハッチの問題だ。あいつは一線を越えた。きみとの関係、ソウヤーとの関係をどうにかするのはハッチの仕事だ」

レジーがため息をついて、さらにキャムの胸にすり寄ってきた。「わたしは自分をごまかしてたんだわ。こんなの、うまく行くわけなかったのよ」悲しげに言う。

キャムは口から飛びだしたがっている反論を押しとどめた。心から飛びだしたがっている否定を。代わりに息を吸いこんで気持ちを落ちつかせ、戦う覚悟を決めた。

「きっとうまく行く、レジー」

レジーが体を離し、闇の中でキャムを見つめた。「あなたと話をするのもよくないのに。ハッチやソウヤーとのあいだに問題が起きたからって、あなたのところに駆けこむのはフェアじゃないわ。あなたとのあいだに問題が起きたときに、ほかの二人のところへ駆けこむのがフェアじゃないように」

レジーの顔に触れようと、キャムは手を伸ばした。レジーに触れなくてはいられなかった。このつながりを持たなくては。指がひどく震えるのでそっと拳に丸め、指の関節でやわらかな頬を撫でた。

「どうして？　レジー、きみは自分に厳しすぎる。ぼくらに起きるすべてのことにきみが責任を取る必要はない。どうしてだれにも頼るまいとする？　ハッチやソウヤーとの問題をぼくに話したって、裏切ることにはならない」

「だけどフェアじゃないわ」レジーが強情にくり返した。

「どうして？　ぼくらはきみの話をする。仲間だからね。風変わりで常識はずれの仲間かもしれないが、それでも仲間には違いない」

「わたしの話って、どんな？」レジーが尋ねた。

その声に苛立ちを聞きつけて、キャムは暗闇でほほえんだ。

「そうだな、きみがどれほど強情か。きみがどんなに怒りっぽいか。ぼくらがどんなにきみを心配してるか。きみがいないとどんなに寂しいか。そういう話さ」

レジーがキャムの腕の中に戻ってきた。「今夜、なにが起きたのか自分でもよくわからないわ、キャム。ついにソウヤーの心の壁を突き崩したと思ったのに」

レジーの言葉が途切れて静かになった。

「それで？」キャムは先をうながした。

「ソウヤーのことをあなたと話し合うべきじゃないわ」

キャムはため息をついた。「ほら、やっぱり強情だ。その特徴は、きみにまつわるぼくらの会話にしょっちゅう出てくる要素だよ」

レジーが大きく息を吐きだした。

キャムは片手でレジーの肩を上下にさすった。「ソウヤーの心の壁を突き崩したって、具体的にどういう意味だい？」

レジーはしばらく無言でじっとしていた。キャムは彼女の心の中でくり広げられている闘いを感じる気がした。レジーは友情に篤い女性で、いつだってキャムとハッチとソウヤーの親友であろうとしてきた。レジーにとっては、ほかの二人のことでキャムに打ち明け話をするのは裏切り行為にあたるのだろう。ほかの二人よりキャムを選んだことになるのだ。

レジーが三人のうちのだれか一人を選ぶことはないだろうという彼らの直感は正しかった。つまりレジーと一生をともにする唯一の道は、彼女が三人全員に属しているのを納得させるしかないのだ。それなのに、いまさらハッチがすべてを台なしにしようとしている。

抑えようとしても怒りがこみあげてきた。筋が通らない。なんの役にも立たない。それでも、ハッチがたった一度のかんしゃくですべてを危険にさらしたという事実に腹が立ってしょうがなかった。ハッチ自身とレジーの関係だけでなく、キャムとレジー、ソウヤーとレジーの関係まで。

「ソウヤーは自分を抑えたの」レジーがついに口を開いた。「一年前も、このあいだの夜にみんなで愛し合ったときも、ソウヤーは……」

レジーが正しい言葉を探しているようだったので、キャムは二つの夜を思い返し、レジーが言おうとしていることを悟った。どちらのときも、ハッチとキャムだけが実際にレジーを奪った。キャムは顔をしかめた。どちらのときも、ソウヤーはレジーの口を使うだけだった。ところが今日は……。

「ソウヤーはきみを貫かなかった……脚のあいだを」キャムは口ごもりながら言った。

「わたしを傷つけるのが怖いのよ」レジーが静かに言う。「ソウヤーには荒っぽいところがあるわ。それはみんな知ってることよね。きっとソウヤーは過去に大勢の女性と関係してきたから、やましさを感じてるんだと思う」

キャムはまた顔をしかめた。たしかに筋は通る――ひねくれた、ソウヤーらしい意味で。正直なところ、セックス中のソウヤーのパフォーマンスを評価したことはなかった。純粋に、優先順位の上のほうにないことだから。だがこうして指摘されてみると、レジーの言いたいことは理解できた。

「それで今朝、レイプすると言ってあいつを脅したのか？」キャムはわざと冗談めかして尋ねた。

「そんなところよ」レジーがつぶやくように言った。「キッチンにいた彼を襲って、わたしの望みをはっきり口にしたの」

「まったく、うらやましいやつだ」キャムはつぶやいた。

レジーにお腹をパンチされたので、キャムはにやりとした。

「最初は順調だったのよ。まあ、手を縛られたのは別だけど」レジーが陰気な声で言う。「それと、スパンキング」

キャムはくっくと笑った。「楽しんでたじゃないか」

「それは、その、いまは関係ないの。だけどそのときハッチが現れて、かっとなって。彼、いったいなにを考えてたのかしら？　あなたやソウヤーがわたしを傷つけると本気で思ったの？　あなたとソウヤーを信頼してないなら、どうしてこれがうまく行くなんて思えたの？　ハッチが身近な人に対して過保護になりがちなのも、わたしに危険が降りかかることを極度に恐れるのも知ってるわ。だけどあなたとソウヤーからわたしを守る？」

その問いにはキャムも答えられなかった。なぜならキャム自身、答えを知りたいと思っていたから。

「ソウヤーの目を見た、キャム？」

レジーの声は感情で締めつけられ、いまにも泣きだしそうに聞こえた。

「どんよりした目をして、ただあの場に突っ立ってたわ。まるでハッチに殴られるのも、非難の言葉をぶつけられるのも当然みたいに。わたしはそばに行ってあげることさえできなかった。だってそうすれば、ハッチよりソウヤーの味方をしてるみたいに見えただろうから」

レジーがまた体を離してキャムを見あげた。

「わたしはどうしたらよかったの、キャム？」

「きみはどうしたかった？」キャムは穏やかに尋ねた。

レジーが肩を落とした。「ハッチのお尻を蹴飛ばしてから、ソウヤーを抱き締めて愛してるって言いたかったわ。あなたがわたしを傷つけないことはわかってるって」

「じゃあ、そうするべきだった」

「簡単に言うのね」レジーが不満そうに言う。「わたしがだれも選ばないって話はどうなるの？」

「ハッチは愚かなまねをしたんだし、もし原因がほかのことだったなら、きみは即座にあいつをどなりつけて頭を冷やさせたんじゃないか？」

「そうかもね」

キャムは体勢を整え、しびれてきた長い脚の片方を楽にした。それからレジーを抱きあげてもう片方の膝に移動させ、ふたたび腕の中に抱き寄せた。

「少し肩の力を抜いたらどうかな。だれだってほかの人の責任までは負えない。それに、ぼくらはきみにそんなことをしてほしくない。ぼくらの一人が愚かなまねをしたとしても、どちらかをえこひいきしてるみたいに見えないよう、きみがすべての責任を負うなんてまっぴらだ」

「だけどもし……もし今回のことが修復できなかったら？　どうなるの？」

レジーの声にひそむ恐怖はキャム自身の恐怖をそっくり写しとっていた。とはいえ人間関係において、もめ事は避けられない。たしかにそうしたもめ事は、ふつうは男と女のあいだで起きるもので、男同士のあいだではないとしても。まったく、なんとややこしい。

「きみは、ライオンが奪い合う肉のかたまりじゃない」キャムは言った。初めて怒りのかけらを声ににじませて。

寄り添っていたレジーの体がこわばった。「あなたも怒ってるのね」

キャムはため息をついた。「ああ、怒ってるとも。なにがハッチの引き金を引いたのかわからないが、あいつはそれにきちんと対処できなかった。ぼくやソウヤーがきみを傷つけないことはわかっていたはずなのに。そうとも、わかってたはずなのに」

「わたしはこれからどうしたらいい？」レジーがまた尋ねた。

「その問いに答えられるのはきみだけだ」キャムは言った。本当は、ハッチの尻を蹴飛ばしてソウヤーと仲直りしろと言いたかったけれど。レジーの代わりにそれを決めることはできない。たとえ、レジーを引き止めるためならなんだってしたいと心から願っていても。

「ハッチがなにを考えていたかがわかればいいのに」

「同感だ」キャムはつぶやいた。

レジーのこととなるとハッチは昔から過保護だったが、キャムの口からそれを告げる気はない。ますますこの計画はうまく行かないとレジーに思わせるだけだ。

またレジーの腕をさすって、頭のてっぺんにキスをした。「家に帰らないか？　今日はなにも食べてないいんだろう？　ハッチの尻を蹴飛ばして、ついでにソウヤーの尻も蹴飛ばせばいい。済んだらぼくが血を掃除する」

あえて軽い口調を心がけた。自分が深刻に受け止めなければ、レジーも深刻に受け止めないのではないかと思って。

「先に帰って」レジーが低い声で言った。「少し考えたいの」

キャムの息はつかえた。「だが帰ってくるね？」

二人のあいだに沈黙が広がり、キャムは固唾《かたず》を呑んで返事を待った。

「もう逃げたりしない。なにが起きようと、しっかり向き合うわ」

レジーの答えを聞いてもキャムの心は少しも落ちつかなかった。だがレジーの声からは決意も聞き取れた。いまはレジーを信じるしかない。そして愛する女性と人生をともにする可能性を別の男がぶち壊さなかったことを祈るのみだ。

31

レジーナは家の前に車を停めてエンジンを切った。ソウヤーのトラックはない。レジーナはため息をついて、のろのろと玄関に向かった。

レジーナとソウヤーはよく似ている。どちらも気が短くて、かっとなりがちで、怒ったときの対処法はその場を去るというやり方だ。

けれど今回は、レジーナは理性的に対処するとキャムに約束した。大きなことを言ったものだ。本当はしっぽを巻いて逃げだしたい。一年前と同じように。まったく役に立たなかったけれど。

ポーチにのぼるやいなや、玄関が大きく開いてハッチの腕の中に引き寄せられた。

「レジー、ああよかった。心配したよ」

レジーナは一瞬身をこわばらせたが、すぐに体を離してハッチのお腹を殴った。

ハッチはうめいて体を折ったものの、それでもレジーナの腕を放さず家の中へと引き入れた。レジーナはその手を振りほどき、二人の背後でドアを閉じた。ハッチは玄関ホールにたたずんで、Tシャツの上から腹をさすった。

「これも当然の報いだよね」ハッチが低い声で言った。

レジーナはじろりとにらんだ。「ええ、そうよ」

ハッチの唇から長いため息が漏れ、その顔にくっきりと刻まれた悲嘆を目にしたレジーナは、ほんの少し心をやわらげた。けれどめそめそしていたことまで教える必要はない。

レジーナがしかめ面を向けると、ハッチが悲しげな目で見つめ返した。

「少し話せるかな？」ハッチがリビングルームを手で示しながら言った。

「ソウヤーはどこ？」レジーナは問い返しながら先に立って歩きだした。

「わからない」ハッチが白状する。「まだ戻ってないんだ」

かすかな恐怖がレジーナの胸をよぎった。くるりとハッチのほうに振り返り、怒りで恐怖を消そうとした。

「あなたいったいなにを考えてたの、ハッチ？　あれはいったいどういうこと？」

ハッチがどさりとソファに腰かけて、膝に両肘をついて手に顔をうずめた。

「おれはばか野郎だ」とつぶやく。

レジーナは向かいの椅子に腰かけた。「そうね、その点は間違いないわ。それで、今回のばかな行動を引き起こした原因について、話してみる気はある？」

顔をあげたハッチの目があまりにも痛みに満ちていたので、レジーナは思わず怯んだ。落ちつかない感覚が背筋を駆けおり、怒りに代わって不安が訪れた。

「なにが問題なの、ハッチ？」そっと尋ねた。「どうしてソウヤーやキャムがわたしを傷つけるかもしれないと思ったの？　わたしがいやがってるように見えた？」

ハッチが深く息を吸いこんだ。レジーナには彼の心の内の闘いが見える気がした。張りつめた体の筋肉が引きつり、神経が騒ぐ様子が。

「両手を背中で縛られて、口にキャムのものを突っこまれて、お尻にソウヤーのものを突き立てられた状態で、どうやったらいやだと言えるのかわからないよ」ハッチが言葉を包み隠さずに言った。

レジーナの頬は赤くなり、口元がこわばった。「わたしを見て、ハッチ」

ハッチがどんよりした目を向けた。あのときのソウヤーの目とよく似ていた。

「どうなってるの？　あの二人がわたしを傷つけないことはわかってるでしょ？　わかってるはずだわ。二人にいやなことをされてるのに、わたしがなんの抵抗もせずにおとなしくしてると本気で思うの？」

ハッチが即座に反論した。「きみはあの二人より小柄だ。とくにソウヤーよりは。あいつが力できみを押さえつけるのは簡単だし、そうなったらきみがなにをしてもかなわないよ」

ハッチの声には恐怖と、かすかな怒りがこめられていたが、それはソファの上でのできごとだけに向けられたものではなさそうだった。ハッチの視線は定まらず、まるで別の場所を見ているかのようだ。別のときを。

「ソウヤーがわたしを傷つけると本気で思うの、ハッチ？　わたしの目を見て答えて。十歳のころから兄弟同然だった男性をそんな悪人だと思ってる？」

鈍い赤味がハッチの首を這いのぼった。「いや」とつぶやく。「あいつはきみを愛してる。きみを傷つけるくらいなら自分が死ぬだろう」

「じゃあ、今日のあなたはいったいなにを考えてたの？」レジーナは問いをくり返した。「ハッチ、あなたはソウヤーを傷つけたわ。彼の目に浮かぶ表情を見た？　いまはもう、わたしのほうを向かせるのさえ、どうやったらいいかわからないくらいよ」

レジーナは両手を拳に丸め、かろうじて抑えているかんしゃくを自由にさせまいとした。ハッチだって傷ついている。理由はわからないけれど、確実になにかあるのだ。

ハッチが視線を逸らした。肩を震わせて、片手で短髪をかきあげた。

「わかってるよ、レジー。わかってる。ごめんよ」

「謝らなくちゃいけない相手はわたしじゃないでしょ」レジーナは指摘した。

「いや、そんなことはないよ。おれはきみに気まずい思いをさせた。兄弟同然の男を殴った。きみを難しい立場に置いた。そのすべてを反省してる」

「でも、どうして？」レジーナはそっと尋ねた。「なにがあったの、ハッチ？　あんなふうにかっとなるなんて、あなたらしくないわ。状況のせい？　嫉妬したの？　あなた自身にはどうしようもできないことが理由？」

「違う」ハッチが鋭い声で言い、短く首を振った。

さっと立ちあがって行ったり来たりしはじめた。全身が動揺を物語っている。緊張感が熱波のごとく漂ってくる。

そうしてハッチが取り憑かれている悪魔と格闘するあいだ、レジーナは静かに待った。

ついにハッチが足を止め、うなじに片手を当ててレジーナのほうを向いた。「勘違いしただけなんだ、レジー。買い物から帰ってきたら、きみがソファに屈みこまされて手首を後ろで縛られて、お尻にくっきりソウヤーの手形がついてるのが目に飛びこんできた。そんな光景を見せられて、ほかにどう思えた？」

言い終えて大きく息を吐きだしたものの、ハッチがもう怒っていないことはレジーナにもわかった。いまは困惑している。そして悲しんでいる。

「おやじはしょっちゅうおふくろを殴ってた」ハッチが恥じ入った声で打ち明けた。

レジーナは胸が締めつけられるのを感じたが、それでも黙ったままでいた。ハッチが言わなくてはならないことを聞きたかった。これまでハッチが家族について話したことはない。バーディのもとへ来る前の人生について。レジーナはもう何年も親友だけれど、ハッチについて知っているのはそれ以降のことだけだ。

「おやじはろくでなしだった。酒浸りで、酔ってるときもしらふのときも最低の男だった。おふくろに暴力を振るうのに飽きたときは、おれや弟に手を出した」

レジーナは息を呑んだ。ハッチに実の弟がいたとは知りもしなかった。

「おふくろを助けられない自分が情けなくて、死ぬほど腹が立ったよ。弟も助けてやれなかった。おれは徹底的に無力だったんだ」

「ハッチ、あなたはまだ子どもだったのよ」レジーナはやさしく声をかけた。

「ああ、まだ子どもだった」ハッチがあざけるように言う。「あのころのことは何年も思い出してなかったけど、買い物から帰ってきてあの光景を見たときは、おやじとおふくろの姿がまざまざとよみがえってきたよ。自分が間違ったことをしたのはわかってるけど、だれだろうとあんなふうにきみを傷つけるやつがいると思うと、へどが出るんだ」

ハッチがやましそうに視線を逸らした。「それと、もしかしたらおれはソウヤーがしくじるのを待ってたのかもしれない。あいつがきみに荒っぽく接するのが昔からいやだったけど、それを指摘しても口論になるだけなのはわかってたから、ずっと我慢してた。心の底では、自分がいやなやつだってことはわかってたと思う」

レジーナはなにか言おうと口を開けたものの、ハッチがふたたび行ったり来たりしはじめたので、思いとどまった。

「おやじはおふくろを殺したんだ。しかもお咎めはなし。おふくろは事故死と裁定された。皮肉なことに、そのときおふくろは酔ってたんだ。一滴も飲まない人だったのに、その夜はもう耐えられなかったんだろうな。おやじはおふくろを階段から突き落として、嘆きの夫を演じた。おれはそれ以上あの家にいられなくて逃げだした。以来、一度も帰ってない」

ハッチの顔に刻まれた深い悲嘆を見ていると、レジーナの胸はますます締めつけられた。いまのハッチは、彼に非難されたときのソウヤーと同じくらい途方に暮れて見えた。

「ご両親は亡くなったんだと思ってたわ……キャムやソウヤーと同じように」レジーナは静かに言った。「ちっとも知らなかった……だって、あなたは一度も話してくれなかったから」

「なにを話せばよかった？」ハッチが自嘲気味に言う。「おやじは手紙を書きたくなるような人間じゃないし、おれはいつあの男のもとに送り返されるかと毎日びくびくしてた。あんな男、存在しないふりをしてるほうがずっと楽だった」

　レジーナは震える脚で立ちあがった。ハッチのそばに歩み寄って腰に腕を回し、たくましい胸に顔をうずめた。

「ごめんなさい、ハッチ」

　ハッチがぎゅっとレジーナを抱き締めて、行き場のない感情に胸を上下させた。「きみは謝るようなことをなにひとつしてないよ。おれはとんでもない間抜けだった。すべてを危険にさらした。自分にとってだけでなく、ソウヤーとキャムにとっても。こんなおれを許してくれるかい、レジー？」

　レジーナは目を閉じて、それほど簡単だったならと願った。みんなにとって。

「ソウヤーとの関係を修復しなくちゃだめよ」穏やかに言った。

「わかってる。だけどまずはきみとの関係を修復しなくちゃ。おれは許しがたいことをした。絶対にしないと約束してたことをしてしまった。きみをおれたちの板挟みにした。愛してるよ、レジー。本当に悪かった」

　レジーナはぎゅっとハッチを抱き締めた。「二階にあがってソウヤーを待つわ。いい？」

　ハッチの両手が背中を上下にさする。「帰ってきてくれて本当にうれしいよ、ベイビー。すごく心配したんだ。二度とあんなふうに出ていかないでくれ。もしまたこんなことが起きたら、おれの尻を蹴飛ばしておれを追いだして、きみはここに残ってくれ。ここはきみの家なんだ。おれはきみにふさわしくない男かもしれないけど、きみはおれたちの一人だ」

レジーナはほほえんで首を反らし、伸びあがってキスをした。「長い一日で疲れたわ。二階にあがってソウヤーのベッドにもぐることにする。ソウヤーが帰ってきて、わたしがあの石頭に理性を吹きこめることを祈りましょ」

ハッチが一瞬またやましい顔になり、なにか言おうとして口を開いたものの、レジーナはその唇に人差し指を当てた。

「それはソウヤーに」やさしい声で言った。

ハッチがうなずいて腕をほどいた。レジーナはハッチの腕を手首まで撫でおろし、一度しっかり手を握ってから、階段に向かって歩きだした。

眠るつもりはなかったのに、ドアが軋んで開く音で時計を見たレジーナは、眠ってしまっていたことに気づいた。

電灯がぱっと点いて、あまりのまぶしさに片腕で目を覆った。

「くそっ！　すまん、レジー」ソウヤーが言ってすぐさま明かりを消すと、部屋はまた真っ暗になった。

「いいのよ」レジーナは寝起きの声で言った。「点けて」

けれどソウヤーは明かりを点けることなくベッドに歩み寄り、ベッドサイドのランプを灯した。レジーナはそろそろと腕を顔からあげてソウヤーを見あげた。

ソウヤーの姿は……ぼろぼろだった。まるで彼よりはるかに大柄な男と数ラウンド戦ってきたかのように。そんな男は多くないだろうけれど。

「なにがあったの？」レジーナは尋ねた。「どこへ行ってたの？」

ソウヤーの口角があがり、笑みのようなものを浮かべた。

「何杯か引っかけてきた」肩をすくめて言う。

レジーナは目を狭めた。「それで車で帰ってきたの？　まったく、ソウヤー、わたしに電話すればよかったのに。死にたいの？　それとも逮捕されたい？」

ソウヤーがベッドにどさりと腰をおろして前屈みになり、やがて顔だけレジーナのほうに向けた。「おれに説教を垂れるだけのために起きて待ってたのか？」

「いいえ、ばか言わないで。待ってたのはあなたに会いたかったからよ。話をして、その石頭に少しでも理性を吹きこみたかったから」

「そんな虐待《ぎゃくたい》を受けるために家に帰ってきたとはな」ソウヤーの声はいかにも愉快そうだったが、目にはいまも影が取り憑いていた。

レジーナはベッドの上を這い進み、ソウヤーのシャツをつかんで引き寄せた。ソウヤーが驚いて口を開けたのをいいことに、唇を重ねた。

ポールダンサーのようにソウヤーの体の周りをするりと滑って、彼がまばたきするより先に胸を突き、仰向けに押し倒す。レジーナも一緒に倒れこんで、どさりと上に重なった。

ソウヤーの唇がまた開く。レジーナはキスをして離し、またキスをした。「二度と」キス。「あんなふうに」キス。「逃げるんじゃ」キス。「ないわよ！」

そうしてキスの雨を降らせているあいだに、ソウヤーの手がレジーナの背中を這いのぼって肩をつかんだ。

「それが地獄から飛びだしたコウモリみたいに逃げだした女のセリフか？」ソウヤーが辛辣に言う。

レジーナは顔をあげてソウヤーを上からにらみつけた。「どうしてわたしの行動を知ってるの？」

「ふん、そうだな。ひとつ、おまえはおれにそっくりだ。二つ、キャムがおれの携帯にかけてきて、おまえがまた叱られた猫みたいに逃げだしたと半狂乱のメッセージを残した」

「帰ってきたわ」レジーナはもぐもぐと言った。

ソウヤーが手をレジーナの前に回して、巻き毛を耳にかけた。まじめな顔になって言う。

「ああ、そうだな。そこになにか意味があると思っていいのか？」

「話したいのはわたしのことじゃないわ」レジーナはそっと言った。「あなたのことよ。それとハッチのこと」

ソウヤーの目が一瞬揺らいで無表情になった。大きな手で押されたのでレジーナが脇におりると、ソウヤーがごろりと体を翻した。

「話すことなんかない」感情を排した声で言う。

「そこが間違いだっていうのよ」

ソウヤーがこちらに向きなおり、じっと見つめた。もしこの男性のことをよく知らなかったら、恐怖におののいたことだろう。ソウヤーは力をにじみださせている。熱波のように押し寄せてくる。それでもレジーナは冷静に見つめ返し、彼が怖がらせて追い払おうとするのを許さなかった。

「無駄よ。あなたはおとなしくそこに座ってわたしの話を聞くの。でなければベッドにくくりつけるから協力するのね。あなたがどれだけわたしのなすがままになるのが好きか、拝見しましょ」

ソウヤーの唇がにやりと笑みを浮かべた。「水を差したくはないが、いまのは脅しか？まるで怖くないぜ。おまえのなすがままになるより悪いことならいくらでも思いつく」

温かなざわめきが血管をめぐり、レジーナはなんとしてでもソウヤーに言うことを聞かせるという決意にもかかわらず、体が震えるのを感じた。

もう一度前に出て、鼻と鼻とがくっつきそうなほど近くに顔を突きだした。「わたしの話を聞きなさい、ソウヤー。従ってもらうわよ。いやだと言うなら、わたしは出ていくわ」

ソウヤーがまばたきをし、恐ろしげに目を狭めた。「おれに脅しは通用しない、レジー」

実行する気のない脅しは口にしてはいけない。それはレジーナが、血と肉というより怒号と嘘から成るような父親と暮らした年月にたたきこまれた教訓だ。

レジーナは無言でベッドをおりると、向きを変えて大股でドアに歩きだした。手が震えたが、こうするしかなかった。こけおどしではない。ソウヤーが心の壁を崩そうとしないなら、いったいどうしてレジーナはここに留まり、うまく行かせる努力をすることができるだろう？

ハッチの愚行は許さなかったし、ソウヤーの愚行も許しはしない。芝居じみている？　かもしれないし、ほとんど罪悪感すら覚えた。こんなのはレジーナらしいやり方ではないから。まあ、大股で去るという部分はらしいけれど。それでも、生半可な脅しを突きつけたり愚かな心理ゲームに興じたりするのは彼女らしくなかった。

ソウヤーは静かに歩み寄れるような人物ではない。レジーナに負けないくらい頑固だから、ときに荒療治が必要だ。もしかしたらレジーナ以上の頑固者かもしれない。

レジーナは自室に入って着替えを何枚かダッフルバッグに放りこむと、ドアに向かった。まだソウヤーの気配はない。レジーナはため息をついて階段をおりた。いいだろう。このまわたしを出て行かせて、あとでわたしがいない理由をキャムとハッチに説明すればいい。

玄関の取っ手をつかんでもなお、ソウヤーは部屋を出てこなかった。それがわかるのは、ドアをたたきつける勢いでまだ家が揺れていないからだ。レジーナが玄関をたたきつけるべきかもしれないが、ハッチとキャムを起こしたくはなかった。

外に出てポーチをおり、ＲＡＶ４に歩み寄った。運転席のドアに手をかけたとき、雄牛のうなり声によく似た音が聞こえてきた。笑みをこらえると同時に体がふわりと宙に浮いて、たくましい肩に担ぎあげられていた。

ソウヤーがポーチをのぼると、レジーナは彼の背中で揺れ、何度も鼻がぶつかった。ソウヤーが背後で玄関を乱暴に閉じたので、レジーナは顔をしかめた。キャムとハッチを起こさない努力はむなしかった。

ソウヤーが片腕でレジーナのお尻を抱え、ソファに放りだした。どすんと着地したレジーナは、一瞬息がつかえた。ソウヤーが怖い顔で見おろす。

「いったいなんのつもりだ？　いつからこんなクソくだらないまねをするようになった？」

レジーナは左の眉をつりあげた。「失礼。いまばかなまねをしてるのはわたしじゃないわ。もしまたあんなふうにわたしを担ぎあげてごらんなさい、公務執行妨害で逮捕するわよ」

ソウヤーが腰を屈め、レジーナの両脇に手をついてずいと顔を近づけた。

「やってみろよ」挑戦的に言う。

レジーナがにらむとソウヤーもにらみ返した。レジーナは必要以上の力をこめてソウヤーの頬を両側から手で挟み、引き寄せるなり唇を重ねた。

熱く貪欲に。ソウヤーに飢えていた。

ソウヤーも負けずに激しく荒々しく応じた。レジーナの背中をソファの背もたれに押しつけて。

やがてソウヤーが体を引き、強い決意とともにレジーナを見つめた。「おまえはどこへも行かせない」

ええ、わたしはどこへも行かないわ。だけどいまそれを教える必要はない。

「話をしないなら出ていくわ。ことあるごとにあなたが一歩引いてみんなとのあいだに距離を置くなら、わたしはここにはいられない」

ソウヤーが顔を背けて悪態をついた。ソウヤーにしても汚い言葉で。レジーナは眉をつりあげた。

「くそっ、レジー。いったいおれになにを望んでる?」ソウヤーがひとしきり悪態をつき終えてから尋ねた。

「すべてを」レジーナは迷いもなく答えた。もう距離を置かせはしなかった。ソウヤーの頰を手で包み、親指で固い顎髭を擦った。「ハッチは間違ってたわ、ソウヤー。ひどく間違ってた。あんなことを言う権利はなかった。あなたはそれを知ってるし、わたしも知ってる。ハッチも知ってる」

不安がソウヤーの目をよぎった。「あいつは間違っちゃいない」と静かに言う。「おまえにあんな扱いをする権利はおれにはなかった。過激なスリルを求める安っぽい女みたいな扱いを」

レジーナはソウヤーの顔から手を離し、胸の前で腕組みをして怒った顔をしてみせた。

「いまわたしのことを安っぽい女って呼んだ?」

ソウヤーがまた悪態をついた。歯が折れそうなほど強く食いしばっている。「おれが言いたかったのがそういうことじゃないのはわかってるだろ!」

レジーナはにんまりしてソウヤーを見あげた。もうひと押しだ。あとひと押し。もしかしたら引き締まったお尻を押すのがいいかもしれない。

「じゃあ、過激なスリルを求めてもわたしは安っぽい女とはみなされないって言いたかったの?」

ソウヤーがうなって両手を掲げた。「神に誓ってもいいが、もしまだおれが頭を剃ってなかったら、いまごろきれいに剃り落としてる。酒でうさ晴らしをしたい気分だよ」

「まったく同感だわ」レジーナはにこやかに言った。

「おれを怒らせようとしてるのか?」ソウヤーが問う。

「そうよ」

ソウヤーが唖然として見つめた。

「話して、ソウヤー」レジーナは笑みも口論もすべて脇に置いて言った。「この件からは逃げさせないわ。どこかで聞いたような言葉じゃない? あなたはやましさのかけらもなくわたしを引き止めたわね。今度は立場が逆転したの。わたしは逃げるのをやめたし、あなたを逃げさせせはしない」

ソウヤーはしばらくレジーナを見つめていた。青い目で、穴が開くほどじっと。「頑固な女には困ったもんだ」とつぶやく。「話すことなんてなにもない。もう終わったんだ」

レジーナは首を振った。「ごまかさないで、ソウヤー。わたしにはあなたの表情が読めるのよ。だれよりあなたを知ってるわ。違うなんて言わせない」

「言わないさ」ソウヤーがそっと言った。「おまえはだれよりおれを知ってる。だれよりおれを愛してる。だからおまえを傷つけたくない」

レジーナの唇からもどかしさの低いうなり声が漏れた。ソウヤーが身をすくめ、驚いた顔でレジーナを見た。

「どうしてわたしとセックスすることがわたしを傷つけることになるの？　言ってみなさいよ。まったく筋が通らないわ。わたしみたいな女性は過激な妄想を抱かないと思ってるの？　たしかにこれまであなたに手を縛られてお尻を引っぱたかれるところは妄想しなかったけど、でも、してもおかしくないのよ。いったいあなたのなにがいけないの？　あの大きなペニスをわたしのお尻に突き立ててるときに甘い愛の言葉をささやかないところ？」

あけすけな表現にソウヤーが目を丸くした。口を開いたものの、なにも出てこない。そこでレジーナはさらに攻撃をしかけた。ソウヤーに邪魔されたくなかった。ようやく温まってきたのだから。

「それとも、わたしのお尻を奪ったことそのもの？　わたしにそんなことをしたのは自分が最初だと思ってるの、ソウヤー？　ヒントをあげるわ。最初じゃない。一、二度そういう経験をしたわ。どうやらキャムやハッチより多かったみたいね。あなたが決めた基準によると、そんなわたしは完全に〝ふさわしくない〟ということになるわ。それどころか、あなたたち三人から完全に隔離して、死ぬまで禁欲を守ったほうがいいみたいね」

「なんてこった。黙れ、レジー」

「わたしが言うと間抜けに聞こえる？」

「おまえが過去に何人の男と経験してようが、知ったことじゃない」ソウヤーが言う。「おれが気になるのは、これから何人と経験するかだ」

「わたしも、あなたが過去に何人の女性と経験してようと気にしないわ」レジーナは穏やかに言った。「あなたが荒っぽくて洗練されてないことも、行為の最中に甘いことばをささやかないのも気にしない。こう言ってあなたの気が楽になるのなら、あなたに奪われてるときはキャムにささやきを担当させるわ」

ソウヤーののどから低いうなり声が漏れた。「キャムに手伝ってもらう必要はない」

「よかった。じゃあ、決まりね。あなたとわたしはだれの助けも借りずに愛し合える。これでずっと気分がよくなったわ」

「おまえってやつは、けしからんほど生意気な女だよ」ソウヤーが言い、天を仰いだ。

「それでも愛してるでしょ？」

ソウヤーが暗いため息をつき、力ない顔でレジーナを見た。完ぺきに打ち負かされた男にしか浮かべられない表情で。「愛してるよ、レジー。おまえが思ってる以上に。これまで愛しただれよりも」

「わたしもあなたを愛してるわ」レジーナはそっと言った。「さあ、わたしを二階へ連れていって、気絶するまで愛しなさい、おばかさん」

32

レジーナはソウヤーを見あげて反応を待った。ソウヤーは一瞬決めかねた表情を浮かべたものの、不安に打ち勝ったのだろう、目に新たな光を宿した。純粋な捕食者の光。レジーナをぞくぞくさせる光。

「わたしを肩に担ぎあげる男臭いあなたのふるまい、嫌いじゃないわ」レジーナはなにげない口振りで言った。

「いまのは誘惑か？」ソウヤーが低い声で言った。声の深い振動がレジーナの肌を温かく甘美に刺激する。

レジーナは生意気な笑みを浮かべてソウヤーを見あげた。「わたしなら要求と呼ぶけど、あなたなら突っぱねるでしょうね」

「そんな要求ならいつでも大歓迎だ」

なにか言い返すより早く、やすやすとソウヤーの肩に担ぎあげられていた。

階段をのぼるあいだずっと、レジーナがばかみたいにくすくす笑っていると、お尻をぴしゃりとたたかれて、ほかの二人が起きちまうぞといさめられた。どうせこれから始まるレジーナとソウヤーの大騒ぎで、ほかの二人は目を覚ましてしまうだろうに。

ソウヤーの寝室に入ると、ベッドの上に放りだされた。ソウヤーがシャツを脱いで部屋の向こうに放る。みごとな肉体の男性が服を脱ぐところは、なんてそそられるんだろう。レジーナの目はソウヤーの体に釘づけになった。

筋肉が美しく波打つ。その大きさにもかかわらず、優美とさえ言える肉体。

ソウヤーがズボンの前ボタンを外し、ウエストに親指を引っかけておろした。青いボクサーショーツも一緒におろされて、大きく育ったペニスがむきだしになる。自由になったそれは勢いよく弾み、まっすぐにそそり立った。

レジーナが見つめているのに気づいて、ソウヤーが脚を広げた。いっさいの気後れもなく。

「この光景が気に入ったか？」

レジーナは唾を飲んでうなずいた。

「服を脱げ」ソウヤーが命じる。

「あなたに脱がせてほしいと言ったら？」レジーナは軽い口調で言った。

「脱げ」

問答無用の口調に、レジーナの呼吸はすでに乱れていた。

急いでジーンズに手をかけたものの、ソウヤーの視線に待ったをかけられた。

「ゆっくりだ」ソウヤーが言う。「ゆっくり、色っぽく脱げ」

レジーナの唇がみだらに弧を描いた。ソウヤーは彼のためだけのショウを望んでいるのだ。

ベッドの上で膝立ちになっていたレジーナは、その場に立ちあがってソウヤーを見おろした。

魅惑的に腰をくねらせつつ、じわじわとジーンズをおろしていく。下着までおろさないよう、慎重に。ジーンズが足首の周りに落ちると、片足をあげて振り落としてから、もう片足をあげて布をつま先に引っかけ、ドアのほうに放った。

　腰に両手を当てて自分の体を撫であげ、シャツの下に滑りこませる。そのままゆっくり手を上に這わせて胸までたくしあげたシャツを、頭から引き抜いて、ジーンズと同じ方向に放る。まだ腰をくねらせながら両手を背中に回し、ブラのホックを外すと、ストラップが緩んで肩から滑り落ちた。両手でカップを押さえてふくらみを覆ってから、ゆっくりとレースのブラを下へ滑らせていき、ついに乳房をソウヤーの熱い視線にさらけだした。

　ソウヤーをちょっぴり刺激するという誘惑に逆らえなくて、レジーナは自制心を捨てると、指を乳房に踊らせた。ふくらみを手のひらで覆ってから、指のあいだに乳首をとらえた。

　レジーナが小さな喘ぎ声を漏らすと同時に、ソウヤーが息を吸いこんだ。

　すぼまった乳首を片手で愛撫しながら、もう片方の手で体を撫でおろし、おへその縁をなぞってからさらに下へ這わせ、パンティのゴムに触れた。

　音もなく指先を薄い布地の下に挿し入れて、脚のあいだの縮れ毛を探り、潤ったひだのあいだに滑りこませる。中指でクリトリスを転がすと、脚のあいだから肩まで細かな震えが広がった。反応して乳首が固くなったので、指先で片方をつま弾き、鋭い疼きを堪能した。

　ソウヤーの目を見つめながら脚のあいだの小さなつぼみをいじった。ソウヤーの意識が自分だけに注がれていると確信したレジーナは、首を反らして目を閉じ、指の動きに合わせて腰を揺すりはじめた。

長くは待たされなかった。

ソウヤーに手首をつかんで引っ張られ、レジーナはベッドに膝をついた。目の前にはソウヤーの広い胸がある。レジーナの手首をしっかりつかんだまま、ソウヤーが身を乗りだして貪欲に唇を奪った。

「おまえには夢中にさせられる」ソウヤーが唇越しにささやいた。

「うれしいわ」レジーナはささやき返した。

ソウヤーに導かれるまま、腕を広げてマットレスに仰向けで横たわった。ソウヤーが上に重なってきて、ぴったりと体を押しつける。

この男性に恐怖心を抱く女性は少なくないだろう。ソウヤーにやわらかなところはひとつもない。大きくて荒っぽい。それが見た目の印象だ。けれどレジーナにほほえみかけたり見つめたりするときのソウヤーにはとても穏やかなところがあって、それが彼女の胸を苦しくさせた。

わたしのもの。わたしだけのもの。なんてすばらしいんだろう。ソウヤーはこれまで多くの女性と体を重ねてきたかもしれないが、レジーナのように彼の心を所有した女性が一人もいないことはわかっていた。ソウヤーの口から聞く必要はない。彼の行動が証明している。

顎髭に肌をいたぶられながら、じっくりと口を味わわれた。最初は唇を、続いて舌を舐めて、甘嚙みする。

ソウヤーが背中を反らしてレジーナの脚のあいだに腰を落ちつけた。太腿のあいだに膝をつき、レジーナの両手を大きな手の片方でしっかりと押さえつける。

それから空いているほうの手でレジーナの顔を撫で、顎の線を探索し、腫れた唇をやさしくなぞった。指先で首を伝いおり、鎖骨の周りをやさしく撫でて、指の通った道を粟立たせた。

乳房のあいだのかすかなくぼみに触れてから、左右の乳首を順ぐりに転がして、ツンと固く尖らせる。その尖った小さなつぼみに屈みこみ、歯で挟んだ。稲妻が血管をめぐるような感覚に、レジーナは悲鳴をあげた。乳房が重く張りつめて、もっと多くを求める。ソウヤーの手と口を欲する。

レジーナは懇願した。自分の欲求を恥ずかしいとも思わなかった。もっと欲しい。もっと多くが。

「お願い」とささやいた。「あなたが欲しくてたまらないの。あなたが必要なの、ソウヤー」

「ああ、レジー」ソウヤーがうめいた。「おまえといると、この世でただ一人の男になった気がするぜ」

ソウヤーが腰を前に突きだすと、濡れて滑りやすくなったひだをペニスがやすやすと押し分けていった。すごく太い。レジーナの秘所の全神経はぴんと張りつめて、ふくらんだ部分を前後に擦られると熱く燃えた。

ソウヤーが片手でレジーナの両手を押さえつけたまま、空いているほうの手で乳首をいたぶり、かわいがる。やさしく腰を揺すって穏やかなリズムを作りだす。それはレジーナにテキサス湾の穏やかな波を連想させた。温かくて心癒される、浜に寄せては太陽に焼かれた砂に広がる波。

脚のあいだにソウヤーを感じながら、満ち足りた思いでため息をついた。ゆっくりした官能的な愛の行為についてソウヤーが言ったことは嘘だった。いまほど愛され、慈しまれているると感じたことはない。この戦士が――みごとな筋肉とレジーナの頭より大きな手を持つこの大男が――こんなにもやさしく愛せるのだと思うと、自然に涙がこみあげてきた。

そう、あれは嘘だった。ソウヤーはわたしをやさしく愛する方法を知っている。

ソウヤーが根元までうずめたまま、目を閉じて全身を震わせた。その顔には穏やかさがあった。快楽と満足感も。

ソウヤーがふたたび腰を動かしはじめた。波のように打ち寄せる。先ほどまでよりも深く。貫くたびに、ますますレジーナの体を所有していく。レジーナの魂を。

「おれに脚を巻きつけろ、ハニー。しっかりつかまれ」

レジーナはソウヤーの脚の裏側をかかとでのぼり、彼の背中で足首を交差させた。そうして貫かれるたびに腰を突きだし、一緒に官能のリズムを刻んだ。

脚のあいだの奥深くに小さく甘美な痛みが生じて、徐々に大きく鋭くなっていき、ついには身もだえるほどの激しい欲求に育った。欲求はさらにふくらみ、刻一刻と大きくなっていく。脚のあいだからあらゆる方向に広がっていく。

とうとうソウヤーが押さえつけていたレジーナの手を離し、彼女のお尻の下に両手を滑りこませた。大きな手のひらで丸みを覆う。レジーナの角度を整えて腰を動かし、欠けていたパズルのピースをはめるかのごとく、二人の体をひとつにした。

速く、激しくなっていく。二人一緒に舞いあがる。やさしく、強く。穏やかに、激しく。ゆっくり、速く。

レジーナは崖の突端から勢いよく飛び立った。大きく腕を広げて落ちていく。目を閉じて、顔に風を感じる。ふと気がつくと飛んでいた。舞いあがって急降下して、風を追っていた。

そのあいだずっと、ソウヤーが抱き締めていてくれた。知らないと言っていた言葉を耳元でささやきながら。愛を。それはレジーナの体を包みこみ、満たして取り囲んだ。

愛。

「愛してるわ」震えるソウヤーにレジーナはささやいた。

「愛してる」ソウヤーがかすれた声で返した。「悪かった、レジー。おまえがおれにとって大きな意味を持ってないような気にさせるつもりはまったくなかった」

ゆったりと体を重ねてきたソウヤーに、レジーナはほほえんだ。「わたしがあなたにとって大きな意味を持ってることを疑ったときはないわ」

ソウヤーがレジーナの肩に屈みこんで、首筋に顔を押しつけた。レジーナはソウヤーの体に腕を回した。二人の体はいまもつながっていた。この抱擁の親密さを、レジーナは一生忘れないだろう。

33

翌朝、ソウヤーはレジーを起こさないよう慎重にベッドから抜けだした。レジーは丸くなってすやすやと眠っている。その姿にはソウヤーも思わずほほえみ、眉間のしわも消えた。手を伸ばして、レジーの頬にかかっている巻き毛に触れた。美しい。レジーはとても美しい。この女性を求める気持ちは単に肉体的なものではない。性欲の解消ならいくらでもよそで見つけてきたが、胸の中の痛みをレジーのように癒してくれた人には一度も出会わなかった。これからも出会わないだろう。

おれはレジーにはふさわしくない男だ。ふさわしい男になれる日は来ないだろう。ところがどういうわけか、レジーはそれを気にしていないらしい。ソウヤーのいくつもの欠点にもかかわらず、愛していると宣言した。欲していると。

レジーのそばにいるとなにかが起きる。彼女はいつもソウヤーのひび割れた部分を見つけだして、するりと中に滑りこみ、心まで入りこんでくる。これほど深く入りこまれてしまったいま、出ていってほしいとは断じて思えなかった。

二人の男と――レジーを愛する二人の男と――彼女を分かち合わなくてはならないというのに、この世でただ一人の男という気にさせられた。

ハッチのことが頭に浮かんだ途端、気まずさがこみあげてきた。それでも起きたことは解決しなくてはならないと覚悟を決めて、向きを変える。うれしい対面ではないが、レジーのためならなんだってやろう。

眠っているレジーのそばをしぶしぶ離れた。ざっとシャワーを浴びて階下へ向かう。案の定、ハッチはすでにキッチンにいた。

ソウヤーが入っていくとハッチが顔をあげた。用心深い目をしている。沈黙が気詰まりになってきて、ソウヤーはスツールに腰かけて自然にふるまおうとした。

しばらくのあいだ、鍋やフライパンのぶつかる音だけがキッチンに響いた。ソウヤーを見向きもせずに、ハッチがパンケーキの材料を用意していく。

「なあ、昨日のことは忘れようぜ」ついにソウヤーは言った。

ハッチはバターを混ぜる手を止めたものの、すぐには顔をあげなかった。ゆっくりとスプーンをボウルの縁に立てかけ、ついにソウヤーのほうを向いた顔には大きな後悔の念が浮かんでいた。

「おれが間違ってた」ハッチが言う。「ひどくばかなまねをした。おまえにもレジーにも」

「わかった。じゃあ、これで解決だな」早く水に流したくて、ソウヤーは言った。

ハッチがため息をついて眉をひそめた。「いや、言わなくちゃならないことがあるんだ。昨日のことは、おまえにはいっさい責任はない。すべての責任はおれにある。おまえが引き金を引いたのは事実だけど、いちばんの原因はおれがおやじに対して抱えてる問題なんだ。おまえにはひどいことを言った。おまえがレジーを傷つけたりしないのはわかってるのに。

本当だ。それは知っておいてくれ。おまえには謝らなくちゃいけないけど、それ以上に、もっと敬意をいだかなくちゃいけない」

ソウヤーは居心地悪そうにスツールの上で身じろぎをした。「わかったよ。これで終了だ」

ハッチがほっと力を抜いて、ふたたびバターを混ぜはじめた。「レジーとの関係は修復できた？　それともおれのせいでだめだったかな」

「あいつが落ちつかせてくれた」ソウヤーはつぶやいた。「もう大丈夫だ」

ハッチがにやりとした。「よかった。おれはレジーに殴られたよ」

ソウヤーはさっと顔をあげた。「マジか？」

空いている手でハッチが腹をさする。「うん。なかなかのパンチだった」

思わず笑ったソウヤーは、自分の心の軽やかさに気づいて驚いた。安らぎ。希望。

ハッチがソウヤーと目を合わせ、じっと見つめた。「悪かった」

首を振ってソウヤーは言った。「もう忘れた」

そこへキャムが一つかみの電子機器を持って、しかめ面で入ってきた。機器を乱暴にカウンターの上に投げだす。

「買い物に行ってたのか？」ソウヤーは片方の眉をつりあげて尋ねた。

キャムのしかめ面は消えなかった。

「これがなにか、おまえたち知ってるか？」キャムが問う。

ハッチが身を乗りだして機器を眺めた。「監視用の機材っぽいね」

「ああ、ぼくもそう思う」キャムが答えた。

「どこで手に入れた？」ソウヤーは尋ねた。

「おはよう」レジーが言いながらキッチンに入ってきた。三人にほほえみかけたが、キャムだけは笑みを返さなかった。

レジーはまずハッチのそばへ行き、肩に肩をぶつけた。そこで初めてカウンターの上のものに気づいて凍りついた。奇妙な表情が顔をよぎり、続いて一瞬、やましさがちらついた。

ソウヤーは顔をしかめた。悪い予感がする。

「監視カメラだ」キャムが暗い声で言った。「それに録音装置。この家を取り囲んでいた」

ソウヤーはレジーから目を逸らさずに尋ねた。「だれがしかけたか、見当はつくか？」

キャムが驚いた顔でレジーのほうを向き、レジーはハッチから離れた。

「その、それはわたしのよ」レジーが低い声で言う。

「きみの？」キャムの眉間のしわが深くなる。「いったいどういうことだ、レジー？」

レジーが両手のひらをジーンズに擦りつけ、困った顔で下唇を噛んだ。

「わたしが取りつけさせたの。みんなでヒューストンに行ってるあいだに」レジーが答えた。

なるほど。レジーの落ちつかない様子を見て、ソウヤーは彼女がどんな説明を思いつこうと気に入らない予感がした。ほかの二人もたちまち同じ結論に至ったらしい。

「だからあれほど熱心に、おれたち全員をヒューストンに行かせたがったのか？」ソウヤーは尋ねた。

レジーナはのどをふさぐ混乱を沈めようとした。こんなふうに説明したくなかった。陰でこそこそ立ち回っていたように思われるのではなく、自分からきちんと説明したかった。とはいえ実際、陰で立ち回っていたのだが。ため息をついてスツールに腰を落とした。

「レジー?」ハッチが言う。

「友達の一人が警備会社を経営してるの。最新鋭の機器に強い会社よ。警察からも依頼を受けて監視業務を請け負ったりしてるわ。その人に頼んで、わたしたちが留守のあいだにセキュリティシステムを取りつけてもらったの」

「なるほど。どうして?」キャムが尋ねた。「この家は押し入られたことがあるから理由はわかる。だけどどうしてぼくらに秘密にしなくちゃいけないと思った?」

「それは、あなたたちにはすべてを教えてないからよ」レジーナは低い声で言った。「あなたたちにはすべてを教えたくなかったから」

「まあ、こうなったからにはぜひとも教えてほしいね」ソウヤーがのんびりと言った。

三人とも怒っている。けれどすべてを話し終えない内にもっと怒るのは目に見えていた。

「あなたたちを守ろうとしたの」レジーナは言った。「あなたたち全員を。例の殺人事件も、わたしが襲われたのも、この家とバーディの家が押し入られたのも……わたしの車に爆弾がしかけられたのも、真の標的はハッチだと信じる理由があるの」

「なんだって?」ハッチが大声を出した。

ソウヤーとキャムも驚いた顔になる。

「断言はできないわ」レジーナは冷静に続けた。「ミスティ・トンプソンは、ハッチがデートしたことのある女性よ。それ以外のつながりは説明する必要はないわね。ミスティが殺された夜、犯人はわたしをレジーと呼んで、〝そろそろやつに償いをさせるときだ〟と言ったの」ちらりとハッチを見たレジーナは、その顔が青ざめているのに気づいて顔をしかめた。こんなふうにハッチに知らせたくなかった。殺された被害者の名前は公にされているものの、ハッチはローカルニュースにそれほど通じていない。

「署長やわたしの同僚は、わたしの父をめぐる事件だという線を追ってるわ。父は有名人だし、裕福だし、政治家だから。だけどバーディの家が押し入られたとき、荒らされていたのは昔のハッチの部屋だけだったの」

「なんてことだ、レジー。どうしてなにも教えてくれなかったんだ？」ハッチが問う。「おれに近しい人たちを殺そうとしてる人間がいるなら、おれには知る権利があると思わないか？　おれのせいですでに死んでる人がいるんだぞ」

「わたしの一存で決められることじゃなかったの。ほかにも可能性はあって、署長もみんなもあらゆる角度から捜査してたわ。今日、あなたたち全員から話を聞きたがってた。だけどその前にある男が出頭してきて、殺人を犯したと自白したから、その必要はなくなったの」

「ふざけるな」ソウヤーがぶっきらぼうに言った。「ひとつ教えてくれ、レジー。なぜおれたちのそばに留まろうと思った？　急な方針変更の理由はなんだ？　おれたちが守ってくれると思ったのでも、急に引力に逆らうのをやめる気になったのでもないんだろ？」

　レジーナの顔から血《ち》の気《け》が引いた。これこそ恐れていたものだ。三人が二つの件をこじつけること。そんな事情ではないとはいえ、どんなふうに映るかはわかっていた。いったいどう説明したら、そうではないと納得してもらえるだろう？

「ソウヤーの言うとおりなんだな？」キャムが怖い声で尋ねた。「きみはぼくらを守っていたんだ。一緒に暮らすようになったのは、ぼくらを見守れるようにするため。この家に精巧な監視システムまで取りつけさせて。ぼくらにチャンスを与える気なんか、これっぽっちもなかったんだな」

「それは違うわ」レジーナは言った。「やめて、キャム。こんなのフェアじゃない。そういうことじゃないのよ」

　ハッチはいまも青ざめて、とても不安定に見えた。「フェア？　フェアかどうかを話したいの、レジー？　きみはおれたちに嘘をついたんだよ。いつからおれたちに嘘をつくようになった？」

　レジーナは三人の顔に浮かぶ痛みを見ていられなかった。三人とも、完全に裏切られたような顔をしていた。

「嘘はついてないわ」レジーナは静かに言った。「わたしたちのことについては」

「ぼくの目を見て言えるか？　ここに留まったのはぼくらを守るためじゃなかったと」キャムが絞りだすように言った。

　レジーナはまばたきもせずにキャムを見つめた。「それは言えないわ、キャム。ここに留まったのはあなたたちを守るためでもあったもの。だけど理由はそれだけじゃない。まだわからないの？　あなたのためならなんでもするわ。あなたたちのためなら」

ソウヤーが悪態をついてレジーナに背を向けた。それを見たレジーナは、胸にぴしりとひびが入って真っ二つに裂けた気がした。

「どれだけ苦労した？」キャムが食いしばった歯のあいだから言う。「ぼくらのそばに留まる理由を探すのに、どれだけ苦労した？　せめていまだけは正直になってくれ、レジー。ぼくらの安全が脅かされていなかったら、きみはそばに留まったのか？」

レジーナは凍りついた。なにを言えばいいのか、どう言えばいいのかわからなかった。たしかに最初は、これほど常軌を逸したものに同意するにはいくら後押しがあっても足りないように思えた。だからといって、責められても困る。重要なのは――重要であるべきは――その後レジーナがたどり着いた結論だ。けれどももしかしたらそれは思い違いだったのかもしれない。いま、三人はまったくレジーナを信じていないように見える。

「きみの沈黙を、必要としてるすべての答えと解釈するよ」キャムが疲れた声で言った。

電話が鳴り、キャムが怒りで暗い顔のまま、乱暴に子機を取った。

「もしもし」吠えるように言い、一瞬間をおいてからレジーナに子機を突きだした。

「署長からだ」簡潔に言う。

レジーナは子機を受け取った。なんて間の悪い。いまは仕事にかまけている時間はない。三人との関係を修復しなくては。けれどキャムは待ってくれなかった。なにも言わずに背を向けて大股で出ていってしまった。恐怖がおりてきて、レジーナの喉はつかえた。キャムが背を向けて歩み去ったことは一度もない。

レジーナは震える手で子機を耳に当てた。

「署長」挨拶代わりに言った。

「署まで来てくれ」署長がずばり要点を切りだした。「地方検事がおまえに会いたいそうだ。この事件にはいくつか穴があって、それを埋めたい」

「署長、いまはちょっとタイミングが」レジーナは言いかけた。

「すまんな、レジーナ。どうしても来てもらわなくてはならんのだ。あまりに重要なことだから。一時間以内に来られるか？」

レジーナはため息をついて目を閉じた。ああ、なんてこと！

「わかりました。すぐ向かいます」

レジーナはボタンを押して通話を終え、ゆっくりと子機をカウンターに置いた。

「行かなくちゃ。先延ばしにできないことなの」レジーナは低い声で言った。「帰ってきたらまた話しましょう」

「帰ってくるのか？」ハッチが冷ややかに尋ねた。

レジーナはさっとハッチの目を見た。傷ついた表情を隠せないまま。

「あなたは帰ってきてほしいの？」

「おまえがいたい場所がここならな」ソウヤーが口を挟んだ。「だがおまえはきっと、ここに帰ってくる理由を考えてるんだろ。義務感みたいなくだらないものとか、おれたちを悪い狼《おおかみ》から守りたいとか、そんなことが理由なら、ここにいてほしくない。いま問題なのはセキュリティ機器なんかじゃない、レジー。おまえとおれたち。おれたちが望んでるものをおまえが与える気にならないまま、人生を保留にされることに、おれたちが飽きちまったって事実だ。まあ、おまえは同じものを望んでないのかもしれないな。それならそれでしょうがない。言っちまえよ。だがこれ以上、おれたちを引っ張り回すのはやめにしろ」

レジーナはパニックに襲われた。三人はついにしびれを切らしてしまったの？　体が麻痺した。頭のてっぺんからつま先まで。思い切って顔をあげたレジーナは、ハッチの目に浮かぶ死んだような表情に気づいた。

レジーナは向きを変えてキッチンから出ていった。いま立ち去るか、二人の前で泣き崩れるかだった。

拳が壁にたたきつけられる音が響いて、レジーナは身をすくめたが、それでも戻らなかった。戻るのは、三人を説得するだけの時間ができてからだ。三人を愛していて、ずっとそばにいたいと伝えるだけの時間が。永遠にそばにいたいと。

そのときは三人が耳を傾けてくれることを祈ろう。もう一度やり直すチャンスがまだ残っていることを。

34

車で町に向かったレジーナは、胸が張り裂けそうな思いをしていた。いまはただ、署長をうまく丸めこんで大急ぎで家に帰りたい一心だった。

「ぐんと元気になったみたいね」警察署の受付エリアに足を踏み入れたレジーナに、グレタが声をかけた。

元気ではない。いまは。「署長はまだいる？　署長とデヴィッド・コンリーに合う予定なんだけど」

「内線するわ。署長はいまその地方検事と一緒よ」グレタが受話器を取った。「レジーナが来ました、署長。通しますか？」

グレタが廊下を手で示し、レジーナにうなずいた。

レジーナは署長の部屋の前まで歩き、ドアをノックした。入れと声がしたので、ドアを押し開けて首を突っこんだ。

デヴィッド・コンリーが椅子から立ってレジーナのほうを向いた。地方検事としては若いほうだが、肝心の法廷ではじつにやり手で、圧倒的な勝利で再選した。

「レジーナ、だいぶ元気そうじゃないか」署長が言って、デヴィッドの隣りの椅子を手で示した。

なっていた。

「もうすっかり元気です」レジーナは嘘をついた。「お話したとおり、月曜に復帰したいと考えてます」とはいえこのとき初めて、仕事に復帰することが数日前ほど魅力的に思えなくなっていた。

署長がうなずいた。

「容疑者の供述を取った」デヴィッドが言う。「まだ証拠を集めているところだが、それも形式的なことだ。きみの供述は読ませてもらったから、事件の夜に相手の顔がよく見えなかったこと、ゆえに人相を述べられないことは知っている。だが明るい場所でもう一度その人物を見れば識別できそうかな？」

レジーナは眉をひそめた。「わかりません。申し訳ないんですが。あっと言う間のできごとだったので。声なら識別できるかもしれませんが、犯人はそれほどしゃべりませんでした。わたしを待っていたというのと、やつに償いをさせるときだという二言だけで」

デヴィッドが顔をしかめた。「まだ裏づけられないのはそこだけだな」

レジーナは眉をつりあげた。「どういう意味です？」

「容疑者ときみとのつながりと、だれに償いをさせたかったのか。殺人については犯行を認めたし、おおまかなことも供述した。場所とか動機といったものは。だがきみについては一言もなかった。きみを襲った理由も、襲うことになった動機も。あの夜のことについて、きみがなにかしら覚えていないかと期待していたんだが」

レジーナは不安な目でちらりと署長を見た。「つまり、真犯人かどうかまだわからないんですね」

「そうは言っていない」署長が冷静に返した。

「すべてつじつまは合っている」デヴィッドが口を挟んだ。「きみとのつながりをのぞいて。殺人を犯したことは認めたが、家宅侵入やきみの車をいじったことについてはなにも言っていない」

「その男はやってもいない殺人の罪を自供したと思ってるんですね」レジーナは言った。

「そうとも言ってない」デヴィッドが返した。

「じゃあ、なにが言いたいんです？」

「可能性は二つ」デヴィッドが言った。「ひとつ、あの夜の殺人ときみへの襲撃は、家宅侵入と爆弾とはなんら関係がなく、実際には異なる二人の犯人が存在する。二つ、われわれが逮捕した男は、なんらかの理由で自分が犯してもいない殺人罪を自供した。ぼくはひとつ目の可能性に傾いている」

レジーナは首を振った。「だけどそれじゃあ筋が通らないわ。あまりにも偶然が重なりすぎてるし、ミスティ・トンプソンを殺害した男は間違いなくわたしの正体を知っていて、はっきりとわたしを脅したのよ」

「きみに同席してもらって、もう一度容疑者を尋問したい」デヴィッドが言った。「彼がきみを認識するかどうか、しぐさや態度を見てみたい。ずばりきみについて質問したら新たな反応が得られるかどうか、確かめてみたい」

レジーナはうなずいた。「わかりました。わたしも声を聞いてみたいし。声の識別があてにならないのはわかってますが、そう簡単にあの声を忘れられるとも思えないので」

「よし。では決まりだ」署長が言った。「容疑者を取調室のひとつに連れてこさせよう」それからデスク越しにレジーナを見た。「おまえはまだ現場に復帰していない。単なる目撃者だ」

「わかってます。指示に従います」

レジーナは椅子を立った。

「待て、レジーナ」署長が言った。デスクの引き出しに手を突っこんで、レジーナの仕事道具一式を取りだした。デスクの向こうからレジーナのほうに滑らせる。

「二、三日前に分析は終わっていたが、おまえは町を離れてたんでな。医者からオーケーが出たら、話したとおり月曜に戻ってこい。歓迎する」

「ありがとうございます」レジーナはつぶやくように言った。

バッジをジーンズのポケットに滑りこませて、人生のほかのことはすべて手に負えなくなってしまったけど、少なくとも仕事だけは取り戻せたという事実に安らぎを見いだした。署長がドアに向かって歩きだしたので、レジーナはすばやくショルダーホルスターを装着して銃を収めてから、あとに続いて部屋を出た。

もっと意味があっていいはずだ。もっと安心していいはず。廊下を歩いて取調室に向かいながら、レジーナはしつこい不吉な予感を振り払おうとした。きっとうまく行く。仕事を取り戻したし、三人にすべてを説明したらきっとわかってもらえるはず。わかってもらわなくては。

レジーナはデヴィッドの隣りに腰かけて、容疑者が連れてこられるのを待った。


二時間後、レジーナは家に向かっていた。脳みそは暴走ぎみだ。直感は、拘留中の男は犯人ではないと叫んでいた。狡猾《こうかつ》なろくでなしで、言うことはすべてつじつまが合っている。仮にミスティ・トンプソンを殺害していないとしたら、入念な下調べをしたのだろう。けれど取調室に入ってきたとき、あの男はまばたきひとつしなかった。レジーナに対しても、ほかの警官に対するのと同じ態度で接した。そこはかとない軽蔑と見くだした態度で。

そして声はまるで違った。

車に爆弾がしかけられた事件以来、なにごとも起こっていなかったにもかかわらず、署長がレジーナにおとなしくしていろと忠告したことだけでも疑わしい。地方検事のデヴィッドは、自分たちは間違った男を逮捕したのではないか、あるいはなお悪いことに、間違った男に犯してもいない殺人罪を自供させたのではないかと頭を悩ませていた。

もしもこの男が犯人ではないなら、振り出しに戻ったことになる。手がかりなし。容疑者なし。

早く家に帰りたい理由が倍になって、レジーナは車のスピードをあげた。二人との関係を修復したいだけでなく、殺人者がいまも野放しになっているかもしれないのだ。何者かがハッチを狙っていると直感が告げていた。

やはり三人を署に行かせて話をさせなくては。レジーナと口を利いてくれるかどうかは別にして。それから、レジーナがあの家に留まることにした動機への三人の疑念としっかり向き合わなくては。ため息が出た。いったいどうやったら、わたしが三人を愛していて、どんな結果が出るにせよ一緒にいたいと思っていることを、わかってもらえるのだろう？

家へと逸れる脇道まであと一・五キロ強というあたりで、見慣れたトラックが路肩に寄せられているのに気づいた。レジーナはハンドルに身を乗りだし、距離が縮まると眉をひそめた。ハッチのトラックだった。

後ろにRAV4を停めたものの、トラックの中に人影はない。恐怖が背筋を這いのぼり、レジーナは銃に手をかけた。肌を刺す不安を感じながら銃を構え、ゆっくりと車をおりる。

トラックの運転席側のドアに歩み寄ると、車体の白い塗装に赤い筋がついていた。何者かがすれ違いざまに車をぶつけて、路肩にトラックを寄せさせたのだ。

ドアはわずかに開いていたが、レジーナを凍りつかせたのは、地面に点々と散る血だった。視線をあげると、窓にべっとりと血がついていた。

車内をのぞいたものの、だれもいない。さっと向きを変えて地面を見おろすと、いくつもの足あとが残されていた。互いに重なり合い、いくつかは路肩の土の地面を深く踏みこんでいる。

争ったのだ。

両手が震え、動揺が押し寄せてきた。ハッチがつかまった。ろくでなしにハッチがつかまった。やはり拘留されているのは別の男だ。

レジーナは道路に目を凝らし、黒いタイヤの跡を観察した。道路の右端から中央へ、ふたたび右車線へ。北へ向かっている。

自分の車に駆け戻って携帯を開き、通報した。

お願い、ハッチ。無事でいて。

どうか間に合いますように。

35

ぱっと目を開けたハッチは、こめかみに刺すような痛みを感じてふたたび目を閉じた。顔をしかめ、いったいなにが起きたのかを思い出そうとする。

一台のバンがすれ違いざまにぶつかってきて、トラックを路肩に寄せさせられたことを思い出した途端、アドレナリンがどっと噴出した。

トラックをおりてバンの運転者に文句を言う前に、ハッチより頭ひとつ大きくて体つきでも勝っている男に車から引きずりおろされたのだった。

抵抗したが、頭にバールを振りおろされて揉み合いは二秒で終わった。

手をあげて傷の具合を確かめようとしたものの、クリスマスの七面鳥よりきつく縛られているのがわかっただけだった。

いまいましい。

ためしに指を動かして、感覚を取り戻そうとした。両手は後ろで固定されており、両足首もひとつに縛られていた。

恐怖が押し寄せてきた。自分の身ではなくレジーを案じて。こいつはレジーを襲ったのと同一人物なのか？　レジーはなんと言っていたっけ？　一連の事件はすべておれへの復讐だとかなんとか？

自覚しているかぎりでは、ハッチに敵はいない。親しい友人はレジーとソウヤー、キャムだけだ。建築現場の労働者を何人か解雇したことはあるが、それはよくあることだし、解雇された人間はそれを理由に人を殺して回ったりしない。

割れるような頭痛がひどくなってきて、こみあげる吐き気に喘がずにはいられなかった。ここから脱出しなくては。レジーを見つけなくては。

「目が覚めたようだな」

あざ笑うような声がほのかに照らされた部屋に響いて、ハッチは驚きに凍りついた。じっとその場に横たわり、部屋のどこから声が聞こえてきたのだろうかと考える。

大きな人影がぬっと現れてハッチを見おろした。なんてこった、こんなにでかいとは。恐怖が胃をよじる。これがレジーを襲った男か？　怒りが恐怖に取って代わった。

「おれを見ろ」男が怒った声で言った。

ハッチは男を見あげた。「知り合いか？」

男の顔を怒りがよぎった。憎しみが。ハッチへの憎しみが。

「弟がわからないのか、ハッチ？」男がうなるように言った。

ハッチは衝撃に目をしばたたいた。弟？　ダニエルか？

「ああ、そうさ。本物のおまえの弟だよ。もっとも」と言葉を切る。「いまはおまえのほうが弟に見えるがな。そう思わないか？」

ああ、まるでおやじと向き合っているようだ。体の大きさも態度もあの男を彷彿《ほうふつ》とさせる。

母が死んだ夜の記憶がよみがえってきて、のどに苦いものがこみあげた。「どうしておれが愛する人たちを殺そうとする？」ハッチはかすかな声で尋ねた。「どうしておれが憎い？　いったいおれがおまえになにをした？　憎むならおやじを憎め」

ダニエルの目が冷ややかになった。「なぜおまえを憎むかって？　おれを置き去りにしたからだよ、このくそ野郎。おれをあの虫けらのそばに置き去りにした。おれがたった一人であの男の暴力や酒浸りや気分のむらにひたすら耐えるしかなかった何年ものあいだ、おまえは新たな土地に旅立って、新たな人生をスタートさせて、おれの代わりにほかの兄弟を手に入れやがった。すべてを手に入れて、おれのことを一度たりとも考えなかった」

その言葉に――粗野に吐きだされたけれど深い痛みを秘めた言葉に――ハッチは息を呑んだ。胸がつかえて呼吸さえできなくなった。

「おれはほんの子どもだった」ハッチはかすれた声で言った。「あの怪物から逃げだしたことを責めないでくれ」

「その怪物のそばにおれを置いていったじゃないか」ダニエルが絞りだすように言う。「絶対におまえを許さない。おまえが手に入れたすべてを奪ってやる。母親代わりになってくれた女、名前はバーディだったよな？　やさしいおばさんだ。おれの母親代わりにもなってくれたかもしれないのに、おまえはおれがどうなっていようと気にもしなかった」

「なんてこった」ハッチは言った。必死になるあまり、声を出すのもやっとだ。「ダニエル、おれの話を聞いてくれ。バーディはなにも悪くない。家のない子を迎え入れただけだ。彼女を責めるな。おれを責めろ」

「それから警官のガールフレンドだ」ハッチがなにも言わなかったかのごとく、ダニエルが続けた。「殺そうとしたのに、あのくそアマは反撃してきやがった」

それでこそレジー。あれほど気骨のある女性で本当によかった。こうしてダニエルの姿を目にしたいまでは、いったいどうしてレジーが生き延びられたのか、わからないくらいだ。

「それからビジネスパートナーどもだ。あいつらを兄弟と呼んでるのか？　一緒に育ったんだろ？」

「二人はおれの親友だ」ハッチは静かに答えた。「二人ともおまえのことを知らない、ダニエル。二人ともおまえと同じようにつらい幼少期を過ごした。おまえが腹を立てるべき相手はおれだ。おれを恨め。おまえを置き去りにしたことで責められるのはおれ一人だけだ」

「ああ、そうとも」ダニエルがあっさりと言う。「だが最初におまえを殺しちまったら、おまえを苦しめることができない。おまえにとっていちばん大事な連中が死んだのがわかるだけ生きて、とことん苦しんでほしいんだよ」

どうしようもない怒りがこみあげて、いまにも爆発しそうになった。いまのハッチにはなにひとつできない。ただこの場に横たわって、実の弟が愛する人たちを殺すと宣言するのを聞いていることしか。

「ダニエル、どうしたら償いができる？　おれにどうしてほしい？」ハッチはできるかぎり穏やかな声で言った。唯一の可能性はダニエルに理を説くという道だが、いったいどうやったら、とおの昔に正気を失ってしまったらしい人間に理を説くことができるだろう？

「おやじはいまどこにいる？」ハッチは違う戦法を試みて話題を変えた。

不気味な静けさがダニエルにおりてきた。目からわずかに荒々しさが薄れ、穏やかさのようなものがダニエルを包みこむ。ぞっとする光景だった。

「あの虫けらはおれが殺した」

ミスティ・トンプソンを殺したように。ミスティはただ、ハッチとシニア・プロムに行っただけなのに。遺《のこ》された夫と子どもたちを思うと、ハッチののどは締めつけられた。それも、おれがまだほんの子どもだったころに犯した過ちのせいで。父親の暴虐に怯え、それ以上我慢できなかった子ども。自分の面倒を見るのが精一杯だった。どうやったら弟の面倒まで見られただろう？

それでもやってみるべきだった。

ハッチは目を閉じた。もう遅い。どんなに罪悪感をいだいても、こうだったらああだったらと考えてみても、だれかの命を奪いたいと思うほど弟に憎まれているという事実は変えられない。

「おれが力になるよ、ダニエル」ハッチは穏やかに言った。「もう一度家族になろう。もうだれも傷つけないとだけ約束してくれればいい。金《かね》もあるんだ。家を買おう。おまえとおれだけだ。釣りに行こう。好きだっただろ？　覚えてるよ」

ダニエルが両手で耳をふさぎ、子どものようにいやいやと首を振った。だがすぐに手をだらりと垂らすと、ハッチに近づいてきた。その顔は怒りで張りつめている。ハッチとそっくりの緑色の目には暗い脅威がひそんでいる。

ハッチは手首をよじり、ロープを緩めようとした。皮膚が裂けたものの気にしなかった。なにかしなくては。なんでもいいから手を打たなくては。あまりに多くの人が危険にさらされている。

ダニエルが両手を拳に握り締め、恐ろしい形相でハッチに近づいてきた。

「さがらないと撃つわよ！」

レジー。なんてことだ、いったいここでなにをしてる？　声の聞こえた戸口のほうにハッチがさっと視線を向けると、レジーが脚を広げてそこに立ち、銃でダニエルを狙っていた。

ダニエルがハッチに飛びかかると同時に、言葉にたがわずレジーが発砲した。ダニエルがうなりながらどさりと上に倒れてきて、ハッチは肺の空気を押しだされた。その勢いで二人は横転し、今度はハッチが上になった。

ダニエルがよろよろと立ちあがったとき、ハッチは手に温かな血の感触を覚えた。レジーの弾はダニエルに当たったのだ。

そのとき冷たい刃が首に押し当てられ、ハッチは息を殺した。少しでも動いたら刃に皮膚を切り裂かれる。

「銃を捨てないとこいつを殺すぞ」ダニエルが吠えた。

ハッチは目だけを動かして部屋の向こうにいるレジーを見た。銃口はダニエルに向けられている。あるいはハッチにか。二人の体は密着し、ダニエルの腕はハッチの体にしっかりと巻きつけられているので、実質レジーは二人ともを狙っていると言えた。

レジーが目を狭めて集中力を高め、じわりと前に出た。

「ナイフを捨てなさい」屈強な男でも怖《お》じ気《け》づきそうな声でレジーが言う。ハッチはこのとき初めて、警官モードに入ったレジーがどれほどの凄腕かを思い知った。

「数分後にはここは警官だらけになるわ。生きては出られないわよ」レジーが冷ややかに言う。

「こいつが死にさえすれば、そんなことは関係ない」ダニエルが捨てばちに言った。

レジーが今度は横に歩き、銃を握りなおしながら、ダニエルを仕留めるもっといい角度を探した。現状がどうあれ、実の弟が死ぬかと思うとハッチの胸は沈んだ。なんという運命。

そのときナイフが肌に沈んで、一筋の血が首を伝った。レジーが足を止め、ぴたりと銃で狙いをつけた。

「ハッチにどんな恨みがあるの？」レジーが穏やかな声で尋ねる。「たしかにときどき頭痛の種になるけれど、だからって殺すことはないはずよ」

やれやれ、恩に着るよ、レジー。ハッチは彼女をにらみつけたが、レジーはこちらを見てもいなかった。全意識をダニエルに集中させていた。

「おまえがだれか教えてやれ、ダニエル」ハッチはかすれた声で言った。ナイフがこれ以上深く沈まないよう慎重に。「彼女も挨拶したいはずだ」

「ダニエル。いい名前ね」レジーが言う。「姓は?」

「ビショップだ」ダニエルがうなるように言った。

理解したのだろう、レジーの目が丸くなった。

「まあ、どう見ても父親じゃなさそうね。ということは弟でしょ。ハッチはよくあなたの話をしてたのよ」

ダニエルが凍りつき、ハッチはうめきそうになった。レジーめ、いったいなんのつもりだ? 他人に弟の話をしたことはない。レジーだって、このあいだの夜にハッチが打ち明けるまで知らなかった。

「どんな話だ?」ダニエルが尋ねた。その声があまりに子どもみたいで、ハッチは胸を打たれた。

「二人でいろいろ楽しい時間を過ごしたことよ」レジーが計算された穏やかな声で言う。なかなかの役者だ。「あなたたち二人ともにとって、父親がどれほど情けないろくでなしだったか、あなたを一緒に連れてこられなかったことをどんなに悔やんでるか」

どういうわけか、レジーは状況を正確に読み取ったらしい。さもなければ、天性の勘を持っているのだろう。いずれにせよ、問題の核心をずばりと突いた。

「ああ、そうさ」ダニエルが吐きだすように言う。「さぞかし悔やんだだろうな。すべてを手に入れて。母親と、新しい兄弟と、おまえと。そう、おまえだ。おまえら全員が死ぬところをこいつに見せてやりたいんだよ。愛する人間を失うってのがどんなものか、こいつに思い知らせてやりたいんだよ」

ナイフがさらに深く沈んで、血がさらにハッチの首を伝った。くそっ、このままじゃまずい。

レジーがゆっくりと銃を掲げ、氷のように冷たい目の高さでぴたりと止めた。「ナイフを置きなさい、ダニエル。こんなことはしたくないはずよ」

「さがれ！」ダニエルがどなった。「いますぐこいつを殺す。おまえがおれを撃とうと関係ない。こいつの首を切り裂いておれも死ぬ」

レジーが一瞬ためらい、集中して目を狭めた。ダニエルの本気を測っているのだろう。そのときレジーが力を抜いて銃をおろした。ダニエルの言葉が脅しではないと悟ったのかもしれない。

「いいわ」レジーがなだめるように言う。「あなたのやり方で行きましょう。わたしは銃を置く。あなたはハッチを解放する。殺したいのはわたしでしょ？　わたしが死ぬところをハッチに見せたいんでしょ？　ハッチが先に死んだらそれは叶わないわ、ダニエル」

「レジー、やめろ！」ハッチは叫んだ。「いったいなにを考えてる？　撃て。いますぐに」

レジーはそれを無視してゆっくりと腰を落としていき、しゃがんだ。絨毯《じゅうたん》に銃を置いてから、ふたたびゆっくりと立ちあがる。レジーが銃を蹴ると、銃は回転しながら床を滑っていった。

「さあ、わたしは銃を捨てたわ。今度はあなたが誠実さを示して。ハッチを解放して。わたしをあげるから。ほしいのはわたしでしょ？　あなたも知ってのとおり、ハッチはわたしを愛してるわ。わたしを殺せばハッチは苦しむのよ」

「レジー。だめだ。やめろ！」おれのためにレジーが犠牲になるなんて耐えられない。だが決めるのはハッチではなかった。ダニエルに背中を突かれて、ハッチはどさりと床にうつぶせで倒れた。周囲で起きていることを見逃すまいと、必死に体を翻した。

防御態勢で構えたレジーにダニエルがのしのしと迫っていた。ハッチは手首を縛っているロープが皮膚をずたずたにするのもかまわず、どうにか緩めようと引っ張った。レジー一人でダニエルに立ち向かわせるわけにはいかない。どれほど有能でも、あの巨体が相手ではひとたまりもない。

ダニエルがつかみかかると同時にレジーがさっと身をかわし、先ほど蹴り飛ばした銃のほうへ横っ飛びした。だがダニエルの大きな手に足首をつかまれ、絨毯にどさりと倒された。

「騙したな」ダニエルがうなるように言う。「償ってもらうぞ。あいつの前で殺してやる。急ぎはしない。時間をかけて体を八つ裂きにしてやる」

レジーが自由なほうの足を蹴りだしてダニエルの顎に命中させた。ダニエルはうなったもののレジーの足首を放すことはなく、ゆっくりと自分のほうに引き寄せはじめた。

ハッチは必死にもがき、なんとかロープを緩めようとした。目の前でレジーを死なせるものか。くそっ、さっきレジーが現れると言った警官どもはどこにいるんだ？

ダニエルがレジーの足首から手を離したものの、すぐに彼女のシャツをつかんで引っ張り起こした。そのまま肉厚の手をさらに掲げてレジーの足を床から浮かせる。と思うや空いている手の甲でレジーを引っぱたき、華奢な体を吹っ飛ばした。

ハッチの中で怒りが燃えあがった。そのときロープの一本が緩み、片手が自由になった。ハッチは自分の血に濡れて滑るロープを必死にほどきはじめた。

レジーはすぐに立ちなおって後退し、ダニエルとのあいだに距離を保った。銃はダニエルの背後だ。

いいぞ、そのままダニエルから離れてろ、ベイビー。頼むから。

最後のロープがほどけるなり、ハッチは足首を縛っているロープに取りかかった。

ダニエルの意識を逸らしておいてくれ。あと数秒でいいから。おれのためにきみを死なせたりしないぞ、レジー。

ダニエルが痛そうにうなる声でハッチが顔をあげると、レジーが床に片膝をついてダニエルの睾丸に拳を沈めたところだった。やった。

しかしすぐさまダニエルがあの巨大な拳で反撃し、レジーは殴り飛ばされて悲鳴をあげた。

ハッチは自分のしびれた指を呪いつつ、ロープと格闘しつづけた。

そこから一連の動きがあった。ダニエルは倒れたレジーにさらなる攻撃をしかけようとし、レジーは起きあがって戦おうとする。レジーの回し蹴りがダニエルに命中し、巨体が一歩後じさりする。つかの間の優勢に乗じてレジーが巨体の腹にパンチの弾幕をお見舞いし、仕上げにアッパーカットを食らわせた。

レジーは肘と拳と足をすばやく駆使してダニエルを後退させつづけた。これほど彼女の身を案じていなかったら、ハッチはその戦い振りに見とれていただろう。

レジーの鼻からは血が流れていたものの、彼女はそれを拭うこともせずに容赦ない攻撃を続けた。くりだした鋭いジャブが撃たれた傷に命中したのだろう、ダニエルのくぐもった悲鳴が部屋に響いた。

ついにロープがほどけたハッチは、急いで起きあがるなりダニエルに飛びかかって床に押し倒した。弟の体はまるでセメントブロックだ。時速百キロで動くレンガ壁にぶつかっていくようなものだった。

ハッチは卑怯な行為に出た。銃弾を受けた弟の肩に拳をたたきつけたのだ。ダニエルはうなり声をあげたが自分も拳で応戦し、ハッチを吹っ飛ばした。

よろよろと起きあがったハッチに、ダニエルが怒れる雄牛のような叫び声をあげながら突進してきた。

そのときハッチの前にレジーが立ちふさがり、ダニエルの攻撃をまともに食らった。怒りでハッチの視界がぼやける。レジーが自分の前に立ちふさがったことへの怒りと、ダニエルが愛する女性を傷つけたことへの怒りで。

しかしレジーはただやられてはいなかった。後ろによろめいた体を起こす勢いを借りてダニエルの鼻に頭突きを食らわせた。血が噴きだして、ダニエルが激痛に叫ぶ。ハッチはいまだとばかりにダニエルに飛びかかってレジーから引き離し、腕と脚をもつれさせながら床に押し倒した。

ふたたびダニエルの肩を殴り、続けて鼻にもパンチを食らわせる。ハッチとレジーの二重攻撃が徐々に効いてきた。ダニエルの反撃は弱まっている。ハッチは希望が見えてくるのを感じた。レジーもおれも助かるかもしれない。

そのときダニエルの拳がハッチの顎をとらえ、ハッチは仰向けに倒れた。即座にダニエルが向きを変え、視線の先によろよろと起きあがるレジーの姿をとらえた。銃は彼女の足元から二メートルあるかないか。レジーが銃めがけてダイブした。

そうはさせまいとダニエルが手を伸ばし、レジーの首根っこを片手でつかまえる。そのまま後ろに投げ飛ばすと、レジーは数メートル先に音を立てて着地した。その隙にハッチが銃のほうへ駆けだしたものの、先に拾ったのはダニエルだった。

こんなとき、本や映画では動きがスローモーションで見えるという。だがハッチには、そこからの数秒で起きたことはほとんど理解できなかった。

ダニエルが銃を掲げてまっすぐ銃口をレジーに向ける。

「やめろ!」ハッチが叫ぶ。

小さな部屋に銃声は大砲の音のように響いた。ハッチは愕然としてレジーを見たが、よろめいて糸の切れた操り人形のように床に崩れ落ちたのはダニエルだった。ダニエルが手から銃を取り落とし、胸を押さえて魚のように口をぱくぱくさせる。

ハッチがさっと首を回すと、戸口にジェレミーがいた。銃を構えて。その後ろから半ダースほどの警官がどっと部屋になだれこんでくる。そこからは大騒ぎだった。

レジー。

ハッチはふたたび首を回してレジーを探した。レジーは膝をついていたが生きていた。このうえない安堵感がどっと押し寄せてくる。これほど美しい光景は見たことがなかった。レジーが絨毯に膝をついて仲間の警官に囲まれているこの光景ほど。

ハッチはどうにか立ちあがり、ふらつく脚でレジーに近づいた。警官の一人を押しのけて、レジーを腕の中に引き寄せた。

「二度とあんな怖い思いはさせないでくれ、ベイビー」

「ええ?」レジーが言う。「行方をくらましたのはあなたでしょ。路肩にあなたのトラックが停まってると思ったら、血がべっとりついていて、あなたの姿はどこにもなかったわ。怖い思いをした人がいるとしたら、それはわたしよ」

ハッチはレジーを抱き締めてやさしく髪を撫でた。

「外に出られるかな?」ハッチは言った。

歩き方を覚えはじめた幼児のように頼りない脚で二人は立ちあがった。レジーはひどいありさまだし、ハッチ自身もそうとうな見た目に違いない。それでも外の空気が必要だった。弟が床に横たわって救急医療士に囲まれている光景から遠ざかりたかった。どんなにダニエルへの憎しみを感じたいと思っても、こみあげてくるのは深い悲しみだけだった。

レジーがハッチの腕を取って華奢な肩に回させ、彼を支えながらドアに歩きだした。冗談じゃない。

ハッチは腕を放してレジーをかたわらに引き寄せ、自分が彼女を支えようとした。けれどレジーはハッチの腕をふたたび肩に戻させて、しっかりその場に押さえつけると、よろよろと戸口に向かい、外の夜気に出た。

「どうやってここにたどり着いた？」ハッチはつぶやいた。「ここがどこなのか、おれにもわからないのに」

「簡単じゃなかったわ。あなたのトラックを見つけたあと、田舎一帯を捜索しなくちゃならなかった。署の全員に捜索に当たってもらったわ」

「大型運送トラックに轢かれたような気分だよ」ハッチは言ってうめいた。

「見た目もそんな感じよ」レジーが言う。

「きみだって人のことは言えないぞ」

レジーがにっと笑ったのを見て、ハッチは胸の中の重苦しさがやわらぐのを感じた。

「あーあ」レジーがぼやいた。

ハッチがレジーの視線を追うと、パトカーの一台のそばにソウヤーとキャムがたたずんでいた。二人とも心配でたまらない表情だったが、そちらによろよろと向かうハッチとレジーの姿に気づくやいなや、パトカーのランプに照らされた厳しい顔つきが安堵でほころんだ。

ちらりとレジーを見おろしたハッチは、彼女の目に取り憑かれた表情を見いだした。恐怖と緊張で顔もこわばっている。ハッチはレジーの体に回した腕に力をこめた。

「二人とも、ひどいざまだな」ソウヤーが言う。

「観察力が鋭いのね」レジーが皮肉っぽく言い返した。

キャムが大げさにため息をついた。「きっと二人とも、特別な配慮が必要だと思ってるんだろうな。だけど料理は受け持たないぞ」

レジーがキャムとソウヤーをにらみつけ、ハッチは懸命に笑いをこらえた。ああ、これこそ必要としていたものだ。もう少しで大切なものすべてを、かつてすべてを意味していた人物のために失うところだったという事実も、いまだけは忘れられた。

レジーがかたわらで震え、がくりと倒れそうになった。ハッチはレジーを支えようとしたが、自分も膝に力が入らず、二人一緒に地面にうずくまった。

ハッチがうめいて見あげると、キャムとソウヤーがやれやれと首を振りながらこちらを見おろしていた。

ソウヤーが舌打ちをして言う。「哀れだな」そしてハッチを助け起こすそばで、キャムがレジーを腕の中に包みこんだ。

「気をつけて。レジーはそうとう殴られた」ハッチはかすれた声で言った。

「ああ、わかってる」キャムが静かに言った。

現場に駆けつけた二台目の救急車から、救急医療士が二人やって来た。一人がレジーに手を伸ばしたものの、キャムの鋭い視線で制された。

「診察させてください」医療士が困ったように言う。

ソウヤーはいまもハッチを支えていた。ありがたい。なにしろ両足の感覚がまるでない。

「ぼくが運ぶ」キャムが言った。「どこへ連れていけばいい？」

「救急車のほうへ」医療士が二十メートルほど先に停まっている救急車を手で示した。「歩けますか？」ハッチに問いかける。

「おれが連れていく」ソウヤーがつっけんどんに言った。

「ありがとう。借りができたね」ソウヤーに半ば引きずられるように、半ば抱きかかえられるようにして救急車に向かいながら、ハッチは言った。

「まあ、おまえの見た目がもうちょっとましになるまで貸しといてやるよ」

ハッチは鼻を鳴らした。「寛大だな」

キャムとレジーの後ろを歩く二人にしばし沈黙が訪れた。やがてソウヤーが低い声で尋ねた。「レジーの具合は実際、どうなんだ？　中でなにがあった？」

救急車にたどり着くと、キャムがレジーをストレッチャーに寝かせて、ソウヤーがハッチを車体の後ろに寄りかからせた。

「レジーはおれを守った」ハッチは静かに言った。「あのお嬢さんはおれを助けようとして、自分の命と引き換えにおれを解放するよう弟のダニエルを説き伏せた。それから壮絶な殴り合いを始めた。ほとんどは成功した」

ソウヤーが首を振る。「驚く話じゃないな」救急医療士の診察を受けるレジーをちらりと見て尋ねた。「大丈夫だと思うか？」

「ああ、思うよ」ハッチは答えた。「殴られはしたけど、ちゃんと防御もしてた。明日の朝にはレジーもおれもあちこち痛くてそうとう苦しむだろうけど、おそらく深刻なものはなにもない」そう願う。心から。

ソウヤーの目を見て、そっとつけたした。「どうしてレジーがあんなことをしたのか、わかったよ」

ソウヤーが首を傾げる。「あんなこと？」

ハッチは深く息を吸いこんだ。「中でダニエルがレジーをぶん殴ったとき、おれはレジーが殺される、永遠に彼女を失ってしまうと思った。そのときわかったんだ、どうしてレジーがおれたちに嘘をついたのか。だってあの瞬間、レジーを守るためならおれはなんだってすると思ったから。嘘も詐欺も、盗みだって厭わない。結果なんて考えずに人も殺す。でも、だからっておれがレジーを愛してないことにはならない。レジーを守るためならおれはなんだってする――それだけだ。もしレジーがその半分でもおれたちを愛してるなら、どうしておれたちに嘘をついたのか、よくわかるよ」

ソウヤーがため息をついて目を逸らし、またハッチに視線を戻した。その目は少し野性的で、パトカーのランプの明かりを受けて赤と青に光っていた。「ああ、言いたいことはわかる。おれも同じように感じてる。だがとどのつまりは、レジーが留まることを望むかどうかだろ。おれたちが無理強いすることはできないし、無理強いしたいとも思わない」

ハッチはうなずいたが、気持ちは少し軽やかで、以前のように動揺したりはしなかった。

レジーはおれたちを愛してる。愛してるに決まってる。すべてが演技だったとは思えない。どんな役者でもあそこまでの演技はできないはずだ。

ハッチは診察しようと歩いてきた救急医療士にいらないと手を振った。

「大丈夫だ」と言う。

「本当ですか？」医療士は心配そうだ。

ハッチはうなずいた。「ああ、問題ない。それよりレジーを診てやってくれ。どこも異常がないか確認して。手首が折れてないか確かめてくれ。最初から痛めてたんだ」

医療士がくっくと笑った。「彼女なら大丈夫だと思いますよ。向こうでぼくの同僚に悪態をつきまくってますから。ぼくは脅される前に逃げてきました」

ソウヤーが笑い、ハッチはその声に安堵を聞きつけた。レジーがだれかを脅しているなら、きっと大丈夫だ。

36

救急車のストレッチャーの上に体を丸めて横たわったレジーナは、救急医療士の一人にあちこちつつき回されるあいだ顔をしかめていた。キャムが指をからめて手を握っていてくれて、レジーナはその仕草に安らぎを覚えた。キャムはそこまでわたしを嫌っていないはず、でしょう？　なにしろここにいるんだもの。キャムもソウヤーもここにいる。ただし騒ぎにまぎれてソウヤーとハッチは見失ってしまったけど。

「ソウヤー？　ハッチ？　二人はどこにいるの？」レジーナは尋ねた。いったい二人はどこ？　まさか帰ったわけはない。そこまでわたしに腹を立ててはいないはず。

手を握るキャムの手に力がこもった。「落ちつけ、レジー。二人ともここにいる」

キャムはすべてを語っていない。もしやハッチはわたしが思うよりひどい怪我を負ったの？　混乱がレジーナの胸をつかみ、容赦なく締めつけた。

止めようとする手に逆らって、どうにか起きあがろうとした。「ハッチ！」

「ここにいるよ、ベイビー」

人の輪を押しのけて現れたハッチの姿に、レジーナは安堵でくずおれそうになった。「ソウヤーは？」

あたりに視線を走らせると、明滅する光の中でいくつもの顔が泳ぎ、レジーナはまばたきをして一つ一つを見分けようとした。

強い手に肩をつかまれてストレッチャーに押し戻された。安堵で胸がえぐれた気がした。ソウヤー。

「そのストレッチャーに縛りつけてやろうか？」ソウヤーがうなるように言う。「いいかげんに医療士を手こずらせるのはやめて、おとなしく診察を受けろ」

「ハッチの無事を確かめて」レジーナはおぼつかない声で言った。「手がひどい状態なの」

「ハッチの心配はおれに任せて、おまえはそのかわいい尻を手当てしてもらうことに専念したらどうだ？」ソウヤーが言った。

「病院へは行きたくない」レジーナは言った。「わたしなら大丈夫。家に連れて帰ってほしいの」

キャムがぎゅっと手を握り、ソウヤーが顔から巻き毛を払ってくれた。

「その家というのはどこかな、レジー？」キャムが問う。

レジーナは顔をしかめた。「どこだろうと、あなたたちが連れてってくれるところよ」

ソウヤーがくっくと笑う。「いい答えだ、ハニー。気に入った」

「ハッチはどこ？」レジーナはまた尋ねた。

「おれならここにいるよ、ベイビー」その声に首を回すと、ハッチがすぐそばに立っていた。

心配そうに眉間にしわを寄せ、レジーナを見おろしている。「病院に行って、脳のCTを取ってもらったほうがいいんじゃないかな。ちょっと朦朧としてるみたいだ」

レジーナは肩に載せられたソウヤーの手を押しのけて体を起こした。「病院になんか行く必要ないわ。いまのわたしに必要なのは、息ができるように全員に一歩さがってもらうことよ。そのあとは家に帰りたい」家が恋しくてたまらない。三人の腕が。三人と一緒にいることが。

救急医療士が同情の顔で三人を見てから、道具を手に一歩さがった。「どうぞ。お任せします」

ちらりとハッチを見たレジーナは、彼がまったく治療を受けていないことに気づいた。

「医療士ときたら」と不満そうに言う。「ハッチの無事を確かめてと言ったのに」

キャムの手が首に触れて、やさしくうなじをマッサージしはじめた。レジーナはあまりの心地よさにうめき、大きな手のほうにもたれかかった。

「心配いらない、レジー。家に帰ったら、ソウヤーとぼくがかわいい弟の面倒を見る」

レジーナは感謝の気持ちでキャムを見あげた。襲撃の陰にいたのはハッチの弟だったという驚きの事実を、きっとすでに聞かされたのだろう。キャムはいまの言葉で、ハッチには大事に思ってくれる兄が二人いることを強調したのだ。

「かわいい弟だって？」ハッチが苦々しげに言う。「よく言うよ。たった六カ月早く生まれただけじゃないか」

「七カ月だ」ソウヤーがにやにやして言う。「六カ月早いのはおれ。キャムは七カ月だ」

「まさかおまえがそんな細かいことを言うなんて」ハッチが渋い顔で言った。

「そろそろ出発しない？」レジーナは言い、ストレッチャーからおりた。けれど足が地面に着くやいなや、がくりと膝が折れてバランスを崩し、へなへなと倒れこんだ。

ソウヤーとキャムが両脇から手を伸ばし、助け起こしてくれた。

「脚がちゃんと機能してないみたい」レジーナはつぶやいた。

ソウヤーが笑う。「ああ、そのようだな」

キャムが眉をひそめた。「本当にレジーを病院に連れていかなくていいと思うか？」なんと、レジーナに向けた言葉ですらない。頭越しにソウヤーと話している。まるでレジーナがここにいないかのように。

低くうなったものの、二人ともに無視された。

「トラックの前まで少し手を貸してもらえれば、それでじゅうぶんよ」

言い終えると同時に体がふわりと宙に浮いて、キャムの胸に抱きあげられていた。首をひねって後ろを見ると、ソウヤーがハッチの腰に腕を回して歩きだすところだった。ハッチがちゃんと面倒を見てもらっていることに満足したレジーナはうなずき、ぐったりとキャムに寄りかかった。

「わかってると思うが、この愚かなふるまいについては、あとでそのお尻を蹴飛ばさせてもらうぞ」キャムが言った。

レジーナはうなずいて目を閉じた。「ええ、いいわよ。だけどその前に数日ちょうだい。そうしたらあなたにそんなことができるかどうか、試させてあげるわ」キャムがそばにいてくれるなら、腰を屈めてお尻を突きだし、好きなように蹴らせてあげてもいい気がした。

キャムがくっくと笑って緊張を解き、レジーナを抱きかかえたまま後部座席に乗りこんだ。ソウヤーがハッチを助手席に座らせてから、自分は運転席に着いた。

そのときレジーナの頭にレンガのかたまりが降ってきた。ダニエルの打撃よりはるかに強烈に。これこそわたしの求めているもの。ほかのどんなものよりも。この三人。キャムとソウヤーとハッチ。この三人と永遠に一緒にいること。

三人を信じていなかった。彼らがこの関係に対処できると信じていなかった。けれど三人がどう対処するかまでレジーナが責任を負うことはできない。ただ、自分にできることをするだけだ。

高揚感が全身をめぐり、めまいを起こしそうになった。三人に任せるのだ。約束を守ってくれることを信じるのだ。レジーナがするべきは、それだけ。レジーナにできるのは。

仮にこれがうまく行ったとしても、あらゆる面を引き受けようとしたり、全員に対して責任を持とうとするのは、もうやめたほうがいい。わたしはわたしでいることしかできない。

そして三人が望んでいるのはそれだけだ。わたし。

三人が欲しい。全身全霊で愛している。彼らもわたしを愛している。重要なのはそれだけでしょう?

レジーナは首を回してキャムのお腹に顔を擦りつけ、腰に腕を回した。ぎゅっと抱き締めると座席の背面にかかとが食いこんだものの、かまわなかった。

三人を心から愛している。逃げ回るのにはもううんざり。彼らがいないみじめな日々には。供述をして報告書を提出しなくてはならないだろう。署長はすべてを聞きたがるはずだ。けれどいまはとにかく家に帰って二十四時間ほど眠りたい。次に三人と話をするときは、なんとしてでも完ぺきな状態でいたいから。絶対にしくじるわけにはいかないから。

ジェレミーが車の戸口から首を突っこんできたので、レジーナは質問に応じ、あとで完全な報告書を提出すると約束した。なにを言われたのか本当にはわからなかったものの、ジェレミーは去っていったので、正しいところで適切な反応を示したのだろう。

「わたしはいまなにを約束したの？」ジェレミーが去ったあとにレジーナはもごもご尋ねた。

キャムが愉快そうに笑う。「昏睡状態《こんすい》から覚めたらすぐに署へ出向くと」

「ああ。じゃあそろそろ家に帰ってその昏睡状態に入らせて」

たいした昏睡状態だった。ベッドに横たえられたのもほとんど覚えていない。覚えているのは温かい男性の体にぴったりとすり寄ったことくらいだ。まだそばにいてくれるなら、三人はそこまで怒っていないに違いない。レジーナはその考えにしがみついた。それと、関係を修復するにはまだ手遅れではないという希望に。

とてつもなく長いあいだ眠りつづけ、ようやく目を覚ますとベッドの上に朝食が運ばれてきて、鼻先に痛み止めを突きつけられた。食事が終わるころにはあたりの景色はまたぼやけはじめ、レジーナは命じられるまま喜んでふたたびベッドにもぐった。

いくつかおぼろげな記憶がある。頬にやさしく触れる指。髪をそっと撫でつける手。目の前に指を数本突きつけられて何本かと尋ねられる、ありありがたくない目覚め。そんなときは三人を手で追い払って、あっちへ行ってと言ってやった。

次に目覚めたときには、目の前にもベッドの上にもだれもいなかった。レジーナは顎が鳴るほど大きなあくびをして時計を見た。正午。だけど何日の？　一週間も眠っていたような気がする。

しばらくその場に横たわって、天井を見あげていた。自分がしたことについて、三人と話をしなくてはならない。いろいろ質問されるだろう。レジーナは彼らを傷つけたのだから。思わず顔をしかめた。彼らを傷つけたくはなかった。それだけは避けたかった。ただ、彼らを守りたかっただけ。なぜならあの三人なしでは生きていけないから。

伸びをして、体の限界を試してみた。幸いこわばった箇所は一つもなく、動いてもどこにも痛みを感じなかった。

よかった。なにしろ柔軟性を欠いていては、三人の男性を誘惑して、同時に奪ってもらうという壮大な計画を実行に移せない。三人がもう怒っていないと想定して。恐怖に胸を締めつけられた。あんなに怒った三人を見たことはなかった。あんなにあきらめた様子の三人を。そのあきらめが怖かった。

ベッドを出て簡単にシャワーを浴びた。三人の内のだれかが痛み止めを手に現れて、まだベッドにもぐっていろとうるさく言いだす前に、服を着てしまいたかった。署へ出向いてやるべきことをやらなければならない。それに署長に話したいこともある。

十分後、避けがたい対面に心の準備をしつつ、まだ濡れた髪のまま階段をおりていった。三人ともリビングルームにいて、レジーナはまずハッチの様子を確かめた。顔の片側に残るあざをのぞけば問題なさそうだ。

レジーナが部屋に入っていくと、全員が顔をあげた。

「起きてくるとはなにごとだ?」ソウヤーが言った。

レジーナはそれを無視して、ソファにのんびりと腰かけているハッチに歩み寄った。拒まれるのが怖くて一瞬ためらったものの、ついに意を決してハッチの膝にまたがった。ハッチの腕に包みこまれると同時に彼の首に腕を回した。きつく抱き締めて首筋にキスをした。

「あなたが無事で本当によかった」レジーナはささやいた。

「同じ言葉を返すよ」ハッチが髪を撫でながら言う。「おれが無事なのはきみのおかげだ。感謝してる。あんなふうにおれの前に立ちはだかったことには猛烈に腹を立ててるけど」

ハッチが体を離してレジーナを見おろした。レジーナが無事だったことに安堵しつつも、まだ怒りは消えていないようだ。ハッチは透明ビニールと同じくらいわかりやすい。

「もしまたあんなばかなまねをしたら、神に誓ってもいいけど、きみを檻《おり》に閉じこめるからね」

レジーナは片方の眉をつりあげ、身を乗りだしてハッチの唇をふさいだ。それからなにか言われる前にハッチの膝からおりた。「わたしのキーチェーンを見なかった?」

三対の困惑した目がレジーナを見つめた。

「どうしてキーが必要なんだ？」キャムが問う。

「署まで行かなくちゃならないの」レジーナは冷静に答えた。「署長に話があって。重要なことよ。だけど長くはかからないわ」

「レジー、おれたちも話をしなきゃならない」ソウヤーが頑とした口調で言った。

レジーナはかすかな笑みを浮かべてソウヤーの青い目を見つめた。

「わかってるわ」静かに言う。「だけどこれはわたしがやらなくちゃいけないことなの。終わったらすぐに帰ってくるわ」

「せめておれたちの一人に車で送らせてくれ」ハッチが言う。

レジーナは首を振った。「心配しないで」ちらりとキャムを見て反応をうかがったが、キャムの表情は石のように固かった。帰ってきてひれ伏したとき、いちばん手ごわいのはきっとこの男性だろう。

レジーナはため息をついて胸を張った。起こるかもしれない失敗について、いまから思い悩んでもしょうがない。

「帰ってくるから」レジーナはくり返した。

「本当に？」キャムが遠い声で尋ねた。「それとも、もうここにはいないのか？」

レジーナはさっと視線をキャムに戻した。暗い、不可解な目。キャムはぴったり心を閉ざしてしまった。いっさいの感情を排した完全自衛モード。いまいましいのは、キャムを責めることさえできない点だ。レジーナは彼を傷つけた。拒みつづけることで彼ら全員を傷つけた。強情さで。

「必ず帰ってくるわ、キャム」そっと言った。「問題は、あなたたちがまだわたしを求めてるかどうかよ」

キャムの返事を待たずに——返ってくるとは思っていなかったが——レジーナは向きを変えて玄関のほうに歩きだした。キーチェーンは玄関ホールの台の上にあった。それをつかむと、真昼の太陽の中へ踏みだした。

37

同僚のカールと地方検事のデヴィッドを前に、レジーナは大男ダニエル・ビショップとの顚末《てんまつ》を一つ残らず語った。ダニエルは二発の銃弾――レジーナから一発、ジェレミーからもう一発――を浴びたにもかかわらず、病院で安定した状態を保っているとのことだった。

二時間にわたる供述で疲れ果てたころ、カールとデヴィッドは感謝の言葉とともにレジーナを解放してくれた。よろよろと廊下に出たレジーナは署長のオフィスに向かった。角を曲がったとき、思いがけない人物とぶつかりそうになった。父だ。

ピーター・ファロンがとっさにレジーナの腕をつかんで支え、それから一歩さがって娘を見おろした。「レジーナ」硬い声で言う。「元気そうだな」

いまは疲れすぎているうえに一刻も早く家に帰りたくて、父親と刃を交えている余裕などなかった。

「元気よ」低い声で言った。「悪いけど、ウィザースプーン署長に話があるの」

父は一瞬ためらってから唇を引き結んだ。「母さんが心配している」不機嫌そうに言った。

心配したぞ、ではなく、母さんが。レジーナはため息をついて首を振った。

「リディアにわたしは無事だと伝えて」

体を引いて腕をつかんでいる父の手をほどき、脇をすり抜けて廊下を進んだ。

署長のオフィスの開いたドアをノックした。「入ってもいいですか?」

署長がデスクから顔をあげた。「レジーナ、もちろんだ。さあ入れ」

レジーナは中に入り、背後でドアを閉じた。深く息を吸いこんでからデスクの前の椅子に歩み寄り、湿った手のひらをジーンズに擦りつけた。

椅子に腰かけたものの、手前の端にお尻を載せただけで、体をこわばらせていた。

署長がしげしげとレジーナを眺めた。「どうかしたのか、レジーナ?」

「じつは」と静かに切りだした。「あることで署長にお話が。その……個人的なことで」

「なるほど。言う必要はないと思うが、この部屋の中の会話が外に漏れることはない」

「ええ。感謝します」

どうしてこんなに難しいの? だけどどこから始めなくては。署長にも話せないなら、あの関係が表沙汰になったとき、いったいどうやって対処するつもり? 表沙汰になるのは決まっているようなものだ。この小さな町で三人の男性と一緒に住んでいて、噂が広まらないはずはない。

「レジーナ?」署長がうながした。「話したいことがあるんだろう?」

「ええ、その、じつはお知らせしておくべきだと思うことがありまして。部下として」

「聞こう」署長が辛抱強く言う。

レジーナは深く息を吸いこんだ。「わたしは今後もずっと、キャム・ダグラス、ハッチ・ビショップ、ソウヤー・プリチャードと一緒に暮らそうと思います。つまりわたしは……恋愛関係にあるんです。三人と」頰がこわばって熱くなる。こんな関係を説明する言葉など思いつかない。

けれど署長は意味を察したのだろう。動じない態度を保ちつつも一瞬目を丸くした。

「なるほど」

「きっと噂が広まるでしょう」レジーナは静かに言った。「署に不名誉をもたらすようなことは絶対にしたくありません。仕事は心から愛してますが、もしあの三人と仕事のどちらかを選べと言われたら、答えは決まってます。わたしは彼らを選びます」

「仕事を辞めたいと言ってるのか？」署長が尋ねた。

レジーナは首を振った。「いいえ。仕事はもちろん続けたいですが、生きていればいろいろと思うように行かないことがあるのもわかってます。わたしを解雇するよう署長に圧力がかかるかもしれません。署をスキャンダルに巻きこみたくはありませんし、住民を守る警察の能力について、この町の人たちに疑念を抱かせたくもありません。どんなに仕事を続けたくても、わたし個人の選択が署やその評判を危うくさせるなら、それは叶わないことです」

署長が椅子の背にもたれ、手の中でペンを転がした。「おまえもよく知ってのとおり、わたしは部下の私生活には立ち入らないよう心がけている。仕事に差し障りがなければ、わたしが口を挟むことではないという主義の持ち主でな」

レジーナはその先に続く〝だが〟を予感した。

「だがこの場合は、あえて質問させてもらう。本当にじっくり考えたのか、レジーナ？　それは本当におまえが望んでいることで、おまえにとってベストの選択なのか？」

「わかってます……ふつうと違うということは」ほかに表現が見つからなかった。

「たしかにふつうとは違う」署長がつぶやくように言った。「最悪のうわさ話にも仕事を失う可能性にも腹をくくったようだが、もっと先のことまで考えてみたのか？」

「わたしに言えるのは、あの三人がいない人生は送りたくないということだけです」レジーナは静かに答えた。「犠牲を伴うのはわかってます。この先に待ってるのが平坦な道だとも思ってません」

署長はしばらくのあいだレジーナを見つめていた。「真剣なのはよくわかった。おまえは昔からあの三人を必死で守ってきたし、連中もおまえにだけは甘かったからな。おまえが間違いを犯しているとは思わない、とまでは言えないが、上司としては、仕事に差し障りがなければわたしが口を出すことではない」

レジーナの胸に希望がふくらんだ。「それはつまり、仕事を辞めなくてもいいということですか？」

「あたりまえだ。優秀な部下を失いたくはないからな。おまえのプライベートはわたしには関係のないことだし、もちろん世間にも関係のないことだ。世間がそれで納得するとはかぎらんが、まあ、その点は覚悟しておけ。来週、来月のことは保証できないが、なにしろおまえの父親は町会議長だからな。それでもわたしに関して言えばおまえは優秀な警官で、仕事でへまをしないかぎりは目一杯働いてもらいたい」

「ありがとうございます」レジーナはのどがつかえるのを感じながら言った。「期待に背かないよう、がんばります」

「頼んだぞ、レジーナ」ふと見あげた署長の目はやさしかった。「楽な道じゃないぞ。わかってるな」

レジーナは深く息を吸いこんだ。「ええ。わかってます。だけどきっと大切なことって簡単であってはいけないんだと思います」立ちあがった。「ありがとうございました。理解してくださって。もしよければそろそろ家に帰りたいんですが。三人の男性が腹を立てて待ってるので」

署長がくっくと笑った。「きっと連中は手こずらされるぞ。少し気の毒なくらいだ」

レジーナはにっこりして向きを変え、オフィスを出た。一歩も進まない内に、父がドアのすぐそばの壁に寄りかかっているのが見えた。表情は仮面のように固く、暗い目は怒りをたたえている。

父が姿勢を正して長々とレジーナを見つめた。「自分勝手なふるまいを続ける気なら、警察官としての職を離れることだな」

レジーナは笑った。その乾いて引きつった笑いは、全身を駆けめぐる怒りを解き放つ合図でもあった。このろくでなしは署長との会話を盗み聞きしたうえに、娘を従わせようと脅迫までしている。

言いたいことは山ほどあった。両手に銃を構えて鉛《なまり》の弾を浴びせてやりたかった。けれどこの男にそれだけの価値はない。それに愛する男たちが家で待っている。

　レジーナは一歩前に出て、父の顔から二センチと離れていない距離までぐいと顔を突きだした。

「署長との会話を盗み聞きなさったのは確認するまでもないから、すでにご存じでしょうけど、彼らと仕事のどちらかを選べと言われたら、わたしは迷わず新しい職を探します。さあ、ほかに話がないなら、失礼するわ。わたしには行くところがあるの。わが家よ」

　向きを変えて歩きだしたが、最後にもう一度だけ軽蔑の表情を父に投げかけた。「どうせあなたにはたいした度胸もないでしょう」

　ここ何年も味わっていなかった軽やかな気分で車を走らせた。外部の力を心配するのはもうおしまい。父や署長、ことが表沙汰になったら町の人々がどう思うか。そういうことはレジーナには制御できない。

　車でドライブウェイに乗り入れると、緊張がこみあげてきた。

　会話は誘惑のあとで。悪くない考えだ。うまく行けば三人も協力してくれるはず。レジーナは心の内を吐きだすよりも思いを行動で示すほうが得意だ。話す時間はあとでたっぷりある。なにしろ相手は男性だ。行動のほうが言葉よりはるかにものを言う。

38

家の中は静まり返っていた。リビングルームにもだれもいない。とはいえ三人がいまかいまかと帰りを待っているとも思っていなかった。

レジーナはコーヒーテーブルにキーチェーンを置くと、選択肢を吟味した。おそらくキャムは仕事部屋にいて、ほかの二人は自室にこもっているに違いない。となると、同時に三人に奪われるというレジーナの計画を実行するのは少しばかり難しい。

レジーナが帰宅したとわかったら、向こうは部屋を出てくるだろうか？　それとも自分から行動を起こすことにはもううんざりしてしまった？　だとしても責められない。これまでのレジーナのふるまいを考えると。

足音を忍ばせることなく、ゆっくりと階段をのぼっていった。けれどいちばん上までのぼってみても、だれも廊下に出てこない。

レジーナは廊下の端のベッドルームのドアを見つめた。あの部屋はじつに広い。その意味をいままで本当には理解できていなかった。共有の部屋？　笑いが漏れそうになる。全員にそれぞれの部屋があって、さらにあの部屋があるのだ。セックス・ルームが。

天を仰ぎつつ、閉ざされたドアのほうへ歩きだした。大きく開け放って中に入り、ドアは開けっぱなしにした。

レジーナは焦らしのプロではない。ソウヤーのように倒錯の森に足を踏み入れたことは何度かあるけれど、誘惑においてはそれほどの経験はない。その領域は男性に受け持ってもらうほうが好きだ。

挑発的な女を演じたソウヤーとの夜を思い出し、正しい状況下でならできるはずだと自分に言い聞かせた。そしていまは正しい状況だと。

三人とも、レジーナが帰宅したことには気づいているだろう。気づかないわけがない。常に周りのことに注意を払っているから、気づかないほうがおかしい。もしかしたらレジーナがみんなの部屋のドアをたたいて回らないとわかったら、向こうから探しに来るかもしれない。そこでわたしが待っている。待ち遠しい思いで。

するりと服を脱ぐと、窓のほうに放った。それから生まれたままの姿でベッドに歩み寄り、両手で豪華なダウンの上掛けを撫でる。その上によじのぼって、極上のやわらかさを肌で堪能した。

うつぶせになって枕に顔を押しつける。眠ってしまいたくなるけれど、計画にはこの先しばらく睡眠は含まれていない。

腕をついて体を起こし、今度は仰向けになった。両手のひらでお腹をさすり、乳房まで撫であげる。ふくらみを覆って指で乳首をいじり、固く尖らせた。

両方を唇で包まれるところを想像した。片方をハッチに、もう片方をキャムに。ソウヤーは脚のあいだ。

目を閉じてさらに強く先端をつま弾き、親指と人差し指のあいだで転がしていると、脚のあいだが疼きはじめた。

左手を下に這わせ、お腹を撫でおろして腰骨を越えた。妄想の中では、ソッヤーに大きく脚を広げられて深々と突き立てられていた。ハッチはレジーナの顔の両側に膝をついて口を奪っている。二人とも、喜んで迎えるレジーナの体をやすやすと出入りする。

妄想に圧倒されてレジーナはうめいた。けれど一つ欠けている。三人全員が欲しい。同時に。満たして愛してほしい。

硬い縮れ毛に指をもぐらせてひだを分かち、クリトリスを探り当てた。ふくらんで敏感になっている。指が触れた瞬間、腰から下がびくんと跳ねた。

手を上下に動かしてクリトリスを指先で転がしてから、ペニスを待ちわびて震えている潤った入口におろした。指ではまったく代わりにならない。

もうすぐ。計画がうまく行けばもうすぐだから。

レジーナは体を弓なりにしてうっとりとため息を漏らした。

「助けが必要かと訊こうと思ったが、どうやら一人で問題なさそうだな」

キャムのセクシーな声に全身を洗われて、レジーナの肌は粟立った。

目を開けて首を掲げると、三人全員が戸口に立っていた。顔に浮かぶ欲望を隠そうともせずに。レジーナはキャムの目を見つめ、興奮以上のなにかを探した。

ゆっくりと手で体を撫であげ、かすかに湿った筋をお腹に残した。それからその手を口元に掲げて指を咥えると、情熱の名残を舌で舐め取った。

戸口から三つのうめき声が聞こえた。

妄想を邪魔されたくなくて、レジーナはベッドの上に膝立ちになり、そのまま端から滑りおりた。のんびりとキャムに歩み寄り、シャツの胸のところを鷲づかみにして、ベッドのほうに引っ張っていく。

キャムは驚いて目を丸くしたものの、レジーナを止めようとはしなかった。賢い男。

レジーナが戸口を振り返ると、ソウヤーとハッチはもの問いたげな顔でその場に立っていた。

「あなたたちが加わるときが来たら教えるわ」レジーナはハスキーな声で言った。

「了解」ソウヤーがつぶやいた。

レジーナはキャムをベッドに連れていった。いまもつかんでいるシャツをぐいと下に引っ張って、激しく唇を重ねる。キャムの両手が腰をつかみ、上へ上へとあらわな肌を這っていき、ついに乳房を覆った。やわらかなふくらみを揉みしだき、親指で先端を転がす。

「服を脱ぎなさい」レジーナは唇越しに命じた。

「きみに命令されるのは大好きだ」キャムが言った。

キャムはすばやくジーンズとシャツに手をかけて、またたく間に裸体をさらした。その完ぺきな体の誘惑に抗えず、レジーナは両手をたくましい胸に押し当てた。

引き締まったお腹をゆっくりと撫でおろし、大きく育ったペニスに到達する。レジーナは太く長いものに指を巻きつけて上下にしごき、固さを手のひらで味わった。

もう片方の手でキャムの胸を押し、彼の膝の裏がベッドの端に当たるまで後じさりさせた。それからさらに力をこめて押すと、キャムがどさりと仰向けに倒れた。

レジーナはあとを追ってベッドによじのぼり、キャムを見おろした。乾きに苦しむ人が水を見るような目で。

両手でキャムの膝から腰まで撫であげる。ペニスの高さに顔が来たとき、屈んでキャムのお腹にキスをして、おへそのくぼみに唇と舌を遊ばせた。

キャムの腹筋が引きつって震えるのに気づいて、レジーナは自らの力にほほえんだ。わたしにはこのみごとな男性を悶えさせる力がある。なおすばらしいことに、同じくらいみごとな二人の男性が戸口でわたしの命令を待っている。

体を下にずらすと顎にペニスが触れた。舌をのぞかせて先端を舐め、口を亀頭に近づけて焦らしていたら、キャムがうめいた。

陶然とさせられる光景だった。キャムが仰向けで横たわり、セクシーな長い髪を枕に広げている。たくましい体は緊張するたびに筋肉が波打ち、太く長いペニスは濃い縮れ毛からそそり立っている。

こんな誘惑には抗えなかった。じっくり苦しめてやろうと、亀頭を口に含んで唇で吸いついた。それから亀の歩みほどもゆっくりと下へ向かい、湿った口の中に納めていった。

キャムがレジーナの髪に指をもぐらせて、ほとんど乱暴に鷲づかみにしながらのけ反った。

レジーナはさらに深く彼のものを受け入れて、舌の上を滑らせながらのどの奥まで導いていった。キャムの味が大好きだった。ムスクのような香りと、心安らぐ温もりも。守られている気がした。キャムに包みこまれているような。キャムの愛に。

わななきながら口を上下に滑らせた。片手で根元を握り、口の動きに合わせて上下にしごく。

髪をつかむキャムの手に力がこもったと思うや、ふと拳が緩んで頭皮を撫ではじめ、もっと激しく深く奪ってくれと伝えた。

レジーナは片手で根元を握ったまま口の中からペニスを滑りださせ、顔をあげると、情熱でかすんだ目でキャムを見た。

「二人は見てる、キャム？」低い声で尋ねた。「わたしがあなたのペニスをしゃぶるところを。二人は楽しんでる？　あなたと同じくらい興奮してる？」

紅潮した頬の上でキャムの目がぎらりと光った。レジーナと同時に横を向き、ソウヤーとハッチを見やる。二人はいまも戸口にいたが、ハッチはわずかに部屋の中に入ってきていた。二人とも、一目でわかるほど股間をふくらませ、視線はレジーナとキャムに釘づけになっていた。

レジーナは二人を見つめたまま首を屈めて、ふたたびキャムのものを口の中に導き入れた。目の隅で二人をとらえつづけながら、ペニスを奥まで沈めていく。吸いつくたびに頬をへこませながら。

舌の上で脈打つ固いものの感触に、これ以上待てなくなってきた。レジーナは口から引き抜いてキャムの体を這いのぼり、腰にまたがった。片手でペニスをつかまえて、秘密の入口に押し当てる。

亀頭を入口に引っかけたまま動かずにいると、キャムが苦しげな長い声を漏らした。そこでレジーナは腰を沈め、ひと息に彼のものを沈めた。

待ちわびていた貫きに、脚のあいだが脈打ち収縮する。レジーナは目を閉じてこのときに酔いしれた。深く交わる感覚に。

両手でお尻を包まれたものの、その触れ方はやさしかった。愛情深かった。指で肌を愛撫して、腰を揺すってくれと訴える。レジーナはその訴えに応じ、前後に腰をくねらせた。

両手をキャムのお腹に載せて上に滑らせ、体を倒しながら、胸から首まで撫であげた。唇で唇を探し、やさしく音をたててキスをした。なんてすてきな音だろう。

キャムが両手でレジーナのお尻を包み、やさしくこねながら下から突きはじめた。

レジーナは突きあげられながらキャムの唇を味わった。キャムが飲んだコーヒーの味がする。キャムの胸の上に横たわり、二人の体で完ぺきなリズムを刻みながら、レジーナは首を回してソウヤーを見た。視線がぶつかった。

「来て」レジーナはささやいた。「わたしを奪って」

ソウヤーが服を脱ぎ捨てながら大股で歩いてきた。ナイトテーブルの上にあった潤滑剤のチューブをつかむと、すばやく指に大量に絞りだした。

ソウヤーが背後に回ったので、レジーナにはその姿が見えなくなったが、温かい唇が肩に押し当てられて、彼が屈みこんできたのがわかった。レジーナの背中に硬い胸を押し当てて、さらにキャムに密着させる。

ソウヤーの唇がやさしく背筋を伝いおりて、腰にたどり着いた。丸いお尻のふくらみ両方にキスをしてから、押し広げる。

その動きで秘所がいっそうキャムのものを締めあげ、レジーナもキャムも快感に喘いだ。ソウヤーの指が締まった穴に侵入してきて、レジーナはびくんと体を震わせた。キャムが気づいてレジーナの体に腕を回し、ソウヤーがお尻に挿入するあいだ、支えていてくれた。

太い先端が侵入してくると、レジーナはわなないて目を閉じた。どんどん押し広げられていく。焼けるような感覚。ほとんど痛いような。無理だと思ったまさにそのとき、道が開いて太いものを受け入れ、中に滑りこまされていた。

同時に二本の巨大なペニスで貫かれるという衝撃に、レジーナは目を見開いた。動けない。絶対に。自分の体がこの緊張感に耐えられるとも思えない。

ソウヤーが満足そうにうなりながら腰を前に動かした。レジーナのお尻に肌が密着したところで動きを止め、二人のペニスに押し広げられるというみだらな感覚に順応する時間をレジーナに与えた。

「わたし、どんなふうに見えるの？」レジーナはうめきながら尋ねた。自分の目で見てみたかった。こんなに深く二人に貫かれたわたしの姿はどんなだろう？

「こんなにエロティックな光景は見たことがないよ」ハッチの声にレジーナは驚いた。

首を回すとハッチがじっと見つめていた。満たされない欲望で目をぎらぎらさせながら。

「きみにも見せてやりたいな、レジー」ハッチがかすれた声で言う。「前と後ろを同時に貫かれてる姿を。すごく張りつめて、二人を受け入れるのは不可能に見える」

ソウヤーが腰を引き、押し広げられたお尻にペニスを滑らせた。快楽の悲鳴がレジーナの口から漏れる。静寂をうち破る甲高い声。

ソウヤーがふたたび腰を突きだして、レジーナをキャムに押しつけた。

レジーナの胸で生まれた叫び声はのどで絶え、不明瞭な音にしかならなかった。

キャムが両手でレジーナの腰をつかみ、ソウヤーが突くリズムに合わせて自分も腰を揺りはじめた。交互に貫かれる。前から、後ろから。

圧倒的な痛みと、経験したことのない最高の快楽が入り混じった感覚だった。思考が働かない。なにをしたらいいのか、どう反応したらいいのかわからない。だから二人にペースを任せ、感覚の嵐に身をゆだねた。

ついにふたたびハッチのほうを見た。欲望と切望のすべてを表情にこめ、唇を開いて誘った。

ハッチは説得も命令も必要としていなかった。すぐさま服を脱ぎ捨ててレジーナのそばにやってきた。ベッドによじのぼって位置を整え、ペニスをまっすぐレジーナの口元に持ってきた。

ソウヤーにいっそう押し広げられながら、レジーナは口を開けてハッチのペニスを受け入れた。唇のあいだを滑って舌の上を行き来する感覚を味わいながら、やわらかな包皮を舌で刺激し、のどの奥まで導き入れた。

三人ともレジーナの中にいた。この瞬間、レジーナは全員とつながっていた。胸がいっぱいになる。三人の男性への愛で。わたしの男たちへの愛で。

キャムとソウヤーに前後から奪われ、ハッチは舌の上を行き来している。ハッチの手が髪にもぐってきてレジーナの頭を固定し、口を奪いつづけた。

レジーナは集中力を失った。この体を刺激する三本のペニスのことしかわからなかった。これほどの快楽を与えてくれる。すてき。なんてすてきなの。これほどすばらしいものはほかにないだろう。

ソウヤーに後ろから押されてレジーナがさらに深く屈むと、ハッチのペニスがますます奥まで滑りこんできた。張りつめたものを夢中でしゃぶる。ソウヤーが激しく腰をたたきつけはじめた。

肉と肉とがぶつかる音が鋭く部屋に響きわたる。ソウヤーにたたきつけられる勢いでレジーナはキャムのペニスを上下し、キャムはソウヤーの動きに合わせて激しく腰を突きあげた。

ソウヤーがレジーナの肩に指先を食いこませ、お尻をペニスに引き寄せる。いっそう奥までねじこまれ、レジーナはさらに大きく開いた。

涙が熱くこみあげて、ハッチの大きなものを咥えて頬はふくらんだ。

みんながわたしでつながっている。わたしがみんなを結びつけている。わたしは三人の男性の中心。

涙が頬を転がり落ちた。みんなを心から愛している。いったいどうして彼らの愛から逃げだすことができたのだろう？　それは最初からずっとそこにあった。三人と同じように、決して揺らぐことなく。これほど自分にはもったいないと思いつつ同時にこれはどありがたいと感じたものはない。

「レジー！」ソウヤーが叫んでふたたび貫いた。レジーナは彼の力の爆発を感じた。ソウヤーが背後でわなないたと思うや、解き放たれた熱いものがお尻の奥深くでほとばしった。

ハッチが身を引いてレジーナに息をつく暇を与えた直後に、レジーナは体に火がつくのを感じて悲鳴をあげた。オーガズムが押し寄せてくるあいだ、レジーナはひたすらすすり泣いた。激しい急降下ではなく、今回は高まる波の連鎖だった。どこまでも昇りつめていく。

ソウヤーが引き抜いたときもまだレジーナは震えていた。ソウヤーの精がお尻の穴からあふれだし、脚の裏側を伝う。押し広げられた入口が震え、もとの形を取り戻そうとして引きつる。

キャムの手がやさしくレジーナの体を撫であげて癒した。

「向きを変えろ、愛しいレジー」キャムがささやく。「ソウヤーのほうを向け。ぼくのペニスに座って後ろに倒れて、ぼくに抱き締めさせてくれ。ハッチのために脚を広げるんだ」

その命令に従おうとしたが、レジーナの脚はどうしようもなく震えた。ついにハッチが抱きあげて向きを変えさせてくれた。キャムがベッドの端に移動して縁から脚を垂らし、レジーナの腰をつかまえてペニスのほうに導いた。ハッチがレジーナの腕をつかんで支えていると、キャムが片手を自分のペニスに添え、もう片手でレジーナを腰かけさせていった。

もとの形に戻りかけていた後ろの口は、キャムが少しついただけでやすやすと太いものを受け入れた。レジーナは新たな体勢がもたらすいっぱいに満たされた感覚に息を呑んだ。脈打つお尻のあらゆる末端神経で彼を感じた。

「後ろに倒れて」キャムがささやくように命じる。「ぼくが受け止める」

ハッチが脚のあいだに入ってきて、キャムの脚と同じだけ広げさせた。秘所があらわにされるやいなや、ハッチが自分のもので貫いた。

奥深く。キャムが両手でレジーナのお尻を抱え、捧げもののごとくハッチに差しだす。二人の男性は官能的に腰を使い、彼らに備わっているとはレジーナが思いもしなかったテクニックで前後から貫いた。

「きみはぼくらのものだ、レジー」キャムが喘ぎながら言う。「ぼくたちだけのものだ。放しはしない」

その言葉にレジーナの胸は締めつけられ、躍った。

ハッチも決意をたたえた緑の目でじっとレジーナを見つめおろす。その表情にはやさしさもあったが獰猛さもにじみだしていて、レジーナは息苦しくなった。

キャムがレジーナのお尻の肉に指先を食いこませながら掲げ、ふたたび自分のペニスにおろしていく。ハッチは両手をレジーナの膝の裏に引っかけて脚を大きく開かせ、より深くねじこむ。

ソウヤーがハッチの背後に現れた。シャワーを浴びたのだろう、肌が湿っている。そしてペニスはもう大きくそそり立っており、ソウヤーは片手で根元をつかむと、レジーナと視線をからませたまま上下にしごきはじめた。

ハッチが目を閉じて腰を突きだし、奥深くまでうずめた。いっぱいに満たされた感覚にレジーナは圧倒された。鋭く熱く、刺激的でほとんど痛いくらいだ。

ハッチが腰を引くと秘密のひだは寂しがり、彼を呼び戻そうとした。ハッチとキャムはすでにリズムを築いており、交互にレジーナを満たしていた。ハッチがレジーナの縮れ毛のそばに手のひらを当て、親指をひだのあいだに滑りこませてクリトリスを転がした。

レジーナは固く目を閉じて歯を食いしばり、貫かれるたびにクリトリスをいたぶられる快感に浸った。張りつめたつぼみは耐えがたいほど敏感になっていて、触れられるたびに責め苦のような快感が体を駆け抜けた。

「もうだめだ」ハッチが絞りだすように言った。「ベイビー、きみもいきそうか？　おれはもう我慢できない」

レジーナは長く息を吐きだした。「いいから触りつづけて。お願い。ああ、いいわ。お願いだからやめないで」

ハッチがクリトリスをいじる指に力をこめながら腰を突きだし、腫れた内側の肉をなおも刺激した。

レジーナは悲鳴をあげた。ハッチもかすれた叫び声をあげ、キャムはのけ反ってさらに奥まで沈めた。レジーナは二本のペニスに貫かれたままひくひくと震え、体は千々に引き裂かれた。

やさしい手に触れられた。包みこまれた。その手はレジーナの体が引き裂かれるあいだ、支えていてくれた。

ハッチが引き抜いたとき、レジーナは頼りない声で抗議した。キャムはしっかりうずめたままだった。いまも待っているかのように。レジーナはかすかに身動きして体力をかき集めた。

そのときソウヤーが脚のあいだに現れて、大きな手でレジーナの太腿を抱えた。やさしく脚を広げさせると、このうえなく慎重に、まだ震えているレジーナの入口に亀頭を押し当てた。

「もう一度おれを受け入れてくれるか、レジー?」ソウヤーがささやく。「どうやらおまえに飽きることはないようだ。触れるたびに、女を知らないガキみたいに反応しちまう」

レジーナはうめき、キャムの湿った胸にぐったりと背中をあずけた。キャムの手が慈しむように脇腹を撫であげて、高ぶった神経を癒してくれた。

筋の通った返事を頭の中で組み立てるより先に、ソウヤーが腰を突きだした。レジーナは受け入れた。ソウヤーのすべてを。衝撃が背筋を駆けあがり、新たなオーガズムが脚のあいだで爆発した。

徐々に高まるのでも昇りつめていくのでもなく、ただいきなり爆発した。

「ああ、くそっ、レジー」ソウヤーのうめき声が室内を満たしたと思うや、また突かれはじめた。激しく。穏やかさのかけらもなく、ソウヤーはレジーナを所有していった。ほかに表現しようがない。

所有。そう、わたしはソウヤーのものだ。身も心も。魂さえも。

ソウヤーの勢いは激しかったが、キャムが後ろから支えていてくれた。ゆりかごのように体で守ってくれた。ソウヤーの動きが激しくなるにつれてキャムの動きは静まった。

レジーナのオーガズムが訪れたのと同じくらい突然に、ソウヤーが体をこわばらせてかすれた叫び声をあげた。腰を前に突きだしてレジーナに密着する。それからしばらくのあいだ、荒い呼吸に胸を弾ませながらレジーナに屈みこんでいた。

「なんてこった。ハニー、すまん。こんなにあっけなく終わっちまって」

レジーナはどうにか弱々しい笑みを浮かべて、ソウヤーの肩にキスをした。「わたしほどあっけなくなかったわ」

ソウヤーが引き抜くと、キャムが両手でレジーナの腕を撫でおろした。キャムの唇がそっとうなじに触れて、レジーナは震えた。たったいま二度目の絶頂を迎えたばかりだというのに、また欲望が高まるのを抑えられなかった。甘く温かい。愛ゆえの欲望。

「レジーに手を貸してやってくれ」キャムが言った。

ソウヤーが手を伸ばしてレジーナを抱きあげた。キャムのペニスがお尻から抜けると、レジーナはその感覚にうめいた。けれど文句の一つも言う前に、ソウヤーの腕からふたたびキャムの手の中に戻されていた。

キャムからは丁寧に扱われるものとばかり思っていた。誤解だった。キャムはレジーナをどさりとベッドに落とすと、荒っぽくうつぶせにさせてすばやく太腿にまたがり、力強い一突きでペニスをねじこんだ。

レジーナはマットレスに沈み、両手を広げて体を支えようとした。キャムが重なってきてレジーナの背中に胸を押しつけ、容赦なく腰をたたきつける。

これまでの抑制は消え去っていた。キャムにこんな激しさがあるなんて知りもしなかった。制御不能の荒々しさ。秘められていた野性が解き放たれたかのようだ。

肩にキャムの口が触れた。肌に歯を沈められてレジーナは息を呑んだ。

キャムがレジーナの脚に脚をからめて外側に押し、さらに広げさせる。

そのとき、レジーナの手に手が触れた。両側から。温かく官能的に。癒すように。ソウヤーとハッチ。

二人はレジーナの手をしっかりと握り、キャムが何度も貫くあいだ、ずっと支えていてくれた。やわらかな言葉が宙を漂ってきたものの、レジーナは耳を傾けるどころではなかった。

キャムにまた突きあげられて、レジーナは二人の手を握り返した。キャムの動きがスピードを増す。狂ったようにレジーナを後ろから突きまくり、やがてついに解き放たれた。絶頂は津波のごとくキャムを襲った。全身の筋肉が波打ち、震えた。

熱いほとばしりがレジーナを満たす。刺激的で奇異な感覚。レジーナはさらにお尻を高くあげてもっとキャムを受け入れようとしたが、疲れ果てた体は言うことを聞かなかった。だからその場に横たわり、キャムが腰を動かすのに身をゆだねた。

いまや動きはゆっくりになっていた。やさしく。ほどなくキャムがレジーナの中にうずめたまま動きを止めた。引き抜くのは気が進まないとでも言うように。「これでさよならとは言わせない、レジー。きみを離してなるものか」

レジーナの胸は期待で震えた。感情にのどを締めつけられて息苦しくなる。

「そろそろおりろ、キャム。レジーに息をさせてやれ」

静寂を破ったソウヤーの声はやさしく、咎めるような色はなかった。

キャムは言われたとおりに体を離したものの、両手はレジーナの肌を離れようとせず、いまも愛おしげに撫でていた。

「大丈夫か?」耳元でキャムが問う。

レジーナはしゃべれなかった。目を開けることもできない。完全に疲れ果てていた。

「おいレジー、そうやって死んだみたいに寝転がってるわけにはいかないぞ。ハッチが心配しはじめる」

ソウヤーの声には愉快そうな響きがあって、レジーナはもう少しでほほえみそうになった。が、そうする余力さえなかった。

「いや、どうかな。おれはレジーが眠ったままでもじゅうぶん抱ける」ハッチがさらりと言った。

レジーナはどうにか片手をあげて、中指以外のすべての指を丸めた。それすらも予想以上の力を要した。

三つの笑い声が部屋を満たし、レジーナは疲れているにもかかわらず、シーツの中でほほえんだ。

「そろそろ眠らせてやろう」キャムが寛大に言った。

「行かないで」レジーナはつぶやいた。

「どこへも行かないよ、ベイビー」ハッチが言う。「きみの体を拭ってからベッドに寝かせるだけだ」

一ミリも動きたくなかったものの、レジーナはうなずいた。

ソウヤーが身を乗りだして、レジーナの耳元に唇を近づけた。「だがおまえが目を覚ましたら、話をするからな」

39

目を覚ましたレジーナは温かい体に囲まれていた。それとも囲んでいるのはレジーナのほうだろうか。ハッチの胸の上に力なく横たわり、わがものと言わんばかりに片腕と片脚をかけている。ハッチの左手はレジーナの肩に載せられていて、レジーナが首を回すと、生々しい手首の傷跡が目に飛びこんできた。あと一歩でこの男性を失うところだったのを思い出し、レジーナは顔をしかめた。首を伸ばして、赤剝けた皮膚にそっとキスをした。

無精ひげの生えた顎を背中の中央に、たくましい脚を脚の裏側に感じた。キャムだ。となるとソウヤーはすでに出ていったということ。満足感に一瞬落胆が影を落としたものの、ふと足元を見やると、ベッドの端にソウヤーが片方の肘をついてこちらを見ていた。

レジーナは無言でハッチから体を起こし、ベッドの足元に這い進むと、今度はそちらに頭を向けて横たわった。

ソウヤーが腕を広げたので、レジーナは彼の胸に頭をもたせかけ、キャムとハッチのあいだに脚を伸ばした。

「大丈夫か？」ソウヤーが巻き毛に向かってささやく。

大丈夫どころではない。人生がこれ以上よくなるとは思えないくらいだ。顔をあげると、ハッチとキャムもこちらを見ていた。キャムが片手をレジーナの脚に載せて、やさしく上下に撫でた。

「激しくしすぎたかな」キャムが言う。

レジーナの頬は熱くなった。「あなたたちがくれたのは、まさにわたしが欲しかったものよ」ささやくように答えた。

ソウヤーが片手でレジーナの巻き毛をかきあげ、頭のてっぺんにキスをした。レジーナは向きを変えてソウヤーを見あげた。

「あなたに傷つけられたりしなかったわ、ソウヤー。いまあなたがなにを考えてるかわからないけど、もしまた距離を置くようなまねをしたら、わたしにどんな怪我をさせられても知らないわよ」

ソウヤーがくっくと笑って、今度はレジーナのおでこにキスをした。しばし唇を押し当てたまま、人差し指でそっと頬を撫でた。

「今日はだれがわたしに食事を与えてくれるの?」レジーナは尋ねた。「みんなに話をしなくちゃならないけど、自分もあなたたちも裸のままではいやよ。気が散るもの」

ハッチがにんまりする。「おれが作るよ、ベイビー」

レジーナはすばやく首を振った。「だめよ。それならわたしが作る。あなたの手首に負担をかけたくないわ」

キャムが青ざめたのがわかった。ハッチがレジーナの膝に手を載せる。「悪気はないけど、レジー、きみと料理は相性が悪い。それに、おれなら平気だ。ほんのすり傷で、手を使うのに支障はないよ」

レジーナは疑いの目でハッチを見た。

「ぼくが一緒に行って手伝おう」キャムが申しでた。「レジーをキッチンに入らせないため なら、なんだってする」

レジーナはキャムをひとにらみし、片足でとんと胸を突いた。キャムがにやりとしてその足をつかまえ、つま先にキスをした。

「となると、おまえはおれとシャワーだな」ソウヤーが言った。「料理がまるきりできないことにも利点があるようだ」

キャムが天を仰いでベッドからおりた。

軽い雰囲気にもかかわらず、レジーナは三人の緊張とためらいを感じた。心配しているのだ。あんな一夜を過ごしたのに。

急にいますぐ話をしたくなった。どれだけ愛しているかを伝えたくなった。食事は後まわしにできる。だけどこれはできない。

「やっぱり朝食はいらないわ」レジーナは言った。

ハッチが驚いて片方の眉をつりあげる。レジーナの肩に載せられていたソウヤーの手が凍りつき、服を拾おうとしていたキャムの動きも止まった。

「くそっ、やっぱり頭を怪我したんだな」ハッチがつぶやく。「レジーがなにを言い張っても病院へ連れていくべきだった」

レジーナは笑い、今度はハッチの胸を足で突いた。そしてソウヤーの腕から抜けだすと、ベッドの端に移動した。

「十分以内に服を着て下におりてきて。リビングルームに集合よ」

三人の反応も待たずにバスルームへ駆けこんで、簡単にシャワーを浴びた。数分後にバスルームから出てくると、部屋は空っぽになっていた。

そわそわと興奮が胸の中で渦を巻くのを感じながら服を着た。これはあまりにも大事なこと。残りの人生がかかっている。一年前ならこんな一歩を踏みだすなんて想像もしなかっただろうけど、いまは自分の決断に心から満足していた。

キャムとソウヤーとハッチを愛している。ずっと前から愛していた。子どものころから三人はレジーナのものだった。友情と絆は年を経るごとに深まって、次の論理的な段階へと進んだ。単なる友情から、肉体的な親密さと深い愛へと。

飛ぶように階段をおりていった。期待で筋肉が震える。角を曲がってリビングルームに入ると、三人の男性全員がそこにいた。

キャムは窓辺にたたずんで両手をポケットに突っこみ、外を眺めている。その姿勢は固く、緊張感は手に取れるほどだ。ソウヤーはソファにどっかり座って背もたれに寄りかかり、一見くつろいでいるようだが、眉間にはしわが寄っている。ハッチはソウヤーが座ったソファの斜め向かいで椅子に腰かけて背中を丸めている。膝に肘をついて、表情はまじめだ。

この場に至っても、レジーナはどうやったら胸の内をすべて語って聞かせられるのかわからなかった。この愛の深さをどうやったら言葉で表現できるの？　わたしにとって三人がどれほどの意味を持つかを伝える言葉など存在しない。

「愛してるわ」レジーナは口走った。

三つの頭がこちらを向いた。どの顔にも温もりが広がる。キャムは姿勢を崩したが、それでも動かず待っていた。レジーナの膝は震え、手のひらは汗で湿った。こんなに怖いと思ったことはない。だけど踏みださなくては。三人にわかってもらわなくては。

「愛してるの」とくり返す。「あなたたち全員を。心の底から」

「ぼくたちもきみを愛してる」キャムが簡潔に言った。

レジーナは一歩前に出て、リビングルームに入った。けれどあまりの緊張で座ることはできなかった。どうにか気力を失うまいと、三人から距離を保ったまま続けた。

「ここにいたいの。あなたたちがまだそれを望んでくれるなら」

三人に緊張が走った。ハッチが両手を拳に丸める。

「おれたちがまだそれを望むなら？」信じられないと言いたげな声でつぶやく。「きみに選択肢があるとは思えないな。警官を誘拐してベッドに縛りつけた罪についても調べたよ」

レジーナは思わず笑みを浮かべそうになった。脚の震えが止まらないので、ソファのソウヤーが座っている反対端に腰かけた。

「わたしはずっとフェアじゃなかったわ」低い声で言う。三人が反論しようと口を開いたので、片手を掲げて遮った。「最後まで言わせて。話したいことが山ほどあるの。謝りたいことが山ほどある」

三人を順に見つめると涙で視界が曇った。「あなたたちがどうしてわたしをあきらめずにいてくれたのか、わからないわ。わたしはこの一年、あなたたちから逃げ回ってた。あなたたちの愛から。あなたたちにも自分にも嘘をついて、距離を置こうとしてばかりいたのに、それでもあなたたちは決してあきらめずにいてくれた。どうしてなの？」意を決して視線を三人に戻した。

「きみを愛しているから」キャムが言った。「それより複雑な答えは返せない。それくらい単純なんだ」

感情で胸がいっぱいになった。キャムの腕の中に飛びこんで二度と離したくないと思っているのに、その場に座っていることしかできなかった。

「あなたたちを守るためにそばに留まったんだと思われてるのは、わかってるわ」レジーナが低い声で言うと、途端に三人の表情が暗くなった。

「どうしてそばに留まった、レジー？」ソウヤーがやわらかな声で尋ねた。危険なほどやさしい声で。言葉の裏には冷たい鋼がひそんでいる。

レジーナは自分の両手を見おろした。「最初はあなたたちを守るために留まるんだと自分に言い聞かせたわ。そばにいればあなたたちを見守れるからと。あなたたちと一緒にいたい気持ちを正当化できるならなんでもよかった。怖かったの」

「怖かったって、なにが？」ハッチが問う。

「うまく行かなくて、打ちのめされることが」レジーナは言った。

「いまはどうだ？」ソウヤーが尋ねた。

レジーナはソウヤーの目を見た。「あなたたちを信じてなかったことに気づいたの」ソウヤーが顔をしかめたのでレジーナは身をすくめた。「そうじゃない。信じてるわ。ずっと信じてた。だけどこの関係がうまく行くと思えるかどうかという話になると、信じられなかったの、あなたたちが対処できるのか……わたしを……共有することに。わたしはあなたたち一人一人を満足させることにしゃかりきになってた。みんなの気持ちに責任を持たなくちゃと必死になってた。そしてふと思ったの、このままじゃわたしは自分じゃなくなってしまうって」

「ああ、そんな」ハッチが言い、大きく息を吐きだした。「きみにそんな思いをさせるつもりはなかったのに」

キャムが部屋を横切ってレジーナの前に膝をつき、彼女の手を取ってやさしく握った。「きみのままでいてほしい、レジー。ぼくらもきみを愛してる。きみが思う完ぺきな女性だからじゃない。きみは強情だ。信じられないほどにね。石頭で頑固で料理はからっきし。だがそのなに一つとして変えようとは思わない」

レジーはよじれた笑みを浮かべた。「ねえ、わたしの特徴を並べ立てるときは控えめにしなくちゃだめよ。そんなに誉《ほ》められたら舞いあがっちゃうわ」

キャムが愉快そうに笑ってレジーナの頰を手のひらで包んだ。「ほらね？　だからきみが大好きなんだ。きみは皮肉っぽいおてんば娘で、いつか年をとって白髪頭になっても、やっぱりぼくらはかなわないだろう」

レジーナは心がとろけるのを感じ、キャムの手のひらに顔をすり寄せた。この三人と一緒に年老いることができたら、すべての夢が叶ったも同然だ。

「そばにいたいわ」レジーナは言った。「あなたたち全員を心から愛してるし、この関係をうまく行かせたいの」

「ぼくらも愛してるよ」キャムが言い、レジーナを引き寄せて甘いキスをした。

レジーナは身を引いて顔をあげ、ハッチとソウヤーを見た。二人とも同じ満足そうな顔をしている。レジーナは立ちあがってキャムのそばをすり抜け、リビングルームの中を行ったり来たりしはじめた。

「仕事は辞めたくないわ。あなたたちがあの仕事を嫌ってることも、わたしを心配してくれてることもわかってるけれど。署長に話したの……わたしたちの関係を。それで、あなたたちか仕事かどちらかを選ばなくちゃいけない事態になったら、迷わずあなたたちを選ぶとはっきり伝えたわ」

三人の顔に衝撃が走り、じっとレジーナを見つめた。

「気をつけるわ。これまでもずっと気をつけてきたけど、この仕事はわたしという人間の大部分を占めてるし、それを変えたくないの。家でのらくら過ごしてあなたたちにお世話されるのはいやなのよ。なにもできない人間みたいにはなりたくない。むしろ長い一日の仕事から帰ってきて、そのあとあなたたちにお世話されるほうがずっとうれしいわ」にっと笑ってつけ足した。

「それから約束してほしいんだけど、わたしを大目に見てね」なにか言われる前にすばやく続けた。体の前で両手をよじり、それから手のひらをジーンズに擦りつける。「その、わたしは無償の愛っていうものに慣れてないの。だからときどきパニックを起こしてしまうの。しょっちゅう怒らせることになると思うけど、なによりあなたたちを愛してることだけは知っていて。この関係をうまく行かせるためならどんなことでも努力するわ」

スピーチは以上だった。三人の男性がいっせいにレジーナを取り囲む。その表情は熱くもあり愛情深くもあった。

「おまえにはなにひとつ変わってほしくない」ソウヤーが最初に口を開き、レジーナを腕の中に引き寄せた。ハッチとキャムもそばにいて、温もりでレジーナを包んでいた。

「たしかに警官って仕事は大嫌いだ。いつも心配させられるからな。とはいえ辞めてくれと頼みもしない。おまえを変えたくないんだ。いまのままのおまえを愛してる。美しい女。しゃくにさわる女。だがおまえはおれたちが呼吸する空気でもあるんだ」

レジーナは驚いてソウヤーを見あげた。この男性がロマンティックなことを言うなんて。だけどソウヤーの目に浮かぶものを見てレジーナは胸を突かれた。青い目は涙で潤み、計り知れない愛と献身をたたえていた。レジーナの膝はくずおれそうになった。

「あなたってひどい嘘つきね」レジーナはささやいた。「やさしい言葉や甘いささやきについてはまったく無知だと言ってたのに」

ソウヤーがにっと笑ってレジーナを離すと、今度はキャムが彼女を腕の中に包んだ。キャムはなにも言わなかった。ただレジーナを胸に引き寄せて唇を重ね、じっくりと味わった。レジーナはその感触にとろけ、キャムの乱れた髪に両手をもぐらせた。

「きみが必要だ、レジー。これからもずっと」唇越しにキャムが言う。「そばにいてくれ。ぼくのそばに。この先もずっと」

「もうわたしを追い払えないわよ」レジーナはささやいた。

キャムの目が満足そうに輝くと、レジーナは続いてハッチに引き寄せられた。

ハッチはたくましい腕をレジーナの体に回して強く抱き締めた。ぎゅっと。ハッチの体は感情で震え、胸は大きく上下していた。

「愛してる」ハッチがのどにつかえたような声で言った。「これからもずっと愛しつづけるよ、ベイビー」

レジーナは目を閉じた。涙が頬を転がり落ちる。本当に胸がいっぱいだった。望んだものは、すべてここにある。レジーナはハッチの腰に腕を回してしがみついた。男らしい香りを吸いこんで心の奥に染みこませた。

幸せへの道のりというのは曲がりくねっていて、いくつもの落とし穴や障害が待ち受けているものだ。レジーナの道がふつうとは違ったら、いったいなんだと言うのだろう？　重要なのは、この男性たちがレジーナを愛していて、レジーナが彼らを愛していることだけ。それ以外はささいなこと。

　わたしはこの三人を幸せにできる。いま初めてそれを疑わなかった。三人もわたしを幸せにできる。すでにしてくれた。

「朝食がほしい人は？」レジーナは尋ねた。「わたしが作るわ」

　ハッチから離れ、大きな笑みを浮かべてキッチンに歩きだした。心の中でカウントし、三まで数えたところでいっせいに抗議が始まった。

　ソウヤーがタックル同然につかみかかってくる。レジーナに腕を回して床から抱きあげると、そのまま肩に担ぎあげてくるりとターンした。その間ずっと愉快そうに笑いながら。

「キャムとハッチをいじめるのもそのへんにしとけ、ハニー」

　ソウヤーの背中でぬいぐるみのように跳ねながら、レジーナはくすくす笑った。

　キャムが腰を屈め、レジーナの顎を手でくいとあげた。軽くキスをして言う。「朝食はハッチとぼくが作るよ。だけどきみはデザート担当だ」

　レジーナのお尻に載せられているソウヤーの手に力が入った。レジーナはキャムにほほえみ返した。「デザートなら用意できると思うわ。だけど知らなかった、あなたがそんなに甘いもの好きだったなんて」からかうように言った。

「きみが用意するものだけだよ、愛しいレジー。きみだけだ」

訳者あとがき

好きな男性のタイプを訊《き》かれたら、あなたはなんて答えますか？

知的でやさしくて洗練されたオトナの男性。ちょっぴり危険な香りの漂うワイルドな男。母性本能をくすぐられる、やんちゃでかわいい弟系。いろんなタイプを想像してそれぞれのシチュエーションを思い描き、胸をときめかせてしまったことはありませんか？　現実の世界で二股、三股をかけるのは言語道断ですが、頭の中で妄想をくり広げるのは自由ですから、ときにはファンタジーと割り切って、異なるタイプの男性にいろんな形でちやほやされる自分を想像するのも許されるのではないでしょうか。そしてもしかしたら、本書はそんな秘密の妄想のお役に立てるかもしれません。まずは簡単にあらすじをご紹介しましょう。

眼鏡《めがね》とまじめな顔がよく似合う、穏やかな長男タイプのキャム、剃《そ》りあげた頭と磨き抜かれた肉体、そして荒っぽさがトレードマークのソウヤー、ちょっと生意気だけど憎めない、愛敬《あいきょう》あふれるハッチ。血のつながらないこの三人は、幼いころに同じ里親に引き取られてからというもの、兄弟同然に育ってきました。大人になって里親の家を出たいまでも仲良く一緒に暮らし、三人共同で立ちあげた建築設計の事業も軌道に乗って、一見すべては順調です。ただ一つのことをのぞいて。

一年前、三人はある女性と体を重ねました。三人同時に、一人の女性と。常識的に考えればありえないことですが、じつは三人はずっと前からその女性を愛していたのです。兄弟同然に育ってきた二人が、自分と同じ女性を愛している。だけど自分も彼女なしでは生きていられない——三人全員がそう結論をくだし、長い時間をかけて話し合った結果、彼らはある計画を思いつきます。世間からは眉をひそめられるだろう計画。自分たちでも頭がおかしくなってしまったのではないかと不安になるような計画。だけどその計画を実現させないかぎり、自分たちに幸せな未来は訪れないと悟ったのです。そして三人が心を決めたころ、彼らが愛する問題の女性はたいへんな事件に巻きこまれていました。

女性の名はレジーナ・ファロン。周囲も認める優秀な警察官です。ある晩、車でパトロールをしていたレジーナは、とある空き家に明かりが見えたという通報を受けて現場に向かいます。ところがその空き家に到着してみても、真っ暗で物音すら聞こえません。それでもレジーナは本能的になにかがおかしいと感じ、応援を要請してから家の中に忍びこみました。そこで待っていたのは、死体が一つと見あげるような巨体の男。レジーナは必死で男と格闘しますが、体格の差は歴然。さんざん殴られ、蹴られた挙《あ》げ句《く》、ついに両手を首にかけて締めあげられてしまいます。意識が遠のきはじめたそのとき、男がささやきました——ずっとおまえを待っていた、愛《いと》しいレジー。そろそろやつに償いをさせるときだ、と。

この男はいったい何者？〝やつ〟とはいったいだれのこと？

危ういところで駆けつけた同僚のおかげでレジーナは一命をとりとめますが、犯人は逃走し、謎を解く手がかりは現場に残された遺体と大きな足あとだけ。警察署は一丸となって事件に取り組むことになったものの、レジーナは負わされた傷といまも犯人に狙われている可能性を理由に、しばしの休職扱いとなってしまいます。だけどその間、一人でいるのは危ない。だれかがそばにいなくては。そこへ現れたのが、一年前に愛し合ってからずっとレジーナが避けつづけていた、キャム、ソウヤー、ハッチの三人です。なにも知らない周囲は、幼なじみである三人が彼らの家にレジーナを引き取って面倒を見ることに一も二もなく賛成し、レジーナはやむなく彼らと向き合うはめになります。彼らだけでなく、一年前のあの夜と、自分の本当の気持ちとも。

いったい四人はどんな結末を迎えるのか。そしてレジーナ襲撃事件の真相とは？　やけどするほど熱く官能的なマヤ・バンクスの世界をどうぞお楽しみください。

最後になりましたが、拙《つたな》い訳者を今回もしっかり支えてくださった竹書房のみなさまとフリーランス編集者のSさまに心からお礼を申しあげます。常に刺激と励ましである翻訳家仲間と、いつもそばにいてくれる家族にも、ありがとう。

二〇一三年一月　石原未奈子

禁断の愛にいだかれて

2013年2月16日　初版第一刷発行

著……………………………………マヤ・バンクス
訳…………………………………………石原未奈子
カバーデザイン…………………………小関加奈子
編集協力………………………アトリエ・ロマンス

発行人…………………………………………伊藤明博
発行所………………………………株式会社竹書房
〒102-0072 東京都千代田区飯田橋2-7-3
電話：03-3264-1576(代表)
03-3234-6383(編集)
http://www.takeshobo.co.jp
振替：00170-2-179210
印刷所………………………………凸版印刷株式会社

定価はカバーに表示してあります。
乱丁・落丁の場合には当社にてお取り替え致します。
ISBN978-4-8124-9341-0 C0197
Printed in Japan